心中的贝蕾

宋庆山诗词文选

宋庆山 著

合肥工業大學出版社

图书在版编目(CIP)数据

心中的贝蕾:宋庆山诗词文选/宋庆山著.—合肥:合肥工业大学出版社,2018.4

ISBN 978-7-5650-3917-1

Ⅰ.①心… Ⅱ.①宋… Ⅲ.①诗词—作品集—中国—当代②散文集—中国—当代 Ⅳ.①I217.2

中国版本图书馆CIP数据核字(2018)第075395号

心中的贝蕾

——宋庆山诗词文选

宋庆山 著　　　　责任编辑 王 磊

出 版	合肥工业大学出版社	**版 次**	2018年4月第1版
地 址	合肥市屯溪路193号	**印 次**	2018年6月第1次印刷
邮 编	230009	**开 本**	710毫米×1010毫米 1/16
电 话	人文编辑部:0551-62903205	**印 张**	18
	市场营销部:0551-62903198	**字 数**	357千字
网 址	www.hfutpress.com.cn	**印 刷**	安徽联众印刷有限公司
E-mail	hfutpress@163.com	**发 行**	全国新华书店

ISBN 978-7-5650-3917-1　　　　定价:48.00元

序

韩愈云：“燕赵古称多感慨悲歌之士”（《送董邵南游河北序》）。其实，皖北亦多感慨悲歌之士。皖北自古出英雄，历史上演出一幕幕壮丽史诗。如陈涉起事于大泽乡，刘项争锋于垓下。曹操崛起于亳州，朱元璋举旗于濠上。皖北一马平川，淮水浩浩汤汤，养育了一代代自强不息坚韧不拔吃苦耐劳的子民。这里出过老子、庄子、管子、文子这些大思想家；出过嵇康、刘伶这样的魏晋名士，唐代白居易在这里长大，写出《赋得古原草送别》“野火烧不尽，春风吹又生”这样的千古绝唱。苏轼因墨竹图而在宿州留下扶疏亭遗址。我是皖北人，年轻时在这里生活过几年，对这里的历史与风土人情深深热爱。这里的泗州柳琴婉转缠绵，高梆慷慨激昂，传达了皖北人世代的心声。这里出诗人，出画家，出英雄，出顽强进取之士。

宋庆山君，皖北泗县人，自小有大志。正如他诗中所言：“横空出世二十冬，力拔山兮气如虹，”（《二十书怀》）而其家贫，生活艰难，为了实现雄心壮志，便折节苦读，师范毕业后，任教于家乡中学，工作尽心尽力，颇受学生与家长赞誉。然不容于小人，屡受排挤打压。一怒之下，挂职南下，来省城发展。到省城后，他当过中学校长、大学老师，干得风生水起。其间，编写出版高校《应用汉语》《大学语文》《现代汉语》等教材，很受用户好评，展示了自己的能力与特长。

宋君喜爱文学创作。工作之余，写下大量诗歌散文和小说，结集为《心中的贝蕾》。他的这些作品皆是发自内心真情之作，抒发自身所见所闻，喜怒哀乐。他自言写作时往往注重感情书写，而忽略辞章细节，尤其古诗词写作往往越出格律束缚。写散文时往往注重真实性而忽略某些忌讳，写小说时追求人性的真实而忽视某些世俗的陈规，一任情感宣泄。我读他的作品，感觉到他的这些作品就像天然璞玉，虽仍待雕琢，但真气豪气逼人，有一股真情在翻飞涌动。他所描写的画卷直入人心，如在目前。这反映了他所生存的环境和他走过的道路。从他的作品中我们可以感受到他的为人，感受到他对社会对人生的认识与评价。感受到一个坚韧不拔努力奋斗的灵魂的吟唱。

宋君年过不惑仍思进取，来安徽大学进修研究生课程，听过我讲授的课程。我欣赏他的刻苦，佩服他的勇气。他把自己的这些作品拿来给我看，让我说点意见。我一口气读完，深受感触，心有戚戚焉。于是写下以上这些话，权作为序。

2018. 4　陶新民
于安徽大学寓所

前　　言

年少轻狂意气昂，雄才伟略逞无双。读遍诗书行万里，不羁，指点文字育人堂。

白首依然不自量，狂妄，诗词歌赋尽贬扬。回首向来人生路，该不？几多忧郁几多觞。

这是我给自己画的人生经历画像。回首人生路，不管是几多忧郁还是几多觞，那都是我人生得到的财富（贝），都是我喝过的醇香美酒，都是含苞于我心中的花蕾。这财富营养了我的成长，这美酒激荡起我的情怀，这花蕾颐养了我的灵魂和思想。我的贝蕾在哪里？在我的心里。我把心中的贝蕾信笔涂鸦在诗文里，结集为《心中的贝蕾》，献丑于我的师长、我的同事、我的亲友、我的学生、我的家人和那些蓬生麻中不扶自直、白沙在涅不与俱黑的朋友。也恭请大方之家不要见笑并多予批评指导。

感谢我的导师安徽大学陶新民教授给拙集写的序。愧不敢当恩师对拙集的肯定与褒扬，但折服恩师对弟子作品力透纸壁般的深察。

宋庆山

2018. 4. 18

目　录

诗　词

散　文

小　说

诗　词

一、二十抒怀

偶翻当年稿纸，竟见1976年生日时写下的这首诗。这里抄下，以剖年轻时不知天高地厚和轻狂无忌。

横空出世二十冬，力拔山兮气如虹。
雄才应效汉唐祖，功业宜就毛泽东。

二、七夕有感·年年相聚日（二首）

1

年年相聚日，默默总隔绝。
遥问牛与织，尔何爱执着？

2

年年相聚日，双双渡银河。
脉脉含情语，恩爱永不绝。

三、重阳登蜀山（二首）

1

阳光明媚喜重阳，满道蜀山人熙攘。
耄耋弃杖相搀挽，黄发欢悦插萸忙。
仰望矗云发射塔，俯瞰青山碧水旁。
丽日蓝天白云下，青山绿水歌悠扬。

2

久久偕挽登蜀山，黄发垂髫心愉欢。
五百台阶闲信步，不觉登顶到山巅。

四、难眠

夫人回家侍养岳母，一月未归，思妻难眠。

夜深人难眠，披衣绕厅转。
妻心可知否？春雨正绵绵。
相思如薪燃，两地情愁牵。
北望五百里，夫人何时还？

五、寄南宁李桂萱师妹（二首）

1

千里遥遥各自忙，
两心念念藏衷肠。
何日再饮邕江水，
尽解心渴时日长。

2

上帝眷顾我，赐我一师妹。
天南又地北，不阻心相系。
心系情意深，书信有灵犀。
今生多聚首，下辈哪有期。

六、游寒山寺

感寒山与拾得兄弟爱深情深

寒山寺门天竺开，情托释迦寄心怀。
绝念漂洋向谁诉，拾得东瀛面如来！

七、扬州行（二首）

1

合肥直下扬州城，一路枫叶一路红。
农田泛绿厂林立，生机盎然哪是冬。

2

个园四季竞分明，何园水月镜花清。
古道运河流溢彩，瘦西垂柳情最浓。

八、风雪冰化（三首）

2009 年 11 月 15 日至 18 日，合肥先阴冷，后雨大雪，树折路滑，铲雪雪化，实记之。

1

寒风嗖嗖云聚浓，冷雨霏霏雪飘倾。
玉妆山河万里皑，冰檐犬牙五尺凌。

2

道路冰结封棱棱，的车彳亍蜗牛行。
行人时有仰面跤，出门踌躇望天晴。

3

红装素裹丽日升，千人万人齐铲雪。
近午千树万枝折，路面雪水已漫跌。

九、独自享悠闲

今晚匡河边，散步情侣挽。
月明星疏朗，水墨微波澜。
清风拂岸柳，明灯影栅栏。
舒爽心愉悦，独自享悠闲。

十、空中那弯月

空中那弯月，明亮又清泽。
心中那个人，清纯如嫦娥。

空中那弯月，明亮又清纯。
心中那个人，美丽如昭君。

空中那弯月，明亮又青涩。
心中那个人，楚楚如飞娥。

十一、陈振秋老师五十三岁生日祝词

中秋君华诞，万家齐团圆。
我无礼物送，题诗祝寿前。
传道德高尚，授业新异添。
解惑师生赞，辉煌五十三。

十二、中秋夜天鹅湖游赏诗（三首）

初，不见月；旋之，月渐现渐明渐朗，游人也渐多，笙箫歌舞烟花也渐起渐多。整个天鹅湖畔，市府广场，游人攘攘，欢愉空前。望月思人赏景有感于怀。

1

久待赏月夜，月缺情满怀。
默默遥相祝，相祝信息来。

2

品茗赏月乐悠悠，管弦丝竹伴歌舞。
又是清辉团圆夜，寄语明月遥相祝。

3

流光溢彩天鹅畔，火树银花不夜天。
束束彩练当空舞，阵阵欢歌彻霄汉。
星疏月朗当空照，湖水波荡沉玉盘。
祥和愉悦溢言表，万众游赏乐心田。

十三、梦

昨夜汝忽来松江，泽儿成人白又壮。
共语双墩院中地，又游黄山连云港。
香椿盘中红烧肉，宝塔诗就鱼头汤。
正要沐浴同共寝，梦醒顿失情何殇！

十四、游蚌埠龙湖（二首）

1

三山一湖地势奇，青山碧水多姿曲。
银杏石崖栖岩寺，自然人文景观奇。

2（七律）

三面环山镜水偎，九沟渠舞二龙飞。
沙石竹柳亭台榭，温热北南分界碑。
桥亘长虹东海路，烟升岸芷见舟薇。
驻足湖畔凝眸看，对面山中尽是梅。

十五、乘飞机

扶摇直上九重天，振翅翱翔万里远。
墨染云海倏漫漫，瞬间碧海青天蓝。
千峰溜走云万壑，曼妙倏忽地平滩。
对流层间机身颤，落地平川心始安。

十六、宝塔诗·寒冷

冷，
冷冷，
冷冷冷！
风吹嗖嗖，
云越聚越厚，
厚厚彤云孕雪。
落雪当空纷纷飘，
山丘平川银装素裹。
流水顿凝固突起琉璃，
脆枝嚓嚓响大树舞雪堆，
仰天望地冰封玉砌冷无极！

十七、清明·祭（二首）

1

大义人伦报深恩，临冢祭扫寸草心。
考妣永康音容在，承扬美德慰双亲。

2

清明雨霏霏，杨柳枝依依。
墓冢湿漉漉，儿孙聚济济。
鲜花束束放，冥钱叠叠齐。
扣首献珍肴，膜拜祈敬礼。

十八、勉戒李家子

乌有反哺意，羊知跪乳恩。
非人尚能此，尔当更知亲。

十九、问答诗三首

1

问伊何能令我折？伊指青山矜持说：
青山竹径通幽处，梅兰菊若谷溪妁。

2

问伊何能令我折？伊指诗经腼腆说：
诗经赋比风雅颂，好逑君子络不绝。

3

问伊何能令我折？伊指兰亭愉悦说：
兰亭群贤咸集处，坐听丝竹山水歌。

二十、无题

来往去处上高楼，颖望吴越楚天孤。
唯有无尽长江水，诉说心曲向东流。

二十一、残荷颂

残荷虽无擎雨盖，叶枯葶黄更风流。
试看清水淤泥里，孕就节节白莲藕。

二十二、有感并劝勉某君（四首）

1

七月桂树浸秋霜，日被云遮暗无光。
节时无序被颠覆，安寄情怀盼桂香！

2

鹿撞胸怀已七年，憧憬白首竟枉然。
耐得东风周郎便，阿蛮必就华容关。

3

喜招拥怀怒脚踹，君子气节不复再。
宁耐寂寞终生老，不要无骨下三赖！

4

丈夫当有凌云志，情天恨海抛九天。
偎偎喔喔儏茶性，会堕万劫不复渊。

二十三、冶父山

雄奇峻秀冶父山，紫气祥云绕山巅。
远眺江光五湖现，近听响鼓奏晴川。
虎洞龙池风月映，松涛花雨四季显。
实际伏虎两禅寺，雄矗谷峰越千年。

二十四、悼路军

2013. 12. 5

接件拊膺肝胆裂，睹物思人泪雨流。
从此生死无限恨，啼血杜鹃死方休。

二十五、寒冬无奈锦裘暖

寒冬无奈锦裘暖，酷暑若何冷库寒？
冰雪方映梅高洁，淤泥更濯葶荷鲜。

二十六、无锡太湖游

碧水青山浴艳阳，轻风拂柳梅溢香。
十里香径游人织，万浪卷雪弋船忙。
沙鸥翔集醉石卧，荫林雀鸟渚鹭翔。
纵览吴越千百景，绝胜太湖竟无双。

二十七、应明世无常

月出东崮屿，日落西山梁。
富贵花间露，荣华草上霜。
霜露化雾气，日月有阴阳。
洞晓自然理，应明世无常。

二十八、重阳有感

阳光明媚又重阳，六十人生艰辛尝。
抛却身心无限恨，幸得偕挽共夕阳。

二十九、上元节游匡河（二首）

1

上元丽日暖，春风顿无寒。
游人匡河上，锦簇繁花间。

2

匡河岸边人熙熙，碧水清波河岸低。
竹梅松柳水倒映，杏花欲绽红包蕾。

三十、试问信使南飞雁

常常相约回音稀，冀聚落空心戚戚。
试问信使南飞雁，几度音书未至回？

三十一、题同乡朱凯处长六十六华诞祝词

2015. 12. 1

六十六岁正华年，为宦为商意尽圆。
桑梓齐集同祝贺，东海福禄寿南山。

三十二、六十年来辨是非

2016. 1

六十年来辨是非，烟消云散沙沉底。
唯有擎天白玉柱，任凭风雨岿不移。

三十三、成我人生艳阳天

六十年来事如烟，一朝晨醒人眼前。
花开花落寒暑易，云散云聚一时间。
真金不随东流水，玉柱何惧风雨蚕。
幸得仁义礼智信，成我人生艳阳天。

三十四、织衣

心急手忙赶织衫，千针万线月又偏。
恨不一朝织成就，郎穿不寒妾身暖。

三十五、痴郎偏遇无情女

三年问候一朝回：小女不知你是谁！
梦里不散日日念，痴郎偏遇无情女。

三十六、凭吊庐江周瑜墓（二首）

2013. 11. 30

1

初冬叶落草枯黄，庐江周瑜墓冢凉。
石碑孤零享堂静，陵园五亩少人声。

2

起兵助策拥江东，雄姿英发小乔倾。
赤壁火葬曹公梦，奠基三分周郎功。

三十七、讲学

去韩国孔子学院讲学，原计划一月，做了充分的准备，可到后四天只讲了八个小时的课，原定计划突然被取消。

六天来回急匆匆，一月讲学是画饼。
省得金银改预案，目标未竟徒费工。

三十八、端午节有感（四首）

1

爱国为民身心殇，忠魂楚天汨罗江。
三闾大夫今安在？衷心曲似九回肠。

2

包粽插艾向楚天，爱国为民千古缅。
卖国贪腐人人恨，三闾大夫何时还？

3

粽投汨罗祭屈原，艾插门上招魂还。
帝王将相东流水，只有屈原举国奠。

4

爱国为民怎是伤？卖国贪腐太猖狂。
清廉方保千秋业，爱国才能国家强！

三十九、喜得孙

2015. 7. 4

清晨电话声扬扬，一零五院待产房。
闻讯推枕一跃起，披衣下楼扣纽忙。
轻车飘逸轻如燕，心愉欢歌口成章。
我添孙儿满堂喜，家室兴旺国家旺。

四十、东方明珠

一塔飞矗浦江边，刺破白云入青天。
远眺大海连天碧，俯瞰浦江汇百川。
金茂牵楼齐仰首，高架聚路细如纤。
登得东方明珠塔，无限风光尽眼前。

四十一、雪景

六出飞花舞，青竹变琼枝。
近瞧斑驳里，玉树莹雪嫦。
遥看天际外，大雪粉妆饰。
山河千里秀，皑皑舞雪狮。

四十二、有感陈旺生

想来人生好凄凉，二度梅开骤然殇。
孤峰空寂独旋雁，望尽天河阻牛郎。

四十三、夜忧

良宵玉蝶舞，夜深离人忧。
笙歌宴酣悦，寂寞空虚喉。
锦城虽云乐，岂如早回头。
镜花水中月，绰约终归无。

四十四、瘦小离家胖大归

瘦小离家胖大归，乡音未改肉成堆。
儿童相见不相识，笑问胖子您是谁？

四十五、爱玉

我得一方玉，爱其温蕴莹。
汝南有道士，搓手垂涎盯。
盯得吾心怒，歹意心别生。
此玉属我爱，汝还不修行？

四十六、瘦西湖

纵赏扬州景，有处最为殊。
碧水杨柳腰，垂柳轻吻抚。
彩舟漾清漪，菡萏葶荷秀。
廿桥玉兔映，绝美不胜述。

四十七、凤栖梧

久有莺蝶恋梧桐，梧桐只待凤凰栖。
凤栖梧桐青山上，青山梧桐凤凰依。

四十八、山有木兮木有枝

山有木兮木有枝，心悦君兮君不知。
一厢情兮情不至，两情悦兮连理枝。

四十九、身在南宁心北京

七天漫长又匆匆，身在南宁心北京。
明园天坛博物院，鸟巢王府登长城。

五十、吾去君不在

吾去君不在，望楼寄相思。
君在千里外，可知俺心怀？

五十一、长城

长城蜿蜒峰岭巅，雄跨万里数千年。
外拒胡马挡箭炮，内护百姓保平安。
纵是征夫骨铸就，终竟奇迹史无前。
巍巍长城永不倒，络绎游人共赏瞻。

五十二、一日顿觉三月长

越思越念越疯狂，一日顿觉三月长。
食味不甘夜难寐，依栏望月又天明。

五十三、怨别离

谁愿小别构新婚？还是不离最悦心。
是别终是啼难唤，想吻想拥不得亲。

五十四、梅花赞（二首）

1

岸上那支梅，凌寒朵朵开。
晶莹黄剔透，香溢暖心怀。

2

枝枝黄梅绽，朵朵溢馨香。
疏影寒冬里，剪雪裁冰霜。

五十五、幸福

衣穿君身上，暖在妾心里。
不管地南北，妾与君一体。

五十六、除夕

年来三十一岁除，千家万户放爆竹。
炊烟袅袅香四溢，美酒佳肴共举筹。
东邻西舍互相拜，管弦丝竹伴歌舞。
齐庆承平歌盛世，国强民富共祈福。

五十七、五律二首·景

1

昨夜雨绵绵，今早天净蓝
青山绿水碧，月季桃花鲜。
鹊鸟天鹅跃，丽人歌舞跹
清风拂嫩柳，红日出东山。

2

雨后空天净，湖园百鸟鸣。
清风抚翠柳，碧水绿镶红。
菡萏莲濯水，蜻蜓蛙戏蓬。
艳阳东跃起，万物竞鲜灵。

五十八、劝慰·题赠陈锡亮

生老病逝本自然，节哀顺变心宜宽。
奉侍三春未离步，无愧至孝美德传。

五十九、五十美女

貂蝉西施美若何？粉面桃花远逊色。
虽近天命童颜面，轻歌燕舞胜嫦娥。

六十、晨景

今早细雨绵，更增春阑珊。
百鸟鸣雀跃，月季花儿鲜。
青山绿水翠，和风袅炊烟。
东方丽日映，彩虹现西天。

六十一、思君（五首）

1

一夜几回醒，思君梦不成。
汩汩满眼泪，痴痴看灯光。

2

想君入心扉，只能强迫睡。
但愿与君亲，梦里能相会。

3

人在天涯外，心归君心怀。
杂事虽烦乱，思君清风来。

4

思君不能去，爱君君不来。
只有两行泪，簌簌流过腮。

5

一别不得聚，白昼想念苦。
窈窕音容貌，铭镌在肺腑。

六十二、语音视频怎慰心

夜深萦怀心满君，思绪奔涌想煞人。
纵有网络似鸿雁，语音视频怎慰心！

六十三、天鹅湖雨后

空天新雨洗，天鹅湖景奇。
东天彩虹现，西方白云起。
清风拂绿柳，馨香花扑鼻。
孩童逐嬉笑，情侣相偎依。
更有琴瑟鼓，舞曲歌声里。

六十四、栀子花开溢馨香

栀子花开溢馨香，岂及蒋君沁心房。
蒋君馨香无穷尽，栀子花开只几晌。

六十五、迫切

今夜快过去，明晨早点来。
恨无双飞翼，与君畅言怀。

六十六、纸上谈情不是情

纸上谈情不是情，数载无诚岂有情？
相聚仅为友谊在，谈何心安夜不宁！

六十七、题泗州商会

泗州商会在合肥，泗县精英会聚齐。
试看商子执手笑，弄潮展翅尽翔飞。

六十八、登高

桑榆携手登蜀山。
重阳丽日乐无边。
指点江淮尽眼前。

紫蓬山翠肥水清。
逍遥津畔包公园。
庐阳楼低路如线。

六十九、下眉头，上心头

思切切，念切切。思念切切好无奈。
左无奈，右遗憾。无奈遗憾怎消遣？
下眉头，上心头。眉头心头无限惆。

七十、句依长相思（六首）

（1、3 为正格）

1. 雪夜难眠

竹折声，松折声。咯咯（kǎ）声声响不（bù）停，雪积枝断声。
山重重，雪层层。山雪重层夜静宁，乡心梦不（bù）成。

2. 妻母

为人妻，做人母。为做妻母多辛苦，倩女渐麻姑。
夫功成，儿名就。夫儿成就皆幸福，麻姑已白头。

3. 织衣

千针针，万针针。千万针针方寸心，织衣西月沉。
情深深，意深深。情意深深思爱人，郎穿暖妾身。

4. 思念

日日思，夜夜想。日思夜想几伤觞，聚离都难忘。
心驰驰，神往往。心驰神往君身旁，夜夜梦断肠。

5. 梦

风有情，雨有情。风雨兼夜到天明，天明还未停。
君不宁，山不宁。君在山中漫步行，原来梦境中。

6. 期盼

君相思，妾难眠。相思难眠五更天，彻夜未合眼。
爱酸楚，恋涩苦，酸楚苦涩入肺腑，何日能聚首。

七十一、题赠弟子

大学语文授课结束，弟子索题留念，题之。

诗书两年同一堂。师生情谊酒醇香。风骚竞骋著华章。
临别赠言千千愿。天生我才必有偿。强国富民做栋梁！

七十二、无题词（二首）

1

醒来是早晨，和风百鸟鸣，阳光明媚心不宁。西北望，江山隔阻，从此不相逢，琴瑟声声谁人听？

2

寂寞人疏远，孤独情云烟。耐不住，寂寞孤独；失去了，心灵契合的天佐姻缘。遗憾，长吁，短叹。——心横，多情怎被无情恼！天涯何处无芳草！去看太湖水浩淼。

七十三、藏头谐音词

偓幔融融暖意生，瑗瑗璞玉有温情。睆抚贴胸到天明。
酊酩如醉甘心甜。瑰玫温蕴心已娉，忞忞拥有伴终生。

七十四、龟兔赛跑

限时龟兔赴南山。路遥乌龟望嗟叹，河宽兔子不能前。
兔回背龟飞向河，龟负兔子渡至岸。龟兔双赢到南山。

七十五、句依蝶恋花

2010.4.16郁金香节游合肥植物园，即兴记之

垂槐吐芽竹叶生，春风和煦，满园郁金香。黄紫白橙更有红，六瓣花蕊蝶蜂嘤。梅放新叶桂树青，草坪波畔，处处游人浓。谈笑嬉舞伴歌声，千姿风筝竞漫空。

七十六、春意·蝶恋花

红杏一支春意闹。燕子离巢，丽日阳光照。艳艳红梅枝正俏，垂髫黄发争拍照。　　伉俪双双匀玳瑁。蜜蜜甜甜，处处游人到。媳妇搀着婆婆笑，生炊羊肉公公犒。

七十七、今昨令

今非昨。昨天菡萏开，清水濯芙蓉。碧海蓝天白云里，多少神游如梦。经历，回忆，犹如绿映满堂红，千姿妙趣，足够今生记。　　昨非今。今日紫薇落，流水惊儿树。碧海蓝天白云里，恍如隔世回忆。体味，感悟，恰似盛夏绿遮眼，不见了满堂红，扼腕红绿不相许。

七十八、句依凤栖梧·合肥

襟江连淮跨武宁，肥水贯城，蜀山紫蓬青。淮蚌滁巢六安绕，千里江淮尽腹中。　　人杰地灵文化浓。秦汉庐州，逍遥三国城。包公鸿章故里地，皖江都会正鲲鹏。

七十九、句依踏莎行·先秦诸子

墨子亲民，论语为政，老庄明哲保长命。孟子荀子儒大成，管子博杂孙子兵。　　尚书事碎，易经理明，春秋三转注释精。诗经楚辞风骚逞，国语战国策纵横。

八十、卜算子·彻夜欢

三五月明圆，鼓乐灯花灿。已是三更静夜欢，远处犹弦管。
鞭炮闪蓝天，焰火腾空窜。炸炸烟花彻夜燃，昼夜丝竹伴。

八十一、句依忆江南

思君苦，常常抱枕眠。闭眼君儿水墨画，醒来君儿歌舞翩，何日与君见。

八十二、句依踏莎行

回忆当年与夫人相恋分别一年才得见

你步慢慢，我步缓缓。凝眸相拥泪阑潸。不是梦幻又昨年？日夜都被相思染。　　别后经年，日思夜见。挑织毛衣不舍穿。相片三裹贴胸前。锦书存稿三尺三。

八十三、念诗词会友

杏林柳，杏林柳，柳色青青可知否？诗词会友。宝塔诗就，长空黄山去，快艇连云游，昨依旧。奈青柳云游，天南海北，何日再聚首！

八十四、定风波·人生自画像

年少轻狂意气昂，雄才伟略逞无双。读遍诗书行万里，不羁，指点文字育人堂。　　白首依然不自量，狂妄，诗词歌赋尽贬扬。回首向来人生路，该不？几多忧郁几多觞。

八十五、钟情

只要我在你心上，
情敌三千又何妨？
只要你在我身旁，
负了天下又怎样？
你我身心已相许，
这份情，
肝胆日月永不殇。

八十六、一朵白莲花

一朵白莲花，
独绽孤峰上。
蜂蝶永绝游人叹，
孤峰错绽放。

孤峰错绽放，
冰清寂寞凉。
绽于百花映衬妍，
玉洁万人赏。

八十七、玉兰苞蕾

冬天里，那一树
娇小的点点柔嫩的玉兰苞蕾呦
冷凝地结在那
冰脆树枝上的玉兰苞蕾呦
请接收——
凛冽的寒风
冰冷的霜雪
些许的冬阳
玉兰苞蕾呦
这些都是
赐予你
孕育你
春天绽放娇艳花朵
散发醉人馨香的营养

八十八、河沙、贝、珍珠

我是爱贝的一粒河沙，
流水涌漾我至她的唇下。
贝儿欢喜我的到来：
轻启她的唇儿，
吻我；
轻伸她的舌儿，
吮我；
翕合她的嘴儿，
把我含搂入她的怀里。
啊！
好温适舒服的腹液！
我吮吸着她的乳汁，
慢慢发育、变化、长大——
她把我孕育为一颗晶莹的珍珠！

八十九、我爱女人与男人

我爱女人!
没有女人,
静夜里就没有了月亮,
池塘里就没有了荷花,
花丛里就没有了彩蝶,
酣梦里就没有了甜蜜。
没有女人,
春天的花就不会鲜芳,
秋天的果就不会甜香,
夏天的雨就不会丰沛,
冬天的雪就不会温凉。
没有女人,
大地就像没有了孕育万物的土壤,
人间就像没有了温柔与幸福,
就没有了爱的温床。

我爱男人!
没有男人,
白天里就像没有了太阳,
天空中就像没有了彩云,
森林里就像没有了雄狮,
奋斗中就像没有了领航。
没有男人,
春天的大地就只有女人播种,
秋天的果实就只有女人采摘,
夏天的洪水就只有女人治理,
冬天的寒冷就只有女人抵御。
没有男人,
人类就缺少了征服自然的力量,
人间就缺少了勇敢与坚强,

没有了爱的阳光。

男人是女人的天，
女人是男人的地，
天地契合，
才有繁衍的人类
才有缤纷的社会，
才有广袤的天宇。
我爱女人与男人！

九十、我们站在高山之巅

我们站在高山之巅，
伸手摘取繁星点点。
舀一瓢银河中的水，
浇润漫山的杜鹃。
剜一朵雪莲，
递给牛郎织女，
让他们逗着孩子玩。

我们站在高山之巅，
俯视脚下的白云河川。
招手莲花祥云，
过来，过来，
请载我们遨游无际的苍穹，
徜徉四海，
云游河山。

我们站在高山之巅，
挥手弹奏绿绮琴弦。
闪电成为跳动的音符，
雷声化作伴奏的鼓点。
嫦娥跳起霓裳羽衣舞，

吴刚捧来桂花酿的酒。
韩娥指挥隋炀帝的执丝竹者合唱团，引吭高歌：
我们相遇在浩瀚的星河
我们生在伟大的祖国
悠久的历史
美丽的传说
壮丽的山河
我们为你着魔……

九十一、羡慕

比翼鸟，
双双绕梁飞。
连理枝，
紧紧相偎依。
鸳鸯金鹧鸪，
成双又成对。

九十二、恍惚

送走伊人到书房，
码字三五张。
张张都是伊人脸，
字字都是伊人眼。
是眼？
是脸？
眼脸都在纸上边。

九十三、想与爱的程度

很想亲。
很想有多想？
忽然湿了眼。
很爱亲。
很爱有多爱？
片刻疼了心。
想亲在眼里，
爱亲在心里。

九十四、夜不能寐

昨夜心不宁，
窗外风雨和奏鸣。
人不寐，
睁眼到天明。

九十五、凤凰来栖我身边

七六年，五月天，初夏意阑珊。十里站台边，曦阳东风里，迎来娇颜。面若覆玉，唇尤樱桃，双眸脉脉，身材窈窕。有王蔷羞花之多姿，犹嫦娥闭月之美貌。吾见，心动砰然，神寐归化梦中见，凤凰来栖我身边。

散　文

九十六、记游蠡湖

冬将近，春意生，蠡园渐新绿，暖暖阳光明，游人入园泛舟行。水清，舟轻，不觉驶近西施亭。琴声，悠扬，悦耳。停舟循声望，有甜美伊人，抚琴，身姿窈窕，纤指动。指动，身动，忽见丝绦舞彩虹，那多玉女腰肢莺。呀，歌舞骤然停！腰莺，揖恭。啊，是范蠡挽西施，步入西施亭。(2015. 3. 1)

九十七、游白乳泉

白乳泉在安徽省怀远县涂荆大桥的淮河北岸，偎山依水。据说一千多年以前，荆山之麓，有白龟从岩畔穴出，穴中涌流出乳汁般甘冽的泉水，故取名白乳泉。那千年白龟，至今还栖养在厢房内，供游人观赏。

白乳泉下，是无尽的石榴园，青、白、红、紫的累累石榴缀满枝条；白乳泉上，有大禹塑像，器宇轩昂地立于荆山的东北山岩。登上荆山，向北远眺，怀远县城鳞次栉比的建筑、纵横交错的道路尽收眼底；向南远望，涂山临淮，禹王宫殿矗立于涂山之巅。俯视脚下，淮水流觞，波荡桥影，荆涂大桥雄跨淮河南北两岸。这里历史悠远，文化源长，山清水秀，云白天蓝，不论是人文景观还是自然风貌，都令人流连忘返。特留记作念：

白乳泉，石榴园，泉水清澈有栅栏。
白龟出，泉水涌，仙人骚客慕其名。
吕仙道庙起，苏子携子咏。
王维山居诗，最合此处景。
更有涂、荆山，隔淮矗两岸。
看那大禹铲，劈开涂、荆山。
禹治水，会诸侯，在涂山，往事越千年。
千年两岸绿青山。
绿青山，白乳泉。
白乳泉石榴，青、白、红、紫缀满枝，香满园。

二〇一〇年十月二日与陆军游

九十八、游狼巷迷谷与禅窟寺

凤阳县城南约 70 里，有山数座，山青谷连。山中有一巷，名狼巷，因多狼出没而得名。狼巷多谷，谷谷通联。谷内沟壑纵横，暗涧不断。游其中，不辨沿哪谷走，顺哪巷行，常常晕头又转向，分不出东南西北中，真迷谷天成。

狼巷有宽窄。宽处多不过米；窄处就是腰围二尺的人，也要侧身收腹才能通过。迷谷有深浅，深处，抬头望天，天只一线；浅处，四目观山，山如层峦。在狼巷中走，脚下的岩石和石板，有高、有低、有窄、有宽，稍不留心就磕绊；还不时遇到狼牙似的怪石，有的戳胸，有的碰头，有的卡在谷巷裂缝中，悬在头顶上。在迷谷中游，人在巷中走，身形随谷石变，屈腿、弯腰、低头能过的地方，那算坦途；侧身、收腹、举臂能过的地方那也不算难；侧着身子、头往后仰、胸往前挺、臀朝后托的 S 行排移才能通过，那才是大自然训练人体造型的神奇！

狼巷迷谷中，岩高不等，夹层峻立。石灰，岩溶。石岩皱揉，溶迹斑点，姿态万千。深涧处两壁灰石溶岩中渗出微津细液，滴沥不断；凝膏下垂，绿苔悬凝，有清凉岚霭之气。

游狼巷迷谷，必然经由苏东坡题名的禅窟寺。据说该寺距今有两千余年的历史。寺内香烟袅袅，鱼木声声，大雄宝殿气派、恢宏、清幽、宁静。在禅窟寺后就是禅窟洞，这是一座天然的石灰岩溶洞。洞长据说 1600 多米，洞内景奇境圣，观之幻象丛生，隐隐感觉这洞中涵蓄无尽的佛理禅机，可又不可笔语，只悟悟觉觉的，好像佛家之道也源于这千姿百态、包罗万象、和谐共生的大自然的神奇。

（2010 年 10 月 3 日）

九十九、西藏游杂记

6月24日晚上近12点，从蚌埠上火车，硬座，历时约43个小时于26日下午7时许到拉萨。途径徐州、郑州、西安、西宁、兰州、格尔木、那曲等七个停靠站。在西藏游了十天，先后游了拉萨的大昭寺、布达拉宫、色拉寺、蛰蚌寺，游了林芝的雅鲁藏布江及其大峡谷、古城堡，游了日喀则的扎什伦布寺、羊卓雍错，游了纳木错、羊八井，游了山南的桑耶寺、昌朱寺等地。一路游玩一路看，所见所闻汇笔端。笔端文字，不及见闻万一，这里挂一漏万，写点杂观与感，留作纪念。

西藏的天，高远而青蓝；西藏的云，白净似丝棉；西藏的风无尘，吸一口直舒肺腑；西藏的水清甘，掬一捧嗅润心田。西藏的烈日，当空不觉炎炎，气温凉爽须穿长袖衣衫。西藏的山苍莽，西藏的谷平旷。苍莽负雪，银装素裹，雪高万丈云遮峰，如魔如幻；平旷积湖，清碧漪涟，湖低千尺水连天，犹在云端。

雪域高原上，有覆盖着的终年不化的雪山和冰川，有千里不见人烟的湿地和戈荒，有漫布着的无边的草原和牧场。这里，牛羊成群马儿壮，还有灰身白屁股的藏羚羊。这里，地势高阔，是江河之源。这里，气候多变，转眼就是阴晴天。这里，物产丰富，有塞北也有江南。这里有镶嵌着的珍珠般的城市和村庄；这里，有依山形成的数不尽的溪流与河湖。这里，居民信念超然：钱财本是身外物，虔诚修行寄来生；甘愿捐献，捐出心愿满；感谢你接受我的捐献，你的接受圆满了我的心愿。

西藏人的生活：吃有青稞面和牛羊肉，喝有酥油茶与青稞酒。平时闲暇，多上茶馆喝甜茶、奶茶、酥油茶。多不吃鱼、禽鸟和狗肉。穿长衣，戴帽子，遮阳蔽日御寒挡风雨，但因太阳紫外线强烈，人们肤色多被晒得紫红或黝黑。住，城里人多住楼房，草原牧区和小村镇还多见泥垭屋。现在，牧区草原有条件的人们多向公路、铁路沿线靠拢建房。山区草原，出行多不便，牛马代步多。只有铁路、公路沿线，人们出行方便。不少牧民家有汽车、摩托车，但自行车很少。

藏族人多信佛，认为人生就是来受苦的，人的一生就要经受和坚守受苦与磨难，并通过捐献救赎和行善积德的修行去获得来生的幸福。所以他们一生念经不断，有时间就去转经，不管路有多远，总要从居住地花上短则几天长则几年的时间去拉萨，沿途磕长头，直磕到拉萨大昭寺，朝拜后才回家。

藏族人最高葬礼为塔葬，多为有地位的高僧；其次为火葬，多为有地位的政要；再次为天葬，就是肢解尸体喂鸟；一般穷人死后水葬，将尸体沉入江河；还有土葬，多是病死的人；还有树葬，多是死去孩童的葬礼。现在西藏，有些地方还有天葬台和水葬台。

一百、制定泰国旅游攻略的陆军

为了这次泰国旅游，我的同事陆军整整做了三七二百一十天功课！仅仅攻略记录就有满满的A4纸六号字整整六十六页零六行，内容涵盖了整体构想、泰国地图、旅游景点、地图线路、计划天数、宾馆酒店以及飞机、汽车、轮船票价与美食小吃、泰语英语汉语互译声讯软件，乃至什么时间租骑摩托，什么时间徒步游什么景点，到哪儿吃，吃什么，吃的饭菜名称和口味，陆军都有具体的攻略安排并能脱口说出来。说实在的，凭陆军这次周到、细致、有序、紧凑、科学、经济安排攻略的才干，我坚信就是要他给总理打下手，那也是棒棒的。

这次旅游一切都由陆军一手操办。他不负众望，让我们心花怒放。他提前六个月买的来回机票，人民币一个人才1000元多点，预定的房间都没有超过100元，而住的可与国内五星级大酒店媲美。不，五星级酒店也没有我们住的背山面海的海景房那样可以看碧蓝大海的潮起潮落，看狂潮吞噬礁石海滩的汹涌壮阔，也不及我们住的田园小镇房前无尽的热带田园风光。

在泰国游了十八天。十八天，陆军带领我们陪着我们形影不离。他做了我们十八天的背包客，是我们十八天的导游，是我们十八天的翻译，是我们十八天的营养师。可以说，陆军详细周到的安排，使我们尽情愉悦地欣赏到泰国无限的自然风光和璀璨的人文历史文化，吃遍所经地方的各种水果和美食。陆军，我们谢谢你！

一百〇一、冶父山记游

庐江县城东北约十里许，有座冶父山，峰峦叠翠，云蒸雾绕。那最高处说是冶父峰，当年（春秋时期）铸剑之父欧冶子曾在这峰上领着女婿干将和女儿镆铘铸剑，这山而因此得名。据说那铸剑亭就在那冶父峰上。我奇之，前往一观。

来到冶父山山前，就看到红色“江北小九华”五个字横书山门之上。进门望去，林峦崤密，雄峻秀丽。道路右边，是正在筑建的现代化园林；左边是红漆外墙的实际禅寺。这实际禅寺左右两边旁门内外，有两排齐刷刷笔直挺拔着的数十棵参天杉树。

实际禅寺门殿叫天王殿。天王殿门前，左右各有一棵极为粗烛的榉树，它的旁枝比普通大树还粗。那树干和旁枝上，皮裂片片，干苔癍癍；树枝舒斫，黄叶枯落。原来这树已580年，是国家一级保护的古树。左树下有一方碑，上记唐昭宗御赐题封的开山师祖孝慈伏虎禅师和其后这座寺院历代的大德高僧法号。

走向天王殿门，迎面“众善奉行年年如意”“诸恶莫作岁岁平安”两行对联赫然映目。

穿过天王殿，迎面是雄伟的大雄宝殿。因维修“行人止步”而不得进入参观。从左边绕行，大雄宝殿上“存好心，说好话，行好事，做好人”的深红大字格外醒目。

大雄宝殿后，是藏经阁，佛经籍典尽藏其间。这里高僧云集，悟道参禅，研修经典。

藏经阁后，峦崤峻秀，茂林修竹，树木蒙翳，荫蔽天日。

出了实际禅寺，左行，有道通谷。缓步往上百十步，有果安法师月身殿。这果安法师，1998年圆寂，2001年坐缸时，竟如活人酣睡，长出新头发，心血鲜红，身体绵软。他是这座寺院里第二位得道的金刚不老身的大德菩萨。

过了果安法师月身殿，继续往上行，就进入了松杉密林。这里道路，乱石平铺，步步上畈；林木荫翳，蔽日遮天；空谷寂寂，声传回响。大约两里地过后，乱石上畈变成步步台阶，人开始气虚喘喘，微微冒汗；脱衣上行，又觉干凉森冷。路沿山涧，山涧干涸，松杉枯萎，枝叶朽落。抬头望山，不见端顶，而山路愈陡。正嘘喘，想稍歇，忽见山羊亭，有石龟迎客，好不兴奋欣喜。坐亭上，一抬头，一幅“半山浮绿水，万树插青天”的山石题字跃入眼帘。仿佛间，这满山的朽枝枯叶顿然泛出葱绿。

起来，继续登攀。山更高，石阶更陡，路变成Z字形。一气攀爬，上了望湖亭。这望湖亭的取名，缘于青天风和日丽时，站在亭上，就能望见巢湖，因此得名。

望湖亭上行百余米，山路稍微平缓了些，犹如上了泰山的快活三里，顿觉轻松了许多。这时，左前方欧冶子的铸剑亭，果安法师的月身宝斋已无树遮挡映入眼帘；右前方有一白塔，那是义德法师的墓园。正前方机声隆隆，正在筑建新的佛寺庭院。

过义德法师墓园，左上，白石台阶。抬头仰望，一矗峰石，状如莲花；两棵银杏树，分立在伏虎寺的前殿门下；醒目的伏虎寺大字横写在伏虎寺的前殿上。原来，这里是为冶父山实际禅寺开山禅师孝慈伏虎禅师专建的寺院。

这寺院建在冶父山的山巅之上，唐代始建，宋元明清代代重建，中华人民共和国成立前后又在原址重建。伏虎寺气宇恢宏，方圆诸山尽收眼底。站在伏虎寺的望江楼上，能远眺江光，俯视五湖（沙湖、黄陂湖、后湖、白湖、巢湖）。这里，祥云紫雾缭绕，青山绿水拱陪，远山如黛，美不胜收。

伏虎寺下，有几块断岩山石卡交成洞，那就是伏虎洞。洞中供奉孝慈伏虎禅师塑像。塑像两边题栏，记有文字。我擢其要并加进有关记录概述如下：

伏虎禅师生下来时相貌奇丑、双目失明，被父母遗弃，巧遇一只老虎路过，衔入洞中奶大，并刨出泉水，治好了孩子的失明。这孩子后来出家修行当了和尚，伴虎苦修，后来到了冶父山，建庙安身，传经修道。他道行高深、禅理圆融，被传为奇闻。唐昭宗李晔听说这事，就题勉敕封他为“孝慈伏虎禅师”，以彰其孝慈功德，并敕建无量殿（后称伏虎寺）与山顶，建冶父寺（宋太祖赐额曰“实际禅师”）于南麓。到了宋代，山上山下连成一体，形成一个庞大的佛教建筑群，成为江淮闻名的“江北小九华”。自此，佛徒和信众无不慕而朝拜上香。冶父山也更加声名远扬。（2013. 12. 1）

一百〇二、在儿子宋存强、儿媳骆易佳结婚典礼上的讲话

各位亲友，女士们，先生们，各位晚上好：

我和夫人与亲家和亲家母在这里为我们的共同儿女宋存强、骆易佳举行婚礼。首先请允许我和夫人对各位领导、各位亲友的莅临致贺表示热烈欢迎和衷心感谢！对我的亲家和亲家母为存强、易佳置备具有浓郁文化传统和极具现代浪漫情调的婚礼宴会表示深深的感谢！

存强和易佳从相识、相知、相爱到今天携手并肩走进婚姻的殿堂，这美好的世界又增添了一对幸福的伴侣。作为父母，我们感到无比的幸福，并深深的祝福我的这一对儿女一生快乐、幸福！

婚姻是永恒的责任。这责任就是以事业为重，以家庭为重，以和谐幸福为重。这责任就是要做事业上的比翼鸟，生活上的连理枝。这责任就是以孝为先，知亲恩爱儿郎。这责任就是友善、密切与亲朋好友的关系，永远感谢对你们无私期许、关爱、帮助和支持的人们。

结发为夫妻，恩爱两不疑。愿存强、易佳钟爱一生，生活如琴鼓瑟；愿我的亲家和亲家母身体健康、事业鹏程；愿今天莅临致贺的各位领导、各位亲友工作顺利、身体健康、阖家幸福！

谢谢各位！

2008 上海松江九亭

一百〇三、济南印象记

游济南那天，春暖还凉。印象最深的，是济南的泉。

舜泉味甘，甘露泉凉，双女泉清，湛露泉香，独孤泉翠，罗姑泉遗迹烟渺，黑虎泉水府苍苍，鹿跑泉声清鹿鸣，芙蓉泉红妆照清水，双桃泉泉头桃花开，柳絮泉金池杨柳，金沙泉清水泛红莲……

要说最好的泉，我感觉还是趵突泉。

趵突泉位于济南市区中心，南靠千佛山，东临泉城广场，北望大明湖，面积150多亩，宋代曾巩为其题名为“趵突泉”。

趵突泉是以泉为主的特色园林。泉在一泓方池之中，北临泺源堂，西傍观澜亭，东架来鹤桥，南有长廊围合。泉池中有三窟，泉水跳跃奔突，真是平地涌出白玉壶，万斛珠玑尽倒飞。池水幽深，清澈见底；楼阁彩绘，雕梁画栋，一幅奇妙的人间仙境！池边小泉，有的像大鱼吐水，泛出串串小泡；有的像一串串珍珠斜放在水里，慢慢地摇动；有的像一朵攒攒整齐的珠花，甚比那大泉还富有韵趣。真是趵突泉水天下无，清泉漾波胜珍珠（珍珠是指珍珠泉，也是济南三大名泉之一）啊。

一百〇四、雪白雪白的大馒头

——怀念王功谋老师

上初中一年级时一个周日的上午，我步行十几里去镇上澡堂洗澡。洗过澡出来已经是中午十二点多了，又渴又饿。路过一个卖白面馒头的店，看到店里那雪白雪白的大馒头，心里那个想吃啊，难以用语言形容。知道想也是白想：一是我没有钱买，二是就是有钱也买不到，因为我没有粮票，那一个馒头可是要四两粮票的。正在我专注地痴痴地馋馋地愣愣地饥饿难耐地看那雪白雪白的大馒头的时候，一声叫我名字的极为熟悉的声音在我面前响起；我这才看见，王功谋老师，我的语文王老师，手里拿着两个冒着热气的雪白雪白的大馒头，不知什么时候来到了我面前。“拿着吃吧，吃过回家。”王老师慈祥疼爱地把馍给我。那时，我哪敢接馍，我吓得拔腿就跑，跑，跑，心里那个怕啊——那时小，心里很害怕老师的。我跑了很远，才停下来，回头看王老师，王老师拿着那雪白雪白的大馒头还站在那儿望着我。看我停下站着看他，王老师又向我走来。这下我没有再跑，怔怔地站在那里。王老师一手把雪白雪白的两个大馒头放在我手里，一手抚摸着我的头，依然慈祥疼爱地对我说，“拿着吃吧，吃过回家。”

我手里捧着雪白雪白的大馒头，看着王老师往回走了。王老师快到那馒头店又回头看看我，挥挥手，示意我回家。这时，我一转身，狠狠地咬了一口那雪白雪白的大馒头。那馒头的那个甜啊那个香啊……正当我要把咬在口里的馒头吞咽下去的时候，我忽然一下想到我的父亲，想到了我的母亲，想到了我的弟弟妹妹们，他们从来没有吃过这雪白雪白的大馒头啊。

我把咬在口里的馒头咽了下去，把剩下的馒头装在兜里。我一口气跑回家，把馒头掰一块给我父亲，掰一块给我母亲，又掰几块分给我的弟弟妹妹们。我父母手里拿着我掰给他们的那一小块馍，没有吃，眼里却噙着泪水；我弟妹们一口就把那分得的一小块馍吞了下去，还眼巴巴地望着我。看着他们那怜怜兮兮还想吃的眼神，我酸楚的心一横，暗下决心：我一定好好学习，将来让我的父母、弟妹们吃到这雪白雪白的大馒头！

周一我去上学，母亲让我带两个山芋给王老师。我带着山芋怯怯地来到王老师的宿舍门外，怕怕地不敢敲门进去。这时却听到宿舍里传出师母哄我小师弟的声音：“我家宝宝最喜欢吃这糠菜叶饼了。等明天爸爸有了粮票，我就去买雪白雪白的大馒头给宝宝吃。宝宝最听妈妈话了……”我怔住了，泪水哗地涌出。我用手抹抹眼泪，心又一横，把两个山芋默默放在王老师的门前，走向教室，掏出书，拿起笔，暗下决心：王老师，我一定不辜负您的期望，好好学习，将来让我的小师弟也吃上雪白雪白的大馒头！（2008 年写于教师节）

一百〇五、徽州大峡谷

黄山风景区东南方，离黄山市屯溪区约十五公里的休宁县源芳乡境内有条大峡谷，谷岸群山连绵蜿蜒，悬崖峭壁中飞瀑流泉，翠池碧潭边林繁树茂鸟语花香，这就是景色宜人的徽州大峡谷，也叫源芳大峡谷。

徽州大峡谷，瀑多、瀑奇、瀑险、瀑艳。抬头一瀑，低头一瀑，前面一瀑，后面一瀑，左边一瀑，右边一瀑，瀑瀑飞湍，泄出山岩。从峡谷入口，徒步经深潭，坐山车，走栈道，登山石，至峡谷，能攀上到达仰山。这仰山有多高不知道，但要看这仰山，须仰起颈项，仰起颈项就看到一擎天玉柱般的天瀑，气势磅礴闪着银光像一条宽幅白练从高悬于青山之上的山巅飞流直三千丈，势如银河落九天！

这天瀑叫仰山瀑布，落差达420米，是徽州大峡谷中的最高最长，也可堪称亚洲的第一瀑布。

“仰山瀑布天上来”！你看那瀑挂青山，俯冲直下，水声震天，飞银泄玉般溅起的重重瀑水如琼珠玉雾，爽凉了浑身的汗水。天瀑跌冲谷石，分流湍下，形成人字瀑、火山瀑。火山瀑飞湍下窜，在无数神奇各异的陡岩上奔泻万端，形成千百瀑流，在阳光的折射下，百光千色，犹如万千彩虹跳岩齐舞，那就是人间难见瑰丽浪漫的彩虹瀑。彩虹瀑下，银练（瀑）当空，流芳（瀑）而下，这时那瀑布犹如一对相濡以沫的万年老夫妻（老夫妻瀑），恩爱扶携牵挽，正俯瞰她的儿与媳那对拥吻嬉戏的小夫妻瀑布……数不尽的瀑水沿涧谷百曲奔流，迅速滑落，又形成千姿百态的飞灵瀑、珍珠瀑、连理瀑、深潭瀑、龙须瀑……瀑流汇涌，跌入母子瀑，注入主谷中的高峡平湖。

高峡平湖大致处在整个峡谷的中段偏下处，是一处2.5万平方米肚宽、底部平圆、头渐长尖的葫芦形清幽雅静的天地。湖边峰峦连绵叠翠，碧绿清幽。往那湖面看去，那哪儿还是湖水，那简直是被碧绿青山倒映的一湖碧玉翡翠！那碧玉翡翠清澈得犹如明镜，斑斓得犹如与世隔绝般的仙境。你看，在那净天无尘的蓝天白云下叠翠青山中的高峡平湖里，美丽轻舒的游艇，划起一道道琼浆玉波，撩起鸣啾的水鸟、摇曳的芦苇、抓拍的游人，使人仿佛置身在童话世界。

平湖之下，地势渐缓，有全程3.7公里总体落差达100多米的极速漂流峡谷。峡谷两旁险峰绝壁、柳树成荫；河道中怪石嶙峋、激流不断。河道狭窄、水流湍急落差在5 ~8米的地方，需漂流游客紧抓橡皮艇拉手，飞驰前进。在“之”字形的河道中迂回，九曲十八弯，一波未停，一波又起，惊喜不断。乘上橡皮筏在这最清澈纯净的河水中激流勇进，体验波浪漂、S 形漂、冲浪漂、跳台漂、回旋漂、奔驰漂带来的惊险与刺激，才知道这里漂流速度有多么快，多么险，多么有趣，才知道河道两边的山有多么绿，整个峡谷有多么幽深与神奇。都说泰国清迈峡谷漂流惊险刺激，那它与徽州大峡谷极速漂流一比，那它就像在缓坡的水道里自由滑行而已。

出了极速漂流谷，就回到了进谷入口。

现在想来，游览徽州大峡谷，全程要乘两次车，来回大约四小时。谷里清溪奔流、碧潭翠池与银瀑交相辉映；林中夹生的叶竹和形态各异的奇松怪石，以及栖息于此的飞禽走兽，使得谷中的任何一景，都犹如一幅幅优美而绝妙的图画。真是人在峡谷走，如同画中游。

一百〇六、最美不过夕阳红

最美不过夕阳红，温馨又从容，夕阳是晚开的花，夕阳是陈年的酒，夕阳是迟到的爱，夕阳是未了的情，多少情爱化为一片夕阳红……

在那夕阳红里，80 岁的姜子牙施展他人生的文韬武略，辅佐周文王周武王兴周灭商，封国安邦，实现了自己伟大的理想！姜子牙老而功业建，千古美名扬。就是今天，姜子牙还被当今世界政治、经济、管理、军事、科技等各个领域的精英们学习和景仰。

东汉开国功臣马援，63 岁，还花甲出征，立志要马革裹尸，雄心壮志千古流名。

著名民族英雄，明朝抗日名将俞大猷 78 岁仍领兵训练，令倭寇闻风丧胆。

这是古代的夕阳红！如果说这遥远，那看看现代的夕阳红吧。

毛主席老师徐特立 70 岁时学习马列经典著作，成为著名的马克思主义研究专家。

著名画家齐白石以“天道酬勤”为座右铭，在 93 岁高龄时还画出 600 多幅名扬中外的杰出的画。

74 岁的邓小平同志率领中国共产党和全国人民，改革开放，使我们民富国强！

可能有人会说，这是大人物的夕阳红。我要说，我们老百姓里有更多的夕阳红！

这里不说全国老有所为模范人物、退休教师杨丙欣退休后依然为教育事业宵衣旰食，鞠躬尽瘁，把有限的生命投入无限的为人民服务之中。他不计报酬，为村民收缴医疗保险，组织合唱队，活跃村里文化，弘扬传统美德。

也不说大连市中山区华昌街道刘春雁同志离休后，建立社区服务站，帮助解决社区下岗人员的就业难题。她践行核心价值观，弘扬真善美，传播正能量，奉献出晚年精彩。

就说我们合肥市包河区滨湖世纪社区居民李申民吧。他退休后，给小区邻里生活注入“健康元素”，在观湖苑小区出黑板报，“亲近大地拥抱春天”，向社区群众普及养生知识。他还做楼道爱心大使，增进了居民之间的情感。

就说“我要活到老、学到老、做到老”倾心尽力无私奉献的我们蜀山区南七街道科企社区的老人万欣，77 岁了还潜心学会笛子、二胡，下围棋、象棋。他活出了老年人的精彩，成为年轻人学习上进的榜样。

再说我们蜀山区五里墩街道青阳路社区66岁的邵羚生，社区群众无人不知她，无人不晓她，无论老少都亲切的喊她“邵姐”。邵姐关爱社区，是老人业余活动的领头人，邻里困难帮扶的贴心人，老有所为的表率人。她身上展示的青春和活力，让许多年轻人都自叹不如。唱起黄梅戏来，她那身段、眼神、一招一式，无不透着专业水准。她自编自演黄梅戏，联唱《赞合肥治“四乱”》《大树新风》等节目，还结合身边的事创作了《婆媳之间》，用幽默的表演形式倡导和谐的婆媳关系，在合肥市主办的文艺巡演中获得良好的社会声誉。

看到社区内的空巢老人子女不在身边，生活苦闷，邵姐便把他们召集在一起，唠唠家常，排解心中的烦恼。邵姐说，人人都会老，帮助他们就是帮助我们自己。

小区内路灯不亮、大树压倒电线、楼房漏水……看到小区内存在的这些大大小小问题，邵姐总是积极地向社区反映，共同解决问题，同时为社区的发展出谋划策。

家住我们团安村小区78岁的王老，冬天想晒晒被子，可是楼上的住户在浇花时没注意，导致泥水顺着阳台往下滴，把王老新晒的被子淋得脏脏兮兮。王老因此和楼上关系也闹得很僵。邵姐知道后，多次上门调解，通过动之以情晓之以理的劝说，让两位邻居冰释前嫌，握手言欢。

邵羚生还曾经和《庐州和事佬》栏目一起，奔赴肥东县为一户失独家庭进行维权方面的纠纷调解。

邵姐是普通平凡的老人，可她浑身燃烧四射的，是人性的真善美，是绚丽灿烂的夕阳红！

……最美不过夕阳红！

老年是成熟人生最最富智慧的阶段。我们满头银发，凝聚着我们岁月的精华，这精华中含有丰富的知识和经验。现在国家、社会正为我们老人创造和提供施展才智、发挥余热的良好舞台，我们有知识有条件再绘我们的人生灿烂！

莫道夕阳晚，为霞尚满天！在举国实现习近平总书记中国梦的今天，让我们的知识和经验，为我们的祖国、为我们的下一代、为我们有意义的人生价值，而燃烧怒放、为霞满天、人生无憾吧！（此文为演讲稿，获合肥市2016年演讲比赛文稿一等奖）

一百〇七、致洪增流和李宗楼的信

尊敬的洪（增流）院长和李（宗楼）处长：

你们是我省我国著名的专家级教授和学者，特此致信，向二位谈谈有关我主编的《大学语文》的编写情况、使用情况及其本人的愿望。

在谈这之前，首先对两位领导对我这本教材一以贯之的肯定和使用表示真诚的感谢。

这本《大学语文》教材的成书，是我和我的省内外同仁们的共同成果，也是祥生院长、明桢先生和您二位支持指导的成果。

在我从事大学语文教学的十五年里，我读遍中华人民共和国成立以来我国《大学语文》的各种版本，早有根据自己的教学实践和理论探索与研究编写一本确保大学语文的学科工具性并兼顾文学性和思想性的教材。在 2006 年我应邀出任《新大学语文》副主编和 2009 年参加全国大学语文编纂研讨会后，我就付诸了行动。从那时开始我就罗列、比较、分析现行本科大学语文教材的编写原则、指导思想、编写体例、篇目、古今中外的篇目比，并结合本人长期的教学实践和理论研究，构想拟设了大学语文教材编写的指导思想、编写大纲、编写体例、篇目。后来，我把这一构想汇报给我的导师，发给我的省内外长期从事大学语文教学和研究的同仁们，广泛征求他们的意见。最后，综合各方面意见，确定篇目、编写体例和编写的指导思想。最后才有在我校获得立项、得到你们支持与指导而向我院本科献礼的这个大学语文的本子。

这本教材在编写过程中，不说我本人领着我院几位年轻语文老师去安徽大学图书馆、省图书馆查校原本古籍和原著的字句必校，也不说洪祥生院长和您两位教授给予的大力支持，也不说已经离职的明桢先生自掏腰包打印一稿二稿和三稿的样稿，只说这本书的其他参编者，也都是省内外乃至我国著名的专家学者。这其中有合肥学院詹向红教授，有蚌埠装甲兵学院谢灵、叶润平教授，有蚌埠学院姚国建教授，有广州中山大学中文系博士刘秀丽教授的最新作品。成书过程中，还得到安徽大学硕士生导师方铭教授、博士生导师王大明教授和陶新民教授的指导。其中王大明教授和陶新民教授不仅给予编写指导，更是牺牲大量时间，从体例、篇目上逐字逐句地主审了这部教材。这本教材，是这些参编教授和指导专家学者们的最新成果。

从发行情况看，这本教材 2003 年比 2002 年多了五倍。

从使用的效果看，仅就我院来说，它是深得使用师生一致喜爱、赞誉的好教材。

我给两位教授说这些，是因为我知道，年年在教材征订的时候甚至之前，各路抢占教材市场的神仙通过各种路径纷至沓来，推销教材。而我们是文科院校，《大学语文》的使用量是块大蛋糕，我怕我们学院的这本大学语文教材——说不定哪天被人撬下弃置不用了。要是这样，科研处以后就不好鼓励我们自家的教师积极投入教材的研究、开发与编写了，我们也就没有可供报审的规划教材了。另外，非主编和非参编院校使用这本教材的范围不断扩大，而我们自己要是不用了，那样我这个还在这里任教的主编脸不好看，这本凝聚你们支持指导和省内外专家学者最新成果的教材也就太可惜了。

当然，教材只有更好，没有最好。限于水平和教学科研的不断深入，这本教材疏谬之处在所难免，还请二位提出批评和指导意见，以便再版时修订与完善。

说一下不怕两位笑话的心里话，可能是人各有志趣或是我这人没有大志向吧，我放下校长不做，偏偏喜欢我的这个不挣钱的教学工作。平时喜欢做点小学问，写点小诗小词小文小赋，我无比珍爱我的这些东西，把它留给后人。《大学语文》也是我倾注心血的这些东西之一，我对它的珍视，生怕它刚刚诞生就哪天被横刀夺爱去啦。所以书呈两位领导，敬请两位帮我保住这本教材在我院能继续使用。

书不尽言，见面致谢。

宋庆山

二〇一四年三月

一百〇八、致《现代汉语》参编同仁的信

尊敬的各位同仁：

首先对您在百忙中参与这本《现代汉语》教材的编写表示衷心感谢！

这本《现代汉语》教材，将凝聚各位同仁在现代汉语教学与研究方面的心血，展现各位同仁在现代汉语教学与研究方面最新的学术成果，富有真金白银般的价值。可我们这些潜心于教学科研的莘莘同仁，却收不到与名利相称的报酬，主要原因是学术类期刊和著作发行量有限。这本教材的出版发行，我能奉谢各位的，也是利薄名微，我只能把各位院校作为参编单位、为各位署名、按比例支付出版后的版税。以后各位要是使用这本教材，则您使用的按册版税全部计给各位。这些虽羞于出口，可我还是先小人直说，恳请各位体谅。

出版社拟七月下旬出版这本教材，书号待出版社发我后即发给各位。现把详细的编写大纲和具体的编写提纲发给各位，敬请各位同仁依据大纲和提纲编写。您的成稿最好在五月上旬（至迟不晚于五月底）发在我 song. qingshan@ 163. com 邮箱（注意：song 和 qing 之间有个小点 . ），因为统稿审校还需要时间。

各位同仁，您在编写过程中，请用可编辑的 wps 文档，章、节题序标题用宋体四号黑体字，正文一律用宋体小四号字。正文节段句务必清晰，标点务必清楚。每章下分节，每节下序列层次用一、（一）、1、（1）、①、A、a 表示，序列层次和其标题标为黑体。每节下，依据每节内容编出十道左右的思考与练习题，并附上答案。题型大致如下：名词概念解释题、实践操作题、列举题、判断选择题、简答题、问答题。各位可参照这一要求编出，但紧扣教材进行题型内容设计是思考与练习的原则。

这里还要说明，各位在编写过程中，原则上要依据编写提纲进行内容组配与编写。如确有需要对编写提纲进行调整和修订，则请各位在修改编写提纲前，务必知会我一下，因为这涉及这本教材知识系统性的前后内容衔接与安排，以避免重复内容的出现。

书不尽言，再次感谢您参与这本教材的编写。愿您编写愉快，期待您早日赐稿。

此致

敬礼

宋庆山

2016. 1. 20 于山水名城书斋

一百〇九、致贾友江的信

友江先生：

真没有想到，你竟然说假话脸不红，端官架子不知羞。你把自己观点作为评判是非的标准，容不得学术意见，你这种霸道而狭隘的行为有愧学者风范。你歇斯底里拍桌子的行为更失缺你的气量！你英雄论出处，鄙夷他人成果，天底下就你伟大?！呵呵，友江先生，想起你卫生间与我谈工作我就不满你，想起你唾星四溅我就想笑你，想起你不准后学者挑战学术权威我就恶心你，想起你背后诋毁你同事我就鄙视你！社会是发展进步的，学术是百家争鸣的，岂是你所能阻遏的！黄伯荣老先生为我国汉语贡献是巨大的，真正崇拜敬仰他的是我们，而不是你这类拍桌子美其名曰维护黄老先生的门外汉。你维护的不是黄老先生，你借此维护的，是你令人不齿的所谓尊严和权威！

我原本是一名中学老师和校长，但当我确定那不是我人生价值所在的时候，我毅然抛掉公职，投身于我所热爱的事业。当我事业有成以后，我把事业交给了聘任的经理，自己上大学里来教书做点小学问。你这个大学问人不屑我这个做小学问的人，可我这个做小学问的人压根儿就瞧不起你这个有“大学问”的人。古人云德不厚而人品差，鸡肠不足为鸿儒矣！友江先生，以后好好有点人品，说假话、端官架子、看不起人的人有得好吗？

宋庆山

2016. 6. 6

一百一十、致《现代汉语》各位参编老师的信

尊敬的各位参编老师，你们好！

这本《现代汉语》教材交出版社快够一年了，一年来迟迟没有付印，一方面是排版编辑老师排版时的工作难度太大而常常需要主编去出版社当面指导编辑排版，比如语音、汉字、语法涉及的许多内容编辑库里没有，都要临时造字造符号，还有格式、符号、标注上下对齐错位等，都耽误了校对编排时间。另一方面也是主要的方面，就是发行方面的考量：出这本教材，有四位排版老师为本书分块排版编辑，累计工作量折算成一人不下四个月；最低起印三千册大约要六万元预付金；还有税费、发行费等费用；这些要是个人，没有十万元人民币垫付，这本教材是压根出版不出来的。眼看这本教材要出版无望了，幸得这本教材的责任编辑鼎力相助，多方协调、沟通、努力，最终出版了这本教材。在此，我向为这本教材出版面世付出努力的各位致以衷心的感谢！

各位老师，我向各位说明以上情况，是向各位倾诉我们共同呕心沥血编写的这本教材出版过程的艰难历程。要说这本教材的质量，在知识的系统性、科学性、严谨性和体例方面，这本教材绝对是目前现行现代汉语教材中的优秀教材。可我们不如黄伯荣、胡裕树等前辈老先生的名气大，纵是他们的教材老旧且错谬多多，我们的教材在征订方面也肯定远比不上他们教材的量。若征订发行量难如人愿，这本教材就可能会出版即消亡，更没有修订再版的可能了。所以我希望各位参编老师，能征用并推荐我们自己呕心沥血凝成的这本教材，并在使用中修订疏漏，至臻这本教材，使它葆有价值和生命力。书不尽言。

此致

教安

宋庆山

2017. 4. 11

一百一十一、《应用汉语》出版后记

今年四月，在安徽省教育厅有关部门支持下，合肥工业大学出版社组织召开了“安徽省文秘专业系列教材编撰研讨会”。与会专家、学者和一线教师代表，对现行于我省各高校文秘专业的汉语教材，进行了归类、比较和分析，发现各版本讲授的内容侧重点不一，有的内容还有重复交叉的现象，不利于统一、规范、评估文秘专业的汉语教学工作。会议决定：编写一本融语音、汉字、词汇、语法、修辞、逻辑于一体的教材，以统一、规范、评估文秘专业的教学工作。考虑到文秘专业培养的是从事文秘工作的应用型人才，决定以“淡化概念、侧重应用”为编写本教材的指导思想，并将本教材定名为《应用汉语》。

编写一本高质量的应用汉语教材，对我们来说是绠短汲深的事。为不负期许，确保质量，先由主编谨拟提纲，向专家、学者、师生广泛征求意见，几作修改，最后又征询大多数编委意见，才最终确定了本教材的编写提纲。教材成稿后，编委会又进行了三次审核，方由主编统稿成书。

参加本教材编写的老师，多是在教学一线长期从事所写章节教学的讲师、副教授、教授。池州师范专科学校程淑萍讲师，安徽工业经济技术职业学院钱放副教授，蚌埠坦克学院张建徽副教授不仅亲自撰稿，还做了大量审稿工作。特别是蚌埠坦克学院长期从事逻辑学教学和研究的谢灵教授不仅亲赐最新成果，还奖掖后学，甘居编委，令人感动。另外，本教材在编写过程中一直得到安徽新华学院领导和该院中文系全体老师的大力支持，特别是得到新华学院中文系主任、原安徽大学硕士生导师方铭教授的指导，谨在此一并致谢。

参加本教材内容编写的院校和人员是：

拟订编写提纲、绪论、统稿、审定：安徽新华学院　宋庆山

语音：安徽商贸职业技术学院　秦晓梅

汉字：安徽职业技术学院　柳国栋

词汇：安徽新华学院　张　岚

语法（1～4节）：池州师范专科学校　程淑萍

（5～8节）：安徽工业经济技术职业学院　钱　放

修辞（1、2、4、5、6节）：蚌埠坦克学院　张建徽

（3、7节）蚌埠学院　李　桦

逻辑：蚌埠坦克学院　　　　　　　　　　　　　　　　　　　　谢灵

限于水平，本教材可能存在这样或那样的缺点或不足，敬请广大师生多提宝贵意见，以使这本教材日臻完善。

宋庆山

二〇〇五年七月

一百一十二、《大学语文》出版前言

确保大学语文的学科工具性并兼顾文学性和思想性，是这本教材不同于同类教材的最主要的特色。本教材的编写以此为指导思想，选篇和体例编排都以此为原则。因为我们认为，努力开拓大学生的语文知识，培养大学生的语文能力，提升大学生的文学欣赏水平、写作能力和道德品质修养，是大学语文的重要任务。

古今并重是本教材的第二个特色。选篇上，本教材一改现在流行的同类教材偏古或偏今的倾向，使古今篇目占比为1∶1。因为我们认为：我国历史文化源远流长，积淀深厚，我们不能不学古益今；现当代作品与我们切近，对我们具有接近现实的指导和借鉴作用，厚古薄今或薄古厚今皆非所宜。

本教材的第三个特色，是遴选古今中外99位作者的作品100篇（不含附录5篇），篇目适中，涉及作者面广，所选散文、诗歌、小说、戏剧和外国文学的内容范围和艺术风格都不相同。可以说，这是一本精练而不失厚重的最新教材。

这本教材在编写过程中，得到安徽外国语学院领导洪祥生、洪增流、王明桢教授和基础部赵彩英主任，安徽农业大学经济技术学院教务处武月锋处长的有力指导和帮助；收录了合肥学院詹向红、周礼根、毛红星教授，蚌埠装甲兵学院叶润平教授，蚌埠学院姚国建教授，芜湖信息学院钱立静教授，安徽工贸学院梅四海教授，广州中山大学中文系刘秀丽博士的最新赐稿；安徽大学博士生导师王大明教授和陶新民教授不仅给予编写指导，更是牺牲大量时间，主审了这部教材。对以上各位专家和同仁卓有成效的帮助，我们谨在此致以最真诚的感谢。

限于水平，这本教材疏谬难免，敬请广大师生和学界同仁提出批评和指导意见，以便我们再版时修订与完善。

宋庆山

二〇一二年四月

一百一十三、《现代汉语》出版前言

2005年，我们与兄弟院校合作，编写出版了安徽省文秘专业系列教材之《应用汉语》。这本教材2008年被审定为安徽省“十一五”高等院校基础课规划教材，至今已使用了十年，再版了五次。其间虽作了几次修订，但体系和体例都没有作大的调整，已不适应现代汉语教学与研究的需要了。2012年，合肥工业大学出版社就约编者编写本科现代汉语教材，以适应和满足本科现代汉语教材建设和教学教研的需要，因编者忙碌没有如命。2013年出版社再次约版，编者也想把长期从事现代汉语教学与研究的成果凝筑笔端，呈奉给同仁斧正和学子学习。于是我们依据长期从事现代汉语教学的实践和研究，借鉴并集合我国目前现行主要现代汉语教材所长，吸收现代汉语教学与研究有关定论的新成果，拟定这本本科《现代汉语》编写大纲，并拟写了初稿。可初稿拟写后，对照大纲，深感大纲和初稿不足许许，商榷多多。于是我们就教大方之家，恭请有关汉语专家和有关院校同仁指导，重新拟定编写大纲，考虑到现代汉语知识的系统性和各章节知识的交集性，委托主编拟写出第二稿，交由各参编院校现代汉语教学的师生修订审校。经过两年多实践检验，集各院校师生意见，又两易其稿，经主编审定后，这才交付出版。

参加本教材编写的人员，都是在教学一线长期从事现代汉语教学与研究方面的教授或副教授。这本教材，凝聚着指导老师和参编同仁在现代汉语教学与研究方面的心血，展现了各位同仁在现代汉语教学与研究方面最新的成果，也是我国现代汉语教学与研究凝练成的精华，富有真金白银般的价值。可我们这些潜心于教学科研的莘莘同仁，却收不到与名利相称的报酬，主要原因是学术著作发行量有限；再加上这是初版，还有一个习惯的被学界认知和接受的过程。但我们不是骄傲地说，这本教材虽不敢说是最好的，但它确实是目前现行现代汉语教材中难得的适教适学和适宜从事汉语研究者参考的好教材！

值此出版之际，衷心感谢安徽大学文学院副院长、博士生导师吴早生教授，这本教材的出版，是他指导的结果。感谢安徽外国语学院2015级汉语国际教育班的全体同学，他们全程参与了这本教材体系和内容的讨论，提出了许多宝贵意见，并参与文字的审校工作，这本教材的出版，是他们全班同学知识智慧汇集的成果。还有，这本教材在编写过程中参阅和吸收大量资料，有的还摘录入教材，这本教材的出版，也是这些成果经过加工整理后的汇集，对已经联系和无法联系的作者，这里也一并致以衷心的感谢！也感谢合肥工业大学出版社，这本教材的出版，也是出版社奉献的成果。

这本教材的参编单位和人员及其承担的工作是：

安徽外国语学院，宋庆山，拟写大纲，拟订初稿，审订绪论、语音、汉字内容，统稿。

合肥师范学院，杨增宏，参与大纲修改审订，修订初稿，修改和审订修辞内容。

池州学院，程淑萍，参与大纲修改审订，修改和审订词汇内容。

安徽新华学院，张岚，参与大纲修改审订，修改和审订语法内容。

另外，安徽大学文学院院长、博士生导师吴怀中教授，对本教材的编写也提出了极为有益的建设性的指导意见。

这本教材，限于水平，不足疏漏之处在所难免，真诚欢迎广大师生和专业同仁提出指导批评意见，以便再版时修订。

宋庆山

二〇一六年五月

一百一十四、谈教子

——复族弟宋宏业的信

宏业弟如面：

弟的来信早已收悉并深阅，感谢你对愚兄的这份真情厚谊。至于你对愚兄的赞誉和我家你两个侄儿的抬爱实不敢当。我教育孩子也没有什么成功的妙诀，他们小时候也没少被我惩罚过。要说我对他们的教育和培养还真是谈不上，我平时只是对他们注重在良好行为习惯的养成上，思想品德的熏陶上，以自己的言行做表率，潜移默化地影响他们而已。至于我给他们具体教育，说来可能都不近乎现代观念和父子人情的。我一直对他们说，你们读书，不管是读大学读研究生还是读博士，学费和生活费都是我的，但你们记住了，从你们毕业后的第二个月开始，你们都要自食其力，我和你们只有父子关系，没有经济关系。我这么说的也是这么做的。就连他们读书期间除了学费生活费医药费以外的任何花费，他们都要自己利用周末去打工挣钱做贴补的。我是用这种方式要他们知道花钱容易挣钱难，并培养他们一定的适应能力。他们的工作，我没有给他们安排，都由他们自己谋职业。如果说这方面我对他们有什么要求，我只要求他们尽量做专业对口的最喜爱执着的工作，而且要忠于职守地努力做工作。关于恋爱婚姻，我是不管他们找什么对象的，工人、农民、知识分子我都不问，只要他们相互爱了就行。但有一个规矩不能破，那就是他们在确定关系之前不许带进家门，带进家门的那个对象就不能再走出门去。我是这么想的，儿子要是今天谈一个带来家明天谈一个带来家，这对爱他不能成的对象是伤害。设身处地地把人家的姑娘作自己的女儿，要是自己的女儿经常被男孩子甩了，那姑娘和姑娘的父母心里是什么滋味感受呢。所以我家你两个侄儿都与他们各自带进家门的对象结婚成家，幸福美满地生活了。还有一点我要对你说，他们谈对象买房子结婚我都没有给他们钱。我认为这些钱我们做父母的要是包下来，他们就很可能会失去拼搏向上靠自己能力生活工作的压力和动力，甚或产生指望父母的习惯依赖心理。我不仅没有给他们钱，还在他们结婚前明确要求他们结婚后，要反哺双方父母，以尽孝道。每月和逢年过节他们都要给我们钱或其他礼物或是经常回家看看安排父母旅游什么的。总之，我要他们反哺父母，就是要让他们知道并养成他们的孝道，这对他们的子女也是良好的家风教育。还有一点，就是他们在人际社会和工作生活中，有时我明明看到或预知到他们错了，要碰壁，要遇到挫折，我也不说不讲不提醒，看着他们犯错误碰钉子遇挫折走弯路。我认为这能促使他们总结吸取经验教训。实践也证明，这对他们精神品质和意志能力智慧的养成起到了很好的作用。当然，对于对那些会造成重大失误的举措和行为，我还是及早提醒他们的。

最后，建议吾弟与我再读读体会林则徐的名言并共勉：“子孙若如我，留钱做什么？贤而多财，财损其志；子孙不如我，留钱做什么？愚而多财，益增其过。”我们都已功成名就，过好晚年，看透事理，享受人生，不给儿孙做牛马。

祝弟心想事成，阖家幸福安康！

宋庆山

2017. 10

一百一十五、国学讲座连载前言

从去年到现在，安徽外国语学院校报编辑部和安外记者团多次邀约我为校报撰写国学方面的学术文章，以供连载，这是对我的器重与垂爱。可我一直不敢答应，因为，虽然我从事“国学”教学与研究几十年，但对“国学”的理解还是肤浅的。

“国学”是什么？旧版《辞源》解释说：国学，就是一国的固有学术。《现代汉语词典》对“国学”的解释是：“旧时称研究我国古代的学问，包括哲学、历史学、考古学、文学、语言学等。”腾讯科技2006年对“国学”的定义是：“国学，指以释道儒三家学问为主干，文学、艺术、戏剧、音乐、武术、菜肴、民俗、婚丧礼仪等等为枝叶的传统中国文化体系。它是中华文明的主要载体，也是中华民族精神的集中体现。”我国著名国学研究专家龚鹏程在《国学入门》中说：“国学并非一门专业、一个科目，而是各种学问生发的土壤。”

我宋老师不敢给“国学”下定义，赞同前人大师和今天学长对“国学”的诠释，只是也有点自己的愚见而已。我认为，“国学”就是我国的古今学问，她既主要包含古代的学问，也包含现当代定性了的经典学问。这学问是什么？就是形成和凝聚我们中华民族繁荣昌盛的公认的最为优秀的文化瑰宝，就是我国政治、经济、思想、文化、艺术、科学、历史等等领域的经典典籍，用四库全书的体例，就是经、史、子、集。

我们为什么要学习国学？国学典籍含英咀华，凝聚着中国数千年的文明，体现了中华博大精深的文化精髓。其简练的语言、丰富的字义、传奇的故事，时时让人感觉到我国文化的奥妙和魅力。国学明道、养志、启智、益思，能古为今用，不仅国人重视，而且世界都兴起我们的国学热。现在仅国外的孔子学院就有300多所，遍布90多个国家，更不应说世界各地成千上万的中国国学课堂了。作为国人，我们更应该了解国学和学习国学，从国学那里承传和弘扬我国文化，更好地发展和建设我们的国家。

所以，我囿于自己对“国学”的浅陋认知与理解，依经、史、子、集的顺序，凭一孔之见，献丑拙作，挂一漏万地贻笑于大方之家，敬请同仁与学子批评指正。拙作中参阅和摘取的同仁成果，没有一一注明，恳请谅解并致真诚感谢。

（2015. 3 写于山水名城书斋）

一百一十六、《经》学简说

这里讲的经，指我国国学中传扬儒家思想的经典著作，主要有十三经。十三经中最主要的经书是《易经》《尚书》《诗经》《礼记》《春秋》（合称《五经》）之及《论语》和《孟子》。

《易经》，是我国最早的经书，列儒家经典之首。它，看是占卜之书，外层神秘，其实内蕴的哲理却至深至弘。其成书非一时之就，更非出一人之手。相传上古伏羲创易（始作八卦），夏衍生出《连山易》，商发展成《归藏易》，周集前易成《周易》，后经孔子作“十翼”之说，始成今日之见的《易经》。

《易经》包括《经》文和《传》文两部分。《经》文就是《周易》，由六十四卦卦象及相应的卦名、卦辞、爻名、爻辞等组成。《传》文就是孔子用来解说“经”内容的“十翼”，共七种十篇：《彖》上下篇、《象》上下篇、《文言》、《系辞》上下篇、《说卦》、《杂卦》和《序卦》。

《易经》是国学儒道两家思想的重要经典之一，是中国传统思想文化中自然哲学与人文实践的理论根源，是我国古代汉民族思想、智慧的结晶，被誉为“大道之源”，是古代帝王之学、政治家、军事家、商家的必修之术。它涉纲纪群伦，涵盖万有，是汉族传统文化的杰出代表；它广大精微，包罗万象，是中华文明的源头活水。

《尚书》古时称《书》《书经》，至汉称《尚书》。“尚”便是指“上”，“上古”。该书是古代最早的一部历史文献汇编，记载上起传说中的尧舜时代，下至东周中期约1500多年的历史。基本内容是古代帝王的文告和君臣谈话内容的记录，相传为孔子编定。《尚书》有两种传本，一种是《今文尚书》，一种是《古文尚书》。现在通行的《十三经注疏》本系列中的《尚书》，是今文尚书和伪古文尚书的合编。古时称赞人“饱读诗书”，这“诗书”便是指《诗经》和《尚书》。

《诗经》，先秦称《诗》或《诗三百》，是我国第一部诗歌总集。《史记·孔子世家》说“古者《诗》三千余篇，及于孔子，去其重……”只选留西周初至春秋中期500年间三百零五篇（原三百十一篇）诗歌。《诗经》的内容为“风”“雅”“颂”三部分，“风”为土风歌谣，“雅”为西周王畿的正声雅乐，“颂”为上层社会宗庙祭祀的舞曲歌辞。《诗经》的表现手法主要是赋、比、兴（这些以后再谈）。此书广泛地反映了当时社会生活的各方面，被誉为古代社会的人生百科全书，对后世影响深远。

《礼记》，是战国到秦汉年间儒家学者解释说明《仪礼》的文章选集。《礼记》

虽只是解说《仪礼》之书，但由于内容记载和论述先秦汉民族的礼制、礼仪，涉及政治、哲学、伦理、历史、祭祀、文艺、日常生活、历史等方面的内容，其影响远远超出了《周礼》《仪礼》。世代必学而又影响深远的《四书》（《大学》《中庸》《论语》《孟子》）中的《大学》和《中庸》，就是从《礼记》中抽出来单独成书的两本书，可见《礼记》对我国思想、教育的影响有多深远了。

《春秋》是我国最早的编年体史书。它按年、月、日有次序地记载上自公元前722年（鲁隐公元年）下至前481年（鲁哀公十四年）期间12个国君242年的史实，是孔子晚年呕心沥血之作。它是鲁国史的一部分，却也把鲁国以外的其他国家，以及当时天下大势的演变情况，作了广泛的记载。因此，史学家就把这段历史叫做“春秋”时期。

《春秋》内容记载当时统治阶级的政治活动，包括诸侯国之间的征伐、会盟、朝聘等；也记载一些自然现象，如日食、月食、地震、山崩、星变、水灾、虫灾等；经济文化方面，记载一些祭祀、婚丧、城筑、宫室、搜狩、土田等。

《论语》是一部以记述孔子及其弟子言行为主要内容的语录体散文著作。孔子（前551—前479）名丘，字仲尼，春秋末期鲁国陬邑（今山东曲阜）人，我国古代著名的思想家、教育家，儒家学派的创始人，其“德”“仁”“礼”的主张及其教育思想对后世影响极大。

《论语》涉及哲学、政治、经济、教育、文艺等诸多方面，内容非常丰富，是儒学最主要的经典。在表达上，《论语》语言精练而形象生动，是语录体散文的典范。在编排上，《论语》没有严格的编纂体例，每一条就是一章，集章为篇，篇、章之间并无紧密联系，只是大致归类，并有重复章节出现。

《孟子》是一部以记录孟子言论为主要内容的散文著作，大约是孟子与其弟子共同编订而成，共七篇。孟子（前372—前289年），名轲，战国时期邹国（今山东邹县）人，我国战国时期著名的思想家、教育家，儒家学派的代表人物。曾受业于孔子之孙子思的弟子，其“仁政说”“性善论”是对孔子仁学的继承和发展。

除以上提到的七部经书外，十三经还包括《周礼》《仪礼》《孝经》《春秋公羊传》《春秋谷梁传》《尔雅》（《现代汉语大词典》中的《春秋》是指《春秋左氏传》）。学术界还有人认为其他六部为《乐经》（秦始皇焚书后失传）《春秋左氏传》《春秋公羊传》《春秋谷梁传》《孝经》《尔雅》。《十三经》是儒家文化的经典著作，就传统观念而言，《易经》《诗经》《尚书》《礼记》《春秋》谓之“经”，《左传》《公羊传》《谷梁传》属于《春秋经》之“传”（这个“传”是注释、解释的意思，千万别理解为传记的意思），《礼记》《孝经》《论语》《孟子》均为“记”，《尔雅》则是汉代经师的训诂之作。这里限于篇幅，以后再做介绍。

一百一十七、《易经》简说

《易经》由《周易》的“经”文和孔子对经文注释解说的“传”（“十翼”）构成。

图1 太极八卦图

读易经得先看太极八卦图（见图1）。《易经·系辞传》说：“易有太极，是生两仪，两仪生四象，四象生八卦。”图中的圆就是太极，那是天地混沌、阴阳不分时的宇宙状态。太极生两仪，两仪就是这圆中两个黑白鱼形，分别代表阴、阳或天、地；鱼形中的黑白鱼眼圆点，是白中有黑、黑中有白，或说是你中有我、我中有你的意思。黑白（阴阳、天地）交合不停运转，就生出四象，“四象”就是太阳、少阴、少阳、太阴，也可以取像四方、四季。四象运转、轮替、交合、作用，太阳就生出乾、兑（duì），少阴就生出离、震，少阳就生出巽（xùn）、坎，太阴就生出坤、艮（gèn），这就是四象生八卦。其实八卦就是天和地以及天地间存在的六种自然物质现象的总和，即乾、坤、震、巽、坎、离、艮、兑。八卦中乾是健、坤是顺、震是动、巽是入、坎是陷、离是丽、艮是止、兑是悦的意思，取法物象就是天、地、雷、风、水、火、山、泽（见图1），取法人伦，就是父、母，长男、长女，次男、次女，少男、少女。当然八卦也可对应八方、八节等。八卦取像不同，意义也各不一样。

八卦名下都有一个符号，这符号叫卦画，也叫卦象，每个卦画都由三条爻（yáo），即“—”（奇画）、“--”（偶画）组成。爻是卦画的基本单位，长的横线称“阳爻”，两条断开的横线称“阴爻”。每个爻位都有各自不同的含义，这三个不同的含义又共同构成了卦义。这种画卦就是人们所说的伏羲三画经八卦。后来传说文王对伏羲八卦排列顺序作了调整，思维更富逻辑推理性，但每卦卦画符号和卦义都没有变化。

后来人们发现这八种自然现象相互独立、对立乃至不停运动和相互作用，变化、孕育、生成无以穷尽的天地万物来，于是就在八卦三画经卦的基础上，让这三画经卦两两重合为“六”画经卦，这样“六”以自身各有的两种变化的可能排列组合，结果重为六十四卦，这就是易经六十四卦的由来，也或说是六十四卦就是将八卦两两直接相重而生成的。六十四卦排列顺序各种各样，见图 2 和图 3 所示。

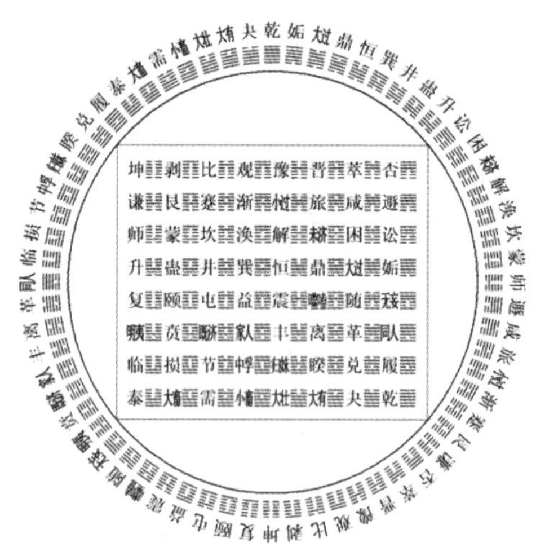

图 2　六十四卦方位图

两个三爻画卦重变为六爻画卦后，人们又把这六爻卦分解为上半部分和下半部分，四、五、上三爻为上卦（外卦），初、二、三三爻为下卦（内卦）。

“六十四卦”每卦都有六爻，孔子以“六”表示“- -（阴爻）”，以“九”表示“—”（阳爻）”。六爻的位置称作“爻位”，自下而上分别为“初、二、三、四、五、上”。如“初”是阳爻，就叫“初九”，“初”是阴爻，就叫“初六”；“二”是阳爻，就叫“二九”，“二”是阴爻，就叫“二六”，以此类推。

六爻含义各不相同，儒家以初、二爻代表地，奇画为刚，偶画为柔；三、四爻代表人，奇画为义，偶画为仁；五、上爻代表天，奇画为阳，偶画为阴。这就是“天、地、人”三才观，这种观点认为天在上、地在下、人居其中，人是天地宇宙的核心和主宰。其实八卦取像（物象或意义）无穷无尽，六爻表义也可各不相同，这就是专业学者和坊间相师术士对易经易卦的繁易博杂的不同解读的

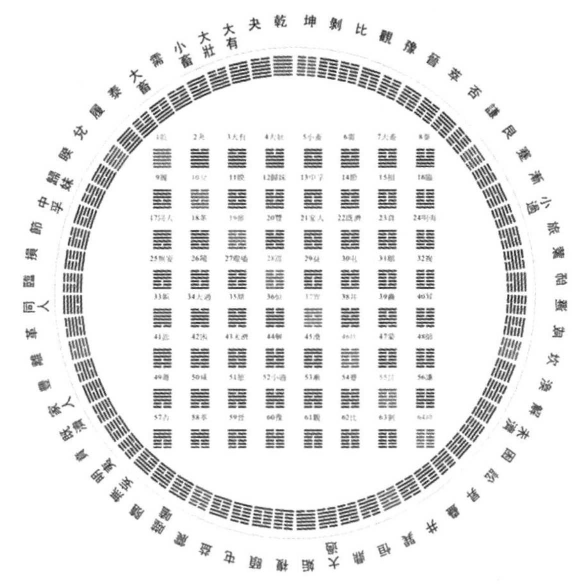

图3　六十四卦方位图

依据，这里限于篇幅，不作过多介绍。

《易经》中的《周易》经文，大都是先卦画符号（卦画、卦象），符号下标注卦名，卦名下是卦辞，卦辞下是爻题（爻名），爻题下是爻辞。现在以第三卦为例略述如下。

䷂屯（卦三）（震下坎上）

屯：元亨，利贞。勿用有攸往。利建侯。

彖曰：屯，刚柔始交而难生。动乎险中，大亨贞。雷雨之动满盈，天造草昧。宜寻建侯而不宁。

象曰：云雷，屯。君子以经纶。

初九，磐（pán）桓，利居贞。利建侯。

象曰：虽磐桓，志行正也。以贵下贱，大得民也。

六二，屯如邅（zhān）如，乘马班如。匪寇，婚媾（gòu）。女子贞不字，十年乃字。

象曰：六二之难，乘刚也。十年乃字，反常也。

六三，即鹿无虞，惟入于林中，君子几，不如舍。往吝。

象曰："即鹿无虞"，以从禽也。君子舍之，往吝穷也。

六四，乘马班如，求婚媾。往吉，无不利。

象曰：求而往，明也。

九五，屯其膏，小，贞吉；大，贞凶。

象曰："屯其膏"，施未光也。

上六，乘马班如，泣血涟如。

象曰："泣血涟如"，何可长也。

这是六十四卦中第三卦屯卦，䷂框中符号叫卦画；由上三爻组成的坎卦和下三爻组成的震卦构成的震下坎上的水雷屯卦，屯是这个卦画的名称；屯下"元亨，利贞。勿用有攸往。利建侯"是这个屯卦的卦辞，是概括这个卦象的卦义的，或者说是对以下六爻辞意象含义的综合总结；爻题就是这个六爻从下往上依次取的名称，分别叫做"初九、六二、六三、六四、九五、上六"；这每个名称下的文字叫爻辞，如"乘马班如，求婚媾。往吉，无不利"就是六四爻的爻辞，是对六四爻爻义的说明、描述文字。同一卦六条爻辞间相对独立、相对静止但又相互关联、相互作用，表示不同时间、阶段事物的发展状态，以构成完整的发生、发展过程，这就构成全卦六爻整体内容意义——卦辞。

本来《周易》经文卦辞、爻题、爻辞是连着排的，孔子看后怕读的人不懂其中意义，就在原文卦辞和爻辞下对卦辞和爻辞意义做注释说明，这就是我们现在看到的《易经》文。孔子的这个注释说明，在卦辞下的叫象（tuàn）和象。彖是标注卦名、说明卦辞和一卦大义的文字，如文中"象曰：屯，刚柔始交而难生。动乎险中，大亨贞。雷雨之动满盈，天造草昧。宜寻建侯而不宁。"象是阐释各卦的卦象及各爻的爻象的，又分"大象"和"小象"。"大象"是对卦画构成和卦义内容的总体说明，但与"彖"不同，它是将六爻还原成三爻的八卦，以八卦所象征的事物，说明全卦，如文中"象曰：云雷，屯。君子以经纶"。"小象"与"彖"近似，它以各爻的位置为主，说明每一"爻辞"的内容含义，如"初九，磐（pán）桓，利居贞。利建侯。象曰：虽磐桓，志行正也。以贵下贱，大得民也"的象就是小象。

六十四卦中，乾、坤卦里还有"文言传"，是在乾、坤象、象的基础上对卦德进行的详细阐释，这里不再解说。

《易经》文字不管是《周易》经文还是孔子作注的象、象等文字，今天读起来都晦涩难懂，很难理解它的意义，要想读懂《易经》，就要借助众多的参考文献，特别是今天的白话易经，并结合自己的参悟理解，这样读起来也就可能透过它的现象理解它至深至弘的博大精深的内蕴哲理了。

读《易经》还要明白易经的成卦方法、卦画性质、意义和作用。

上文已述，易经的卦画由阳爻"—"（奇数）和阴爻"--"（偶数）组成，共"初、二、三、四、五、上"六爻。六爻以不同的奇画偶画配搭，便形成八八六十四卦。

六十四卦中的每一卦画是怎样占卜得来的呢？下面介绍一下。

文王卦：相传周文王取四十九根整齐的蓍草，信手分为两份。没分的时候代表太极之时，一分为二就是太极生两仪（一阴一阳）。从一分为二的两部分中的任一部分里拿出一根放在一边，这一根就代表天、地（阴、阳）之间产生了人。天、人、地就是三才，人是天地的主宰。这时两部分的蓍草总和就只有四十八根了。

尔后，分别对两部分蓍草，四根四根地去数拣出来，直到剩余不足四根。这样每部分余数必然是一根、两根、三根或者不余，不余的视同余四。因为是四十八跟，所以肯定是一部分余一另一部分就余三，一部分余二，另一部分就余二，所以每部分的余数不外乎是一、二、三、四几种情况，这样两部分余数的和就只能是四或八了。把两手的余数放在一边，这样两部分数拣出的蓍草之和要么是四十，要么是四十四。

把上边数拣出的蓍草合起来（四十或四十四根）再随手分成两份，再四根四根地分别拣出来，直到每部分余数不足四根为止。把两部分余数放到一边，这时检出的两部分蓍草之和只能是三十六或四十。

把上边数拣出的蓍草合起来（三十六或四十根）再随手分成两份，再四根四根地分别拣出来，直到每部分余数不足四根为止。把两部分余数放到一边，这时检出的两部分蓍草之和只能是三十二或三十六。

把上边数拣出的蓍草合起来（三十二或三十六）再随手分成两份，再四根四根地分别拣出来，直到每部分余数不足四根为止。把两部分余数放到一边，这时检出的两部分蓍草之和只能是二十八或三十二。

把上边数拣出的蓍草合起来（二十八或三十二）再随手分成两份，再四根四根地分别拣出来，直到每部分余数不足四根为止。把两部分余数放到一边，这时检出的两部分蓍草之和只能是二十四或二十八。

把上边数拣出的蓍草合起来（二十四或二十八）再随手分成两份，再四根四根地分别检出来，直到每部分余数不足四根为止。把两部分余数放到一边，这时检出的两部分蓍草之和只能是二十或二十四。

用四除以这个和，商是五或六。若是五，就是阳爻，为“九”，画“—”；若是六，就是偶，为“六”，画“--”。这就完成了六爻卦画的初爻（最下面的）爻画。

再重复以上全过程五次，依次对应“二、三、四、五、上”，画出爻画，一卦画完成。对照各爻含义，就知道这个卦的意义了。

文王卦这种方法算出一卦要很长时间，后来人们用四分别依次除以以上六次拣出的和，得奇数的为阳爻，为“九”，画“—”；得偶数的是偶，为“六”，画“--”。依次从下往上画，这就完成了一个六爻卦画。

还有人更简单，就是取用六枚铜钱置于龟壳或竹筒中，单手拖握，单手封口，上下摇晃六下以上，将封口手放下，轻轻将器物内的铜钱依次倒出，铜钱正面为阳为奇，背面为阴为偶。先倒出来的三个铜钱依次为“初、二、三”爻画，后倒出来的三个铜钱依次为“四、五、上”爻画，画出这六爻，则占成一卦。每三个铜钱有八种变法，上八下八，刚好八八六十四种变法，即八八六十四卦。这种成卦方法叫金钱卦。

还有其他卦法。如取铜钱或硬人民币一枚，放在或握在手中掂摇几下抛出，落后正面往上为阳为奇，背面往上为阴为偶，依“初、二、三、四、五、上”摇抛六次，画出即成占卦。也有人把六十四卦制成罗盘，随机射中的即为占卦。

古人用易经占卜来预测未来，反映当前现象，决策国家大事，测天、地、人、事的祸福吉凶，这只是古人在未掌握科学方法之前凭借物象所依托的一种手段，并不是真正的科学。说实在的，我们宁可相信南极一只蝴蝶扇动翅膀共振变化了整个大气环流，也别相信用易经占卜可以预测运势或祸福吉凶。因为占卜预测是纯唯心的，随机任意的，卦象与所占的心里祈愿之间没有任何必然的因果逻辑关系，这从我上面介绍的成卦就可以看出来的。虽然有些卦理与科学相符，那是因为这个卦理的设定正好与科学相合了，这只是个例。比如，占解卦的人依据望闻问切、心理学原理、人世社会的知识经验、现代信息技术等，对求卦人的肖像、心理、性别、年龄、职业、祈愿等等作深入揣摩研究和分析推理，牵强于卦象，说出求卦人的未来运势或是祸福吉凶来。所以我们不能说易经占卜算卦是科学的，我们只能把它当作是人为创造的一种文化。

可这种文化却是世人公认的最为灿烂的文化瑰宝，成为我国最为重要的国学经典之一，这又是为什么呢？这是因为它提出世界万物是发展变化的、千姿百态的万物和万物的千变万化都是阴阳相互作用结果的观点；它提出人间社会的一切都是对立统一、此消彼长、物极必反的观点；它认为人要有自强不息厚德载物居安思危乐天知足的精神、品德和修养；它提出和合（和谐）是自然、人类生存共荣的前提和核心的主张……总之，它的世界观和方法论孕育出我国儒、道、法、农、军、商、医、学等诸子百家的思想学说，这些都对我国乃至世界的发展进步无不产生巨大而深远的影响。

另外，易经语言也很富文采和哲理，耐人寻味。这里摘录一些语句，以飨读者：

天行健，君子以自强不息。地势坤，君子以厚德载物。夫大人者，与天地合其德，与日月合其明，与四时合其序，与鬼神合其吉凶。《易》，穷则变，变则通，通则久。一阴一阳之谓道，继之者善也，成之者性也。仁者见之谓之仁，知者见之谓之知，百姓日用不知；故君子之道鲜矣！立天之道曰阴与阳，立地之道曰柔与刚，立人之道曰仁与义。君子学以聚之，问以辩之，宽以居之，仁以行之。居上位而不骄，在下位而不忧。方以类聚，物以群分。夫妻反目，不能正室。君子以俭德辟难，不可荣以禄。唯君子为能通天下之志也。君子以教思无穷，容保民无疆。君子敬以直内，义以方外。积善之家，必有余庆；积不善之家，必有余殃。坤至柔而动也刚，至静而德方。君子以遏扬善，顺天休命。谦谦君子，卑以自牧也。君子以独立不惧，遁世无闷。天地感，而万物化生；圣人感人心，而天下和平。君子以见善则迁，有过则改。是故，易有太极，是生两仪，两仪生四象，四象生八卦，八卦定吉凶，吉凶生大业。时止则止，时行则行，动静不失其埋，其道光明。劳而不伐，有功而不德，厚之至也。二人同心，其利断金。同心之言，其臭如兰。君子上交不谄，下交不渎。形而上者谓之道；形而下者谓之器。乱之所生也，则言语以为阶。君不密则失臣，臣不密则失身，几事不密则害成。是以君子慎密而不出也。日往则月来，月往则日来，日月相推，而明生焉。寒往则暑来，暑往则寒来，寒暑相推，而岁成焉。尺蠖之屈，以求信也；龙蛇之蛰，以存身也。精义入神，以致用也；利用安身，以崇德也。君子终日乾乾，夕惕若，厉无咎。终日乾乾，与时偕行。能经众正，可以王矣。圣人立象以尽意，设卦以尽情伪，系辞焉以尽其言，变而通之以尽利，鼓之舞之以尽神。无平不陂，无往不复，艰贞无咎。日月丽乎天，百谷草木丽乎土。师出以律，失律凶也。大君有命，以正功也，小人勿用，必乱邦也。君子以懿文德。不恒其德，或承其羞。天地节而四时成。节以制度，不伤财，不害民。古者包羲氏之王天下也，仰则观象于天，俯则观法于地，观鸟兽之文，与地之宜，近取诸身，远取诸物，于是始作八卦，以通神明之德，以类万物之情。有天地，然后有万物；有万物，然后有男女；有男女，然后有夫妇；有夫妇，然后有父子；有父子然后有君臣；有君臣，然后有上下；有上下，然后礼仪有所错。损而不已必益。益而不已必决……

由此看来，这《易经》哪里只是卜筮书，它简直就是哲学书、历史书、行为书、教育书……无怪乎它的世界观和方法论孕育出我国儒、道、法、农、军、商、医、学等诸子百家的思想学说。它是中国传统思想文化中自然哲学与人文实践的理论根源，是古代汉民族思想智慧的结晶，是政治家、军事家、商家必修之术。它涵盖万有，纲纪群伦，广大精微，包罗万象，成为中华文明的源头活水。今天，我们要学之，思之，取其精华，剔除其糟粕，古为今用，让它作为我们繁荣昌盛伟大祖国的智慧和精神食粮。

一百一十八、我国古代诗词格律常识

一、诗律

1. 诗

诗是我国古代运用最广的一种文学体裁。它门类众多，体式纷繁，大多通过有节奏、韵律的语言反映生活，抒发感情。

2. 诗的分类

（1）古体诗：又称“古诗”“古风”。一般是指周、汉、魏、六朝等唐代以前的诗歌以及唐代以后的拟古诗。古体诗对平仄、对仗、用韵等要求不严格或没有要求，每篇句数也不拘，有四言、五言、六言、七言、杂言诸体，可以说是古代的一种自由诗。

古体诗是在先秦诗歌的基础上发展起来的，包括先秦的《诗经》《楚辞》和汉、魏、六朝的文人诗、乐府诗以及南北朝的乐府民歌。

古人对于诗、歌、乐是有区别的。刘勰《文心雕龙·乐府》说：“凡乐辞曰诗，诗声曰歌”。也就是说，诗是文人所作的歌辞，歌是指与诗相配合的乐曲，诗、歌合在一起才称之为“乐府”。后来乐府的概念不断扩大，人们把用于歌唱的歌辞也称为乐府，如《陌上桑》《东门行》《子夜歌》等。

（2）近体诗：又称今体诗，是在永明体的基础上发展起来的。永明体的特点是讲究声律谐和，与古体诗不讲究格律形成对比。唐时永明体进一步发展，从而形成一种以讲究平仄和对仗为格律特点的近诗体。

永明体是最早形成于南朝齐武帝萧赜永明年间（483—494）的一种新的诗体。那时，汉字四声平、上、去、入首创，随后以沈约、谢朓、王融为代表的诗人群，将平声作格律平（—），上、去、入三声作格律仄（｜），平仄声节（单声或双声的）交错便构成平仄声律句，而率先用于五言诗的创作，这就是“永明体”。在“永明体”以前，诗坛上流行的是“古体诗”（即古诗、古风）。

唐代以后，形成了律诗和绝句，称为“近体诗”，亦称“今体诗”。“今体诗”是同“古体诗”相对而言的，句数、字数和平仄、用韵等都有严格的规定。而这“近体诗”的雏形，就是“新体诗”，即“永明体”诗。“永明体”的出现，标志着古体诗已暂告一段落，预示着“近体诗”的即将出现。因此，即使后人对“永明体”诗提出了这样那样的批评，“永明体”诗在文学史上的地位，还是应该予以肯定，并给予恰当的评价的。

（3）四言诗：四个字一句的诗。《诗经》大多是四言诗。

（4）五言诗：五个字一句的诗。东汉末的《古诗十九首》就是一部五言诗集。

（5）七言诗：七个字一句的诗。最早的七言诗是无名氏的《柏梁台》诗，唐代开始七言诗就较多了。

（6）律诗：每首八句。每句五字的称为五律，每句七字的称为七律。两句为一联，从上往下依次叫首联、颔联、颈联、尾联。如王维五律《观猎》："风劲角弓鸣，将军猎渭城。草枯鹰眼疾，雪尽马蹄轻。忽过新丰市，还归细柳营。回看射雕处，千里暮云平。"杜甫七律《登高》："风急天高猿啸哀，渚清沙白鸟飞回。无边落木萧萧下，不尽长江滚滚来。万里悲秋常作客，百年多病独登台。艰难苦恨繁霜鬓，潦倒新停浊酒杯。"

（7）绝句：绝句是近体诗中体制最小的一种诗体，比七律句数少一半，每首共四句。每句五言的叫五绝，全诗二十字；每句七字的叫七绝，全诗二十八字。如王勃的五绝《山中》："长江悲已滞，万里念将归。况属高风晚，山山黄叶飞。"杜甫的七绝《赠花卿》："锦城丝管日纷纷，半入江风半入云。此曲只应天上有，人间能得几回闻。"

（8）长律、排律：长于八句的律诗称为长律、排律，是律诗的延长，也有五言和七言两种。其特点是除了尾联或者首联、尾联，其余各联一般都用对仗，各句间也都要遵守平仄粘对的要求。由于限制过多，容易显得堆砌死板，历来名篇很少。

排律一般是五言，七言很少。五言排律由汉魏六朝五言古诗演化而来。刘宋时谢灵运的《湖中瞻眺》、梁代庾信的《奉和山池》，已具排律雏形，但体制较短，限于五韵十韵。杜甫以后，方告成熟，体制渐长，声律愈工。中唐白居易的《代书诗寄微之》竟长达一百韵，韩愈、孟郊等更用联句形式演为长篇，如《城南联句》，形式更加工巧，内容却日见贫乏。

排律之中，还有一种试帖诗，大都为五言六韵或八韵，以古人诗句或成语为题，冠以"赋得"二字（所以也叫"赋得体"），并限定韵脚，为科举考试所采用。

3. 诗的格律

（1）押韵

押韵是指诗歌韵文中，在一定位置上重复使用同韵的字，以造成一种回环往复的音乐美。

"押韵"的"韵"：包括韵腹、韵尾和声调，不包括韵母的韵头，但比"韵母”多声调。又因为用韵的地方在句末，所以叫“韵脚”。

诗歌讲究音律和谐，无论古体诗还是近体诗，都有一定的押韵规范。诗韵就是用来规范用韵的韵书。韵书就是把同韵的汉字（韵腹、韵尾、声调相同）编排在一起，供人们写韵文时选字押韵的工具书。

概括先秦诗歌用韵的有王力的古韵三十部。我国第一部韵书是三国魏时李登的《声类》。六朝韵书的集大成者是隋代陆法言的《切韵》（193 韵）。北宋陈彭年等人在《切韵》基础上编《广韵》（206 韵），分韵太细。南宋平水（今山西临汾）人刘渊著《壬子新刊礼部韵略》，把诗韵归为 107 韵。金人王文郁的《平水新刊韵略》归 106 韵（称平水韵）。平水韵包括平声三十韵、上声二十九韵、去声三十韵、入声十七韵，成为当时和后代文人作诗用韵的依据。限于篇幅这里不作具体介绍。

古体诗对用韵没有要求。近体诗对用韵有严格要求，具体如下：

① 隔句押韵：除有的首句入韵外，都是隔句押韵。

② 押韵的位置在双数句（2、4、6、8）句末，单数句（1、3、5、7）一般不押韵。第一句末押韵的叫首句入韵，第一句不押韵的叫首句不入韵。

③ 一般押平声韵。如王维《终南山》，诗押平声虞韵：隅、无、殊、夫。

太乙近天都，连山到海隅。白云回望合，青霭入看无。

分野中峰变，阴晴众壑殊。欲投人处宿，隔水问樵夫。

极个别押仄声韵，属不正规，有的学者干脆把它归入古体诗。如柳宗元《江雪》，诗押入声薛韵：绝、灭、雪。

千山鸟飞绝，万径人踪灭。孤舟蓑笠翁，独钓寒江雪。

④ 一韵到底，中途不换韵。这种近体诗不能出韵（出韵：即用了不是这个韵中的字），即韵脚（押韵的字）必须只用同一个韵中的字，不许用邻韵的字；出韵的诗，不能算标准的近体诗，所以说近体诗的用韵很严。如李白《赠孟浩然》：

吾爱孟夫子，风流天下闻。红颜弃轩冕，白首卧松云。

醉月频中圣，迷花不事君。高山安可仰，徒此揖清芬。

诗押文韵：闻、云、君、芬。

（2）平仄

平仄是律诗中最重要的格律因素，利用平仄的交互，形成节奏的抑扬顿挫，从而寻求声律的美。“平”是指平声，包括普通话中的阴平和阳平（中古时期平声不分阴平阳平的）；“仄”是指中古时期的上、去、入三声。今天普通话中已无入声字，中古的入声已派入普通话的四声中了。所以，对于派入阴平、阳平的入声字，是要记住的，否则分析律诗的平仄就有困难了。

常见近体诗平仄格式列举例如下（加“○”者为可平可仄）：

① 五言律句平仄有四种基本格式：

A. ㊀仄平平仄（仄起仄收式）。如杜甫《春望》：

国破山河在，城春草木深。感时花溅泪，恨别鸟惊心。

仄仄平平仄，平平仄仄平。㊉平平仄仄，仄仄仄平平。

烽火连三月，家书抵万金。白头搔更短，浑欲不胜簪。

㊀仄平平仄，平平仄仄平。平平平仄仄，仄仄仄平平。

B. ㊉平平仄仄（平起仄收式）。如王维《山居秋暝》：

空山新雨后，天气晚来秋。明月松间照，清泉石上流。

平平平仄仄，㊀仄仄平平。㊀仄平平仄，平平仄仄平。

竹喧归浣女，莲动下渔舟。随意春芳歇，王孙自可留。

㊉平平仄仄，㊀仄仄平平。㊀仄平平仄，平平仄仄平。

C. ㊉平㊀仄平（平起平收式）。如岑参《赵少尹南亭送郑侍御归东台》：

红亭酒瓮香，白面绣衣郎。砌冷虫喧坐，帘疏雨到床。

平平㊀仄平，㊀仄仄平平。仄仄平平仄，平平仄仄平。

钟催离兴急，弦逐醉歌长。关树应先落，随君满鬓霜。

㊉平㊀仄平，㊀仄仄平平。仄仄平平仄，平平仄仄平。

D. ㊀仄仄平平（仄起平收式）。如王维《终南山》：

太乙近天都，连山到海隅。白云回望合，青霭入看无。

仄仄仄平平，平平㊀仄平。㊉平平仄仄，仄仄仄平平。

分野中峰变，阴晴众壑殊。欲投人处宿，隔水问樵夫。

㊀仄平平仄，平平㊉仄平。㊉平平仄仄，仄仄仄平平。

这四种格式中，A、B 是两种基本格式，首句不入韵在五律中是比较正规的；C、D 两种是在此基础上变化而成的，首句一般是押韵的。

② 七言律句平仄四种基本格式：

七律是在五律之前加上两个字，并且与句首两字平仄相反即可。具体如下：

A. ㊉平㊀仄平平仄（平起仄收式）。如苏轼《和子由渑池怀旧》：

人生到处知何似？应似飞鸿踏雪泥。

平平仄仄平平仄？仄仄平平仄仄平。

泥上偶然留指爪，鸿飞那复计东西。

仄仄平平平仄仄，平平仄仄仄平平。

老僧已死成新塔，坏壁无由见旧题。

平平仄仄平平仄，仄仄平平仄仄平。

往日崎岖还记否，路长人困蹇驴嘶。

仄仄平平平仄仄，平平仄仄仄平平。

B. ㊀仄㊉平平仄仄（仄起仄收式）。如杜甫《咏怀古迹》（第五）：

诸葛大名垂宇宙，宗臣遗像肃清高。

仄仄平平平仄仄，平平仄仄仄平平。

三分割据纡筹策，万古云霄一羽毛。

平平仄仄平平仄，仄仄平平仄仄平。

伯仲之间见伊吕，指挥若定失萧曹。

仄仄平平平仄仄，平平仄仄仄平平。

运移汉祚终难复，志决身歼军务劳。

平平仄仄平平仄，仄仄平平仄仄平。

C. ㊀仄平平㊀仄平（仄起平收式）。如杜甫的《登高》：

风急天高猿啸哀，渚清沙白鸟飞回。

仄仄平平仄仄平，平平仄仄仄平平。

无边落木萧萧下，不尽长江滚滚来。

平平仄仄平平仄，仄仄平平仄仄平。

万里悲秋常作客，百年多病独登台。

仄仄平平仄仄平，平平仄仄仄平平。

艰难苦恨繁霜鬓，潦倒新停浊酒杯。

平平仄仄平平仄，仄仄平平仄仄平。

D. ㊉平㊀仄仄平平（平起平收式）。如毛泽东《长征》：

红军不怕远征难，万水千山只等闲。

平平仄仄仄平平，仄仄平平仄仄平。

五岭逶迤腾细浪，乌蒙磅礴走泥丸。

仄仄平平平仄仄，平平仄仄仄平平。

金沙水拍云崖暖，大渡桥横铁索寒。

平平仄仄仄平平，仄仄平平仄仄平。

更喜岷山千里雪，三军过后尽开颜。

仄仄平平平仄仄，平平仄仄仄平平。

七律的平仄格式以首句入韵为正规，这一点正好与五律相反。

近体诗以平仄相间的原理调配每句诗中各个字的声调，也就是说每句诗中每间隔两个字或者三个字就要更替其平仄。按这些规则交替使用平声字或仄声字，因而音律抑扬顿挫，富于节奏感和音乐美，读来朗朗上口。

（3）黏对

黏对是对平仄而言的。前面提到律诗中八句，每两句为一联。每联上句叫出句，下句叫对句。所谓粘，是指绝句或律诗出句的第二字的平仄要与其上一联中对句的第二字的平仄相同，而其全句的平仄格式又不能与其上一句重复。如五绝第二句是“平平仄仄平”，则其第三句应为“平平平仄仄”；如七律第四句是“平平仄仄仄平平”，则其第五句应为“平平仄仄平平仄”。违反了这一规则，古人称为“失粘”。如果不黏，前后两联的平仄就相同了。

所谓对，即指同联中的对句，其平仄格式必须与它的出句相反。如第三句是“仄仄平平仄”，第四句就必须是“平平仄仄平”；如第七句是“仄仄平平平仄仄”，那么第八句就必须是“平平仄仄仄平平”。但第一、二句常有例外：如果首句末字为平声，则第二句末字也用平声。如首句为“仄仄仄平平”，第二句则为“平平仄仄平”；如首句为“仄仄平平仄仄平”，第二句则例用“平平仄仄仄平平”。如果不对，每联中的出句与对句平仄就相同了。

粘和对，是近体诗组接上下诗句的重要规则，不同类型的绝句和律诗，都是根据粘对规则由上述几种基本格式组合而成的。因而，只要能熟记上“（2）”所举诗近体诗首句平仄的八种基本格式并掌握粘对规则，就可以根据一首诗首句的平仄而推演出全首诗的平仄格律，这也就大体掌握了近体诗声律平仄的一般规律了。

（4）孤平、下三连、一担两、孤平与拗救

格律的平仄是可以变通的。人们常说的“一三五不问，二四六分明”（五律只能是一三不问，二四分明）是有一定道理的。但由此会带来“孤平”“下三连”或“一担两”的情况，这是格律诗必须避免的。

① 孤平：就是句中除了尾字押平声韵外，只有一个平声字。如五律中“平平仄仄平”的第一个字就绝不能用仄声字，七律中“仄仄平平仄仄平”的第三个字也绝不能用仄声字，用了就是犯孤平。

② 下三连：就是每句最后三个字同是平声字或是仄声字。如五律“仄仄仄平平”句中的第三个仄声字和七律“平平仄仄仄平平”句中第五个仄声字，都不能用为平声字，否则就形成了三平尾；五律“平平平仄仄”句中的第三个平声字和七律“仄仄平平平仄仄”句中第五个平声字，都不能用仄声字，否则就形成了三仄尾。

③ 一担两：指句中一平担两仄或一仄担两平的情况。

A. 正规句式：仄仄平平仄　平平仄仄平平仄
　 病　　句：仄仄平仄仄　平平仄仄平仄仄

B. 正规句式：平平仄仄平　仄仄平平仄仄平
　 病　　句：平平仄平平　仄仄平平仄平平

一旦出现了上述情况，就要拗救。拗救也是有要求和规律的。这里举五律和七律犯孤平时的拗救例子介绍如下。

④ 孤平与拗救

A. 五律的孤平与拗救

a. 五律“仄仄平平仄”的第三字用了仄声，则把对句第三字改用平声来补救。如李白《赠孟浩然》“吾爱孟（拗）夫子，风流天（救）下闻”。李白《送友人》“挥手自（拗）兹去，萧萧斑（救）马鸣”。但五律“仄仄平平仄”的第四字用了仄声（拗），则必须在对句第三字补救。如白居易《赋得古原草送别》“野火烧不（拗）尽，春风吹（救）又生”。

b. 五律“平平仄仄平”的第一字拗了，则由本句第三字来补救，如李白《夜宿山寺》“恐（拗）惊天（就）上人”；李商隐《蝉》“故（拗）园芜（救）已平”。(同句一三字拗救)

c. 五律“平平平仄仄”的第三字如果拗了，则要把本句第四字改为“平”字以救。这种拗救句比较常见，如杜甫《天末怀李白》“凉风起（拗）天（救）末”，李白《赠孟浩然》“红颜弃（拗）轩（救）冕”。(同句三四字拗救)

B. 七律的孤平与拗救

a. 七律“平平仄仄平平仄”中第五字拗了，就把对句第五字改为平声以补救，如王维《辋川别业》“雨中草色绿（拗）堪染，水上桃花红（救）欲然”。若七律“平平仄仄平平仄”中第六字拗了，则要用对句第五字来补救。(同联出对第五字拗救)

b. 七律“仄仄平平仄仄平”的第三字拗了，则由本句第五字来补救，如陆游《夜泊水村》“双鬓向（拗）人无（救）再青”，再如贺知章《回乡偶书》“笑问客（拗）从何（救）处来”。(同句三五字拗救)

c. 七律“仄仄平平平仄仄”总第五字用仄声，则第六字改为平声，如杜甫《咏怀古迹》“蜀主窥吴幸（拗）三（救）峡”，“伯仲之间见（拗）伊（救）吕”。(同句五六字拗救)

律诗要避免孤平，讲究拗救。注意：七律只是在五律前加两个字，实际上五律、七律拗救规律是相同的。同时黏对和拗救同样适用于绝句和长律。

（5）对仗（也叫对偶）

对仗是律诗（含长律）的重要特点之一，正格的律诗都是颔联和颈联必须对仗的，而首联和尾联则可对仗也可不对仗。如杜甫《春日忆李白》“清新庾开府，俊逸鲍参军。渭北春天树，江东日暮云”为颔、颈联对仗。杜甫的《登高》“风急天高猿啸哀，渚清沙白鸟飞回。无边落木萧萧下，不尽长江滚滚来。万里悲秋长作客，百年多病独登台。艰难苦恨繁霜鬓，潦倒新停浊酒杯”为四联全对仗。绝句是律诗的一半，一般是不对仗的，但对仗了更好。

常见的对仗形式有：

① 工对和宽对

工对和宽对是从对仗的工整程度上来划分的。

A. 工对要求同一小类的词相对，对仗工整严谨，如同类词对同类词、同性词对同性词（名词、动词、形容词、数量词、代词、方位词、颜色词、副词、虚词类），同门词对同门词（如名词门类的天文、地理、器物、宫室、服饰、饮食、文具、文学、草木、鸟兽、虫鱼、形体、人事、人伦、哲学、思想等）。同性、同一门类相对就是工对。如毛泽东《长征》“红军不怕远征难，万水千山只等闲。五岭逶迤腾细浪，乌蒙磅礴走泥丸。金沙水拍云崖暖，大渡桥横铁索寒。更喜岷山千里雪，三军过后尽开颜”的颔联、颈联就是工对。再如杜甫《绝句四首》（其三）“两个黄鹂鸣翠柳，一行白鹭上青天。窗含西岭千秋雪，门泊东吴万里船”两联也是工对。

B. 宽对是与工对相对而言的。宽对是只讲词性，不讲门类的。如毛泽东《悼罗荣桓同志》“记得当年草上飞，红军队里每相违。长征不是难堪日，战锦方为大问题。斥鷃每闻欺大鸟，昆鸡长笑老鹰非。君今不幸离人世，国有疑难可问谁”的颔联就是宽对（名词对名词）。

② 正对、反对和流水对

正对和反对是根据对仗的内容来划分的。

A. 正对是指出句与对句的意思相近（注意不是相同）的对。如杜甫《绝句》“两个黄鹂鸣翠柳，一行白鹭上青天”、《登楼》“锦江春色来天地，玉垒浮云变古今。北极朝廷终不改，西山寇盗莫相侵”、毛泽东“五岭逶迤腾细浪，乌蒙磅礴走泥丸”上下两句意思是相近的，但内容不同。

B. 反对与正对相反，是指出句和对句意思是相反的对。如孟浩然《与诸子登岘山》诗中的颈联“水落鱼梁浅，天寒梦泽深”、杜甫《将赴成都草堂途中有作先寄严郑公》（其四）的颔联“新松恨不高千尺，恶竹应须斩万竿”、毛泽东《和柳亚子先生》的颈联“牢骚太盛防肠断，风物长宜放眼量”都是反对。反对对比鲜明、情感分明，具有很高的艺术感染力。

C. 流水对也叫串对，是指上下两句的意思是延续相承的，两句组成一个整体，不可分割，次序不可颠倒，像水顺流而下，故称流水对。如王之涣《登鹳雀楼》“欲穷千里目，更上一层楼”、苏轼《和子由渑池怀旧》的颔颈联“泥上偶然留指爪，鸿飞那复计东西。老僧已死成新塔，坏壁无由见旧题”、杜甫《秋兴》（其二）的尾联“请看石上藤萝月，已映洲前芦荻花”都是流水对。

③ 借对

借对有借义对和借音两种对。

A. 借义对是利用一字多义的现象来构成对仗，即在诗中用的是甲义，但借用乙义或者其他意义跟联句中相应的字对。如杜甫《曲江二首》（其二）颔联“酒债寻常行处有，人生七十古来稀”中的“寻常”不是数词，怎么和“七十”相对呢？原来古代八尺为寻，一丈为长，那么“寻常”已经表示数目，所以借来和“七十”相对了。

B. 借音对指甲字的发音跟乙字的读音相同，诗中用甲字，但借同音的乙字跟联句中相应的字相对。如杜甫《秦州杂诗》（之三）颈联“马骄珠汗落，胡舞白蹄斜”中的“珠”与“朱”同音，可与“白”相对。再如孟浩然《裴司士见访》颈联“厨人具鸡黍，稚子摘杨梅”中的“扬”与“羊”同音，可与“鸡”相对。借音对多见于颜色对，用得好可为对仗增强艺术感染力，但需要较高的文学修养和丰富的知识。

④ 句中对

同一句中的上下两词语互相对偶。如：峰回路转、晓风残月、羽扇纶巾等，再如杜甫《登高》“风急天高猿啸哀，渚清沙白鸟飞回”中“天高”与“风急”、“沙白”与“渚清”都属于句中对。

⑤ 单句对

上下两句相对偶。如：浮光跃金，静影沉璧。岗陵起伏，草木行列。

⑥ 隔句对

第一句对偶第三句，第二句对偶第四句。例如：骐骥一跃，不能十步；驽马十驾，功在不舍。

⑦ 长偶对

奇句与奇句相对偶，偶句与偶句相对偶。例如：亲不负楚，疏不负汉，爱国忠君真气节；骚可为经，策可为史，经天行地大文章。

二、词律

1. 词

词是随着隋唐燕乐的兴盛流行，由诗歌与音乐结合而生成的一种新型格律体文学体裁，盛行于两宋。词在早先，职责是充当乐曲歌辞而用以歌唱的，大都为配合乐曲而作，因而唐五代时多称为曲子、曲子词，入宋以后才逐渐习称为词，又称乐章、乐府、琴趣、长短句、诗余等。

由于文人的词深受律诗的影响，所以词中的律句特别多。

正格词全篇的字数、句数是一定的，每句的字数、平仄和用韵也是一定的。

2. 词的分类

(1) 根据词的长短，词分小令、中调、长调三类。一般认为，60 字以内为小令，60 ~ 90 字为中调，90 字以上为长调。

在敦煌曲子词中，已经有了一些中调和长调。宋初柳永创造了一些长调。苏轼、秦观、黄庭坚等人继起，长调就盛行起来了。长调的特点，除了字数较多外，就是一般用韵较疏。

（2）根据词片（也叫阕、段）的多少，词分又分为以下几类：

① 单调就是不分片的词，往往就是一首小令。它很像一首诗，不过是长短句罢了。例如白居易的《忆江南》：

江南好。风景旧曾谙。日出江花红胜火，春来江水绿如蓝。能不忆江南？

再如李清照的《如梦令》：

昨夜雨疏风骤，浓睡不消残酒。试问卷帘人，却道海棠依旧。知否？知否？应是绿肥红瘦！

② 双调双调就是把一首词分成上下两片。两片的字数相等或基本相等，平仄、句式相同或部分相同，也可以完全不同。字数、平仄、句式相同的就像一首曲子配着两段歌词。字数、平仄、句式不相同的，往往是下片开头几句不一样，这不一样的几句叫做“换头”。双调是词中最常见的形式。如：

李煜的《浪淘沙》：

帘外雨潺潺，春意阑珊。罗衾不耐五更寒。梦里不知身是客，一晌贪欢。

独自莫凭栏，无限江山。别时容易见时难。流水落花春去也，天上人间。

苏轼的《蝶恋花》：

花褪残红青杏小。燕子飞时，绿水人家绕。枝上柳絮吹又少。天涯何处无芳草？

墙里秋千墙外道。墙外行人，墙里佳人笑。笑渐不闻声渐杳。多情却被无情恼。

晏殊的《浣溪沙》：

一曲新词酒一杯，去年天气旧亭台。夕阳西下几时回？

无可奈何花落去，似曾相识燕归来。小园香径独徘徊。

③ 三叠就是三片，如：

周邦彦的《兰陵王》：

柳阴直，烟里丝丝弄碧。隋堤上、曾见几番，拂水飘绵送行色。登临望故国，谁识、京华倦客。长亭路、年去岁来，应折柔条过千尺。

闲寻旧踪迹，又酒趁哀弦，灯照离席，梨花榆火催寒食。愁一箭风快，半篙波暖，回头迢递便数驿，望人在天北。

凄恻，恨堆积。渐别浦萦回，津堠岑寂，斜阳冉冉春无极。念月榭携手，露桥闻笛。沉思前事，似梦里、泪暗滴。

④ 四叠就是四片，仅南宋吴文英《莺啼序》一调。

残寒正欺病酒，掩沉香绣户。燕来晚、飞入西城，似说春事迟暮。画船载、清明过却，晴烟冉冉吴宫树。念羁情，游荡随风，化为轻絮。

十载西湖，傍柳系马，趁娇尘软雾。溯红渐、招入仙溪，锦儿偷寄幽素。倚银屏，春宽梦窄，断红湿、歌纨金缕。暝堤空，轻把斜阳，总还鸥鹭。

幽兰渐老，杜若还生，水乡尚寄旅。别后访、六桥无信，事往花委，瘗玉埋香，几番风雨？长波妒盼，遥山羞黛，渔灯分影春江宿。记当时、短楫桃根渡。青楼仿佛，临分败壁题诗，泪墨惨淡尘土。

危亭望极，草色天涯，叹鬓侵半苎。暗点检、离痕欢唾，尚染鲛绡；亸凤迷归，破鸾慵舞。殷勤待写，书中长恨，蓝霞辽海沉过雁，漫相思、弹入哀筝柱。伤心千里江南，怨曲重招，断魂在否？

3. 词牌及词牌的由来

词牌，就是词格律的名称。词格格律与诗格律不同，律诗只有八种格式，而词则有两千多种格式（按钦定词谱）。

关于词牌的来源，大概有下面三种情况：

（1）本来是乐曲的名称。如《菩萨蛮》《西江月》《风入松》《蝶恋花》等。这些有的来自民间，有的来自宫廷或官方。

（2）摘取一首词中的几个字作为词牌。例如《忆秦娥》，因为依照这个格式写出的最早一首词的开头两句是“箫声咽，秦娥梦断秦楼月”，所以词牌叫《忆秦娥》，又叫《秦楼月》。《忆江南》本名《望江南》，因为白居易的一首咏“江南好”的词，最后一句是“能不忆江南”，所以又叫《忆江南》。《念奴娇》又叫《大江东去》，这由于苏轼一首《念奴娇》的第一句是“大江东去”；又叫《酹江月》，因为苏轼这首词的最后三个字是“酹江月”。

（3）本来就是词的题目。《浪淘沙》咏的是浪淘沙，《更漏子》咏夜，《抛球乐》咏抛球，等等。这是最普遍的。凡是词牌下面注明“本意”的，就是说，词牌同时是词题，不另有题目了。

但是，绝大多数的词都不是用“本意”的，因此，词牌之外还有词题。一般在词牌下面或后面注明词题。这种情况下，词题和词牌没有任何联系。一首《浪淘沙》可以完全不提到浪和沙；一首《忆江南》也可以完全不提到江南。这样，词牌只不过是词谱的代号罢了。

4. 词谱与填词

词牌的格律叫做词谱。依照词谱所规定的字数、平仄、用韵等来写词，叫做“填词”。

词牌名称不同，其词谱格律也就不同。由于词牌名目众多，格律纷繁，很难抽象出规律，因此，想具体了解某一词牌的词谱格律要求，最简捷的办法就是翻检词谱。现有词谱中，搜罗比较完备的有清人万树编的《词律》和王奕清等人编的《钦定词谱》，比较简明实用的则有今人龙榆生编选的《唐宋词格律》。

词中的五言句或七言句，其句法结构往往与诗中的五、七言句不同。五言句如辛弃疾《水龙吟》中的“把吴钩看了”，即为“上一下四”句法；七言句如秦观《鹊桥仙》中的“又岂在朝朝暮暮”，史达祖《双双燕》中的“又软语商量不定”，都具有“一二四”的结构特点。这是词体的重要形式特征之一，要加辨别体会。

词的押韵比近体诗远为复杂。有的词调押平韵，有的词调押仄韵，有的词调既有押平韵体又有押仄韵体，有的词调则规定平、仄韵交替，有的词调还规定要押句中韵。总之，每个词调，都有各自独特的押韵规定，要想详细了解，只有翻检词谱最为快捷了。

词的平仄是有规律的，但是又比律诗复杂许多。

词的对仗，有固定的，也有自由的。凡是前后句字数相同的，都有用对仗的可能。但是用不用对仗是完全自由的。

词的对仗，有两点与律诗不同。第一，词的对仗不一定要以平对仄，以仄对平。第二，词的对仗允许同字相对。如：“我住长江头，君住长江尾。”

下面，我们举一些常见的词牌来说明，为了显示古人填词的严格，举例全部选正体。阅读时注意：加〇字表示平仄可变通，黑体字表示必须押韵。

《忆江南》又名《望江南》《江南好》《春去也》《望江楼》《梦江南》《望江梅》等。单调二十七字，平韵。如白居易的《忆江南》：

江南好，风景旧曾谙。日出江花红胜火，春来江水绿如蓝。能不忆江南？

平平⃝仄，仄⃝仄仄平**平**。仄⃝仄平⃝平平仄仄，平⃝平仄⃝仄仄平**平**。仄⃝仄仄平**平**。

《浣溪沙》四十二字，双调，平韵。又名《减字浣溪沙》《浣沙溪》《小庭花》《满园春》等。四、五两句常对仗。如晏殊的《浣溪沙》：

一曲新词酒一杯，去年天气旧亭台。夕阳西下几时回？　无可奈何花落
仄⃝仄平平仄⃝仄**平**，平⃝平仄⃝仄仄平**平**，平⃝平仄⃝仄仄平**平**。　仄⃝仄平⃝平平仄
去，似曾相识燕归来。小园香径独徘徊。
仄，平⃝平仄⃝仄仄平平，平⃝平仄⃝仄仄平平

《临江仙》又名《谢新恩》《庭院深深》等。六十字，双调，平韵。如苏轼的《临江仙·夜归临皋》：

夜饮东坡醒复醉，归来仿佛三更。家童鼻息已雷鸣。敲门都不应，倚仗听
仄⃝仄仄⃝平平仄仄，平⃝平仄⃝仄平**平**。仄⃝平仄⃝仄仄平**平**，平⃝平平仄仄，仄⃝仄仄
江声。　长恨此身非我有，何时忘却营营？夜阑风静縠纹平。小舟从此逝，江
平**平**。　仄⃝仄仄⃝平平仄仄，平⃝平仄⃝仄平**平**？仄⃝平仄⃝仄仄平**平**。仄⃝平平仄仄，仄⃝

海寄余生。
仄仄平**平**。

《蝶恋花》初名《鹊踏枝》，又名《凤栖梧》《黄金缕》等。六十字，双调，仄韵。如柳永的《蝶恋花》：

伫倚危楼风细细。望极春愁，黯黯生天际。草色烟光残照里。无言谁会凭
(仄)仄(平)平平仄**仄**。(仄)仄平平，(仄)仄平平**仄**。(仄)仄平平平仄**仄**，平平(仄)仄平
阑意。　　拟把疏狂图一醉。对酒当歌，强乐还无味。衣带渐宽终不悔。为伊消
平**仄**。　　(仄)仄(平)平平仄**仄**。(仄)仄平平，(仄)仄平平**仄**。(仄)仄平平平仄**仄**，平平(仄)
得人憔悴。
仄平平**仄**。

《定风波》又叫《卷春空》《醉琼枝》。六十二字，双调，上片三平韵两仄韵；下片四仄韵两平韵，平仄韵不同部错叶。如苏轼的《定风波》：

莫听穿林打叶声，何妨吟啸且徐行。竹杖芒鞋轻胜马，谁怕？一蓑烟雨任
仄仄平平仄仄**平**，平平(仄)仄仄平**平**。仄仄平平平仄**仄**，平**仄**？(平)平(仄)仄仄
平生。　　料峭春风吹酒醒，微冷，山头斜照却相迎。回首向来萧瑟处，归去，
平**平**。　　仄仄平平平仄**仄**，平**仄**，平平(仄)仄仄平**平**。(仄)仄(平)平平仄**仄**，平**仄**，
也无风雨也无晴。
(平)平(仄)仄仄平**平**。

《满江红》九十三字。双调，仄韵。如岳飞的《满江红》：

怒发冲冠，凭栏处、潇潇雨歇。抬望眼、仰天长啸，壮怀激烈。三十功名尘
(仄)仄平平，(平)(平)仄、(平)平(仄)**仄**。(平)(仄)仄、(仄)平(平)仄，(仄)平(平)**仄**。(仄)仄(平)平平
与土，八千里路云和月。莫等闲、白了少年头，空悲切！　　靖康耻，犹未雪，
仄仄，(平)平(仄)仄平平**仄**。仄(仄)(平)、(仄)仄仄平平，平平**仄**。　　(仄)(平)仄，平(仄)仄，
臣子恨，何时灭？驾长车踏破、贺兰山缺。壮志饥餐胡虏肉，笑谈渴饮匈奴血。
(平)(仄)仄，平平**仄**？仄(平)平(仄)仄、(仄)平平**仄**。(仄)仄(平)平平仄仄，(平)平(仄)仄平平**仄**。
待从头、收拾旧山河，朝天阙。
仄(平)(平)、(仄)仄仄平平，平平**仄**。

《念奴娇》又名《百字令》《大江东去》《酹江月》等，一百字，双调，此调较灵活，常用入声韵。上下阕后七句相同。如苏轼《念奴娇·赤壁怀古》：

大江东去，浪淘尽、千古风流人物。故垒西边，人道是、三国周郎赤壁。乱
平平(仄)仄，仄平平、仄仄平平平**仄**。(仄)仄平平，平仄仄、(仄)仄平平仄**仄**。(仄)
石穿空，惊涛拍岸，卷起千堆雪。江山如画，一时多少豪杰。　　遥想公瑾当
仄平平，平平(仄)仄，(仄)仄平平**仄**。平平平仄，(仄)平平仄平**仄**。　　(平)(仄)(平)仄平

年，小乔初嫁了，雄姿英发。羽扇纶巾，谈笑间、樯橹灰飞烟灭。故国神游，多
平，仄⃝平平仄仄，仄⃝平平⃝**仄**。仄⃝仄平⃝平，平⃝仄仄、仄⃝仄平平平⃝**仄**。仄⃝仄平平，仄⃝
情应笑我，早生华发。人生如梦，一樽还酹江月。
平仄⃝仄仄，仄仄⃝平**仄**。平⃝平平⃝仄，仄⃝平平⃝仄平⃝**仄**。

《沁园春》又名《寿星明》，一百一十四字，平韵，一韵到底，前片四五句、六七句、八九句，下片三四句、五六句、七八句均要求对仗。如辛弃疾《沁园春·叠嶂西驰》：

叠嶂西驰，万马回旋，众山欲东。正惊湍直下，跳珠倒溅；小桥横截，缺月
平⃝仄平平，仄仄平平，仄仄仄**平**。仄仄⃝平平⃝仄，仄⃝平仄⃝仄，平⃝平平⃝仄，仄⃝仄
初弓。老合投闲，天教多事，检校长身十万松。吾庐小，在龙蛇影外，风雨声
平**平**。仄⃝仄平平，平⃝平平⃝仄，仄⃝仄平平平⃝仄**平**。平平仄，仄平⃝平仄⃝仄，平⃝仄平
中。　争先见面重重，看爽气朝来三数峰。似谢家子弟，衣冠磊落；相如庭户，
平。　平平仄⃝仄平**平**，仄仄⃝仄平平平⃝仄**平**。仄仄⃝平仄⃝仄，平⃝平仄⃝仄，平⃝平平⃝仄，
车骑雍容。我觉其间，雄深雅健，如对文章太史公。新堤路，问偃湖何日，烟水
仄⃝仄平**平**。仄⃝仄平平⃝，平⃝平仄⃝仄，仄⃝仄平平仄⃝仄**平**。平平仄，仄仄⃝平平⃝仄，平⃝仄
濛濛？
平**平**？

（附：本文在写作过程中，参阅了龙榆生《唐宋词格律》、王步高《唐宋诗词鉴赏》和《钦定词谱》《元曲精品》《笠翁对韵》《古韵十三辙》等典籍，特作说明）

一百一十九、汉语、方言、普通话及其现代汉语

汉语是汉民族的语言，它包括古代汉民族的语言（古代汉语）和现代汉民族的语言（现代汉语）。现代汉语包括现代汉民族的区域方言和共同语普通话。

汉语区域方言主要有北方方言、吴方言、湘方言、赣方言、客家方言、闽方言、粤方言等七个方言区。

北方方言又称“官话方言”。北方地区、湖北大部、四川、云南、贵州、湖南北部、江西沿江地区、安徽中北部、江苏中北部所使用的母语方言都是北方方言。北京话、天津话、东北话、西安话以及南方的成都话等都是北方方言的代表。北方话是现代普通话的基础，使用人口占我国人口的70%左右。

吴方言在江苏南部、安徽南部、上海和浙江大部分地区使用。典型的吴方言以苏州话为代表。使用这一方言的人占我国人口的8.4%左右。这种方言对清浊辅音的区分是一个很明显的特点。

客家方言在中国南方的客家人中广泛使用，包括广东东部、北部，福建西部、江西南部、广西东南部等地，以梅县话为代表。使用这一方言的人占我国人口的4%左右。

闽方言在中国福建、海南、广东东部以及菲律宾、新马等东南亚国家与其他海外的一些华人中使用。闽方言的内部分歧比较大，通常分为闽南方言（以厦门话为代表）、闽北方言、闽东方言（以福州话为代表）、莆仙方言和闽中方言。其中以闽南语影响最大，像海南话、潮州话、浙南闽语等属于闽南语。使用闽方言的人占我国人口的4.2%左右。

粤方言以广州话为代表，在广东、香港、澳门和海外华人中被使用。粤方言内部的分歧不大。使用这一方言的人占我国人口的5%左右。

湘方言在湖南使用。通常被分为老和新两类。新湘语更接近于北方话。湘方言以长沙话（新）及双峰话（老）为代表，使用这一方言的人占我国人口的5%左右。

赣方言以南昌话为代表，主要在江西大部、湖南东南部使用。使用这一方言的人占我国人口的2.4%左右。

汉语方言各有特点。概括起来，这些方言特点的差别大致表现在以下三个方面。

一是在语音上。从声母上看，有的保留古浊音，有的浊音很少；有的区分zh、ch、sh和z、c、s，有的不区分；有的区分ji、qi、xi和zi、ci、si，有的不

区分。从韵尾上看，有的有-n、-m、-ng、-g，有的只有-n 和-ng，有的连-n 和-ng 也不区分。从声调上看，入声、调类、调值都多有不同。

二是在词汇上。同一事物在不同地方多有不同名称。如普通话的“玉米”，有的地方叫“棒子”，有的地方叫“开心果”“大黍黍”等；“姑妈”在安徽肥东肥西则叫“姥姥”。就是同一词语，在不同地方也会表现不同意义。如“爹爹”，有的地方指父亲，有的地方指爷爷。同一动作在不同方言中也有不同字眼。如北京的“喝茶”到了上海就成了“吃茶”，到了广州就叫做“饮茶”了。

三是在语法上。如北方话说：“跳舞吗?”浙江话说：“阿要跳舞?”北方话说：“给你钱。”广东话说：“畀钱你。”不过方言区的语法差别比语音和词汇方面的差别要小得多。

方言特点表现上的差别，导致语音上的南腔北调，甚至是十里不同音，常常使这个地方的人听不懂那个地方人的话。这不仅给我们民族的自由交际带来极大不便，也给我们与兄弟民族的交流和进行国际交流带来极大的不便，有时甚至会造成不必要的麻烦。正像秦时为了社会政治、经济、文化交流与发展的需要，不能不进行统一文字、统一货币、统一度量衡一样，我们的国家和民族也急需一个统一的有利各民族交流，有利促进社会政治、经济、科技、文化发展的共同语言。所以规范一个全民族都能接受的同共语，是我们民族很久以来就有的共同愿望，也是中华人民共和国成立后，我国政府十分重视的一项工作。

1955 年，中国科学院召开了现代汉语规范问题学术会议，研究了各地方言，确定了现代汉民族的共同语，并把它称为普通话。1956 年，国务院颁布了《关于推广普通话的指示》，正式确定了普通话这一名称。并且规定：普通话以北京语音为标准音，以北方话为基础方言，以典范的现代白话文著作为语法规范。

普通话是超方言的，不能认为北京土话就是普通话。所谓“以北京语音为标准音”，是指以北京话的语音系统作为普通话的语音系统。至于北京话的土音成分，1985 年《普通话异读词审音表》确认以外的字、词读音，则不是我们要推广的普通话。所谓“以北方话为基础方言”，是说普通话是在北方方言的基础上形成并逐渐发展起来的，北方话的词汇是普通话词汇的基础和主要来源。至于北方方言中的一些土话，如“地板”（地）、“抄手”（馄饨）、“老爷儿”（太阳）、“搿脖儿沉一沉儿”（稍微等一等）等土俗词语，普通话都是舍弃不取的。不仅如此，普通话还从其他方言中吸取富有表现力的词语，吸收一些有生命力、有表现力的古语词和外来词，不断充实普通话的词汇。所谓“以典范的现代白话文著作为语法规范”，是说普通话的语法不以北方话或北京话的口语为标准，而是以具有广泛代表性的现代白话文著作作为语法规范。这个语法规范是指典范的现代白话文著作中的“一般用例”，也就是最具有普遍性的用例。这些用例排除方言语法中没有用的东西，吸收方言语法、古代语法、外国语法中有用的有生命力的语法成分，使我们的语言表达更为精密、准确、富有表现力。

普通话具有以下特点：

从语音上看，它的音节由声母、韵母和声调组成。声母往往由辅音充当，韵母往往由元音充当。而一个音节，可以没有辅音（声母），如“欧”（ōu），却不能没有元音（韵母）。也就是说在普通话音节结构中，有元音占优势的特点。其次，普通话音节结构中没有复辅音，即没有辅音和辅音的组合。有时就算一个音节中包含两个辅音，如“三”（sān）的音节中，“s”和“n”两个辅音也不能同时在元音的前面或后面，即不能写成“snɑ”或“ɑsn”。再次，每个音节都有一定的声调，并且字的读音一旦确定了声调，则这个字调便是稳定的，不会任意改变了。如“树”（shù），它不可能在这本字典中标为去声调，而在另一本字典中标为别的声调。但是，普通话语音在动态中还有一个特点，那就是语调会有变化。诸如轻声和儿化，上声和去声的变读，“一”“七”“八”“不”的变读，重叠式形容词和语气词“啊”的变读，都是最突出的例子。除此以外，普通话语音还具有音乐性的特点。由于音节中元音占优势，这使语音里乐音特别多；由于辅音和元音的互相间隔，这又形成分明的音节，使语言富有节奏感；由于声调的变化，这又使语音具有抑扬顿挫的音乐色彩。再加上词汇里双音节化和四字格的词语结构以及汉语的分词连读、双声、叠韵、叠音等形式，都使汉语语音显出音乐性的特点。

从词汇上看，它的双音节词多。这一点，可从现代文章中、现有词汇中得到有力证明。这里不说一般的双音节词，仅说常用必读双音节轻声词就有近千个。还有，古代汉语中不少单音节词，现在也多扩展为双音节词，如“衣”扩展为“衣服”，“父”，扩展为“父亲”。另外，现在有不少多音节词，也压缩为双音节词了，如“发电厂”压缩为“电厂”，“衣服架子”压缩为“衣架”，“中华人民共和国”也常压缩为“中国”，等等。其次是合成词多。由于汉语双音节多，因此，构成的双音节词也多，这就在客观上促进了合成词的大量产生。合成词的大量产生，常使合成词的读音不同，意义也不同。轻声、儿化就是典型例子。如“孙子”的“子”，若念本音“zǐ”，则“孙子”指的是人；若念轻声“zi”，则“孙子”是辈分的意思子。再如“盖”，如念本音“gài”时，可作名词、动词和副词；若儿化的话，“盖”则为合成词“盖儿”，不能表示动作，只能表示事物，而没有其他方面的意义了。

从语法上看，普通话语法没有明显的语法形态变化。如：

我们是中国人。

中国有值得我们骄傲的历史。

这两个句子中“我们”和“中国”这两个词，虽然在句子中出现的位置不同，但它们的形态却没有变化。这不像英语，如give，有时变为gave，有时变为giving。所以，我们不能从形态上确定“我们”“中国”分别属于什么词，也不能从形态上确定他们在句子中担任什么成分。再如“你寄送邮件”，是过去寄送，现在寄送还是以后寄送，形式上没有任何标志。由于汉语没有形态变化，要体现时态差别，就只好通过词汇手段增加体现时态差别的词或词语，如加时态助词“着”“了”“过”或加“现在”“过去”“将来”等词语来表示了。认识到这一点很重要，因为这有利于我们从语义角度去认识汉语句子的内部结构和理解句子的意义。

普通话语法的另一个特点，是词法和句法的结构关系基本一致。如：

词	短语
文化—偏正型	刻苦学习—偏正关系
签名—述宾型	增进友谊—述宾关系
证实—述补型	了解清楚—述补关系
印刷—联合型	研究讨论—联合关系
心得—主谓型	心情舒畅—主谓关系

比较上例不难看出：在结构上，词和短语的关系是一致的。就是有些复杂的词和短语，也只不过是这些基本结构关系在更多层次上的扩展。如：“科学家”，“科学”这个词，加上语素“家”，便形成了第一层次上的偏正型的附加式合成词。而“科学”本身也是一个偏正型，是“科学家”这个词中的第二个层次，当然，分析词，一般不这么细化。再如：“保护人民的利益”，这是一个有多层结构关系的词。“保护”与“人民的利益”构成述宾关系，是第一层结构关系；“人民的利益”中“人民”与“利益”构成了偏正关系，这是这个短语中的第二层结构关系了。

普通话是建立在方言基础之上的，特别是建立在北方方言的基础之上的。可以这么说，没有方言也不可能有规范的共同语——普通话。但我们不能说普通话就是现代汉语，也不能说现代汉语就是普通话，因为现代汉语是包括区域方言的。

普通话优于任何一种地方方言，比任何一种地方方言都富有生命力和表现力。推广和使用普通话不仅是现代汉语规范化的要求，是科学技术尤其是信息处理技术的要求，更是有利于国内的人际交流，对于国际社会政治、经济、科学、文化的交流与发展，也越来越发挥着重大的作用。现在汉语是联合国六种正式工作的语言之一，进一步推广和使用普通话，可以减少我们与国际语言交际的困难，促进国际交往。

一百二十、如何使汉语语言声韵美

要想使汉语语言富有声韵美，一要音节整齐匀称，二要声调平仄相配，三要韵脚和谐自然，四要讲究叠音自然，五要讲求双声叠韵的配合。

一、音节要整齐匀称

音节的整齐匀称，主要是指结构相似、音节数目相等等。

音节整齐，可以使语言具有节奏感，增强语言表达的抒情色彩和感人力量。例如：

我爱我们祖国的土地！狂风曾来扫荡过它，冰雹曾来打击过它，霜雪曾来封锁过它，大火曾来烧灼过它，大雨曾来冲刷过它，异姓奴隶主的铁骑曾来践踏过它，帝国主义的炮弹曾来袭击过它。

句中的几个分句构成了结构相似、字数基本相同、音节整齐匀称的排比句，读来感情充沛，很有气势。再如：

回味，常常妙不可言。所谓“精妙处，忍不住击节叫好；伤感处，止不住泪眼婆娑；激愤处，耐不住拍案而起；谐趣处，憋不住哑然失笑。”这是回味的一种境界。

上句中“精妙处、伤感处、激愤处、谐趣处”四句格式相同，构成排比；而且“忍不住击节叫好、止不住泪眼婆娑、耐不住拍案而起、憋不住哑然失笑”都是动补短语与四字成语接连对称使用，节奏十分鲜明。再如：

周恩来同志的一生，高瞻远瞩，深明大义，处处以大局为重，事事从大局出发。他文能治国，武能安邦，功盖中华，誉满天下，从不居功。他光明磊落，忍辱负重，严以责己，宽以待人。他为了团结同志，稳定大局，宁肯自己受委屈、受责难，从无半句怨言。他大公无私，把自己毕生的精力都献给了社会，从不向社会索取任何私利。

他实事求是，不尚空谈，不说大话，脚踏实地，任劳任怨，总是把荣誉归于别人，把重担加于自己。他苦在人先，乐在人后，坚持同群众同甘苦、共命运。

这里对偶和排比句的运用，双音节（自己、别人）与单音节（他、人）配合，使句子音节显得匀称自然。

音节连接还不能忽长忽短，其结构也要整齐，形式美观。例如：

那清清冽冽的光，秋江静水般的爽，女子手指般的柔，田园牧歌般的淌，仄耳细听似还有熠熠有声呢，将群峦环抱的村庄洗濯的冰清玉洁似的。（伍振戈

《桃花江小夜曲》）

句中的“光、爽、淌”等采用单音节对单音节的方法，将其中一个改成双音节（光——光亮，爽——清爽，柔——温柔，淌——流淌）就变得不和谐了。

现代汉语双音节词占优势，古代汉语中的许多单音节词在现代汉语中也变成了双音节词。单音节词和双音节词的同义并存现象为我们合理安排音节提供了很好的基础。在选择过程中，我们可以交错运用单音节词和双音节词，也可以让同一个词的单、双音节形式分别出现，造成音节的既交错又匀称，使语言富有音乐的节奏感。例如：

他实事求是，不尚空谈，不说大话，脚踏实地，任劳任怨，总是把荣誉归于别人，把重担加于自己。他苦在人先，乐在人后，坚持同群众同甘苦、共患难。

读这一段文字，感觉起来是朗朗上口。原因何在？再读下面的一段：

他实事求是，不喜欢空谈，不说大话，脚踏实地，任劳任怨，总是把荣誉归于别的人，把重担加于自己。他苦在人先，乐在别人的后面，坚持同群众同甘苦、一起患难。

这段文字意思不难理解，但读起来缺乏美感。

当然，不能为求整齐匀称，任意增减音节。削足适履，会使句子变得生硬、不自然。

二、声调平仄要相配

汉语语音声调有四声：阴平、阳平、上声、去声。也就是我们通常所说的第一声、第二声、第三声、第四声。平声即阴平、阳平，阴平是55调，长而平缓，阳平是35调，是扬，因此平声可视作为扬；仄声主要是上声、去声，上声是214调，短而曲折，先降后升，去声是51调，是全降调，因此仄声可视作为抑。

平仄相配、抑扬顿挫是汉语语音修辞常用手法。

音节安排恰当，注意声调的平仄变化，念起来就不至于像僧敲木鱼，调门一律，可以收到波澜起伏、抑扬顿挫的表达效果，使语音和谐动听，富有音律美。例如：

虎踞龙盘今胜昔，天翻地覆慨而慷。

诗句的平仄是：仄仄平平平仄仄，平平仄仄仄平平。

赠送转业干部的纪念品上刻着“剑胆琴心，金戈铁甲”八个字。

“剑胆琴心，金戈铁甲”的平仄是：仄仄平平，平平仄仄。

有时为了求得平仄的和谐相配，还可以适当改变词语的结构。例如：

环境幽雅的校园，绿树成荫，花坛巧布，彩练横空，千红万紫。

习惯的说法是“万紫千红”，但为了与上句在声调上相配，改成了“千红万紫”。这么一改，足见工夫。

三、韵脚要和谐自然

声音美与押韵有密切关系。所谓韵脚和谐，就是把韵母相同或相近的字放在句子的末尾，也叫押韵。当然为了押韵而生拼硬凑所谓的韵脚和谐，那就不自然了。

押韵通过同韵相押使句子的末尾字音回环反复，同音相应，给人以和谐悦耳的美感。“彩练横空，千红万紫”是从平仄角度安排词序的；如从韵脚角度，则“彩练横空，万紫千红”的词序就好些。

诗歌是讲求押韵的。音节整齐匀称使得言语具有节奏感，若再安排好韵脚，语言就会和谐悦耳，朗朗上口。例如：

卑鄙是卑鄙者的通行证，
高尚是高尚者的墓志铭。
看吧，在镀金的天空中，
飘满了死者弯曲的倒影。

诗中的韵脚是“证”“铭”“影”，押“ing”韵。声韵和谐，悦耳动听。

有些散文是当诗歌来写的，为了加强表达效果，也很讲求押韵，虽然间隔可以长一些，音节上也可以不那么整齐匀称，但仍然可以让人感到韵律的回环美，给人以艺术般的享受。例如：

……灵车队，万众心相随。哭别总理心欲碎，八亿神州泪纷飞。红旗低垂，新华门前撒满泪。日理万机的总理啊，您今晚几时回？

长夜无言，天地同悲。只见灵车去，不见总理归。

……您为祖国山河添光辉，您为中华儿女震声威，您不朽的业绩永世长存，您光辉的名字青史永垂。……

这两段文字，于疏散中见整齐，在自然里透严密，读起来很有美感。平仄相配例句中改“万紫千红”为“千红万紫”，是为了解决声调问题，而此例句中改“永垂青史”为“青史永垂”则是为了韵脚和谐。再比如：

春风里，百花下，小鸡小鸭过家家，小鸭手拿花，往鸡头上插，你是小鸡我是鸭，小鸭想你心如麻。

我想我是一只狗，天天守在你门口；我想我是一只猪，天天陪你去看书；我想我是一只羊，天天陪你去食堂。

这些句子，都是注意押韵，才集中了意义，形成声音上的回环往复，给人以和谐悦耳的美感。

四、要讲究叠音自然

叠音又叫“重言”或“复字”。恰当运用叠音词语，可以突出词语的意义，加强对事物的形象描绘，增强我们对语言的感受，增加语音的美感。叠音词语还能表现亲切、爱怜的情感。如：

弯弯的月儿小小的船，
小小的船儿两头尖。
我在小小的船里坐，
只见闪闪的星星蓝蓝的天。

这首儿歌不仅描绘了物象的形态之美，更表现出作者的喜爱之情。假如我们将这首儿歌中叠音词都改成单音词，整首儿歌就变成：

弯的月儿小的船，
小的船儿两头尖。
我在小的船里坐，
只见闪的星蓝的天。

改变后的儿歌所描绘的对象就不那么可爱了，作者对它的感情色彩就不见了，那种喜爱、向往之情就荡然无存了。再如北齐民歌《敕勒歌》：

敕勒川，阴山下。
天似穹庐，笼盖四野。
天苍苍，野茫茫，风吹草低见牛羊。

这首民歌的抒情色彩和引发读者对草原之景的想象就是靠叠音词体现出来的。没有“天苍苍，野茫茫”这个叠音词语，抒情味和想象力就不会这么强烈和丰富了。再如李清照的：

寻寻觅觅，冷冷清清，凄凄惨惨戚戚。

寻寻———词人百无聊赖，若有所失，四处寻找，毫无着落；于是进一步苦苦搜索———觅觅；然而寻觅无果，反倒增添了孤寂清冷的感受———清清冷冷；一个闺阁寡妇，在国破家亡之后，又处于“冷冷清清”的环境，凄凉、悲惨、忧伤之情怎能不一齐涌上心头———“凄凄惨惨戚戚”，七个叠词一气呵出，把词人微妙复杂的心理活动和愁怨孤苦的情绪表现得淋漓尽致，仅此三句，已使愁苦凄惨的气氛笼罩全篇。再从语音的节奏、声调看，这些叠词连缀成句，读起来短促、轻细而凄清，形成了吞声饮泣的音韵美，增强了作品的艺术感染力。再如：

曲曲折折的荷塘上面，弥望的是田田的叶子。叶子出水很高，像亭亭的舞女的裙。层层的叶子中间，零星地点缀着些白花，有袅娜地开着的，有羞涩地打着朵儿的；正如一粒粒的明珠，又如碧天里的星星。微风过处，送来缕缕清香，仿佛远处高楼上渺茫的歌声似的。这时候叶子与花也有一丝的颤动，像闪电般，霎时传过荷塘的那边去了。叶子本是肩并肩密密地挨着，这便宛然有了一道凝碧的

波痕。叶子底下是脉脉的流水，遮住了，不能见一些颜色；而叶子却更见风致了。（朱自清《荷塘月色》）

在这段文字里，作者用了许多叠音词来突出景物的特征，来强化抒情性，来舒缓语气，来唤醒读者的情感。试想，如果把这里的叠音词删除或更改成别的词语，原作的那种舒缓深情的语气就会荡然无存了，朗读起来就会平淡无味，更谈不上唤醒读者的情感了。再如史晓京的《漓江》：

苗苗条条的漓江，秀秀气气的漓江，是出落得水灵灵的桂林女。

清清亮亮的漓江，羞羞涩涩的漓江，是桂林女的水汪汪的大眼睛。

漓江，文文静静的活活泼泼的，是桂林人脸上朗朗的笑。

漓江，轻轻快快的柔柔和和的，是桂林人嘴上甜甜的脆脆的乡音。

这首诗歌要不是大量运用叠音形式，恐怕就很难描绘出漓江秀美而又动人的特点。

五、要讲求双声叠韵的配合

汉语里的双声、叠韵词，在语言表达上具有特殊的作用。李重华在《贞一斋诗说》中说："叠韵如两玉相扣，取其铿锵；双声如贯珠，取其婉转。"这说明了双声叠韵在表达上的特殊作用。

双声叠韵词语的恰当运用，可以形成一种回环的美。这种效果，靠两者相连、相对、彼此应和，使人读起来朗朗上口，听起来音韵悦耳，使语言具有声音美。例如：

① 梦里**依稀**慈母泪，
城头**变幻**大王旗。（叠韵对叠韵）

② **流连**戏蝶时时舞，
自在娇莺恰恰啼。（双声对双声）

③ 无路**从容**陪语笑，
有时**颠倒**着衣裳。（叠韵对双声）

在诗句的上下联中恰当地使用双声，叠韵，珠联璧合；再加上平仄相谐，声音回环荡漾，有悦耳的美感，增强诗句的音乐效果。例如：

④ 青春啊青春，美丽的时光，比那彩霞还要鲜艳，比那玫瑰更加芬芳。

青春啊青春，壮丽的时光，比那宝石还要灿烂，比那珍珠更加辉煌。（歌曲《青春啊青春》）

歌词中用了"芬芳""珍珠""辉煌"三个双声和"鲜艳""玫瑰""灿烂"六个叠韵词，使语言圆润上口，动听入耳，声音美与内容美完美结合，表现出了青春的无限美好。再如：

泉泉泉，**珍珠灿烂**个个圆。

圆圆圆，**晶莹芬芳**老龙涎。

涎涎涎，**澄澈蜿蜒**流万年。

这是一个双声词和叠韵词组成的顶真句，属于双声和叠韵连用的形式，短声长韵紧相接连，彼此应和，有铿锵婉转的音律美。

汉语语音的音韵美一直是我们探讨追求的，不论是古代还是现在，人们都是非常重视的。如古代的韵文、骈文，甚至是散文中的某些语段，大多注意字句数的整齐对称，使用同韵母的字作句的结尾，注重声韵和谐。远如诗经，以四言为主；汉魏骈文全篇基本上对偶成句，四六字居多；至于唐诗、宋词、元曲、明清戏曲赋文和现代诗词、散文，无不在必要的文体和章篇语段中讲究音节整齐匀称，声调平仄相配，韵脚和谐自然。这里再举古今各一例子作进一步说明。

比如格律诗中的七律，都是每首八句，每句七字；抛开每句中一、三、五字平仄，只看二、四、六字平仄，每首诗同一联中出句和对句的平仄都是相反的，而粘联句子的平仄都是相同的；每一首诗中的二、四、六、八句尾字若是押平声韵，则一、三、五、七句尾字押仄声韵（也有首句入韵的）。正是七律诗讲究句字整齐和平仄声韵，所以读起来就感觉音节抑扬顿挫，语音和谐优美。如唐代柳宗元的七律《登柳州城楼寄漳汀封连四州刺史》：

城上高楼接大荒，海天愁思正茫茫。惊风乱飐芙蓉水，密雨斜侵薜荔墙。岭树重遮千里目，江流曲似九回肠。共来百越文身地，犹自音书滞一乡。

再比如我本人《西藏纪游》中的一段文字：

西藏的天，高远而青蓝；西藏的云，白净似丝棉；西藏的风无尘，吸一口直舒肺腑；西藏的水清甘，掬一捧嗅润心田。西藏的烈日，当空不觉炎炎，气温凉爽须穿长袖衣衫。西藏的山苍莽，西藏的谷平旷。苍莽负雪，银装素裹，雪高万丈云遮峰，如魔如幻；平旷积湖，清碧漪涟，湖低千尺水连天，犹在云端。

这段文字不仅记述了西藏的蓝天、白云、雪山、大湖、风、水和炎凉的烈日等自然优美的景物特征，更由于注重字句音节的整齐匀称，平仄声律的婉转和谐，韵脚押韵的自然顺口，读起来才有种醉人的美感的。

一百二十一、美文赏析1·《谏逐客书》

秦代李斯论文说理透辟，论事周详，富有文采，比如他的《谏逐客书》。

《谏逐客书》写于秦王嬴政十年（前237年）。当时秦国势力强大，外来客卿增多，影响了秦国宗室大臣的权势。秦国宗室大臣就抓住韩国派水工郑国到秦国修筑渠道，消耗秦国财力，阻止秦国攻打韩国的阴谋败露为借口，力劝秦王下令逐客。于是秦王下令逐客，李斯也在被逐之列。

在这种情况下，李斯写《谏逐客书》上呈秦王，劝谏秦王不要驱逐客卿，论述驱逐客卿是错误的。但劝谏论述的立足点相当巧妙：通篇不谈客卿的利益，一心只为秦王统一大业着想。

文章运用结构完整严谨的归纳论证法，使论点论据结论相吻合。作者先提出全文的中心论点："臣闻吏议逐客，窃以为过矣。"而后从三个方面论证中心论点。一用过去的历史事实论证论点。先正面列举秦史四君重用客卿而成就功业的历史事实：穆公广纳客卿，并国二十，遂霸西戎；孝公用商鞅变法，民富国强，至今治疆；惠王用张仪之计，散六国之从，功施到今；昭王重用范雎，蚕食诸侯，使秦成帝业，从正面有力地论证纳客国强的观点。后用假设"向使却客而不纳，疏士而不用，是使国无富利之实，而秦无强大之名也"，从反面推论，论证纳客之利，增强了论证的说服力。二用现在的眼前事实论证论点。作者极力铺陈秦王喜爱珠宝、美色、宝马、音乐等非秦国出产的物，而排斥非秦国的人。由此指出这种重物轻人的行为，绝非统一天下的英主所为。三用人们信服的理论论证论点。作者先从正面，用"地广者粟多，国大者人众，兵强则士勇"，说明贤才应不厌其多；用"泰山之所以成其大，河海之所以就其深"作比，说明王者只有广纳人才，才能彰明美德；再用五帝三王广纳人才无敌天下，说明广纳人才的重要性。而后用"今乃弃黔首以资敌国，却宾客以业诸侯"必然"藉寇兵而赍盗粮者"的后果，从反面论述逐客的害处。最后得出结论：逐客必将造成秦国的危亡。照应开头，收束全文。

作者就是这样，大量列举秦国的今昔事实和论说道理，反复论证观点。在列举事实和论说道理时，又反复采用正反对比的论证方法。而在对比论证中，又以正面铺陈为主，反面推论为辅，将利与害对举，今与昔对比，使得事理明白，是非昭然。难怪秦王看后幡然悔悟，立即收回逐客令。

本文用词精当，带有作者强烈的思想感情。又多用对偶、排比句，不仅使句式具有对称美和音调的节奏感，更使文章气势连贯、文采斐然。

一百二十二、美文赏析2·《洛神赋》（并序）

《昭明文选》卷十九有篇曹植的《洛神赋》，百读不释手。

文章结构完整严谨，层次有序。作者先交代写作此赋的时间和原因。随后就以洛神“其形也，翩若惊鸿，婉若游龙，荣曜秋菊，华茂春松。仿佛兮若轻云之蔽月，飘飖兮若流风之回雪。远而望之，皎若太阳升朝霞；迫而察之，灼若芙蓉出渌波”的一连串生动奇逸的比喻，描绘洛神鲜明的形象，展现她艳丽飘然的风姿神韵；用“轻云之蔽月”和“流风之回雪”，表现洛神轻盈、飘逸、流转、绰约的动感姿态；用“秋菊”“春松”“太阳升朝霞”和“芙蓉出渌波”，表现洛神明丽、清朗、华艳、妖冶的色感容貌。紧接着再对洛神的体态、容貌、服饰和举止进行了细致的刻画：她身材适中，垂肩束腰，丽质天生，不假粉饰；她云髻修眉，唇齿鲜润，明眸隐靥，容光焕发；她罗衣灿烂，佩玉凝碧，明珠闪烁，轻裾拂动，瓌姿艳逸，仪静体闲；她天真活泼：遨嬉山隅、采芝水畔。洛神的美貌使作者顿生爱慕和苦闷之情，他托水波以传意，寄玉佩以定情；洛神终被他的真情所感动，与之相见，倾之以情。最后终因人神殊途，结合无望，含情痛别；但人去心留，衷肠依依：洛神倾语，“虽潜处于太阴，长寄心于君王”；作者伫望，“揽騑辔以抗策，怅盘桓而不能去”，使这虚幻的人神相恋具有勾魂摄魄的艺术魅力。

此赋运用浪漫主义的手法，通过人神相恋、道殊不通的丰富想象和传神的铺叙描写，抒发衷情不能相通的爱情或是政治苦闷，格调凄艳哀伤。

此赋还兼有诗歌和散文的特点，讲究比喻、排偶、对仗、音律，语言整饬凝练、生动优美，辞采华茂，不愧是文学杰作。历代作家以此为题材，或形之书法、绘画，或见咏于诗词歌赋者，难以数计，可见曹植《洛神赋》的艺术魅力，是经久不衰的。

一百二十三、美文赏析3·《泷冈阡表》

本文是北宋欧阳修六十四岁时为悼念父母所作的墓表，盛赞亡父清廉孝顺、仁心惠政和亡母俭约安贫、敬夫归节的美好品德，寄托对父母的哀思。

这篇文章构思精妙。一是借母言：欧阳修四岁丧父，无法知悉亡父的生平行状，于是采用以虚显实的方法，详叙母言，既追念和表彰了亡父的美好品德，同时又颂扬了母德妇节。父因母显，母受父成，一碑双表，主题突出鲜明，其构思之妙，不能不令人拍案叫绝。二是用语和笔法多变，如以母语追念亡父的三个事例：用典型概括法，歌颂亡父居家廉洁；用剥笋抽茧法，歌颂亡父奉亲至孝；用一波三折法，歌颂亡父居官仁厚——“夫常求其生，犹失之死；而世常求其死也”，更是传神摹写和刻画了其父断狱慎之又慎的仁心惠政。三是用具体的琐事、琐谈表现父母生前的美德，无空泛的溢美之词。四是文章首尾呼应、结构严谨：开篇交代葬父后六十年没有写阡表的原因是“非敢缓也，盖有待也”，随后便围绕“有待”展开全文。作者“待”什么？是“待”自己有成，“待”自己显贵；而自己有成和显贵，作者认为是因有谨秉父志的母亲教诲和承阴了父母祖宗美德的结果。最后作者详载自己荣光耀祖的年数仕途，“有待”终成，这才上阡表，告慰于先灵。

本文语言平易质朴，情真意切，如话家常，不愧是与韩愈《祭十二郎文》、袁枚《祭妹文》并称的祭文绝唱，成为欧阳修的代表作之一。

一百二十四、美文赏析4·《宝玉挨打》

《红楼梦》第三十三回《手足耽耽小动唇舌　不肖种种大承笞挞》中，宝玉挨打部分的情节完整精彩，人物形象塑造得精彩纷呈。

这部分围绕宝玉挨打这一中心事件展开故事情节。先写宝玉挨打的直接原因：一是宝玉会见雨村时全无一点慷慨挥洒的谈吐，令贾政心生不满；二是宝玉与地位卑贱的伶人蒋玉函交往，激怒贾家政敌忠顺王爷，给贾政无端招来事端，使贾政怒火中烧；三是贾环乘机进谗言，强栽宝玉强奸金钏儿致死，更使贾政怒不可遏，于是宝玉挨打的命运便铸定了。次写宝玉挨打的经过，显示挨打的根本原因：贾政痛恨宝玉离经叛道，不修道德文章，不走仕途经济之路，不能成为他理想中的继承人，所以他恨铁不成钢，恼羞成怒，要将宝玉打死，从而揭示出封建卫道士与封建叛逆者之间不可调和的矛盾。最后写宝玉挨打后，贾府上下人等探视宝玉，进一步展示主人公的叛逆性格。

情节写得极有层次。贾政打宝玉，不是上来就打的。开始平波展镜：贾政原本无气，只是对宝玉应答雨村不似往日而心生不满；随即微起波澜：看到宝玉“唉声叹气”，“倒生了三分气”；接着浪头逐渐涌起：忠顺王府来索人，使得贾政是“又惊又气”“目瞪口歪”；再碰上贾环构陷那一把火，使贾政“面如金纸”“眼都红了”，矛盾激化到了极点，宝玉挨打的高潮到来了。打宝玉时，贾政先是喝命小厮打；嫌打得轻，不解恨，一脚踢开掌板的，夺过板子自己狠命地打；最后是要拿绳子勒死他。有打就有劝，先是门客恳求劝夺，次是王夫人来抱住板子哭劝阻拦，最后是贾母以“孝道”制止了贾政的暴行。打后，人们探视宝玉，以情感疏密为序：先是袭人、宝钗、黛玉，后是凤姐、薛姨妈和常来往的几个媳妇。文章就是这样，层层勾连叠进，一环接一环，丝丝入扣，不仅情节完整，而且极富层次感。

这部分情节还跌宕起伏，张弛有致。如宝玉料到挨打势在必然，想托人朝里面送信时，恰巧遇到个老妈子，这该有救了，有人报信了。可这老妈子偏偏是个聋人，把“要紧”听成“跳井”，将“小断”说成“小事”，把个宝玉急得如热锅上的蚂蚁，为其被打的情节高潮蓄足了气势。若没有这一情节，贾政抓住宝玉就打，情节就显得平铺了，

就远没有这摄动人心而又紧张的效果了。

另外，作者还通过描写不同人物的语言、动作、表情和心理活动，刻画不同

人物的个性特点。如对贾政神态、动作的描写，足见其专制和凶狠；对薛宝钗手托一丸药探视宝玉的描写，足见其对宝玉真情的掩饰与矜持；对黛玉探视宝玉时憋出来的“你可都改了吧”的半句话的描写，足见其对宝玉挨打的心痛而又不知说什么好……人物形象鲜活生动、栩栩如生。

一百二十五、美文赏析5·《永远有多远》

中国作家协会主席当代著名女作家铁凝有篇中篇小说《永远有多远》，喜获第二届鲁迅文学奖。

小说作者以第一人称“我”的视角，叙写了北京城内老式胡同里“我的表妹”——一个青年女性白大省的平凡故事。北京的“胡同文化”源远流长，对生活在这里的人们有着深远的影响。小说的主人公白大省就是在这样的环境和文化熏陶中的一个有着独特个性的女性。她七八岁时常被胡同的老人评价为“仁义”，长大后依然傻里傻气地保持着自己的纯洁，她是那种“选自一个爱他比他爱你更厉害”的女孩。她善良宽厚，可在她的成长经历和爱情道路上，连她最依赖、最亲近的人，比如作品中的郭宏、关朋羽、小玢、夏欣、白大鸣，都时时利用她的“仁义”，来达到各自的目的。白大省一次次地付出之后又在一次次地失去。

作者用诗意平和的语言塑造了一个令人爱恨交加的主人公白大省的形象，爱其毫不吝啬的仁义，恨其盲目的付出，怜其情路的坎坷，透露了作者作为一名女性作家对女性无法自控而又自控的命运的关注和思索。“永远有多远”？它很近，就在昨天，就在眼前，就在身边；它又很远，远的让人陌生，远的让人不可思议，远的只留下永远的记忆与回忆。作者把深沉复杂的情感融入了简单的诉说之中，句句含情，读起来亲切自然。永远有多远，是北京人对故乡精神的怀恋，是对商品大潮中人与人之间开阔心胸与亲和关系的呼唤，是仁义和良善的永存，也是对人人事事道德行为的记载和见证。

小说首尾呼应；情节连贯，主线分明；穿插缀点，摇曳多姿；笔法多变地塑造一个个鲜活的人物形象，又让这一个个鲜活的人物形象衬托拱塑主人公的形象，不仅意蕴丰赡，更令人深思无穷。

一百二十六、关于泗县教师职级晋升的总结与建议

泗县人事局关于教育系统教师职级晋升的文件内容因为公开传达，这里不做摘录。这里就文件和文件执行过程中出现的诸多问题与导致问题的原因进行总结，并提出一些解决这些问题的建议。

一、存在的问题与原因

1. 这次教师职级晋升比例按学校分配，出现了以下情况：有的学校职级晋升指标数多于教师数，有的学校刚好，有的少于指标数。

这就造成了同样资质条件职称的教师在某些学校能晋升两级，在有的学校只能晋升一级，在有的学校压根儿连一级也升不了。这一级也晋升不了的教师，若是放在其他学校，则完全能够晋升一级甚至两级。

究其原因，是制定的指标脱离了现在各校实际的职称分布比例。泗县职称评报审批，原来是按条件资格的，就是谁符合条件谁就可以报评相对应条件的职称，与所在学校无关。这就形成了现在泗县各校各级职称比例分布不一的格局。

2. 这次职级晋升只有人事局一个指导性文件，具体操作评报细则由各校、中心校自行制定。各校、中心校制定的评报细则，有的脱离客观，主观因素明显。比如，同样资质条件职称的教师，在某些学校可以晋升一级或两级，而在某些学校连一级也晋升不了。

究其原因，是全县没有一个统一评报的尺度与标准。

3. 从20世纪80年代末开始教师职称到现在，泗县同一职称职级任职年限差在1～25年之间，而执行的工资都是同级的最低档，不管他以前工作绩效如何，他们都没有晋过一次职称级。而这次，文件规定只要够三年或六年的任职资格都是晋级的硬性条件之一，其次就是看工作绩效。以致不少任职年限比三年、六年任职年限多出一倍、两倍、三倍乃至四倍的老教师或是退出教学一线的老教师就多无缘这次晋级了。因为评选的时候年轻老师认为他们不能始终在教学一线或是他们现在的工作绩效远不如年富力强的中青年同等职称的教师绩效；老教师认为，现在工作绩效已经与绩效工资挂钩了，自己当年年富力强时绩效那么显著也没有绩效工资，现在自己老了绩效不如中青年同职称的绩效工资也就认了，可现在晋级条件却与中青年同职称和绩效。以致那些为教育辛苦奉献一生的原来也取得过优秀绩效的老教师心生不满甚至心寒。

究其原因是这次晋级条件尺度太宽泛外，是没有顾及老人老办法，中人中办

法，新人新办法。

4. 是问题出现之后，问题反映到教育局、人事局或是其他部门领导那里，基本答复是由单位解决，单位踢到教育局，教育局踢到人社局；人社局再踢到教育局，教育局再踢到各校各单位。互相踢皮球，不能解决问题。以致晋级的好事却生化为单位与单位、单位与个人、个人与个人之间尖锐的矛盾冲突，甚至是种下了仇恨，使本来正常友善的上下级或同事之间关系出现了永远都不能弥合的裂痕。

究其原因是诉求无门，调解无助，裁决无望。

5. 某些学校领导在评报过程中或不依原则，或作风霸道，或徇私不公，或没有主见，或不能用同一尺度和标准一视同仁的落实评报，或缺乏耐心细致的思想工作。某些教师为了自己晋级，唯利是图，串帮结派，挤对他人，不择手段。以致在某些学校矛盾激化，领导与领导之间，领导与教师之间，教师与教师之间出现了语言攻击甚或是肢体冲突。

究其原因是缺少客观、公正、公开的评报流程，缺少端正的思想品德教育活动，也缺少必要的责任追究，宣传及思想教育工作没有跟上。

二、解决问题的建议与措施

1. 针对指标分配脱离各校职称分布比例的现实，人事局、教育局最应依据各校教师职称职级人数重新修订下发各校晋级指标分配。

2. 应统一制定全县教师职级晋升的标准，并由教育局牵头和负责实施。

3. 适当拉开职称年限差距，并以任职年限为主，并老人老办法，中人中办法，新人新办法。

4. 问题要诉求有门，调解有助，裁决有望，由教育局或是人事局成立解决矛盾和问题的受理中心，受理中心要充分听取申诉人的申诉意见，并限期给予答复或解决。

5. 评报流程和结果要客观、公正、公开，加强思想品德教育，进行必要的责任追究。

6. 在进行以上工作时，务必本着实事求是的原则。现在各校评报审核已经基本结束，教育局、人事局或是相关的组织领导要对全县职称晋级评报工作进行客观求实的总结。严格审核各校评报的依据、条件和晋级教师的资质资格。不符合条件的要拿下来，符合条件的要补晋，并在全县范围内进行指标调剂。晋级事关每一个符合晋升条件教师的切身利益，各职能部门和各级领导不能不高度重视。并要以这次文件疏漏，有关部门和领导要认真进行反思总结，做好以后的工作。（2010 年 11 月）

一百二十七、童年的记忆

我从几岁开始记事的不知道。现在能回忆起来的最早记忆是搬家，那是哪年我不知道，只记得我父亲把当时我家的全部家产锅碗盆瓢、几床破旧露棉絮的被子、两条破破烂烂的芦苇席子，拾掇在小平板车上，拉着，从吃大锅饭的卢山庄（后来才知道庄名的），搬回原来住的小万庄。两个庄子大约有两里路，我父亲一人拉着车子从人踩出来的窄窄的连接两个庄子的田间小路往小万庄去。途中路过一条干涸的小河沟，下那河沟坡时，我父亲让我趴在小平板车的后尾上，他掀着前面的车把，让车后面拖地，往下放车子。那车子往下速度好快，我趴在下滑的车尾上感到爽极了。到了沟底往上上坡，我父亲在前面压着车把，我母亲在后面推着车子，我悬在后翘的车尾上，往下看，感觉地面在向后溜走。我想坐起来看，母亲一边推着车子，一边叫我别动，别栽下去。才一小会会，车子过了河沟，上了坡岸停下来。我父亲回头去搀扶我爷爷奶奶过河沟，这时我才看到我父亲头上已经冒出了汗珠。这是我人生记忆中的第一次乘车了，虽久远，仍记忆清晰。

还有就是我爷爷把我抱骑在他的双肩上，让我两个小腿夹着他的脖颈，他把两手举过他的头顶，两手拉着我的两只小手。爷爷蹦呀跳呀，逗我玩，我开心极了。也不知道爷爷蹦了多久跳了多久，我小便憋不住了，尿了我爷爷一脖颈，尿液顺着他一丝未着的黝黑肩膀往下流。我爷爷小心把我放下，我惊恐地看着他，以为他要揍我呢。可爷爷看着我笑，抚摸着我的头，用手往地上指，比画着，意思是要我有尿要下来尿地上。哦，对了，补充一句，我爷爷不会说话，他是位哑巴。

还记得我大姐二姐上学在学校食堂吃饭，总要把最好吃的留下带回来给我吃。我几乎天天都一蹦一跳地去迎大姐二姐放学，她们在学校要是吃胡萝卜山芋饭，她们豆（就，泗县方言）把山芋丁检出来，搦成团，抱在纸里攥在手里或揣在怀里，带回来给我吃；要是能吃上大米山芋丁胡萝卜饭，那大米粒她们肯定是一粒不吃的，都挑拣出来，带回来给我吃。我两个姐姐上了半年学，她俩都瘦瘦的，我却胖乎乎的。

再就是一天早晨，我母亲在我爷爷屋子里放声大哭。边哭边诉喊着“我受罪的大大（父亲）呀，你一天好日子都没有过过呀，就这么地走了呀”。家里陆陆续续来了好多人，把我僵硬得一动不动的爷爷放在堂屋——两间低矮破旧的泥土茅草房正中，还把我家那床最好的只有三块补丁的被子盖在他身上。我爷爷脸上盖着烧纸，头前放着一盏油灯，点着。来的人有的捧着一包烧纸，有的拿着一把麦草——后来才知道，我老家的老人说，那麦草烧了后，就会成为死去的人在阴间的金条呢——来的人都要烧几张烧纸或是烧几撮麦草，还跪下给我爷爷磕头。我这才知道我爷爷死了——这也是听大人们说的。我站在爷爷不远的地方，看着每一个来的人，看着躺在地上一动不动的爷爷，我想要爷爷带我去玩，我要骑在爷爷的脖颈上。我去把爷爷脸上的纸揭掉，我喊着爷爷带我去玩。我父亲把我拉开，我母亲哭得更狠了。不一会，东边有人抱来高粱秆，西边有人搓麻绳。麻绳搓好后，就在地上放经线，把那高粱秆一根根像打帘子一样地扎起来，又找来几根木棍砍砍剁剁，把那高粱秆帘子围成一口棺材，把我爷爷放在了里边。就那样，我爷爷在家两天，第三天，来了好多人，我父亲披麻戴孝，我母亲和近房本家都全身穿着白褂子穿着缝着白布的鞋子，可偏偏给我带着的孝帽子上缝上块条小红布条，让我扛着杨柳枝。我父亲手托着棺材头，走在抬着棺材人的中间，我走在我父亲的前边，说是出殡下胡（离庄稍远的农田地）埋葬了。我走在前边，不时地回头，心里嘀咕，怎么要埋我爷爷？到了胡里，就看到有人早挖好不深不浅的一个坑。我父亲跳下坑，手托着棺材头，其他人也都七手八脚，把爷爷的棺材放进坑里。随后，几个大人用铁拆木铲往那坑里填土。一铲铲土丢进坑里，眼见我爷爷的棺材要埋上看不见了！我站在一旁再也忍受不住了，我大吼一声，“不许再埋我爷爷，我要爷爷回家带我玩！”还扑上去，用力扒那埋上的新土……

那过后多少天，我天天都往埋爷爷的坟上看。心想，爷爷你怎么不回家吃饭，你怎么不来家带我去玩啊？

我爷爷去世后的第二年，我六岁了，我奶奶也去世了。我奶奶去世时我算是懂事了。我听我父亲对我母亲说，我爷爷去世连口棺材都没有，现在奶奶又去世了，怎不能让二位老人在阴间没有个遮风挡雨的房子住，说是把家里的不到一年的几只鸡和两个小山羊全卖了，再去亲亲邻邻家看看可能借到点钱，去给我奶奶买口水泥棺材，水泥棺材虽然冰凉，但能遮风挡雨。第二天，我父母把鸡卖了，羊卖了，又从亲亲邻邻家借到几元钱，好不容易凑够那口水泥棺材钱的。葬我奶奶那一天，丧事办得很隆重，本家的两位吹鼓手来吹了喇叭，家里还准备了三桌四菜一汤的饭。我奶奶的丧事办得风光红火，四邻八村没有不夸入赘我母亲的父亲比亲生儿子还孝顺的。听到亲邻们的议论，我小小的年纪，也感到很荣光，也很为我父亲被人夸到骄傲自豪，虽然那个时候我不知道孝顺是什么意思。

一百二十八、难忘的少年

三姐病亡 我七岁那年，发生了记忆中最痛苦的事。比我大两岁的三姐从生病到死亡没过六个小时！

记得那是一个早晨，昨天还带着我玩得好好的三姐，哭叫着肚子疼，疼得捂着肚子在床上直打滚，哎哟哎哟地越来越急促地叫着哭着喊着“我肚子疼！我肚子疼！”一会儿她就吐起来，停没多会，她又吐起来。我父亲赶紧去前边村子请那位会针针的老奶奶来给三姐扎针止吐。老奶奶到时，我三姐吐得连黄水也越来越少了。老奶奶赶紧叫我母亲拿来两根家用缝衣针，在灯芯火上烧一烧，用手摸摸不烫了，就拉出我三姐的手腕，一根扎在虎口上，一针扎在内侧的手腕正中。那针还真的很神奇，两针下去拧一拧转一转，我三姐还真就不哭了，也不吐了。我父母千恩万谢老奶奶，老奶奶说，孩子发烧，要烧退了就好了，安慰我父母不要担心，就蹒跚地回去了。

可老奶奶才走没有二十分钟，我三姐又叫“肚子疼，疼，疼哦……”三姐疼得在床上翻滚得更厉害了，吐得也更厉害，可几乎吐不出黄水了，只干吐得从口里流出稍许的黏液。我母亲赶紧催着我父亲再去请老奶奶，个把小时老奶奶气喘吁吁地跑来了。老奶奶一到就给我三姐扎了三根针。可这次不灵了，我三姐疼得连动单的力气都几乎没有了。老奶奶对我父母说，孩子太高烧了，你赶紧把她送医院吧。

我母亲就赶紧拿衣服，问我父亲家里还有多少钱。我父亲赶紧去钱盒子里把钱都拿出来，一数，才九毛五分钱。去医院这点钱哪够啊，我父亲催我母亲赶快去邻居家借。我母亲出去借钱一个多小时才急三火忙地回来，说借到一块三毛钱。我父亲揣着这两元两角五分钱，用绳子把我三姐绑背在脊背上，我母亲跟着，我也随着跑着，不走弯路，从田间地里径直奔向三里多外的万安医院去。

到了医院，医生还没有到，我父母急得到处找医生。好不容易找到一位医生，医生赶紧给我姐量体温，号脉，用压舌小片片撬开我三姐的嘴，看口腔和喉咙，问我父母我三姐发病情况。医生直摇头地开了处方，要我父亲去取药给我姐打吊水。我父亲飞一样跑到药房，药房一算账说两元八角六分。我父亲钱不够药费，还差六角一分钱，药房不发药。我父亲哀求药房先给药，用过药他就去借钱把欠的药费还上，药房怎么都不给药。我父亲救女心如火烧，哀求不成，愤怒地一拳砸开药房窗户，要跳进去抓药。可窗户太小，我父亲进不去。就在那吼叫要药，这样又耽误了半个多小时。就在这时，那开处方的医生去找来了医院院长，说是孩子奄奄一息，现在要先救人啊。院长要药房医生发药，账后算，这时药房医生才发药。当我父亲拿着药跑回注射室时，我三姐头已经无力地耷拉下来了。当护士冲好吊水给我三姐注射时，我三姐连一点知觉都没有了。水吊着吊着不滴了，我三姐的身体已经冰凉冰凉了，我三姐死了！我母亲抱着我三姐，哭得差点死去。我父亲没有哭出声来，他一把放下我僵硬的三姐，拎起一把椅子，直奔扑向药房。他上去一脚踹开药房的门，要冲进去打死那个不发药的医生。他认为是发药耽误了时间，导致我三姐没有得到及时救治才死的。他把仇恨都发到了那位因药费不够而没有及时发药的医生身上！那医生从人缝中跑出去躲了起来，我父亲这才又急促地回转身，抱起我已经僵硬的三姐在怀里，泣噎不能成声，两行泪水汩汩地流向脸颊……

大约十一点吧，随后赶来的本家强行从我母亲怀中我母亲手中夺下我的三姐，抱回去，也没有进家，就把我三姐软埋（没有穿衣也没有棺材）在我爷爷奶奶坟南一百多米的农田里，说是让她跟着爷爷奶奶，由爷爷奶奶带着她吧。

三姐暴病身亡，这是无知延误和无钱及时医治造成的，给我幼小的心灵创下无比的痛伤，也使我懵懵懂懂地感觉到生病要赶紧送医，不能耽误时间，不能延误治疗，没有钱拿不到药……

在我父母的心里，三姐是因为没有钱耽误治疗才死的，是没有身份地位人看不起才死的。要是他们也是有头有脸的有身份地位的人，没有钱，药房也会发药的。我父母认为，药房不发药，是人家怕他们还不上钱啊。慢慢地我父母从伤痛中缓了过来，也不怨恨那药房不发药的医生了，还专门去给人家赔了理道了歉。那位没有及时发药的医生，也真诚地请我父母原谅他当时的死脑筋，没有及时发药延误了治疗时间。那位给我三姐看病的医生对我父母说，孩子患的是急性霍乱，到医院他接诊时孩子就不行了，就是及时拿了药，也救活不了我三姐的。医生的话既宽慰了那位发药的医生，又使我父母明白是自己送孩子去晚了。我父母给那药房医生赔礼道歉虽是小事，但在我幼小的心灵里留下了我父母理性宽容的美好品德。

上学　为了使家里也能出个有头有脸支撑门面的人，不再愚昧，父母决定让一个孩子读书。三姐去了，大姐二姐岁数大了，我弟弟和妹妹都还小，父母就决定叫我去上学了。这样，我父母咬紧牙关，勒紧裤带，凑够三毛钱学费，准备送我去上学了。我将成为我家也不知多少辈子里第一个上学读书的人了。

春节过后我八岁，父亲带我去学校报名。我跟着父亲，拽着父亲的棉袄后衿子，羞羞怯怯忸忸怩怩地到了学校，来到一位与我母亲差不多大的但比我母亲显得年轻白嫩的女老师（就是我下文将要写到的朱有兰老师）跟前。老师问我父亲我叫什么名字，我父亲说还没有起大名字呢，老师你给起个吧。老师依据姓氏辈分，又看我长得黑乎乎胖大大的，说我像个小山似的，就叫宋庆山吧。我父亲一听很高兴，连声谢老师，说这名字起得好，这名字起得好。

起过名字，老师看我躲在父亲的背后，偷着眼睛看她，就叫我到她面前去。我哪敢去，越发躲在父亲的背后了。父亲把我拉到老师的面前。老师摸着我的头，问我几岁了，问我能数多少数了。“八岁了”——几岁了我知道，来时父亲就告诉我了的。至于能数多少数，我从来都没有听过这话的。什么是能数多少数呢？数是什么东西呢？我望着老师，不知道是什么意思，一句话也说不出来。

就这样，父亲把我留在学校。老师带我去了一年级的班里。我看到班里有好多与我差不多大的孩子，除了本庄的能叫出名字外，别庄的我都不认识，更叫不出名字来。老师把我安排在一个和我差不多高的同学桌子上坐下，对同学们说，今天来的这位新同学名字叫宋庆山，你们都要帮助他啊。同学们一齐声地答应说“好——”。于是，我坐在了不大明亮的教室里，成了一名一年级的小学生了。

中午回到家，父亲干活没有回来，母亲忙着给我做饭吃。吃过饭我就一蹦一跳地又去上学了。晚上放学到家不一会就吃饭了，吃饭时父亲问我在学校学什么。母亲对我父亲说，让他吃过饭再问。吃过饭，我就站在我父母亲面前，给我父母亲读我在学校学到的 a、o、e 三个拼音，还学着老师教我们写的方法，用手拿着个小棒棒，在地上写给我父母亲看。我父母听着我清脆的读声，看着我写的歪歪斜斜的字，高兴得笑得合不拢嘴，夸我说，我家留长（我乳名，因为上边有三个姐姐，我是第四个是儿子，他们就专门请人给我取了这个吉祥的名字）真聪明，会读书会写字啦。听着父母的夸奖，看到父母会心幸福地笑容，我好高兴，内心漾起幸福甜美和愉快的感受来。从那以后，我天天都把在学校学到的语文算数（即现在的数学）高兴地读给我父母听，写给我父母看。至于我是不是读错了写错了，没有人给我指出纠正，我连自己都不知道有没有错，我父母就更不知道了。他们每到这时，都是望着我幸福的笑，好满足地夸我学得好是个好孩子。

光腚　我虽然上了小学，可每到夏天天热了，就喜欢把全身的衣服全脱掉，光光的身子好快活。

其实我有两身衣服的，一身比较简单，就是一条裤头，是我冬天穿的棉裤小了，我母亲给我剪掉裤腿，缭上裤边做成的，肥肥大大，穿起来不束大腿和屁股。这裤头穿和脱都特别方便，不管站着还是坐着，只要把裤腰松紧带一扯一拉，就穿上或脱下了。脱下裤头全身精光光了，无束无碍，我最喜欢了。另一身是套装，裤子是我大姐穿小了给我的，虽然裤腿有点长，可我母亲说我下年长高了这裤腿豆不长了。褂子是我二姐穿我母亲穿过的棉袄改造的，穿在身上就像个蝙蝠衫，只是袖子长到手腕。穿上这套装跑起路来裤子裹腿，褂子鼓风。有时跑起来，那褂子上的扣子逼在肚子上，后背襟拉着风，飘出后背尺把长。要是旋身跳跃玩耍，那褂子倒像是跳芭蕾舞的裙，倒也凉爽。这身衣服夏天平时舍不得穿，多在阴天下雨或是来了亲戚时穿。我也不喜欢穿它，因为它裹身束缚人，脱裤子解纽扣脱褂子都不如裤头穿脱方便。

夏天，裤头是我的主要服装。为了省着穿，我爬树，洗澡，摸鱼，割草，甚至与小伙伴玩，就都把裤头脱了，全身一丝不挂，不知道避人躲人的。常常光着腚，大摇大摆地从东家到西家，摸爬打滚，有人和热闹的地方都吸引我，我都好奇地去看去玩耍。一天我邻居表婶，看着我一丝不挂在那玩，指着我说，你看你都多大了，还光着腚呀？男孩子大了要穿裤子啦。我听着她的话看着她，眨着小眼睛，心里想，我是男孩子吗？男孩子大了就要穿裤子吗？我不信，就看看周围的我的男的女的小伙伴。咦，他们什么时候都穿着裤子和褂子呢？我心里想，他们都穿了，我以后也天天穿。

还有一天在学校做广播操，一蹲一站肚子一鼓一使劲，叭地，裤腰带——系裤子的布条断了，裤子一下滑到脚脖子的地上，露出了腿、屁股，一下被班里两个女生中的一个看到了。她惊叫地喊起来：流氓，流氓！我一听很诧异，流氓在哪里？我转着身子往四面八方看，而同学们操都不做了，目光齐齐地盯着我看。我被看得丈二和尚摸不着头脑。看我，看啥？这时，带我语文的朱有兰老师过来了，把我的裤子提起来，把我断了的裤带系个死头接上，把我的裤子提上来穿上，用接好的布条给我勒好裤子。朱老师对同学们说，同学们误会了，宋庆山裤带断了，他不是流氓，同学们继续做操吧。哗，同学们又整齐地做起操来。

第二天上午，那个喊我流氓的女同学卢明英，给我拿来一条用三层布做成的宽约三厘米长约六十厘米的条带，对我说：“我回家对妈妈说你裤带断了，裤子没法系了，我妈妈就叫我把我哥哥用短了的裤带带来给你勒裤子的。”我接过裤带，拿在手里，左看看右看看，啊，这条裤带太好了，又宽又结实。这是我人生的第一条宽长的裤带。虽然这事过去了五十多年，我依然清楚地记得。

表婶的话和掉裤子，在我幼小的心灵里萌生了荣耻的印记，从那以后，我就注意衣着穿戴了。

拾麦子　一次我光着屁股，玩到了刚割过收完麦子还没有放行拾的麦地。麦地里有一些掉下没有收净的麦子，我就去拾。我刚拾了一小把，忽然被队长看见了。队长就喊着来撵我。我一见队长来撵了，吓得头也不回地只顾往前跑往前跑，好不被队长撵上抓到把我拾到的麦子夺去了。我把那拾到的麦子夹在胳膊的腋下，没命地跑，跑。而后面队长追赶的脚步声啪啪啪啪啪啪啪地越来越响越来越近。我吓得也不知跑了多远，跑不动了，心想撵就撵上吧，我站住不跑了。可我回头一看，队长站在原地，跺着脚，拍这手，在那哈哈大笑呢。这时我一摸我胳膊腋下的麦子，早被我逃跑颠掉得一根不剩了。

后来我上了小学一年级，还是那么呆傻。还说拾麦子吧。那时生产队午收，麦子割运完后，就会在规定时间内放行拾麦子。每到拾麦子，男男女女大人小孩都去拾，有的用手捡，有的用耙子搂，麦穗子连同麦秸泡泡囊馕横三竖四的堆在一起。我不像他们那样拾麦子，我一穗一穗地捡起来，把麦穗头捋齐成一把一把地扎起来。心里还想，你们那样拾麦子，不美观也不好看，拾到家不还如我这好打（脱粒）。我这只要放在地上，拿棒头（捶麦脱粒的短木棒）捶捶麦子，麦粒一分钟都捶下来了，你们那么一大堆，摊在地上，得捶多长时间能把麦粒捶下来啊。我看着他们忙不迭地拾麦子，一个个忙得手忙脚乱，快抓舂搂，堆放乱七八糟的麦穗发笑；可他们也有的看我一根根一穗穗捡麦子理得整整齐齐的发笑。等到麦子拾完，他们都拾到大一堆小一堆大一抱小一抱的，我却只拾个攒攒齐齐的一把两把的麦子。有次我父母把我两个姐姐和我拾到的麦子分别放在院子里捶，要我站在一旁看。两个姐姐每人拾到的麦子都摊一大片地，我就两把。等把麦子捶完，我的两把整齐的麦穗收了一大把麦粒，我两个姐姐每人都有两斤麦粒。我看着发愣，心里蒙蒙的，难道只要麦子拾得多，麦穗不齐也能多打出小麦？

剥花生　生产队里剥花生做种子，好多人在那剥。有的人剥着剥着，趁队长不注意，吧地撂一个花生米在嘴里。我看见了，就用手指着那人大声喊，他吃花生种子了！引得剥花生的人都看着我笑，却没有一个看那吃花生的人。经常剥花生，后来我也经不住花生的诱惑，也想吃花生，可不好意思在剥花生时偷吃，怕被人看见了笑话。那时谁剥的花生壳谁留着带回家的，我就抓了几粒花生米放在花生壳下，想蒙混队长带回家再吃。谁知那天队长突然检查每个人的花生壳，使手一抄一轩撸，别人的花生壳里没有一个人有花生米的，就我花生壳里被查出几粒鲜红的花生米来。队长看着我，没有把那几粒花生米留下，也没有批评我，挥挥手让我回家了。我一到家，与我一起剥花生的邻家叔叔，看着我哈哈大笑，摸着我的头，说，傻孩子，想吃花生了吧，来，我给你几个。说着，他从他带出的花生壳里，检出几个鼓鼓的带着花生壳的花生来。我看着花生，看着叔叔，心里一下明白了。

割草　小时候我经常跟邻居哥哥姐姐去割草喂牛喂羊，晒干了留烧锅。每次割草，要是遇到草多的地方，哥哥姐姐们就会对我说，这片草我不能割。我眨着眼睛问他们为什么，他们就说，这片草你家牛不吃，羊也不吃，就是晒干了，你家锅也不能烧，烧了会炸你家锅底的。每到这时我都不割那片草，到别的地方割了。我一到别的地方割，哥哥姐姐们就在那看着我笑，我也不知道他们笑什么的。等割完草回去，他们都是一大篮子或是一大捆子草，而我常常就割盖着篮底一点草。每到这时他们就都会你给我几把，他给我几把，把我篮子凑满草的。我要是挎不动，他们还把我篮子挎回家。每次我母亲看我能割那么多草，都夸我割草快呢。不过，他们有时给我草我不要的，因为我眼睁睁看那草里有他们说的那片草我家牛不吃羊不吃，晒干了烧锅还会炸锅底的。每到这时他们豆会说，不碍事啦，那片草割到他们篮子里再给我，我家牛就吃羊也吃了，烧锅也不炸锅底了。现在想起来，我的邻居哥哥姐姐们那时是多么逗我疼我关心我啊。

偷桃子　你别看俺呆傻，可俺也偶有聪明的时候。那次与几个小伙伴装着割草去邻边队偷桃子，被看桃子的叔叔发现了。那叔叔顺手折下一根细长的桃树枝条，在手里绕晃着喊着撵过来，那些小伙伴一见，提着篮子四散奔逃。我桃子偷得多，跑不动，眼看跑不了了。也不知当时哪来的那股机灵，把草往篮子里的桃子上一盖，提着篮子，迎着叔叔，说叔叔你看看，我没有偷桃子，偷桃子的他们都跑了。那叔叔看我一眼，顺手摘下一个桃子撂给我，说，拿着吃去，又继续撵那些四散逃跑的小伙伴了。

挨揍　我被父亲一共揍过三次。

第一次是我与邻居小敏玩抓老窝，就是在地上挖十来个小窝窝坑，一个坑窝里放上十个或二十个楝树籽，把一个坑里的楝树籽全抓在手里，一个坑窝一个坑窝地一个一个地顺序撂。撂完第一窝，再抓第二窝重复前面的做法继续撂。等撂到出现空窝，那空窝后面的窝里楝树籽就属于撂楝树籽的人了。开始我们俩都投上一百个楝树籽，撂着几圈后，小敏赢去了我八十多粒，我就剩十几粒了。我输急了，不玩了，还上去抓抢小敏的楝树籽。小敏捂住不给，我上去把她推到，把她的楝树籽往我的褂子兜兜里装。小敏不给我装，上来撕拽我的兜兜，一下子把我的兜兜撕坏了。我一看兜兜被她撕坏了，爬起来不装楝树籽了，按倒小敏就打，就把她打哭了。还把衣服脱下来，逼着她带我去找她爸爸给我兜兜缝上，说你不给我缝上我回家会挨我母亲骂说我皮脸（淘气顽皮）又把衣服撕坏了的。小敏没有妈，听说要我去找她爸爸，伤心哭得更狠了。正在这时，我父亲不知道从哪里来正从这里经过，看小敏哭了，就问小敏是不是我欺负她了。小敏就把前面发生的事一五一十地告诉了我父亲。我父亲一听，赶紧蹲下来，用手摸摸小敏的头，又用手擦擦抹抹小敏的眼泪，哄着小敏说，小敏是个乖孩子，不哭，不哭。可小敏委屈却哭得更狠了，嘴里哭叫出妈妈妈妈来。我父亲一听，眼圈一下湿了，上来一把撮着我的胳膊，一巴掌狠狠地打在我屁股上。边打边训骂我说，“你是男孩，输了不认输，还去抢人的楝树籽，人家不给你，你还打人，你可知道你打的，是年龄个子力气都比你小，又没有妈妈的女孩子？我要你欺负人，我要你欺负人！”我父亲边打边骂，揍得我直蹦乱跳又逃脱不掉，就连刚才还在哭叫妈妈的小敏，也不哭了，还睁大眼睛，惊恐地想上前拉我又不敢上前似的。我父亲逼着我把楝树籽还给小敏，小敏却又眼泪汪汪地给了我一半，回家去啦。

这一顿揍骂训斥，使我从那以后，再也没有蛮不讲理强横欺负比我弱小的人过了。

如果说这顿挨揍是我欺负了比我弱小的小敏，该挨揍。可我被比我岁数大力气大家里比我家有势力的小方揍了一顿又被他父亲提着胳膊扔出多远后，哭着跑回家，却也被我父亲揍了一顿。那是我第二次挨父亲揍。

小方是个撩骚子（就是不懂事的小孩经常打挠人两下感觉好玩），仗着比我岁数大个子大力气大经常揍我一下两下，我都不敢还手。因为要是还他手，他还会多揍我两下子。小方揍我还不许我对家里大人讲，说要是我告诉了家里大人，他就多揍我四下子。那天我从他和他爸身边过，他又撩骚子揍了我两下子，把我打疼了，我就用头扛他，还没有扛他身上去，他爸爸却一把把我拽扔倒一边去了，摔得我疼得哭着回家了。到了家，父亲问我哭啥，我就一五一十地说了。父亲一听，不仅没有哄我安慰我，还一下发怒起来，劈头盖脸就给了我几巴掌。边打还边骂：你个孬种，你欺软怕硬！你为什么不和他揍（就是还手和他打）？你给我记住，比你大的比你力气大的要是欺负你，揍死你你也要和他揍，要有骨气不要当孬种！骂着，他冲出门去，嘴里吼着，“我找他去!”

我母亲看我父亲去找小方家人，也拉着我跟了过去。我父亲一到小方家，不由分说，一把抓住小方父亲的衣领，手指着他的额头，愤怒地怒斥说，你家孩子比我家孩子大力气大，孩子被你孩子打也就算了，你大人为什么打我孩子？当即给了小方爸爸一拳。这一拳打得有点太重了，小方父亲顿时鼻口蹿血。这时，小方父亲的几个兄弟都赶过来，齐齐地冲向我父亲打了起来。我父亲孤单一人，哪里打得过他们兄弟几个，边打边叫我母亲，去，去给我喊人来。说来也巧，当时我父亲两个侄子来我们庄伐树，正遇上小方父亲兄弟几个围着我父亲打架，他们抄起木棍捂过来，吓得小方父亲兄弟几个退出打斗圈外。我父亲还不依不饶，当着赶来的队长面评理。队长批评小方父亲，说你个大人怎么打人家小孩子，这事你不对。又批评我父亲说，小方父亲是不对，可你就该来打人啊？这事到这都算了，以后你们都要注意。

说实在的，小方虽然经常撩骚我，可我对小方还真没有坏印象呢，但对他父亲不批评小方还来拽仍我是不满的。那次我虽然挨了父亲揍，但给我揍出了（教育）不欺软不怕硬的坚强性格来。虽然当时和现在也认为父亲去找人打人是不对的，气量是小点了的，但父亲那种不惧强势勇于抗争的行为品格，不仅给我留下深刻的印象，还竟化为我日后勇敢顽强不惧困难的标杆和学习的榜样。

第三次挨父亲揍是在我读小学四年级的时候。那时正值“文化大革命”，各个学校都停课闹革命，我们学校也没有例外。停课以后干什么？活学活用毛主席语录。毛主席要我们干什么，我们就干什么。毛主席要我们这些知识分子（当时也把自己当做知识分子的）到农村去，接受贫下中农再教育，我们就去给贫下中农割草、锄地、挑水、洗衣服。毛主席要我们勤工俭学，学校就组织我们学生割草晒干卖，拾粪种学校的试验田，挖学校池塘养鱼卖。帮着贫下中农做事感觉是在学雷锋，挖鱼塘割草也都好有成就感。特别是割草，青草的清新味儿很好闻。可拾粪就脏臭了，冬天拾粪还行，到了夏天拾粪，不管是人屎牛屎狗屎，都苍蝇哄哄，腐臭难闻，不成块状，拾在柳条或紫穗槐的框里，背在背上，跑上三五里路到学校，累得不能行不说，还常常弄得衣服上都是屎，手上沾屎。有时汗流浃背，用手一抹脸，又没有水洗脸，脸上半天都臭烘烘的。我给老师提出请求，我多割草代替拾粪行不行。老师说，不行，并对我说，你是革命事业的接班人，要听党的话，听毛主席的话，不怕脏，不怕累，要学习老一辈无产阶级革命家迎着困难上不怕困难的精神。今天拾粪就怕累怕脏，将来怎么接革命的班？

为了接革命的班，还得继续拾粪，晚上还得在油灯下学习背诵毛主席语录。我从前到后翻看学习毛主席语录，我心想，要是毛主席要我们青少年拾粪的，再脏再累再苦我都干。可翻遍学完毛主席语录，也没有读到毛主席要我们这些小学生拾粪的谆谆教诲。第二天，我找到与我同村同路的一些同学，说毛主席语录里没有要我们拾粪，是老师不听毛主席话。我那时都四年级了，是班里最会说话和写大字报的学生。我对他们说，老师是资产阶级知识分子，是我们的敌人，凡是敌人拥护的，我们就要反对。老师要我们拾粪，是想摧残我们这些革命的接班人，我们要专老师的政，要响应毛主席号召，打到知识分子，批斗老师去！

有两个小伙伴就听了我的宣传鼓动，响应我的号召。我们来到学校，没有把粪筐的粪倒向粪池，而是背到老师的办公室，背到老师的宿舍，把屎倒在老师的办公室门前，倒在老师的宿舍门前。还写出大字报，批判老师对我们无产阶级革命事业接班人的摧残。

闹腾到上午十点，忽然我父亲急匆匆地一下出现在我的面前。我父亲一把把我抓住，上去就给我几个巴掌，随后不由分说地把我拽到老师的面前，砰地一脚踢在我的屁股上。我从来没有看过我父亲这么愤怒至极，我也从来没有被父亲揍过这么狠，今天父亲是怎么了？正当我一手捂脸一手捂着屁股疼痛不堪地站在一边的时候，父亲又严厉大声命令我说，给老师跪下！我不敢不跪，就跪在老师面前。只听我父亲口气温和而又诚恳地对老师说，我邻居来学校办事看到这事回去给我说我就赶来了。老师，对不起，是我没有家教，这孩子今天才做出这大逆不道的事来，这都是我的错。说着，父亲转过头，对着我，指着老师对我说："对待老师，要像对待父母一样，一日为师，终身为父，能记住吗？"我惊恐地低着头跪在那里，蚊子似的声音答应说，记住了。这时另一位老师早已搬过来一把椅子让我父亲坐下，劝慰我父亲说，没事的，孩子不懂事，你也别生气。这时老师也早已经把我拉起来，拍去我衣服上的泥土，还端来一脸盆水给我洗了手洗了脸。

中午回到家，父亲叫我站在太阳下反思悔过不许动，饭都没有给我吃。下午也没有让我去上学，说我小小年纪连老师都敢糟蹋侮辱，念书还有什么用。第二天第三天父亲也没有让我去上学。到了第四天，被我屎臭的老师找上我家来了，再次对我父亲说孩子小不懂事，犯错不可怕，不要孩子上学，他就学不到知识和文化了，那将来才可怕呀。就这样，我父亲才看在老师的面子上松了口，让我跟着老师去上学了。

我没有一点文化的父亲尊师教子的这顿揍，揍得我长大后特别感到我父亲的伟大。老师，我敬你，父亲，我爱你更敬你！

昧钱　万家宝与我同庄同岁同一个学校同一个班级上学，我们一路来一路去，路上追逐嬉闹斗鸡（就是一条腿提起来绻在另一条腿的膝盖腿上，形成一个膝盖为尖的三角形，另一条腿直立蹦跳，让绻起的腿和膝盖与对方绻起的腿和膝盖斗碰）摔跤，整天滚打在一起。一天上午上学上得早，我俩又搂抱着摔起跤来。无意中，我的手插进了他的口袋。当我把他摔倒地上缩回手准备起来的时候，忽然发现我手从他口袋里带出两张两角的钱。我一见，心一怔，啊?！四毛钱！四毛钱啊!！我不自觉的也是下意识地把这钱攥在了我手里，把他拉起来，我们就往学校跑去。

中午放学，万家宝哭丧着脸对我说，他大（父亲）给他交学费的一元钱也不知怎么丢了四毛，找不到了。我一听，心里怦怦直跳，脸唰地就红了，可嘴里却说，那会掉哪里去呢？要不俺俩走路上找找？

钱被我藏在我挎包里，路上哪里找啊。没有找到，我们都各自回家吃饭了。吃过中午饭，万家宝眼泪叭察的一边脸还红红肿肿的来找我上学了，低着头不说话，在门外站着等我。我问他怎么了？他满眼泪水地对我说，中午他被父亲打了，他父亲卖八斤口粮才得到给他交学费的那一块钱被他弄丢了四毛（角），家里也没有口粮再卖了，学费交不了了，下学期不能去上学了。听着他哭哭懔懔的话，看着他半边挨打红肿起来的脸，我的心一下子被刺痛了。他父亲的巴掌应该打在我的脸上，是我昧了他的钱他才挨打的。挨打还是小事，要是不能交学费下学期上不了学，那就是我昧他钱造成的啊。我自责自己，我要把钱还给他。可我又不好一下子掏出来给他，就对他说，走，再走找去，到我俩早上摔跤的地方找去，看看可丢那地方去了。

我俩来到那里，我把钱攥在手里，装模作样地，找呀找呀。忽然我大声地叫起来：“啊，钱找到啦，钱在这里。”我把钱拿在手里举起来给他看。万家宝一看到他那四毛钱，跑过来一把抓在手里，不与我上学了，撒腿就往家跑去，边跑边喊：“俺大，钱我找到啦，钱我找到啦，有钱交学费啦！”

这件事使我羞愧难当！从那以后，我再也不再贪财好利，昧人钱财了。因为昧人钱财给对方造成的苦痛伤害始终在我眼前和脑海里挥之不去，我要做一个有好品德的人！

写门对子　别看我才上了小学二年级，可我却成了我那个五家人五个姓一个庄子唯一的读书人，识字的人，有文化的人。左邻右舍过春节，也都不把写对联的红纸拿到别的庄请人写了，都来叫我写。可我不会写毛笔字啊，更难的是他们要写什么内容的对联我不知道，我也不知道写什么好。他们看我不知道写什么，就说这样吧，我们说什么你就写什么。于是他们就把纸裁好铺开，要我写对联，有的人要我写“风调雨顺，年年有余”；有的人要我写“家和万事兴，明年好年成”；更有趣的是白胡子多长多长的万爷爷，当我写到他家的时候，他不知道写什么好，就在那自言自语地说“写什么好呢”，我疑猜他是让我写“写什么好呢”，就在纸上写上“写什么好呢”，写完了他还没有说出下一句。我问万爷爷，“万爷爷，下句写什么啊?”万爷爷一听，笑了，“哎哟，我是没有想好写什么才说写什么好的呢，这个不要，你就也写你吴大伯家那个‘家和万事兴，明年好年成’吧”。写完了竖的对联，他们还要我写横的门槛联，一齐说家家都写“开门见喜”。写过了“开门见喜”，他们家家还要我写几个大大小小的福字。那次写对联，有的字我不会写，我灵机一动就写拼音代汉字，拼音也不会的，我豆卡壳愣在那里不知道怎么办了。每到这时，他们就会说，不会写那个字不碍事，你就用碗底蘸墨汁在那纸上按个圈，当那个字就行了。当时他们都站在桌子的对面和两边，微笑开心地看着我写字，还不停地鼓励我表扬我，说我写得不错写得不错。后来看到各家各户把对联贴在了门上，春节过后还吸引来我们庄上的人在那指着看看着笑，我都很有像后来我发表在书刊杂志上的文学作品一样的成就感。《汉书·文艺志》说“凡著诸竹帛者皆为文学”，我写的对联家家都贴在家家的门上，还引来那么多人看，不也是发表了的文学吗?

农忙　小时候跟着大人去生产队打场——就是用人、牛、驴、马后来是手扶机、四轮拖拉机拉着碌碡（石磙）在铺着麦子的场地（碾压平展的地面）转圈脱粒，石磙在麦场上转呀转呀，随着麦子的秸秆被轧扁碾碎，麦穗上的麦粒都落在了轧扁碾碎的麦草下面，人们就用叉子把上面的麦草抖起来，堆在场边，再用摊耱（就是在一块约长一米、宽三十厘米、厚四五厘米的木板正中固定一个一米左右长的木棍）、木掀（一米五左右的圆木棍的一端固定一块坚硬稍有点弯弧的宽三十厘米、长五十厘米、厚一厘米左右的木板）、搂耙、扫帚等把混有麦糠的麦粒推聚在一起，而后人们就迎着风，一木掀一木掀地扬着。扬麦，麦粒重，先落下，麦糠轻，随风飘落在麦粒一边。要是风稍大风向固定，麦粒与麦糠分离，要是风小或是穴旋风，那麦粒麦糠常常又搅混落在一起，人们要等风来了在扬场。扬一场麦子，十几个人，抡着扬，风好也要三四个小时；风不好，可能要从起过场（一般下午三四点）一直扬到半夜。要是没有风，那就要等第二天早晨趁风再扬。要是第二天早晨还没有风，那就只有把这堆带糠的麦子推到场的一边，腾开场再放麦子打场，等风来了再扬。夏季午收，抢场夺麦，那个忙，我是亲身经历过不知多少年多少次。有时打着场打着场，忽然起了雷暴雨，男女老少放下一切齐上阵，抢场！叉子、摊糖、木掀、搂耙、扫帚不够用，人们就用手抓用胳膊搂场上的未脱净的麦子，用手撸地上打下来的麦粒，堆成一堆一堆的。有时遇到连阴雨，眼睁睁地看着推起来的麦子生热焐烂了，招雨的麦子出芽了，阴印在场上的麦粒出芽顶破了场面。在我的记忆里，好像没有一年不遇上一次两次雷暴雨天气的，也遇到过连阴雨的年头。那时晴天割麦打场，还要在早晚抢种。特别是雨后赶墒情，也是男女老少齐上阵，种豆、种玉米、种花生、栽山芋……一个午季下来，人们都黑瘦了不少。那时活儿虽多虽重，人们虽然也累，可写在人们脸上的，倒都是笑喜盈盈。人们意气风发斗志昂扬，与天奋斗其乐融融，与地奋斗，其乐无穷。那时我虽然小，可也被大人们的热火朝天的干劲和精神鼓舞着。特别是人们在干活休息的时候，大人们蹲在场边，用手指头扣窨在地上的麦粒豆粒玉米粒，一把一把地一捧一捧地送到粮堆上或粮囤里。那时，我每每上学，每每在烈日下，每每在寒风里，每每吃饭，每每睡觉，我眼前就浮现起抢场夺麦抢收抢种的情景，眼前就浮现起夏管秋收的情形，耳畔就响起“夏种一粒籽，秋收百粒粮”“早种一天早收十天”“烈日炎炎似火烧，田野禾苗半枯焦”“谁知盘中餐，粒粒皆辛苦”等农谚诗句。那时我也常常想，我要是能发明一种机械，要农民不要割麦了，不要打场了，不要扬场了，不要用锄除草了，不要用棍锤玉米用手剥玉米了，不要在烈日暴雨下劳作了，该多好！我心疼农民，我敬农民，我爱农民，从那时起，直到今天，我依然对农民由衷地敬爱。从我工作到现在，我要是买农民亲自出售自己的农产品，我从来不问价不讲价。不是因为他们卖的农产品比超市和小商小贩那便宜，而是我深知他们辛勤劳作的不易！

一百二十九、尤祥文

尤祥文是我东边庄上的。我第一次见到他，好像是我十一二岁的时候。那天中午我放学到家，看到我父亲陪着一位白净皙皙的三十出头的人拉呱说话。那人一见我，就说，呀，长这么高了？我父亲指着那人对我说，这是东庄你尤祥文表叔。我随即问声表叔好，就放下书包洗手洗脸去了。吃饭时，表叔非要我上桌吃饭，我父亲开始不许我上桌，说孩子上桌吃饭成什么体统。可表叔非要我上桌吃饭，说要我陪陪他说说话。父亲不好灰表叔面子，就允许我上桌吃饭，这可是我家从来没有破过的小孩子上桌陪客人吃饭例的，所以我至今还记着。

我记着这位尤祥文表叔的，还有他吃饭时管我母亲叫姐姐。我母亲把饭菜端上桌，就去一边候着，看表叔和我父亲碗里饭吃完就去添饭。那时家里来客人，连我母亲也不上桌的。这尤祥文表叔看站在一边的我母亲，就叫“俺姐，你也过来一起吃饭嘛”。那天我父亲格外高兴，就对我母亲说，“祥文也不是外人，你就上桌一起吃吧。”这在我记忆里，这也是我母亲第一次上桌陪客人吃饭。

我记着这位尤祥文表叔的，还有他对我父亲一口一个“你饕矣”（对长辈的敬称，意思是您老人家）。我有点纳闷，等表叔走后我问我父亲，“尤祥文表叔叫你饕矣，叫妈妈姐姐，他这样叫，不是把你和妈妈叫岔辈分了吗？”父亲看着我说：“这是各亲各叫的。比我姓郭的他叫我表老，可他与你妈姓宋这边也是老亲又是平辈的，所以他不好叫我表老，就称我饕矣了的。”我又问父亲：“儿子都是随父亲的，既然他叫你表老，那他得叫我表叔才是，怎么你要我叫他表叔呢？”父亲很认真地对我说：“我是你妈的上门女婿，我不是改随你妈姓宋了吗？所以你与他的辈分要随你妈的辈分叫的。”我也是从那时起，才知道社会辈分关系复杂，要各亲各叫的。各亲也不好各叫时，就含糊地称呼也行的。

我记着这位尤祥文表叔的，还有我父亲对我说过他的一件事。那是吃大食堂的时候，尤祥文表叔是会计，有发放粮米油盐的权力。当时我家也是他私下救济的一户人家。我父亲说，那时我家老小多，我爷爷奶奶已经二十多天没有吃上一粒粮食了，是尤祥文私自救济的那七斤半小米，才使我家熬过了冬天，尤祥文是我们家的救命恩人。父亲说，这位私自挪用公家粮食救了好多家人命的尤祥文，清仓查账时露了馅，那仓库粮食与拨付食堂的签收对不上账了，他承认是自己私自贪污了那五十斤粮食，也没有交代那五十斤粮食被他私分给我们这些人家了。因为他要说出粮食分给我们这些人家了，我们这些人家要把分得的粮食退回去，那时粮食都吃光了，也压根儿弄不到粮食退回去的。我们没有粮食退回去，就要受到牵连追究，尤祥文就一个人扛下来是自己贪污了，结果他被抓去判了十年刑。父亲说，当我们知道他被判十年刑后，我们这些受过他恩惠的人联合起来，去给他喊冤，说他没有贪污那粮食，他把那五十斤粮食全分给了我们这些人家了。后来改判他三年牢，他差点死在狱中。父亲说，尤祥文出狱后，他就请尤祥文来家吃顿饭，感谢他当年对我们全家的救命之恩。父亲说完这些后，对我说，你长大了，要像尤祥文那样做人，不贪不占，一心为穷人着想；你以后要是有出息了，一定要去报尤祥文的恩。

尤祥文的恩我一直没有能力报。当我有能力报他恩时，竟然传来他去世的噩耗。我只能专程从几十里外冒雨步行去给他磕几个祭悼的头。

今天写出这些文字，权且是对尤祥文表叔的报恩和祭悼吧。愿尤祥文表叔在天有灵，在地有知，天国安详！

一百三十、心中的贝蕾

万振家兄弟五人，每个兄弟家都子孙满堂。他家是我们庄第一大户人家：全庄九户人家，他一家兄弟占了五户，全庄七十二口人，他一大家子加起来就五十口人！他家人多势众，常常和我父亲语言不和。在我幼小的印记里，万振家和他一大家子都不是好人，他们仗势欺人，不是善类。所以每当我见到万振家和他家族中的任何人都远远地躲着走，心里好害怕他们。

一大我下湖割草回来，路过万振家门前时，不小心被石头绊了一跤，篮子中的草散了一地，左手指也跌破淌着血。正当我爬起来准备把草收按在篮子里时，就听到万振家喊他家属说：留长（我乳名）手跌破了，你赶快拿块干净布条去给他手指包扎上，别回血口子被脏污感染了。接着就听他家属喊我，“别忙按草，别忙按草，我给你手包上再按。”后来他家属拿出干净的布条把我的手包好，还把我的草收按在我的篮子里。我挎着草篮子，看着万振家，他正慈祥地看着我。我心里咯噔一下，他们不是坏人呀？

暑假中的一天我去生产队里干活，抬汪泥，正巧我与万振家一对。我个子矮，抬前头头里走，他比我高他抬后头。我抬到休息时也没有感到累，可一看看万振家，他上衣褂子都湿了。我心想，看起来你年纪大了，干活不如我们这些年轻小孩子了。歇过起来，继续抬汪泥，就听我往泥兜里上泥的母亲说：“振家，你泥兜系往留长那头些，你看你给他抱多少扛（就是泥兜系偏在万振家那头）。”我一听，就把泥兜系往我这边扒拉，扒拉到扁担的中间。万振家说不行的，你抬不动。我不听他的，一使劲，扁担上了肩。抬是抬起来了，可却踉跄了一下，我这才感觉到比先前重多了，我这才知道原来万振家半天抬的都是重头，我这才知道万振家对我这个孩童的关心与疼爱！我放下泥兜看着万振家，看着他我一句话也没有说出来，他不是坏人啊。

上初一那年的暑假，我与万振家天天去各家淘粪送往生产队大肥料池，他天天给我讲故事。什么路遥赶马壮日久见人心，什么将相和，什么和氏璧，我最早都是听万振家讲的。那时他还给我提到过什么《易经》、《论语》、孔子、老子、庄子、孟子、荀子、孙子，还有什么《诗经》《楚辞》《春秋》《左传》《史记》……我从他那里知道夏商周秦两汉唐宋元明清，从他那里我知道历史上有秦始皇、汉武帝，唐太宗、宋太祖、成吉思汗……他太有学问了！他讲的我几乎都是闻所未闻的，那时我才知道万振家原来是位很有学问的宿儒。我对我父亲说万振家很有学问，我父亲一听眼睛一下明亮起来，迫不及待地问我怎么知道的？我说这一个夏天我与他淘粪，他给我讲了许许多多的历史故事，讲了许许多多名人轶事，讲了许许多多的书籍和文章。我父亲说，你知道他的过去吗？我摇头，我不知道啊。父亲说，他原来是私塾先生，是我们这一带方圆几十里最有学问的人。只是他家是富农，他才不敢说不敢讲窝起尾巴做人的。现在他能给你讲书了，你要跟他好好学，你要跟他好好学。

从那以后，我就经常去万振家家，经常问他一些学习上的问题。我每问他，只要他知道的，他都很认真地回答我。他看我写字歪歪斜斜，就教我怎么拿笔，说怎么写字才能好看。我说你没有书吗？他说没有。我听了感到好惋惜好遗憾。他看我实在想读书，就跑到他的屋里——那屋里他从没有让我进去过的，半天才出来，递给我一本繁体字印刷的《论语》，那《论语》破旧得很，但像是包裹起来过，因为那书皱皱的有的页好像还被虫囿了似的。我拿过《论语》，翻开就读“子曰學而時習之不亦說乎有朋自遠方來不亦樂乎人不知而不慍不亦君子乎”。我一字一字地往下读，可“學、時、習、遠、樂、慍”这些字我不认识，读不成句子不说，还把里边的一些字音读错了。万振家一听，用手势打断我的朗读，说，你刚才读的有些错误，句读也不对，正确的读音和句读是“子曰：學而時習之，不亦說乎？有朋自遠方來，不亦樂乎？人不知而不慍，不亦君子乎？”我一听，感觉他读得好，但我不知道他是怎么断读句子的，而且我认为他把“曰、說”的字音读错了。我指着“曰、說”字说，这是“日、说”，你怎么读成“阅、悦”音了啊？万振家笑了，指着“曰”字说，你看，日字的竖比这长还是短？我用手比划着写写，说“曰”这个字两边的竖比“日”字两边的竖短些。万振家说是啊，你看得很准，“日”子是竖长的，“曰”字是扁平的，写为扁平时就读“阅”音了，不能读“日”，“曰”是“说”的意思；“说”不读说话的说，要读喜悦的“悦”字音，是高兴愉快的意思。他还给我说“學、時、習、遠、樂”都是繁体字，就是你现在学习的“学、时、习、远、乐”这些字。他要我按他刚才读的句读再读一下这个句子，看看可能说出个大概意思。我就看着句子，慢慢地读，读过说“子……子说，学习时……学习时练习……之……之，之，之是什么意思呢？不，亦，亦，亦是什么意思呢？说，说，高兴愉快，乎，乎，乎是什么意思呢？”我边读边说意思，边疑问，边问他，他都给我一一解答。他给我解释说：“‘子’是指孔子，也可以解释为老师、先生的意思；孔子名字叫丘，字仲尼，春秋末年的鲁国人……这句话的意思就是：孔子说：学了，然后按一定的时间去实习它，不也高兴吗？有志同道合的人从远方来，不也快乐吗？人家不了解我，我却不怨恨，不也是君子吗？”我全神贯注地听万振家讲解，我简直被万振家的学问折服了，他简直就是我的神！我要拜他为师，我要跟他好好学习古文！

也是从那开始我才知道，古文原来是繁体字印的，还没有标点符号，里边许多字音和现在读音不同，要读古代的读音，要用古代的意思来解释这个字词。断读句子是很难很难的，要有人教和指导，不然开始学习古文的人是读不成句子也不可能理解句子的意思的，特别是哪些繁体字，压根儿就没有见过也不认识。心想，要是用现代汉字印刷，把标点符号也标注上该有多好！心是这么想的，可那时没有用现代汉字印刷的古文啊。

临走，我要把《论语》带走看。万振家说，你带回去也看不懂多少，书就在我这里，你有时间就来，我一点一点地教你。我走时，他很认真郑重又像是恳求地对我说，“你不要对任何人说在我这里看到《论语》这本书啊，要是有人知道了，这书就要被没收烧了啊。”我郑重点头答应了他，心里也想，我一定不能对人说，要是这书被没收烧了，我上哪读这本书啊。

后来，我有空就往万振家家跑，他有空就在他睡觉的床边做贼似地给我读讲《论语》，生怕有外人看见听见。我用一年里的节假日和其他有时间的时候去跟着万振家学完了《论语》，我感觉我知识暴涨，什么学而篇、为政篇、八佾篇、里仁篇、公冶长篇、雍也篇、述而篇、泰伯篇、子罕篇、乡党篇、先进篇、颜渊篇、子路篇、宪问篇、卫灵公篇、季氏篇、阳货篇、微子篇、子张篇、尧曰篇，篇篇接触，什么为政以德、仁者爱人、德不孤必有邻、吾日三省吾身，什么温故而知新、学而不思则罔思而不学则殆、学而不厌诲人不倦、不愤不启不悱不发、举一隅而不以三隅反则不复也，什么三人行必有我师焉择其善者而从之其不善者而改之、朝闻道夕死可矣、见贤思齐焉，还有什么君子坦荡荡小人长戚戚、鸟之将死其鸣也哀人之将死其言也善、临大节而不可夺也、士不可以不弘毅任重而道远，还有什么后生可畏、三军可夺帅也匹夫不可夺志也、岁寒然后知松柏之后凋也，还有什么知者不惑仁者不忧勇者不惧、食不厌精脍不厌细、食不语寝不言、未能事人焉能事鬼、未知生，焉知死……这些句子我不仅句句背学，句子大意我也多知一二的。

学完《论语》的第二年冬天，我去万振家家读《中庸》。万振家说我基本可以自己读书了，要我跟他到他的里屋里间去。那可是他从没有让我进去过的地方啊。室内光线很暗，地方又小，靠左的墙边有张破旧的小床，看起来不知道多少年没有人睡过，也很少动过似的。万振家把床掀开，床底地上有个草垫子，他拿开草垫子，看到一个只能上下一个人的小洞，他先下了洞，叫我跟着他下去。洞底面积有四五个洞口大小，紧挨着他家秋冬的山芋窖的一侧，有扇玻璃窗，上面的光亮能映进来。他看着我，打开用油皮纸包裹着的草纸。那草纸内包着十几本藏书。我一看，有《易经》《道德经》《诗经》《楚辞》《庄子》《大学》《孟子》《唐诗抄》《宋词选》《三国演义》《水浒传》《西游记》《红楼梦》……啊，我的天！他原来有这么多的书啊，我真是大开了眼界！他手抚按着书，深情又期许地对我说："我老了，这些书又不敢拿出来，你就以后自己来读吧，要一本一本地读。但先不要看《红楼梦》和《水浒传》，等读完这些书后再读这两本。"我当着他的面，点头答应了他。他上去后，我第一个打开的书就是他要我最后读的《水浒传》！这一读则一发不可收，我放学就往他家跑。那时，我父母知道我去他家读书，所以天天我放学到家饭就做好了。我吃过饭，把学校布置的作业处理完，就去他家看书。当时多想他能把书让我带回家读，但那是不可能的，因为他怕我不小心被别人发现了我读的书，追查到他那去。我理解他的，所以也从来没有央求他把书给我带家读的。

袁枚说书非借不能读也，我是有同感的。万振家的这些书虽然没有借给我，但也像是借给我读的书一样，我唯恐哪天读不到这些书了。我不敢说我当年如饥似渴地读那些书，但我当年确实是迫不及待地认真读的。我从《易经》那里了解到"古者包羲氏之王天下也，仰则观象于天，俯则观法于地，观鸟兽之文，与地之宜，近取诸身，远取诸物，于是始作八卦，以通神明之德，以类万物之情"的传说；懂得了君子要进德修业忠信立诚居业、以遏恶扬善顺天休命、居上位而不骄在下位而不忧和善不积不足以成名恶不积不足以灭身的道理。至于什么君不密则失臣臣不密则失身几事不密则害成的慎密不出、君子学以聚之问以辩之宽以居之仁以行之，什么积善之家必有余庆二人同心其利断金，什么同心之言其臭如兰、方以类聚物以群分，什么穷则变变则通通则久，什么君子上交不谄，下交不渎、天行健君子以自强不息、地势坤君子以厚德载物，什么大人者与天地合其德，与日月合其明，与四时合其序，与鬼神合其吉凶，什么立天之道曰阴与阳，立地之道曰柔与刚，立人之道曰仁与义，什么有天地然后有万物，有万物然后有男女，有男女然后有夫妇，有夫妇然后有父子，有父子然后有君臣，有君臣然后有上下，有上下然后有礼仪，什么君子安而不忘危，存而不忘亡，治而不忘乱，什么身安而国家可保也、不恒其德，或承其羞等名言警句，也都是那时学得的。我从诗经那里读到秦国的战歌"岂曰无衣？与子同袍。王于兴师，修我戈矛。与子同仇！岂曰无衣？与子同泽。王于兴师，修我矛戟。与子偕作！岂曰无衣？与子同裳。王于兴师，修我甲兵。与子偕行！"感受到秦国举国为战同仇敌忾的豪情。我从"坎坎伐檀兮，置之河之干兮。河水清且涟猗。不稼不穑，胡取禾三百廛兮？不狩不猎，胡瞻尔庭有县貆兮？彼君子兮，不素餐兮"的国风中了解到当时老百姓对不劳而获的剥削者的不满。我从"青青子衿，悠悠我心。纵我不往，子宁不嗣音？青青子佩，悠悠我思。纵我不往，子宁不来？挑兮达兮，在城阙兮。一日不见，如三月兮"的诗句中感受到纯真爱恋的美好。通过对《诗经》的学习，我知道了诗经的内容是风雅颂，诗经的主要表现手法是赋比兴。从书本里，我知道了屈原的爱国与浪漫，我知道了三国、曹操、李逵、唐僧、孙悟空，我感受到唐诗宋词的优美与精妙，我知道《红楼梦》那是曹雪芹故将真事隐（甄士隐）去而以假语村（贾雨村）云云所写的一部反映社会现实的小说，作者以贾宝玉与林黛玉的爱情悲剧为线索，揭露了封建社会行将灭亡的历史命运……

万振家，你的书滋养了我，你的书开启了我的心智，你是引领我走向文学殿堂的第一人，也是没有收取我一分钱好处没有得到我任何回报的人。当我有能力回报你的时候，你却离开了我。我知道，包括你的子侄家人，你从没有让他们进过你的地洞书屋，他们也许压根就不知道你有地洞书屋。可你又不甘心书埋地下，你还是冒着风险地选了一个我，让我读尽你的藏书。今天我在写我心中的贝蕾，忽然想起你来，想起你我就从心中升起对你的无限感怀和敬意。你是位饱学的宿儒，你生不逢时，只可惜你玉带林中挂金簪土里埋了。但我又为你自豪，你位卑却珍保着诗书，用你的藏书冒着风险暗暗地在下一代人身上播种中国文化。虽然我没有什么大成就，但你的藏书，你的辅导，你的夙愿，化为我拥有深厚底蕴的中国古代文化的贝蕾。万振家，你是我心中的贝蕾！

一百三十一、刘明保

当年刘明保住在我庄子的最西头，身高一米八，体格健硕，与我父亲交好，天天晚上他都来我家与我父亲抽烟拉呱。在我的印象里他是我父亲的好兄弟，父亲要我们姐弟叫他表叔，我们姐弟都很喜欢他。可不知怎地，寒假我去亲戚家过了半个月回家后就再没有看到刘明保表叔晚上来我家与我父亲抽烟拉呱了。白天他从我家门前过也不与我父亲打招呼，每次都是我母亲一如既往热情地叫“明保来家坐”，明保表叔也带理不理的。我很意外明保表叔的行为，纳闷地问我母亲，明保表叔怎么不来我家了啊？

母亲说我走后两三天吧，我弟弟与他家小鸾（明保表叔的大女儿）玩耍玩恼了。小鸾把我弟弟脸抓破了一块，我弟弟就把小鸾打哭了。当时明保表叔拽我弟弟来找我父亲，要我父亲揍我弟弟，下次不能打他家小鸾了。我父亲说，小孩子一般大的，皮脸玩耍打哭破皮都很正常的，拉开吵吵（批评的意思）一顿就行了，打什么打。我明保表叔火了，“你不打我来揍他”，他边说边上来就要揍我弟弟。我父亲哪里愿意，两个人你一言我一语地这就吵起来了，后来怎么就打起来了。我父亲哪是明保表叔对手，吃了明保表叔的亏，拽着明保表叔去大队讲理。谁知到了万安街大队部，遇到郭立海（我父亲的侄子），看我父亲脸被打得青肿，不问青红皂白和三七二十一，上去就把明保表叔撂倒，狠狠地揍了一顿。要不是我父亲上去拉开，明保表叔还不知要被揍成什么样子呢。这下，兄弟两人理也不讲了，都灰头土脸垂头丧气地回来了家。回来家明保表叔咽不下这口气，没有几天，就决定不在这住了，就要搬回他的老家刘寨子去了。看明保表叔要全家搬走了，我父亲几天心里很内疚的不是滋味呢，明保表叔心里也肯定不是滋味的。

我听了心里感到好笑，两个好兄弟，怎么能因为这点鸡毛蒜皮大点的小事打架呢。我得来劝劝二老才对。可我还没有来得及去劝他们，明保表叔找搬家的人就拉着两辆平板车到他家门口了。明保表叔搬家是不可改变的了。

明保表叔搬家的时候，我父亲一会坐在家里生闷气，一会出屋往西看，慢慢往西走想去帮明保表叔搭把手搬东西，可又无趣地折回头到自家门口，站在那里往西看。就这样他来回好几趟，眼看明保表叔家里的东西一件一件地搬上了车。当明保表叔全部家当全部装上车准备走时，天也就快中午了。这时我父亲终于大步地走到明保表叔车子旁，对明保表叔说：“到俺家吃过中午饭再走。”那语气，真诚而又坚定。明保表叔一听，一句话也没有拒绝，唰地眼泪就出来了。他上前抱住我父亲，说，好，哥。

那天中午，我父亲拿出他仅有的别人送他的我都不知他收藏多少年的一瓶老酒，兄弟俩就着盐豆子和胡萝卜丝，你一杯他一杯地喝起来。两个人都眼泪啪嚓的，难舍难分的兄弟情，各自愧疚愧对对方的心情，各自自责和请求对方原谅的心里，都融在了那顿酒和饭里。我被他们老兄弟那质朴醇厚打不断的真诚、坦荡和包容深深地感动了。

这之后，兄弟两又走动起来，还带着这些孩子各自走动起来。后来，明保表叔还把他在我们庄的宅子给了我，我在那上面盖起了一处房子。直到现在，我那房子还在，但不知道明保表叔可健康安在了，因为他今年大约九十岁左右了。

（2015/2/28）

一百三十二、蒋洪君

住铁静时，每天早上和晚上我去瑶海公园跑步时，常常遇到一位烫蜷黄发、卵圆小脸、一双清澈眼睛、鹰钩小鼻、樱桃小唇、白嫩长颈、丰乳细臀、修长腿、娇小脚、金步摇曳年龄大约在四十五岁上下的淑雅静纯的女士。天天不是去时路上遇见，就是回来路上遇见，或是在公园里遇见，或是进出大门时遇见。她身高大约一米六，看上去娇娇小小的。每次遇见都见她穿的衣服款式和颜色都不同，不同款式和颜色穿在她身上都显得那么称体合度，彰显出她淑雅的气质和修养。开始不认识，我们遇见时连头也不点一下。时间一长，都知道都住在同一个小区，慢慢地就见面点点头，算是打了声招呼。每次公园里她只是散步步行走路，不像我，先是散步慢走，再是走快些，再后就跑起来。我在公园里一般跑三圈，常常会从她后边超过她两三次。出于礼貌，每次超过她时都要点下头的。

一次晚上公园跑步遇雨，我们不期避雨亭下。雨止，路面湿滑，不能走路跑步了，我们恰巧一同步行回小区，路上才说上了话。虽然说了话，也既没有问姓甚名谁，也没有问彼此多大做什么工作，也没有问家住哪栋哪层哪室，只说说我们住同一小区，公园活动环境不错，我们小区没有活动场地等等没话找话的话语。

再后来，一次我回家在路过新蚌埠路往小区来的入口处，遇到她吃力地手提两大包重重的菜往小区来，我减速停车，邀她上车带她一下，她客气而矜持地婉言谢我，说不用，不用，一会就到家了。一次我们在菜市场遇到了。路过猪肉摊点，那猪肉和排骨特别好，我就买点猪肉和排骨。她站在旁边只是看看没有买，我说你不买一点啊？她笑笑。她在隔旁的牛肉羊肉摊点，买了一条羊腿和一大块牛肉。我说你买这么多啊，你家不少人吧？她笑笑说，不多呢，在家吃饭就我和领导，只是我要上班，领导也要上班，他没有时间买菜，所以我每次都多买些，够吃一星期呢。

还有一天中午我带孙女在小区家门前的清真饭店吃饭，她去清真店买套餐。清真店套餐有牛肉套餐、羊肉套餐、蔬菜套餐、粥套餐和汤套餐。那店老板看到她，微笑地点了下头就给她打包羊肉套餐（一份羊肉、一份蔬菜、一份汤、一份米饭）。她把套餐放在干净精美的保温盒里，没有付钱，向老板笑笑并向我打下招呼，就提着保温盒出门去了。我问那老板，你怎么知道那女士要羊肉套餐？也没有付你钱就走啦？那老板笑着说，“她中午在我这里给她住院的公公订饭菜送饭菜已经一个月了，第一天就付清我两个月的预订钱了。她给她公公订饭订菜有个清单，每天每顿都不重样，我是按她的营养餐单给她打包的呢。”我听了不禁对她肃然起敬起来，这样爱丈夫，孝公公，难能可贵啊。

再后来，我们就慢慢地熟悉起来了，我知道了她叫蒋洪君，是一个公司的会计，上班地点离家有十余里远。中午时间紧，来不及亲自做饭，就专门到这个放心的清真饭店给她公公买饭送饭陪她公公吃好刷好再去上班。慢慢地，她也知道了我是大学老师了。当她知道我是大学老师时，她很惊异地看看我，说真没有想到大学教授，却是这么质朴低调和谦和。我说，大学教授就该奢华高调和张扬不成？她说，那也不是，只是她所遇到接触到的不少企业老板和官员，不少张扬外露，权大财大气粗，炫耀张狂，不可一世，哪里像我表面看起来就是一普普通通的人呢。她还说，我们认识了这么久，还经常在活动时遇到，也加了微信了，可我从没有对她说过一句戏言逗引的话语，也没有一个让她生厌的举止行为，她说她最敬重我这样行端品正富有知识才学的人了。说得我心愉面舒，心想，物以类聚人以群分吧，你蒋洪君本身就是一位有良好品德素养的只交君子不处小人的人嘛。

人熟悉了，话语也就多起来了。她给我说她初中高中时的理想就是当老师，特别是英语老师。她说她高中时是班长兼学习委员，成绩不是最好，可也是班里数得着的尖子生之一，特别是英语和数学特别好。高考考数学时，一百二十分钟的数学试卷她只用了八十分钟就做完了，检查几遍在离交卷还有五分钟时，忽然发现还有一面三个大题她没有看见，再想做已经没有时间了。她说那几道大题她都会做的。她捶胸顿足懊丧至极，又影响了下面的考试。结果，她以两分之差无缘本科，也没有被师范英语专科录取，上了财会大专。她说，疏忽一时，错运一生，自己的理想破灭了。她说她读大专时天天心里恨自己疏忽大意，工作后想想一场高考改变了自己人生理想的轨迹，也不想恋爱嫁人结婚了，想独身一生。她成了父母焦虑的心病，在她父母的安排下，她遇到了她真爱的现在丈夫，才使她慢慢从理想破灭的阴影中解脱舒缓了过来，重拾并燃起生活的情趣和热望。现在她有一个幸福美满的家庭，丈夫是铁路部门的技术骨干，儿子在一所本科院校上了大三还入了党，明年就毕业或考研了。

（2017. 11）

一百三十三、我的父亲母亲

我以前的文字不少写到我的父母亲，但那多是顺便写到，不是专门写。可专门动笔写我的父亲母亲，这还是第一次。可这第一次提笔专写我的父亲母亲竟然不知如何下笔。因为父母的音容笑貌，历历往事，都一齐涌上了我的脑海……

从哪里写起呢?

我父宋之荣，原名郭荣怀，1986 年 1 月 2 日与世长辞，享年 61 岁。我母宋之英，2004 年 6 月 18 日驾鹤西归，享年 76 岁。

父亲去世前，我们姐弟九人都在他的床前。父亲对我们说："这一辈子我没能让你妈吃好穿好住好，你们以后要是生活好了，一定让你妈吃好穿好住好，孝顺你妈。郭庄的老坟交给你们兄弟四人，年年清明都要尽量带着儿孙们去添坟烧纸。你们姐弟九人不管以后穷富，都要互相帮扶。四个小的，上学成家，都交给老大（我）你了。我死后轻葬。"

父亲的遗嘱浸湿我的双眼。是啊，父亲怎么能让母亲吃好穿好住好呢?在我的记忆里，农忙时父母天不亮都要起床，父亲忙去一里外的井挑水，回来打扫庭院；母亲忙给孩子穿衣做饭。有时早饭还没有吃好，生产队上工干活的铃声就响起来了。中午收工到晚上睡觉，母亲要忙我们姐弟们吃喝拉撒睡，要去干队里活，要洗家中衣；父亲中午收工到家草草地吃点饭，就要挑着理发的担子去给承包的四个庄子的男女老少理发，天不黑都不得回来。家中老小多，生产队分的粮食不够吃的，只要哪天生产队不干活，为了贴补生活，父亲与母亲晚上就要磨豆腐到十一二点左右才能睡觉。第二天早上母亲为我父亲做好饭天亮时，我父亲起来吃过饭，就挑着大约二十斤的豆腐挑子挨个庄子去卖，常常到晌午西了才能卖完豆腐回来。我清楚地记得，夏天烈日下或是暴雨中父亲赤着脚光着背担着豆腐挑子筋疲力尽到家时的情景。我清楚地记得，冬天冰地雪天父亲挑着豆腐挑子有时滑倒时的情景。

父亲挑出去的是豆腐，挑回来的多是一大挑子黄豆、小麦、玉米、山芋干、鸡蛋等农副产品。卖完豆腐到家吃过饭，父亲依然要去走庄理发。母亲把父亲换回的零钱收起来，把换回的农副产品分类，除黄豆留做豆腐外，其他的农副产品大多要在逢集时背到集市上卖，再买黄豆和家中需要的生活必需品回来。那时母亲忙家里，父亲忙家外，我没有看到他们有一天清闲过。

不是逢年过节和家里来客人，家里是从不买鸡鱼肉蛋的。待客吃饭，只有父亲作陪；他们吃过后，母亲才喊我们姐弟上桌吃剩下的饭菜。父母辛苦贫穷到这地步，我父亲还哪里能让我母亲吃好穿好住好呢？

父亲去世后，母亲对我们说："你父亲八岁时，你的爷爷奶奶就暴病身亡，他与小他四岁的弟弟被你的寡堂伯母，就是你父亲的堂嫂收养。你父亲十六岁时你堂伯母去世，你父亲把他给地主家打长工的粮食全卖了，为他堂嫂披麻戴孝地送葬。二十岁你父亲做了我上门女婿，像儿子一样对待你外公外婆。他孝顺，1958 年到 1960 年年成不好，你父亲硬是不偷不抢，带着我和你们四个大的去山东去河南逃荒要饭的时候，三年都是用车子推着身体虚弱的你外公外婆的。你们几个大的都记得的，你外公外婆去世时，你父亲把家里的所有能卖的东西全卖了，也要为你外公外婆办好丧事，以尽孝道。每年清明、七月十五、八月十五、冬至、春节，你父亲总要买纸，就是没有钱买纸，哪怕是拽上一把麦草，也要去给你爷爷奶奶外公外婆上坟磕头烧纸。你父亲会剃头（理发），可谁家要是穷和病了，那家一年两年应交剃头的钱和粮食他都不要。你父亲会拿脱臼和理落枕手艺，十里八乡奔他来的人很多很多，只要是到了家的人，他再忙也要放下手中的活或是半夜爬起来，把人脱臼拿上，落枕理好，有时还要供人饭吃，可从来没有收过人一分钱钱财。你们要学你父亲，知恩图报，穷不失志，穷不失孝，穷不贪财，走正道，做好人，吃苦耐劳，为着需要帮助的人做好事。有父从父，无父从兄，现在你们父亲去世了，以后家中大事都交给长兄老大了，你们兄弟姊妹，家中大事小事，在你们成家之前，都要给老大说，做什么事都要老大同意，不能各自擅自做主。"

有父从父，无父从兄，这是我们中国的传统美德，也是我父母谨遵的家规。在我们家里，全家必须听我父亲的，我父亲不在或我父亲不安排时都得听我母亲的。我父母不在时，姊弟兄妹，小的都得听大的。老大不在听老二的，老二不在听老三的，老三不在听老四的。大的可以安排差遣小的，小的不得安排差遣大的。安排差遣了谁谁就必须得去做。大的说错了安排错了的，小的保留意见也得听也得去做。小的要是不听大的，大的可以打小的训小的，小的不得还手不得顶嘴。谁要是不听大的，要是被父母知道了，那小的一定会被父母罚站或挨揍一顿的，父母还会不分青红皂白地逼着小的把大的安排的事做好才行的。但小的可以在父母那里告大的状，至于怎么处理大的，那是父母的事，小的不许要父母怎么怎么大的的。就是我们平时吃饭吃菜，我母亲也只许我们在父亲动了筷子才许我们兄弟姊妹吃饭吃菜的，而且必须按从大到小顺序，老大拿过老二拿，老二拿过老三拿……要是饼馍饭不多，那就要匀着都拿到盛到，不允许多拿多盛的。特别是吃菜，就是平时，也是父亲先动筷子后，我们姐弟才能动筷子搛菜吃，而且也必须是老大老二老三老四按次序搛。谁要是不按次序先搛了，母亲对谁就没有笑脸了，谁就要轻则挨训一顿，重则还要站一旁等会吃。有次临到我搛菜搛多了，母亲把我叫过去，对我说，你要向你两个姐姐学，菜不多时，大的就要少箹点，留给小的多吃点。

现在可以告慰我父母的，这条家规，培养了我们姐弟九人大小有序、做事有序、姐兄慈弟妹恭的良好家风，至今还在我们各自家中发扬传承。

现在可以告慰我父母的，父母与我两个姐姐一弟一妹妹辛苦劳作、省吃俭用、拆骨拔隼供养读书支撑门户的我，早已圆了我父母的心愿，不仅弟娶妹嫁，而且家家都过上了幸福美满的生活。

现在可以告慰我父母的，父母的孝道、勤劳和善良，正被我们儿孙辈传承和发扬光大。

愿我的父母九泉含笑，在天之灵安息！

（2007. 11. 18）

一百三十四、初恋

汪甄云比我大一岁，小学和初中我们都在同一所学校上的，那就是安徽省泗县大庄镇万安小学和万安初中。

她是上海下放我们庄的，父亲是上海某眼镜厂的技术工人，工资很高，所以她家生活很好。她年年都能穿上新衣服，新鞋子，还有新围巾围，还有新手套带。我每次看到她那崭新的书包和宽大的文具盒，就想到她书包里那些新本子和白纸裁得整齐的一打打做学习使用的纸，我都羡慕死了。

一次汪甄云忘带纸笔了，跟我借铅笔钢笔毛笔和草稿纸写字做作业。她接着我递给她的草纸，问我说，你一直用这纸做作业和草稿纸吗？我点点头。她用我的铅笔钢笔毛笔在那纸上写字做作业，铅笔芯断了削削了断，不能用；就用钢笔写，写着写着，笔尖就被纸沫固住不下水写不出字了；她又用蘸墨的毛笔写，可她写不出横平竖直的笔画来，因为我那毛笔写下一笔提笔后，笔尖挺不起来。她问我一直都用这笔写字做作业吗，我说是的。

没过两天，汪甄云从她书包里掏出用订书机订成的几打白纸本和几个练习本，三支铅笔，一支钢笔一瓶英雄牌蓝笔水，一支毛笔一瓶英雄牌墨水，还有一个铅笔刨刀和两块橡皮，给我。给我时她对我说：“我对妈妈说你的笔和纸都太孬了不能用，妈妈就叫我把这些带给你用。你以后的学习用品，我妈说你用完了就对我说，让我给你带来。”我用她的铅笔在她给我的纸上写字，那纸光光滑滑，一点儿也不挡笔尖，不像我的铅笔在我的草纸上稍微用点力笔芯就会断了；我用她的钢笔打满她给的笔水在纸上写字，笔尖轻舒一点儿也不刮纸固笔尖了；我用她给的毛笔写毛笔字，写字提笔时笔尖也能挺直直的了，我也能写成横平竖直的毛笔字了！那时我看着汪甄云，也不知道说声谢谢她。

从那以后一直到初中毕业，我用的学习用品，几乎都是汪甄云带给我的。就是平时我发烧感冒，汪振云也多从家里带些阿司匹林的药片给我吃，有时我上学与同学追逐玩耍摔疼腿了不能走路，也都是汪甄云和我的同伴李小宝一左一右地架着我来回上学的。

就这样我们一起读到 1972 年春节前，我们初中毕业了。我们全班照了合影像，汪甄云还单独邀我合张影，并一同与我一起去参加高中升学考试。

谁知道一直成绩很好的汪甄云没有考上高中，她就在万安初中蹲级复读，准备来年再考。从那时开始，她学习更加勤奋刻苦发奋努力了。

我高中要开学了，汪甄云给我送来一支圆珠笔一支钢笔，还有一个我从来只看过没有拥有更别说用过的厚厚的带着胶皮外套的大大精美的笔记本。翻开笔记本，看到汪甄云在笔记本扉页上写的“好好学习天天向上”八个不大不小清晰娟秀的字，我心里好是开心。

上学的那一天，汪甄云早早地来到我上学必经的路口，等着我，为我送行，还送给我一副手套。直到目送我看不到我的身影了，她才回去。

高中第一个星期六下午，我从离我家十余里的学校背着盛饼够吃一个星期的篾竹篮子，顺着坑坑洼洼的田间小路一路向西，虽然一颠一踱却是心情愉快地像小鸟回巢似地向家奔去。我长这么大，还是第一次离开我父母一个星期呢。一个星期没有见到父母亲了，我马上就能见到我的父母和我的姐姐弟弟妹妹们了。向西看去，快到我们庄东边的南北小河了。啊，今天的景色真美，蓝天白云下，小桥流水旁，还有一个打着油纸伞的姑娘！我到跟前一看，啊，那姑娘不是别人，是汪甄云！她正在伞下边看书呢。

汪甄云看到了我，向我迎了上来。我问她你怎么到这个地方看书呢。她说，她有几道数学题不大懂，在这等我个把小时了，要问我呢。说这话时，我看到她脸上掠过丝丝惊喜还有点点不好意思的羞涩。我说，这有什么不好意思的呢，走吧，到我家去，我给你讲解。

到了我家，她帮我放下篾竹篮子，我洗了手脸，就在我家也不知道用了几十年的凹陷的吃饭桌上为她讲起她要问我的数学题来，一直到天黑了，她才回家。那天我心里很愉快，我不仅见到父母兄弟姊妹，还做了老师，给我的同学好朋友汪甄云讲解数学题了呢。

第二个放学回家的星期六，我还是背着盛饼够吃一个星期的篾竹篮子，顺着坑坑洼洼的田间小路一路向西，虽然一颠一踱却是心情愉快地像小鸟回巢似地奔向家去。还没有到离家不远的那个蓝天白云下小桥流水边，远远地又看到了那个打着油纸伞的姑娘。啊，汪甄云，是汪甄云又在等我啦。那天，汪甄云问我的是篇阅读分析的文章和写一篇作文，我与她到了我家里，还是在那不知道用了几十年的凹陷的吃饭桌上为她解疑答难，一直到天黑她才回家去。

从那以后，第三个星期六第四个星期六，不，整整到汪甄云复读没考取高中又复读的第二年，即我将高中毕业的倒数第二个星期六，汪甄云不管春夏秋冬，一到我星期六下午回家，她都一次没有缺过的在那蓝天白云下小桥流水旁等我盼我，等我盼我到我家里的那个凹陷的吃饭桌上为她讲解学习上的问题。我为她两次中考不中感到遗憾和惋惜，我被她两年如一日地在星期六等我盼我求知求学所感动。我尽力地为她讲解和辅导，我期盼她考上她梦寐以求的高中。

我高中毕业的倒数第二个星期六回家，远远地就看到那蓝天白云下小桥流水旁打着油纸伞的汪甄云在等我。我们像平常一样并肩到了我家里，依旧在凹陷的吃饭桌上为她讲解她要问的问题。临了，她收拾好书纸和笔，我也起身送她。她把书包斜背在身上，看着我，突然紧紧拥抱我一下。我当时激灵灵一怔，也被她滚烫的脸颊吓了一跳，一把把她推开，呆傻惊骇地问她："啊！你，你干什么！"汪甄云也愣了一下，脸唰地一下红了，随即满脸难堪地一转身，第一次头也不回地离去了。

高中最后一个星期六，我像以前一样，欢快地向家跑去。可是，当我快到那蓝天白云下小桥流水旁时，却不见了那个打着油纸伞等我两年的姑娘！我心顿时失落起来，紧张起来。"汪甄云，汪甄云，汪甄云怎么没有来等我呢?"我停下脚步，心里嘀咕，向前张望，左看看，右看看，都不见汪甄云的身影。我又在那里站等个把小时，还没有见到汪甄云的到来。我无精打采地自己回到了家里。看着那个凹陷的吃饭桌子，想起两年与汪甄云在上边学习的情景，心里有说不出失落的滋味。

这之后，我们虽在同一个庄子，汪甄云已不来我家来了。有时我只见她在远处远远地看着我。有几次，我向她走去时，她都不等我到就走开了。我心里好纳闷，汪甄云，你怎么了啊？我想见到你，与你说话一块学习啊。

我毕业不久就上了大学。上大学时，汪甄云没有来送我，更不要说送我礼物了。我当时是多想见到汪甄云啊，多么想她能再送我钢笔和笔记本啊。可她离我近在咫尺却远在天涯，我去找她几次，她家人都说她不在家。汪甄云，我要上大学去了，我有好多话想对你说啊。可是，最后，还是没有见到汪甄云，我只能怀着上大学的喜悦和迫切想见又终于没有见到的汪甄云的惆怅心情，去上大学了。

半年，大学暑假放假，我回来了。当我离庄好远时就听到迎亲的唢呐声响，随后就听到了送新娘的鞭炮声。我问在田里干活的邻居，我们庄谁家有喜事了？邻居说，你不知道啊？汪甄云今天结婚出嫁啦。我一听，也不知道哪来的那么一股子血脉奔涌和失去理智，竟然惊怔地"啊"了一声，随即边跑边说"那怎么可能，那怎么可能，汪甄云你怎么能结婚出嫁了啊，汪甄云你不能结婚出嫁！"我不顾一切地向庄子跑去，等我跑到庄子边上的路上时，汪甄云坐的出嫁四轮手扶机也迎面到了我的跟前。我迎着车子大声喊"汪甄云，汪甄云！"汪甄云这时也看到了我，她探出头，要司机停下车。她下了车，向跑向她的我飞快地迎来。当时我们相互望着，迎走着，翕动着嘴都一句话也说不出来，不顾众目睽睽的接亲队和送亲队，一下子紧紧地拥抱着，拥抱着，两行泪水润湿着我们的衣领。也不知道过了多久，突然，汪甄云松开了双臂，转身走向车边，打开车子里一个锁着的箱子，从箱底拿出一个用红心形手帕包裹着的东西，重又走向我，把包裹交在我的手里，深情含泪地望着我后，毅然转身，头也不回地上了车，随车而去。

我手里拿着汪甄云给我的裹了几层的手帕包包，木痴呆呆地站在那里，看着汪甄云的接亲车队走得看不见了，这才醒悟过来。我醒悟过来时才发现，我身边的人都用异样的眼光看着我，我的姐姐也不知什么时候早站在我的身旁。看见我回过神来，姐姐对我说，爸妈叫我来接你，他们在家等着你呢，我们回家吧。

我回到家里，见过我的父母和兄弟姊妹，一头栽在我的床上，打开那包包。啊，那包包里是汪甄云与我初中毕业时的合影照片，照片的背面写着“宋庆山，我爱你!”

我看着照片，想我两年高中她一个星期不落等我的情景，想她那拥抱我被我推开惊恐问她干什么时她头也不回离去时的情景，想她从那以后避而不见我的情景，想我上大学想见她不得的无比惆怅的情景，想我得知她出嫁看着她出嫁身不由心地无视一切相互相拥的情景，我这才忽然发现，原来她是那么爱我，爱我爱到她心死的地步！原来我也是那么爱她，只是当时不知道表达。我悔恨我当初的情窦未开和呆木痴傻，等我发现感受到原来我也那么深深爱她时，我却永远错过并永远失去她的爱了！

我闷头睡了整整两天两夜！那之后我好长一段时间都陷在失恋的阴影里不能自拔。更让我不能自拔的，是我们全庄的人，包括汪甄云的家人和我的家人，早都认为我们俩先是恋爱，是我后来我上了高中上了大学，就看不上她了。她努力追我两年，结果还是被我抛弃了，她才痛苦地离开我草草痛苦地嫁了的。我有口难辩，有苦难言，我自责，是我对不起她啊。但我心知道，我原来是那么爱她，但我不知道那是爱，也不知道爱的表达，我那时就是一个情痴呆木的傻子啊!

人生都是定数吧。在家人和亲朋好友的宽慰下，我慢慢地从失恋的阴影中走出来。虽然我与汪甄云深爱未成，但那爱竟慢慢地化成我们深厚纯真的情谊了。后来，汪甄云逢年过节回娘家，总要去我家找我坐坐；我要是路过她家，也去看望她先生和她的孩子。后来因为我成家有了孩子，工作繁忙又调动，常常与汪甄云三五年不一定能见上一面。再后来我远离老家到合肥工作了，这一晃竟有三十年没有见到汪甄云。每每闲暇下来，回忆以前的人和事，我都想起汪甄云来。想起汪甄云，我就想起那纯美的初恋，想起那蓝天白云下小桥流水旁的永远难忘的美好时光。

汪甄云，你还好吗？我想你啊！愿你身体健康，阖家幸福！

小　说

一百三十五、笨蛋

父亲带着七岁的儿子壮壮去学校报名。老师问壮壮：你会十以内的加减法吗？壮壮说，我会。老师先伸出四个手指头，又伸出两个手指头，问壮壮：一共是几个手指头？壮壮看着老师的手指头，挠着头，眨着眼，看着父亲，怯怯地说：七个指头。父亲一听，脸一下子红了，啪地拍了下儿子的头，说：笨蛋，是八个指头啊。

一百三十六、旅游趣事三则

聚饮后，某游踉跄出门，边走边啪啪打电话，大声喂喂喂地呼叫，可对方无应答，一气之下大骂：这破地方，信号这么差！同游笑：你那遥控器怎么打电话！这时某游才发现，他原来出门时误将酒店的遥控器当自己的手机抓手里来了。

导游说，我的职责就是不丢人，现在凡是没上车的游客举举手，我要核对人数……

一老太涨尿，要小解，导游叫停车，并叫：先生左边跳舞，女士右边唱歌。老太怒：我要小解，不是要他们下去跳舞唱歌！

一百三十七、心灵的独白

1

四天的陪伴终于结束了，从第一天开始我就掉入了爱的深渊，不可自拔。走了，带着我的心走了，远远地离开我，留下的是万种思念。列车开始鸣笛了，马上就要关门，我抑制不住的泪水就要夺眶而出，为了不让他看到，我狠心地转身就走。没走几步，却又忍不住返回头，想再看看他。此时火车已经开始缓缓行驶，我站在站台旁，翘首等着坐着他的加 1 车厢的到来，可列车经过我面前时，厚厚的窗帘还是把我们给隔住了。我傻傻地、呆呆地遥望着，遥望着远去的列车在我的视线中渐渐变小，最后化为一个小小圆点消失了。我好无奈我好疼痛啊。我失魂落魄地走出站台，天空淅淅的小雨飘然而下，似乎在为他饯行，也似乎在陪我流泪。当我一个人孤独、茫然地走在大街上时，一种失落的、揪心的疼痛涌上心头，心中似乎被什么东西堵着。我找了个人少的地方坐下歇息，可坐下，眼泪就哗啦啦地掉下了。我任凭着泪水肆流，此时天上的雨也忽然由小转大继而倾盆而下。苍天知道我的心情，也在为我哭泣啊。想着早晨我们的依依不舍，想着在火车上他哀哀的眼神看着我，紧握着我的双手久久不放，真让人不舍啊……

此时我收到了他别后连发的三条信息：“××，我心爱的人，三天来你全程安排相陪，游青山、观夜景、品小吃……让我第一次真正体会到发自心灵深处爱与被爱的幸福。吻别了，我心爱的人”。“把你的情带走，把我的心留下，留下我这颗心，伴着我的爱人”。“距离拉不开心的凝聚，心与影相随，作别时不舍难分，泪化如雨。××，你是我心中的爱人”。读着他的信息，心里暖烘烘的，我擦干眼泪，在众人的疑惑中走向公交车站点。回到家我反复读着他的信息，慢慢地像个哭够的孩子，在母亲温柔细语中安安稳稳地睡了一觉。(2009. 8. 14 晚)

2

曾听心理学家说过，男人“8864”才到更年期，女人是“7749”就到了更年期。没想到在我刚过完 48 接近“更了”的年龄时，一个让我动了真情的男人，闯进了我的心灵，让我难忘，让我思念。他比我大 5 岁，我管他叫师兄，他称我叫师妹。大约四五年前我们通过网络相识的，最初我对他没有太多的了解和认识，就像无数个网络里的人一样，今天聊两句，话不投机即“拉黑”，从此互不相干。所幸他没有被我“拉黑”，因为在与他的聊天中，我感觉他的谈吐等各方面很有修养，知识渊博，只是觉得他的思想有点老气，想想 20 世纪 50 年代出身的人嘛，老气也不足为怪。通过一段时间的交流感觉还行，我们找到了共同的思想和话题，与他聊天的时间也增多。此后我们成了无话不谈的好网友，并得知他是个婚姻的牺牲品，用感恩换来了婚姻，近三十年来一直严守道德规范，过着乏味的枯燥的缺乏激情的平淡生活，心中压抑着说不出的苦闷。善良的我理解他同情他安慰他，用我的善心安抚他，不知不觉中我们有了许多的默契。我能感觉到他很喜欢和我聊天，字里行间都充满了对我的思念和喜欢。一次，在网上我经不住他的央求，让他看了我，从此我便深深地定格在了他的脑海中。我一直后悔，后悔不该如此，觉得对不起所有的人，好久我都没敢上网，心中好内疚，害怕害了他。但从那时候起，在我的心中也悄悄装下了一个他。

由于生活不顺，精神长期受压抑，我身体出现了不良的症状。我 2005 年底体检，查出有 CIN 二级的宫颈问题，也就是说癌变的前一期，还有乳腺肿块。当他得知我的情况后，很是着急，专门请教了当地的权威医生，给我建议，要我再到别的医院复查，还要给我寄钱治病，要亲自来看我。这件事让我很受感动，我从心里觉得他是个有情有义的人，是个可以交往的人。然而就在这个时候，2006 年我的婚姻又再次亮起了红灯，我想离婚，可他一直劝我，要我以孩子为重，不要轻易放弃家庭。其实那时候很多委屈我没对他说，我忍受着常人不能忍受的委屈。我活得好可怜、好痛苦、好没自尊，被打被折磨也只能自己忍受。因此听他的劝慰我觉得他虽然愿意帮助我，但不理解我，这世上没人能理解我，我处在了极度的无望之中，整个人心情压抑，精神濒临崩溃，我心灰意冷、情断意绝，把所有的好友全都处理掉了。对他，我还特别说以后别再给我发信息、别上网了。此后好长时间我们再没音信，不是没有他的音信，是我不回他的音信。再过一段时间，我感觉还是他真心为我好，我就又联系了他，他还是那么温情，还是那么思念着我。他说："你是我一生中遇到的最能理解我的唯一女性"。我麻木地听着，什么感觉也没有，能理解你又怎么样？谁能理解我？我那种心情充满对世俗的无奈与怨恨。(2009. 8. 15)

3

整整三年多，我与他处在一种若即若离的状态中，偶尔上网看到也是礼貌性地问好。那时我对爱情彻底绝望，不再相信爱情，也不相信这世界上的男人，甚至心生报复、毁灭之念，恨不得让全世界的男人都去死了吧。我只觉得这世界对我太不公平了，我要讨回公道，我要以最悲壮的方式去唤醒一切。如今想起，我好幼稚啊，40 好几的人了，想事儿仍然如此简单、草率。每一次他网上见到我，总劝我多些包容、多些理解。可我听不进，甚至心里在不断地反驳着：难道你还要我以德报怨啊？要我用慈悲和仁厚去面对有负于我的人和事啊？孔子并不提倡以丧失原则的仁爱之心去宽容别人的过失，而是要"以直报德，以德报德"呢。其实过后想想我始终都在以怨报怨，以怨恨去面对那些不道德的行为。他知道我这样下去将无休无止，所以才劝告我，但我一股脑钻进牛角尖。

2008 年，我经历了两年多的痛苦和折磨，终于随着我在疯狂的忘我的工作中，在教育孩子们的过程中，慢慢地我对生活有了新的认识，慢慢淡化了我的痛苦。特别是当我在给孩子们讲解如何宽容待人时，我豁然开朗，悟出了许多道理。我开始反省自己的人生，学会寻找自己的精神支柱和快乐。我给自己找艺术学院的老师教我唱歌，周末去练唱；每个月和同组的老师们到外吃餐饭；活动节跳跳健身操；每周去做一次足疗；春节前参加学校的迎新春文艺晚会舞蹈表演。那时，我一有什么高兴的事儿都想尽快与他分享，把他当成自己最要好的朋友，让他也感受我的快乐和改变。2009 年 7 月份，班主任活动要在南京、苏州、上海、杭州等地进行，我高兴地在第一时间告诉了他，想让他也替我高兴。谁知半天他才回我信息说："师妹，我想见你。如果见不到你，我会遗憾一辈子的。如果你不愿意见我，真的还不如不告诉我"。我想了许久，一直回避他提出的要求，毕竟他只是我在网上有一面之交的说熟悉而又不算熟悉，说陌生也不很陌生的人。虽然在我的心目中他还算是个好人吧，但要见面会发生什么事情呢，谁也不能预料，现在想来更主要的是我对男性的一种恐惧感、不信任感。也许上苍有眼，缘分就这样不可思议，正巧那几天他也要到上海，于是他穷追不舍，从海宁追到南京，要在南京停下来见我一面。我因为晚上要培训，婉拒了他；可他又从南京追到上海。那天我正走在上海的南京路上，他发来短信问我住在哪，他要到我住的地方住下来，一定要来看看我。我告诉他我有许多许多的不便，但他说就是远远地看上一眼也满足了。我为他的痴情和执著所感动，因为只有心中真正的装着一个人时才会有那样的迫切之情。于是我告诉了他我的住址，那是离上海市区较远的地方，可他竟然真的找到并住下了，还与我只有几墙之隔。一整天的玩游我心神不宁，在想着怎么去见他。心中充满矛盾，想见又怕见，见还是不见？忐忑不安。他一直在告诉我，他想邀请我到他家做客；想陪我上东方明珠观赏百年一遇的日全食；想陪我夜游黄浦江。我什么也没答应，但最后还是决定，要想方设法去会会这个固执的师兄。我对他心中也充满了好奇，又很感动，有这么个人为我而如此动情，如此执著，他是个重情的人啊。

晚上，我和同事们夜游黄浦江回来时已是 10 点多钟，他在房间里等着我。我趁着孩子外出买东西的间隙，火速给了他电话，去与他见面。当我进入房间，映现在我面前的他与我视频中见到的他有许多不相符：魁梧的身材较匀称，温文儒雅，说着普通话，长着一张佛像脸，一看就是个有福气的面相，但并不是让人一见钟情的帅哥，比视频中见到的要"帅"点点吧。他紧握住我的双手，久久地凝视着我，一语不发。忽然他把我一下搂入怀里，双手环抱着我的腰，似乎要把我溶入胸中。许久他抬起头来看着我，一边用手撩起我额前的柔发，傻傻地、痴痴地看着我。此时此刻，我感受到了一种真情，一种蕴藏许久的激情，那是真心的实意的真情和激情啊。我的心怦怦直跳，看着他热切的目光，我抬起头勇敢地向着他的唇迎去，瞬间期待已久的两颗火热的心终于贴在一起。我封闭的心扉在蠕蠕酥酥地慢慢打开——我赶紧推开他，告诉他孩子马上就要回来，我一定要带孩子来见见他，否则以后孩子就很难有机会和他见面了。我迅速回到自己的房间，若无其事地等着孩子回来。孩子回来后我大胆地说："走，带你去看位伯伯。"孩子跟随着我去见了他的面，和他聊着学习和未来。他对孩子的教育很成功，俩孩子都考上了大学，并已毕业有了各自的事业。他对孩子不骄不宠，以身作则。我看看时间差不多，就对孩子说："女儿你先回去，我再和伯伯聊一会。"女儿走之后，他又把我拉起来，仔细地看着我，看着看着忽然又把我紧紧抱住，我几乎是被动地接受着他的爱，一阵阵眩晕，紧张得不知所措。虽然时间很短暂，但那感觉让我飘逸，又让我意犹未尽，那种愉悦无法言表和形容，只有久久回味。(2009. 8. 16)

4

上海之行让我彻底改变了原先锢守的贞操，回来之后我时而处在深深的自责中，时而又不甘放弃这份来之不易的感情。离开了他，我仿佛从天上回到了人间，我从梦中醒来，知道自己还是要过回原来的日子，起点就是终点，那些都是昙花一现，再说当今男人能有几个是动真情的？还不是受人性最原始的需求所驱使？于是我还是回归原样，过着孤独的、寂寞的生活。

这天，我们在网上相遇了，他按捺不住激动，开口就提出要到海宁来，我绕过话题，没回答，思想在激烈的斗争，让他来将是什么样的结果？我心里有着很多顾虑。他的一句话让我如释重负，他说："爱了就爱了"。是啊，人生一辈子能遇到几个知己？爱了就爱了，爱吧，大胆地爱下去。第二天在网上他又说："你还没回答我的问题，我要到海宁去看你"。我一时急了就说："好啊"。我心想他怎么也不会来的，说说表达自己的思念之意罢了，谁知他还当真了。（在这一点上他做事比我果断多了，我总是优柔寡断、拿不定主意）9 号晚上我告诉他，10 号以后方便来。第二天上午，他急切地查询了飞机和火车，由于受台风影响，飞机随时都会停开或转航，于是他做了个果断的决定，买了下午的火车票。熬过整整 27 小时的漫长运行，终于在 11 号晚上近 10 点钟到达海宁。为了迎接他的到来，当天我就在网上查询了附近的宾馆，安排好住宿，又到车站买好了回程的车票，还联系好了旅行社，一切都准备就绪。下了火车，我们一起来到宾馆，我在看电视等他洗澡，一会儿只见他穿戴整齐地出来了，甚至连皮带都扣好，我一看心里就乐了，忍俊不禁要笑，好一个正人君子啊，这一细节也许只是他的习惯，出于对我的尊重的礼貌行为，但也是这一细节反映了他的为人和作风，一个严谨的墨守成规的人，一个让我愿意深交的人。接着他又拉起我仔细看着，端详着，怎么也看不够啊，他轻轻地吻了我，说了句“师妹，我好爱你”。我陶醉在他那火热的亲吻之中，感受着他带给我的欢乐和幸福，我们相拥着，久久的亲吻着，忽然觉得心中有一股热乎乎的暖流留过……每每想起那幸福的时刻，心中都洋溢着一股无比难忘的幸福和喜悦。(2009. 8. 17)

5

12 号上午，早早地我就来到宾馆，准备随旅行社的车到德天看跨国瀑布。我同时带来了早餐，可他已经自己买了鸡蛋、玉米棒、豆奶正在吃着。我悄悄地观察他，担心他能吃得下吗？谁知他并不挑剔，那玉米棒好老，我吃着他分给我的一半，怎么都难以咽下，可他却吃得津津有味。要知道自打他结婚后，生活上就从没操过心，一直有老伴悉心照顾着，然而生活的优越并未改变他原有的品质。就是中午吃的旅游餐那样难吃的饭菜他也吃得很香甜。他能适应环境的变化，不像那些商人，喜欢摆阔，装样，在他身上我看到了文人身上具有的修养和气质，他并不因为环境的改变而丢掉自身的品质，这样的人不错，我对他又有了新的认识。

从海宁到德天，要坐 4 个多小时的车，一路上风光旖旎，山青水绿，我俩的手情不自禁地十指紧扣在一起，欣赏着大自然的美景。我曾经仔细观察过恋人们的牵手，大凡是年轻人的牵手都是手掌与手掌的相握，而有忘年之交或是爱情来之不易的恋人们都喜欢十指相扣地牵着，我喜欢这样的牵手，他让我感到温暖、幸福、安全，有种渗入对方心身之感。

一路上我们边观赏边聊天，他静静地听我讲述我的过去，每当我难过时他都会十指紧紧地扣住我的手，让我从中感受他带给我的力量。中午，我们终于到达德天瀑布景区，这景区以往回老家都经过，但我只是在路上驻足远远观望，没有如此近距离地观看过。

德天瀑布位于中越边境广西大新县硕龙镇，为国家特级景点，横跨中国越南两个国家，是世界第四大、亚洲第一大跨国瀑布，距中越边境 53 号界碑约 50 米。清澈的归春河是左江的支流，也是中越边境的国界河，它与越南的板约瀑布连为一体，就像一对亲密的姐妹，更像一对热恋的情人。这瀑布雄奇瑰丽，变幻多姿，碧水长流，永不涸歇。瀑布四季景色不同。春天它凌草泛青，山花吐艳，四周镶起五彩缤纷的花边；夏天它激流如龙，排山倒海，似万马奔腾而来；秋天它梯田铺金，层林尽染，高挂的银帘雾气冲天；冬天它琼珠闪闪，玉液潺潺，山风把细流吹得飘飘洒洒。这里山峰奇巧，云雾飘杳，湖若明镜，江如玉带，怪石峥嵘，古木参天，步步是景，处处含情。我们坐在竹排上，零距离地去感受那琼珠玉液，去沐浴那银帘雾气，人景相融，好惬意好惬意啊。他像个顽皮的孩子，脱下鞋袜，把脚泡在水里高兴地拍打着，不时用手掬起串串水珠。我怜惜含情地看着他的一举一动，真像一只放飞的小鸟，许久许久没有感受到阳光的灿烂，当它扑入大自然的怀抱时，所有的青春热情全都洋溢出来。在53号界碑边，天忽然下起了大雨，仿佛要对来这里的人们进行一次洗礼，我们相偎在一起，任凭天雨的淋刷。此时我在想，如果说这是对我俩有悖道德行为的冲洗，我愿意接受，因为我拯救了两个人，让他们人性的自然回归了，在这里，他们可以自由自在地嬉戏，可以无拘无束地尽情享受，还可以把心中所有的郁闷完全释放。看着他开心地玩耍，淘气地和小商贩们讨价还价，再联想课堂上的他，西装革履，严谨治学，一副严肃的、不苟言笑的表情，哪是一个人哟。过去我只是在网上听他讲述自己的故事，讲述自己的为人，但今天我是亲密的去接触他，了解他，透过他的行为我认识了灵魂深处的他，其实他也是一个很浪漫的人，很睿智聪慧的人，很体贴细致的人。每到一个美景，他都要给我拍照；遇到沟坎会搀扶着我；一路上紧扣着我的手。我算了一下，这一天他牵着我的时间比十年来丈夫牵我的手时间还长，我深深地感受到一种许久未有的温暖、安全。到了商场，他买一样东西就想着也为我买一件，至今每天晚上我睡不着时就会拿出他给我买的小挠子，心里轻轻地对自己说："睡吧睡吧，师兄为你挠痒痒。"每一次拿起小挠子，我都感觉到是师兄在抚摸着我，让我的心慢慢平静，慢慢入睡。

我不如他那么地爱得大胆，爱得热烈，爱得勇敢。我要走了，他痴痴地看着我，我一时间忍不住又亲吻了他，全世界就只有我们俩，这是我们的世界，这是我们的天地，这是我们的田园，这是我们的空间。啊，那时候整个心灵只有爱，万物都被我们的激情所感动而凝固了……我带着满身的幸福和甜美，身心愉悦地依依不舍地离开了。（2009.8.18）

6

13日上午，9点多钟我才匆匆来到宾馆，头天晚上我美美地睡了个懒觉。这天天气真好，晴朗而不热，我要带他到青秀山一游，他打趣地说："昨天玩水，今天游山了。"是啊，游山玩水对于我来说已经陌生，有好几年没上来了，想不起来了。生活的忙碌让我放弃了很多乐趣，今天重拾起来真有种生涩的感觉。青秀山群峰叠翠，山上绿树成荫，四季常绿，泉清石奇，被誉为"海宁市的绿肺"，素以"山不高而秀，水不深而清"著称。我们手牵着手，踏完了全是竹子制作的400多米长的千步廊。这没用一颗钉子的竹廊好纯好纯，就像我俩的感情，不带有任何的功利性、目的性，纯粹喜欢、合适、爱，一种发自内心的爱的需求。

坐上观光车，我们都有种孩童时的心境，怀着满心的好奇、满脸的喜悦，登上了海拔约200米的凤凰塔，近看周边是一颗颗人工精心修理过的树木，远眺是青翠、茂盛的树林，让人心旷神怡。当我俩从狭小的林间小道上走下时，宁静、安逸的环境让我有种冲动，我想拥抱他，亲吻他，愈是狭小、幽静的天地我愈有这种冲动，我坏坏地看着他笑，他傻乎乎地问我笑什么，我没告诉他，一蹦一跳往前跑，只感觉青春的气息在我身上飞扬，一个真实的我、毫不掩饰的我在大自然中，在亲爱的面前赤裸裸地展现着，我无须伪装、没有压抑，尽情地释放情怀，梦里曾经遥远的向往就在这里就在眼前就在身边，我沉醉在无比快乐和幸福之中。在霄台，一只凤凰依在一朵玉兰花上，像是在静静地等待远方的箫声响起。这时他站着沉思许久，触景生情，忽然诗兴大发，随口就吟出一首诗，并将诗赶紧写下，他把这景点命名为“吹箫引凤”，我心里暗暗发笑：好恰当的比喻，他是箫我是凤，吹了整整4年多的箫了，才引来我这只“老凤”。我按捺不住喜悦的心情，一转身快步跑上了直耸入云的阶梯，站在高处，我想起李清照的一首词叫《凤凰台上忆吹箫》，诗人写的离愁别恨让人读了心情沉重，太伤感，还是他的凤凰台上“吹箫引凤”让人愉悦。

回来的时候，我们还是坐“大的”（公共汽车）回来的，因为去的时候公交车开到青山门前时司机只为我俩服务了，我戏称为打“大的”。他就是这样，既不奢侈也不吝啬，和我很相似，志趣相投。回来的路上，他收到儿女给他的汇款信息，他的儿女得知自己的老爸独闯南方游国境后，都不约而同地给自己敬爱的父亲汇了款，以表达自己的孝敬之心。是啊，自古就有“父慈子孝”之说，我一直崇敬这样的教育方式，可在我身边出现的论调却是“棍棒底下出孝子”，一想到这我的心就酸楚楚的，这是我几天来最难过的一次。孩子的孝顺，证明了他的人品、他的修养、他的为人，也让我对他不由得产生一种敬重，如果要问我为什么喜欢他？我想，他一不帅、二不年轻、三不是大款，但他身上具有的那些品质都是我最需要和最喜欢的。

大半天爬山涉水游园后，回到宾馆，我们都累了，约定好好睡一觉，起来吃小吃，游夜景。

晚上7点多，我们来到了海宁中山路小吃街，这里吃的东西琳琅满目，有卖水果的、有炒粉的、有烧烤的，总之应有尽有。我们先吃了这里的老牌米饺和鸭血，有了主食打底就不着急，走到邕江边，江风徐徐吹来，长长的河堤正适合恋人们散步，我也好想去尝尝这滋味，但时间已经不允许我们去花前月下的了。我打了个的士，一路沿江观赏江边夜景，也算夜游邕江吧。来到海宁最有标志性的东盟国际会展中心，我们手牵着手一起照了张几天来唯一的合影。我俩看似并排站着，但细看就发现我们的手是紧牵着，一种要把他牵手一生的感觉，“所以安心的牵你的手，不去想该不该回头，也许牵了手的手前生不一定好走，也许有了伴的路今生还要更忙碌，所以牵了手的手来生还要一起走，所以有了伴的路，没有岁月可回头。”每看到这张与他的合影照，《牵手》这首歌就会在我耳边回响，这是一张非常珍贵的合影，也是我们真挚爱情的见证。游完了会展中心、五象广场、海宁最高的地王大夏，我们又回到了中山小吃街。我陪着他喝了约两杯啤酒，便有点酒不醉人人自醉、飘飘然了，他说我此时很漂亮，面若桃花带点红。他不但是个情感丰富、细腻的人，还是个很正义、大气的男人。记得我们走在中山路上边聊天时，说到某位歌手，他说了句："×××不是个男人，不敢承担责任。"我一听，心中更坚定这是个值得托付一生情感的人。

带着微微的醉意，我们回到宾馆，我的心翻江倒海，但什么也说不出，酒精在我身上开始发着，我只想抱着他睡，甜甜美美地睡个觉，什么牵挂都没有地睡。他用手环抱着我，让我安静地躺在他的怀里，一边轻轻地抚摸我的头。我在他那温暖的怀抱里不知什么时候睡着了地当我醒来时，我身上盖着被子，是他生怕我着凉给我盖好被子的。看我醒来，他亲亲我的脸（我好像已经习惯了他的亲亲了），告诉我水已经烧好了，问我要不要喝热的水。我好感动好感动啊，我不要喝水，我只想抱着他。想到明天就要分别，我只想再多抱抱他。我们情不自禁地又拥抱在一起，亲吻着，久久地、久久地不愿分离。我真的深深陷入爱的情海、爱的漩涡了。（2009. 8. 19）

7

青山因有了绿色，才有了生机，
天空因有了白云，才不会寂寞，
人生因有了牵挂，才温馨灿烂，
想对你说：
生活因为有了你，所以我过得很开心。

几天的相处让我经历了一场轰轰烈烈的爱恋，在那相见、相识、相爱、永难忘却的四天，我得到了一生苦苦寻觅的东西，完成了在这混沌不清的宇宙中，不管你活几生几世，只能明确出现一次，今生今世无怨无悔无遗憾的爱情。人的一生有多少时光是在等待中度过，茫茫人海让我们相遇，结下了良缘，有些人错过不会再来，庆幸我们没有擦肩而过。今天的分别才知道，想念一个人的滋味是那样强烈，牵挂一个人是那么坐立不安，每天脑海里浮现的都是他的影子，打开电脑屏幕希望看到的是他那闪亮的头像，手机响起迫不及待地打开，希望听到的是他的声音，如今已经习惯了他早起的问候、睡前道的晚安。我终于知道爱恋的滋味了，尽管牵挂和想念让人难耐，但心中很是甜蜜和幸福的。有人说，女人最幸福的事是她心中一直有个男人，女人最痛苦的事是她一辈子想着一个男人。我觉得想着一个人其实也是件快乐的事，这不算什么痛苦，爱他想他疼他就是幸福，愿这幸福伴随着我俩一生，直至永远、永远……（2009. 8. 20）

一百三十八、宋庆山外传

前言：写小说真难，难的是小说所表现的社会生活虽然是高于社会生活的艺术虚构，可它毕竟是源于社会生活的，历史的现实的社会生活必然会在小说中有所反映，一旦反映的人人事事与读小说人的过往际遇相似或是吻合了，那人就会对号入座，一对号入座就会引起人的丰富联想，小说的作者还说不定因此惹上什么名誉侵权的麻烦。可总不能因为会惹上名誉侵权就不写小说吧？怎么办？那就尽量避免让人对号入座。可这问题又来了，你怎么避免？就说小说中的人名吧，我国人名千千万万，不管你怎么取名命名，总有重名的，这重名的人看了小说就会认为小说是写他（她）的。小说中的地名也是这样，用实有的地名吧，给人以真实感，可要是那地方真有叫这名字的人，那人就肯定以为是写他（她）的啦。更不要说小说中的云云事事了。人间各行各业中发生的事大多也就那些事，你想避免都避免不了。左也难右也难，干脆，我以自己名字做小说中主人公的名字，以真实的地名写虚构的人人事事，要是还有与某人某事雷同吻合的，也请您不要对号入座往身上揽。我写的是虚构的人和事，赞扬歌颂和批评鞭挞的是我“宋庆山”而不是您。愿您理解，读后安然。

宋庆山 1956 年 4 月 8 日出生在安徽省泗县大庄镇万安村小万庄一个农民家庭里。他出生时，他的外公外婆都还在，那时他已经有了三个姐姐。他的出生给全家人带来了无比的欢乐与幸福。他的父母生男孩的愿望如愿以偿，他的外公外婆如获至宝，因为他们宋家郭家终于有后啦。

宋家是宋庆山母亲的家。宋庆山外公外婆有宋庆山母亲这一大女儿和宋庆山姨妈这一二女儿。可宋庆山姨妈早逝，他外公外婆就留他母亲宋之英在家招赘了他父亲。郭家是他父亲的家。他父亲八岁时父母就双亡了，就与小四岁的唯一弟弟被堂嫂收养了。宋庆山二叔十六岁时参加八路军，牺牲了，就他父亲郭荣怀一个人了。他父亲长着不高不矮的个子，壮实有力，可家徒四壁，娶不到媳妇。因为他父亲吃苦耐劳，为人实在厚道，被他临庄的一户人家看上了，就把他父亲郭荣怀招上门来做了上门女婿，取名宋之荣。宋郭这两家就这么样地合成了一家。两家都是独根独苗，宋庆山的父母就想满足外公外婆的心愿，当然也是自己的心愿：多生儿子，繁盛后代，可偏偏前三个都是女儿。那时人们重男轻女，认为女儿是人家的人，所以宋庆山外公外婆父亲母亲都迫切想要男孩。所以当第四个生下宋庆山这么一个男孩时，你们想想，当时他们全家该是多么欢天喜地。因为生了男孩，亲朋好友都前来祝贺。为此，他父亲买来千头鞭炮，十二天时家里还摆了酒席，宴请四邻和亲戚朋友，一表谢意，二自庆贺。为了宋庆山无灾无难，能为家延续香火，他父亲还专门请位有学问的人，给宋庆山取个乳名留长（宋庆山是后来上学老师给取的名字）。

父母把留长视作龙种凤凰蛋，不知怎么疼他是好，真是含在嘴里怕化了，捧在手里怕摔了。外公外婆天天看着留长笑，逗着他乐。就这样留长虽生在穷人家里，却长在百般呵护的疼爱里，没有挨饿地慢慢长大了。外公外婆父亲母亲把精米细粮省给留长吃自不必说，就是留长的两个姐姐，也都把食堂的米粒或山芋丁省着留给弟弟吃。所以留长小时长得胖胖的壮壮的高高大大的。

这留长长得虽胖胖的壮壮的高高大大的，可人却呆头呆脑的。都七岁了，还整天光着屁股，连尿尿都不知道避避男男女女。都七岁了，可连1、2、3、4、5、6、7、8、9、10十个数都不会数，就知道跑到东家跑到西家满庄子跑着玩。下地拾麦子，别的孩子都拾几大抱几大篮子，留长却每次只拾一小把，还理得攒攒四齐的，拿在手里，不知道放下，站在那里笑眯眯地看人拾麦子。

八岁那年，学校要求十五岁以下没有读书的孩子都去读书。留长父母只要留长去读书，虽然客观方面家里穷供养不了四个孩子同时读书，但其中也有重男轻女的因素。留长跟着父亲到学校去报名，老师问他你叫什么名字？他生怯怯地躲在父亲的身后，说不知道。老师问他你会数数吗？留长眨着眼睛，问他父亲，什么叫数数？老师问他几岁了？他还是看着他父亲，不知道自己几岁。后来他父亲请老师给他取了名字叫宋庆山。当时老师说："你以后就叫宋庆山，你能记住吗？"这次他倒是记住了，回答老师说"你以后就叫宋庆山，你能记住吗？"说得他父亲好囧好尴尬，老师倒是笑了起来。

就这样，宋庆山上小学啦。第一天课间教做广播操，宋庆山跟着学。不想一蹲一站肚子一鼓一使劲，叭地，勒裤子的布条腰带断了，裤子一下嘟落地上，露出了腿、屁股。宋庆山也不把裤子提上去，站在那里笑眯眯地看着同学们做广播操。班里一个女生看到了，直望着他喊流氓流氓，引得全班同学都往他看。宋庆山也随着喊声转着身子往四面看，还问流氓在哪里？下午放学回家，父亲问他在学校学什么，宋庆山把语文书打开，用手指着书本上的a、o、e三个拼音字母，张开大口读出声来。他父亲听着儿子读得声音响亮，高兴得一下子把儿子抱起来在空中转了几个圈。

谁知就这么没有开窍呆傻的宋庆山，从那以后竟然聪明起来。只要是老师要读几遍书，写几遍字，做几道数学题，复习预习什么内容，哪怕是画画，宋庆山都在老师规定的时间内完成，不仅完成，而且力求好，力求对，力求提前完成。上课他全神贯注听老师讲课，下课他生龙活虎活动玩耍。期末考试竟然比留级生成绩还好，成了班里第四名，被评上三好学生，发展为少先队员。后来二年级三年级，整个小学五年，他一直都是班里的前四名左右。年年奖状领回家，贴满屋里半个墙面。

宋庆山成绩优秀，他父母幸福得整天笑眯眯，再苦再累心也甜。以致庄上一位老私塾先生就宋庆山的优秀成绩，还发了一番议论。那老私塾先生说，“幼儿智力不一定早开发就好，虽然早开发幼儿智力不是坏事，可没有被开发的儿童大脑如同一张白纸，想在上面写什么字作什么图都可以。这单纯的大脑一旦被正确开发引导，就不被乱七八糟的原有东西所搅扰，你们看宋庆山这孩子原来是那么木拙呆傻，谁能想到他现在能学习这么好看什么会什么学什么得什么呢？你看同村的那些上学前受到一定教育比他聪明的孩子，倒是越来越不如他成绩好了。什么从小看大三岁知老，这话以后不能绝对信了，后天的引导与教育才是最重要的。”

那个老私塾先生竟然喜欢上了宋庆山。他冒着有藏书被暴露被翻出的危险，偷偷地把他收藏在地窖中的藏书一本一本地借给宋庆山看。这宋庆山倒是一本一本地看，不会就去请那位私塾先生讲解指点，那先生倒是心甘情愿无偿地做了宋庆山三年时间的私塾老师。宋庆山三年初中上完，就已经读完四书五经，还有《老子》《庄子》《楚辞》《唐宋诗词选》和四大名著等中国古典文学作品了。

宋庆山在初中时成绩一直稳居前三名，语文书他篇篇都会背诵；数学每次考试几乎都是满分，要是考试偶尔因为小失误少考了半分还是一分，那他都会懊恼得捶胸顿足，恨不得用拳头打自己几拳。

1973 年春天，宋庆山以全班第一的成绩考上了高中。高中两年他文采出众，是语文老师欣赏的班里同学公认的语文尖子。他作文写得好，老师常把他的作文当作范文在班里读，有时还抄写贴墙上给全校学生看，同学们戏称他是“文豪。”

这宋庆山不仅文化课成绩好，思想品德也好。在学校内，他尊敬老师，团结同学，劳动积极，遵守纪律，帮助同学。在校外，特别是在庄子上，他尊敬老人，常常关心帮助比他小的孩子；谁家要是有活需要帮助干，他丢下书包就去给人干。他还是一个知错能改的人，以致一庄的男女老幼大人小孩没有不喜欢他的。

人们称赞宋庆山是蓬生麻中不扶自直的孩子，可宋庆山却说不是这样的。他说，这些都是他父母影响的结果，是老师教育的结果，是庄邻亲友帮助鼓励的结果。宋庆山说他曾与同庄一个同学路上玩耍时，无意中碰到了那同学带学校交学费的五毛钱，就起了歹念，把那钱攥在手里，去买了一毛钱的纸和笔，把剩余的四毛钱放在书包里回家了。不想他书包里的钱被他母亲发现了，被追问钱从哪来的。宋庆山先是谎说是在上学路上拾到的，父母说老师不是说拾到东西要交给学校老师吗？你怎么不交给老师自己留用了呢？说着父亲拿来一毛钱，对他说，你明天把这五毛钱交给学校老师，不是自己的钱，不能要不能用。正说着话时，那个同庄同路的同学哭着找来了，说他家给他交学费的五毛钱丢了，他被他父亲揍了，来找他（宋庆山）一块去路上找找，看看可掉路上去了。宋庆山爸妈一听，忽然明白了，你看看我我看看你，看看宋庆山。随后对他同学说，孩子不哭，我给你五毛钱，拿家去，就说找到了。那同学怎么都不接那五毛钱，说他爸说的，不是自家钱别人钱再多再少都是不能拿不能要不能偷的。宋庆山说，他当时听了无地自容。等那同学回去后，宋庆山如实向他父母坦白了他见钱起意攒钱昧钱的经过，诚恳地承认自己错了，问他父母这事怎么办。他父母听了，先是板着脸指出他贪心昧钱是错误的，是不可以原谅的，但他能知错，就要去改错。他父母要他把钱送给人家，还要向人家认错悔过，征得人家原谅。宋庆山把钱送去了他同学家，向他那同学父母和同学承认错了。那同学父母不仅没有指责批评他，还说他是知错能改的好孩子。宋庆山说，那件事，要不是有他父母的严格要求和同学父亲的原谅肯定与鼓励，说不定他以后就成了小偷了呢。

宋庆山还说，一次他语文课上看小说，被老师发现了。老师没有点名批评他，只是说，有位平时很好的同学今天上课看课外小说，这不好，课堂上要按老师要求去学习。宋庆山说，他当时羞愧难当，但很感谢老师给他留面子尊严。从那以后，他课堂上都全神贯注地听讲，认真完成老师布置的作业任务，而且也更加感恩尊敬所有老师了。而且他说，他父亲也对他说过，一日为师终身为父，对待老师是要毕恭毕敬的。

宋庆山还说，没有他的邻居，那位私塾老先生，他哪会有深厚的古文功底呢？

宋庆山高中毕业时时逢知识青年到农村去接受贫下中农再教育深入开展之际，他也别无选择地回到了他家所在的生产队接受贫下中农再教育。那时村里高中毕业生很少，大队支部书记和村革委会主任又都把城里才下放的知青都安排进了学校或医院当了民办教师或赤脚医生，感觉不安排宋庆山点工作不大合适。书记主任考虑到宋庆山生在农村长在农村对农业生产比较熟悉，就让宋庆山去一个生产队当队长。那个生产队原来人心涣散，生产落后，可宋庆山一到，才半年，那个生产队八十多户人家四百多口男女老少无不交口称赞宋庆山亲和近人，工作有方法，干活带头，苦干实干的。生产队里人们精神面貌焕然一新，科学种田，积肥修路，硬是一年不到，生产队各项生产指标都名列大队前茅，社员家家比前一年多分到一倍的钱粮，人人喜笑颜开欢天喜地。

1976 年春天，大队的书记和主任要宋庆山进了大队政治学习小组，负责没有人愿意接手负责的、人人称作生头六页子（不知好歹缺心少肺的愣头青）的、对地富反坏右分子作劳动安排和管理教育的工作。谁知宋庆山一接手那个工作，就在人格上尊重他们，在生活上关心他们，在劳动上体谅他们，而且劳动时不站在一旁指挥，都是和他们一起干一起休息，一起吃同一样的饭菜。思想政治学习时，宋庆山也不翻他们过去的老底，对他们往事不追，要求他们通过劳动改造和政治学习，认识到今是而昨非就行。宋庆山鼓励他们洗心革面，真心实意拥护共产党，走社会主义道路，融入贫下中农这个大集体中去，只要能这样就不再属于地富反坏右分子了。多少年后，依照党的政策，这些地富反坏右分子都摘了帽子，在宋庆山结婚时他们竟相互串联，备礼致贺。那个蹲了四十年监狱被宋庆山管理教育的曾托人想把自己女儿嫁给宋庆山的清末老廪生，一百岁高龄去世前还对他的家人说，当年他在大队劳动改造学习班里，只有宋庆山尊敬他，把他当老师……

这年暑假，宋庆山的初中语文老师育英中学校长王功谋，找到大队两委，要宋庆山去育英中学做民办教师。大队书记不放宋庆山，王校长说，你怎么不要你孩子去负责地富反坏右分子的管理教育的？你们不放也行，那城里下放托关系进学校当民办教师的知青，我停他们课，退回你们大队。王校长还愤怒地对书记说，城里下放的知青，生在城里长在城里，才下来就劳动锻炼好了安排当民办教师赤脚医生了？怎么他宋庆山生在农村长在农村在农村接受贫下中农再教育干得这么好都一年半了，怎么他就不能当民师还要继续接受贫下中农再教育？他可是位品学兼优的优秀青年，希望你们别以他没背景没关系就把他卡在你们大队里！

这话还真起了作用。当然也有宋庆山的邻居当时的大队会计吴安民鼎力争取的关系。在大队两委研究是否同意宋庆山去当民办教师的会议上，吴安民说，宋庆山高中毕业一年半来，在庄上帮人助人人人夸赞，当队长一年成绩显著，负责地富反坏右分子的劳动安排和管理教育工作又成绩突出，现在学校也需要民师，宋庆山文化成绩又好，学校校长也点名道姓地要他，下放的知青连初中毕业的都安排了，这次要是不安排宋庆山去当民师有点说不过去了。

就这样，宋庆山当上了他想都不敢想的育英中学的民办教师。那是1976年9月9日，伟大领袖毛主席逝世的日子。

宋庆山是后来才知道他能当上民办教师是他的老师校长硬要和邻居会计吴安民促成的结果。知道了他就要去感谢他们。宋庆山用他父亲十天卖豆腐余下的两元四角钱，买上两瓶四洲大曲酒去感谢他的老师王校长。王校长看他提着两瓶酒，对他说：“你还学会送礼了？但你能知道以行动感谢人，这很好；你要是想感谢我，就把这酒带回去为培养你吃辛吃苦的父亲喝，等你将来凭着自己能力有钱了，你买什么礼物给我我都要；现在你只要潜心钻研教学业务，把学生教好，就是给我的最好感谢礼物。”

王校长不收宋庆山的酒，宋庆山就提着这酒去了邻居会计吴安民家。吴安民推辞不掉，就收下了。临走，吴安民对他说："你现在是老师了，乡里乡亲的孩子都在那里读书，你要为乡里乡亲多培养些像你一样品学兼优的人才啊；你要是教不好书，这酒我喝了心里也不舒服。"过了一个星期，宋庆山母亲生病住院，吴安民家属去医院看望，硬是给了他母亲三元钱。

宋庆山有感于怀，记住老师和吴安民的话。他下定决心，一定不辜负老师的期望，一定要潜心钻研教学业务，练好教书的本领，把学生教好，回报乡亲父老的重托。

学校安排宋庆山任教初一语文。他上的第一堂课是《人的正确思想是从哪里来的?》。他进了课堂，站上讲台，心紧张得怦怦直跳，连学生都没有敢看一眼，上去就在黑板上板书课题。两米长的黑板一行课题却没有写下，不得不换行写。他看着那分两行写的课题，字大行斜，难看，没有对称美。讲课过程中，板书设计，满满的一个黑板都没有写下。下课的铃声响了，他准备的一堂课内容连一半也没有讲完。

下课以后，宋庆山颓丧地坐在办公桌边，想他第一堂课怎么上得这么砸。这可是他整整准备两天才上的课啊。为了上好第一堂课，他把课文都背诵了，拿不准的字音和词语解释，都一个一个地查了字典和词典，讲课的内容从前到后在备课本上整整地写了十三页。怎么自己就没有想到要依据黑板版面，设计好板书的行距、字距和字的大小呢？怎么就满堂灌讲下来，只有自己讲不像以前自己的老师能与学生互动呢？课堂气氛死一般地沉寂，学生看着自己的那种皱眉、摇头、疑惑的表情也都在他眼前再现着。直到放了学，锁办公室门的老师问宋老师你可回家时，宋庆山这才从懊恼纷乱的课堂回忆和思考中回过神来。

第二天，宋庆山拿着教案去请教一位有丰富教学经验的刘耀林老师指点。刘老师一看，笑了，说，你这十三页教案，你一堂课就只读这教案你也读不完啊。你想把知识讲得全面是好的，但一堂课就那么四十五分钟，对课文涉及的知识就要有选择性地有重点难点地讲了，每堂课不可能面面俱到，面面俱到就没有重点难点了。面面俱到就是眉毛胡子一把抓，结果是什么也没有抓到了，教学效果就很差了。刘老师没有谦虚，把自己的教案给他看，让他做备课参考。宋庆山如获至宝。

从那以后，宋庆山经常拿着教案去请有关老师指导，还有空就去听其他老师的课，与同事们进行教学交流与研讨。有时还步行十几里，到其他学校听那些有教学经验老师的课。他自己拿钱买教学参考书，买试题试卷。严格依据教学大纲要求，依据教材和学生实际，钻研教材，认真备课。一年下来，宋庆山的教案被评为学校的优秀教案。两年下来，他任教班学生在县举行语文竞赛中夺得前三名。三年下来，他做班主任班的学生在区五所初中升高中考试中录取比率第一名，任教班学生语文成绩区第一名县第三名。宋庆山也因此被评为学校、公社、区、县先进教育工作者和优秀教师。第四年宋庆山参加安徽省中学民办教师转正考试，以高分转为中学公办教师，那年，宋庆山 24 岁，比同时参加工作的中师毕业老师每月工资还多 5 元。

宋庆山不满足已有的知识能力和水平。1984 年，他考取东州学院，离职进修历史地理专业。两年后毕业，重回育英中学任教。重回育英中学任教前，当时育英中学所在区分管教育的张副区长专门约请宋庆山喝酒吃饭。说，你（宋庆山）是育英中学唯一的大专毕业生，以前又有丰富的教学经验和优秀的教学成绩，请你看在我的脸面上支持我刚从永城师范毕业现在育英中学任校长的女婿小李的工作啊。宋庆山感谢张副区长的器重与瞧得起，表态说，区长放心，我一定会全身心投入教育教学工作中去，以实际行动支持李校长的工作。到了育英中学后，小李校长对宋庆山礼貌客气，小弟待兄似地对待宋庆山，连家中来重要客人时都请宋庆山去喝酒吃饭。可这宋庆山却渐渐地瞧不上甚至看不起小李校长了。宋庆山看不惯小李校长在学校的趾高气扬，看不惯小李校长走路摇头晃脑一更一更（抬腿点头拿腔作势）的轻浮样子，看不上小李校长的领导能力和教育教学水平。实事求是地说，小李校长才从学校毕业就担任校长职务，也确实没有工作经验，工作安排常常失宜；又整天忙于行政事务，没有时间去潜心于教育教学工作，书也确实教得不好，上课没有套路，东一榔头西一棒子的；再加上平时说话不顾场合，而且常以势压人，强怕命令，有点不知天高地厚，找不着北。看不惯瞧不上就看不上瞧不惯呗，可宋庆山却在行动上渐渐与小李校长疏远起来，就连小李校长家里来人再请他去喝酒吃饭，他宋庆山都以没有备课或是作业没改或是有事脱不开等为借口推辞不去了。而且宋庆山家里来客人，却只请那几位他宋庆山认为行为端庄教育教学富有能力的老师，也不再请小李校长去喝酒吃饭了。宋庆山以为，任人唯贤，小李这样一个没有工作能力、没有教育教学水平、缺少素质修养的人，应把他换下来，让有能力的人做校长的。而且宋庆山还认为，提拔靠能力和成绩，靠品德和修养，靠实干和苦干，靠在老师和学生中的名望和口碑。他宋庆山认为他比小李要能力有能力，要水平有水平；自己学生钦敬，老师尊重，社会声望又高，只要自己努力工作，干出成绩，领导会提拔重用他的。所以他宋庆山从 1986 年暑假毕业到育英中学接任两个班语文四个班历史每周二十八节课的教学工作后，就把他的全部精力投入教育教学工作中去。结果，三年后中考，任教班学生八个考取中专，四十个考取高中，创下了农村中学的升学奇迹。他所带的语文平均成绩 105 分（满分 120 分），所带历史 120 名同学，有 36 名超过 90 分，其中还有 16 名同学得满分（满分 100 分）。宋庆山一举成了泗县名师，方圆几十里内的很多家长都托关系找人要把孩子送育英中学就读，还指名道姓要求分到宋庆山带的班里去。那时，就是教育比泗县好的江苏睢宁县靠近育英中学的家长，也纷纷跨省转学把孩子送到宋庆山的班里去。

可能是木秀于林风必摧之吧，也可能是宋庆山只知教育教学不会密切与领导的人际关系吧，也可能不是他认为的凭着过硬的业务能力、凭着优异的教育教学成绩就能被提拔重用的吧，宋庆山敬业勤恳的工作态度、优异的教学成绩和良好的社会声誉非但没有给他带来一丁点儿的好处，反而三年超负荷地工作把他累出病来。等到任教学生毕业，宋庆山自己倒是患上了肝炎病累趴下了。年终宋庆山高票当选先进工作者却不被小李校长上报。上级某领导还找宋庆山谈话说，要低调，不要自恃取得一点教学成绩就觉得骄傲了不起，要尊重领导，服从领导。

那时，育英中学绝大部分老师，也多不满小李校长的工作能力和教学水平，对小李校长非议多多，而且矛盾也逐渐凸显出来。而对小李校长不满的这批老师，不是宋庆山的同届或上下届的同学，就是曾经跟宋庆山读过书的年轻老师。小李校长认为，这些老师敢对他不恭不敬有意见对着干，没有他宋庆山的默许支持或怂恿他们都不敢。

小李的岳父认为小李校长再在育英中学干校长工作难以开展，就把女婿调离育英中学去新新中学任校长去了。

小李校长调走了，一直想被提拔重用的宋庆山不仅没有干上校长，连个教导副主任都没有干上。那个与小李校长走得近的人人嗤之以鼻的万全能老师代理了校长职务。这个万全能老师比老三届还高两级，初中时学过两年英语就下学了，后来在小学当民办教师转了正（公办小学老师）。因为那时初中开始设英语课可没有英语老师，就临时调万全能来育英中学任教英语课。这万全能教初中英语虽是小牛拉大车，倒也尽力勤勉，边跟师范英语专业毕业的刘忠义老师学边去教，教学中忘了英语读音和英汉对译时就给学生说段民间大鼓书，说这个知识留到下堂课再讲再学。每到这时学生都哄然起兴，听起万老师的大鼓书来，这一堂课也就这么过去了。

这样，这位万老师不被师生认可尊重，常成学校师生的笑料笑柄，宋庆山比看不起瞧不上小李校长还看不起瞧不上万校长，曾当面说他过，你在中学误人子弟，回小学还能哝哝（将就凑合）教教书。现在，这万老师竟然当上了校长，领导起宋庆山来。这宋庆山如鲠在喉，心里特别不是滋味。

说来也巧，当时学校有位学生上课来迟到了，被万校长巡查发现了，还检查了那学生的作业，那学生的作业也没有做完。万校长新官才上任，哪里容得下这等情况发生。为树威信，通报处分了那个学生不说，还把迟到学生的班主任撤了职，还停了那位班主任老师的课。这一下子激起了老师们的反感和学生们的愤怒。那个班的学生集体联名万校长，要求撤销对那学生的处分，恢复班主任及其教学工作。在学校的教职工校会上，宋庆山当着全体教职工的面，直言表达对万校长这一处理的异议，要求万校长恢复那位班主任及其教学工作，全体老师报以热烈的掌声。这下可激怒了万校长，万校长恼羞成怒，认为这是对他的大不恭大不敬，是不服从他领导不服从学校决定。任性地立即宣布散会，直奔区里去找张副区长，反映宋庆山怂恿学生到校长室闹事，与老师拉帮结派，不服从他的领导，搅乱学校正常管理和教学秩序。张副区长一听，这还得了，当即上报县教委，教委上报县委县政府，县委县政府立即成立以县宣传部牵头的由县纪委、教委、公安局组成的联合调查组，连夜赶到育英中学，召开老师座谈会，希望广大师生提高警惕，认清形势，反省作为，检查思想，坚决刹住并制止在我省我县我区我校这一严重事件的继续发展。随后联合调查组挨个让老师们作立场性的表态发言。临到宋庆山表态发言，宋庆山说，育英中学发生的这件事，是学校管理和教育教学工作中很正常的很平常的一件微不足道的小事情，个人认为这不是什么大事件。宋庆山说，师生们对万校长的处置失当提出建议和要求也很正常，联合调查组对这件事的定性帽子太大，且过于上纲上线，有违客观实际情况的，请求联合调查组收回定性，要求万校长恢复那位老师的班主任和教学工作，撤销对那位同学的处分。与会老师对宋庆山的发言报以热烈的掌声。

当晚会议不欢而散。第二天上午九点，宋庆山接到县公安局传票，限他下午两点前到公安局配合并接受组织的相关调查。

宋庆山一到公安局，就被一位五十多岁的警官客气地请到一间有个床铺又有张小桌子的小屋里。那警官语气平和但态度严肃地向宋庆山宣布说："这是局长特批你的待遇，你就在这里接受调查，在接受调查期间，你可以在小屋附近活动，也可以见有关来见你的人，但来见你的人必须由我们公安局的人陪同在场。"说着，那警官递给宋庆山一本信纸和一支钢笔，说："你把你的问题和想说的都写在这纸页上，写好了就给我，我送给刑侦队。"宋庆山明白了，这是把育英中学的事当作刑事案件立案侦查了，公安局是对自己进行拘留审查，只是对自己还算客气，人身还是半自由的。

第二天上午八点，宋庆山夫人巩萍带着他的两个儿子，一个十岁一个七岁，到公安局来探望宋庆山。巩萍对他说；"昨晚你十点没有到家，我感到很意外，因为你每天晚上都是七点准时到家的，平时有时晚会，也都提前让本庄的学生带信给我的。我放心不下你，就到学校去找你，才知道你被传来公安局了。我问住校的老师什么事，老师都给我说了。当时深更半夜的，两个孩子在家，我来不了，就回去带孩子睡，一夜都没有合眼，想那老师说你在前晚发言说的话。我不是老师，但我认为你说得对，我支持你。你安心配合调查，不会有事的。"宋庆山看着他的夫人和孩子说；“你们这要起多早，还要去十里远的车站坐车跑五十里来这看我，还耽误孩子上学，你赶紧带着孩子回去，送孩子去上学。你也不要担心我，我没做错事，没说错话，我相信组织不会强加我罪名冤枉我的。”

第三天上午九点，育英中学的四位老师，带着两床被子，还有饼干水果，还有牙刷牙膏，到公安局探望宋庆山。对宋庆山说：“学校有十位老师被带到区公安分局隔离审查，联合调查组还在学校继续组织教职工学习和找老师谈话，学校现在有些课都上不起来了。我们受今天没能来的绝大多数老师委托来看望你。我们已经联名向联合调查组和上级有关部门，依照组织程序，反映育英中学现在的问题，有什么情况我们陆续有人来看你时会告诉你的。”

第四天上午，是星期六，宋庆山任教班学生的二十余位家长带着他们的孩子，包一辆大巴车，带着鲜花和水果，找到了公安局，在公安局警察组织下排成长长的一队，来宋庆山的住地看望宋庆山。

第五天下午，有一位女学生在她家长陪同下，来看望宋庆山。那家长见到宋庆山，深深地鞠了一躬，说：“宋老师，对不起，我这孩子不懂事，在你们学校一个老师的诱导下，说你在一天晚自习辅导时猥亵了她，那老师还写成书面材料让我这孩子按了手印。这孩子这几天都神态不正常，惊惊恐恐地，昨晚才对我和她妈妈说了这事。今天上午我带着孩子去了你们学校向在你们学校的联合调查组报告了这件事。想想孩子这事，我就感觉很对不起你。现在特地给她带来，向你认错，请你原谅。”

宋庆山这才想起，前天那位负责看守他的警官对他说：“你重点想想，你有没有什么作风问题。”当时他听了感到诧异莫名和好笑，现在终于明白了。

第六天上午，是周一，县委宣传部的一位负责同志来到公安局接待室，握着宋庆山的手，抱歉地说：“对不起，宋老师，这几天让你受委屈了。经过组织核查，你在育英中学的这件事上没有任何过错，而且你的要求和建议是合情合理的。你别有什么心理负担。这样也好，你休息了几天，还还了你的清白。”并指示公安局领导说，你们派辆车，把宋老师送回学校去。

第七天，是周二，联合调查组在育英中学召开全体教职工大会，宣布调查结果和处理决定：

一是育英中学的这次事件，属于正常教育中出现的一般性问题。联合调查组在没有搞清事情性质前盲目下的定性是错误的，在此向育英中学全体教职工表示诚挚的检讨。

二是请宋庆山老师到公安局只是接受组织调查，不是拘留审查，特此说明。

三是万全能同志对这次事件的处理，动机是好的，但处理偏激失宜，责成万全能同志写出书面检讨，并撤销对班主任老师和学生的处理决定。

四是对这次事件中无中生有，诱引学生作伪证诬陷他人的人员，做刑事拘留十五天的处理，并调离教育教学岗位。

五是考虑到这次事件对育英中学个别领导与师生造成的心理隔阂和在社会上的不良影响，建议区教育办公室，调整育英中学的领导班子和相关人员岗位。

不久，区教育办公室对育英中学作了人事调整。那是1989年10月底了。万全能留任，宋庆山和另外十一名老师调出了育英中学。

宋庆山在育英中学的同事们集体在酒店置酒为宋庆山送行。当宋庆山办完移交手续准备离开学校的那天上午，不知道怎么被学生们知道了，先是宋庆山任教的两个班学生自发地离开教室，排成队送行宋老师，不少学生竟不忍分离，泣不成声。那时正直学生下课，全校老师和学生都站在路上或道旁向宋老师挥手作别。那个场面，实在罕见感人令人难忘。

宋庆山被调到区直中学任教。那校长叫汪宝莹，副校长是宋庆山读高中时的老师徐志琛，两位都是工作型事业型任人唯贤型关心职工型的领导。宋庆山还没有报到，学校就研究决定，上报教委聘用宋庆山夫人巩萍为学校临时工，并为他一家腾出三间有里有外的住房。宋庆山一报到，学校就安排他做语文教研组组长、一个班主任和两个班语文的教学工作。宋庆山感谢区直中学领导对他的关心照顾与信任器重，二话没说就接任下来，像在育英中学一样全身心地投入教育教学教研工作中去。在班级管理上，宋庆山设班长一人，把全班同学分成六个小组，每个小组设组长一人，组长分别由负责学习、纪律、劳动、卫生、音乐、体育、美术的六个班委委员担任。班级实行垂直分块管理，具体工作组长向分管委员负责，分管委员向班长负责，班长向全班同学向班委会向班主任负责。班主任对班长提出具体要求和安排具体的工作，班长依据班主任要求并结合班级实际在班内分解安排布置具体的工作，班内各位班委委员实施落实班长分解指定的工作，并带领各自组内同学做好各项工作。班主任协助班长指导、监督、评比班内各项工作，班主任宣布评比的奖优惩劣的结果。班内贴有表格，以周为单位由具体委员负责，天天填表登记公布各组在学习、纪律、劳动、卫生、音乐、体育、美术和其他方面的表现得分，组与组形成比学赶帮超；组内实行两两结对子，对子与对子之间也实行比学赶帮超活动，并登记记录在组内公布；对子中的两位同学互帮互助，共同进步。每周班会，由班长主持召开，评比产生优秀小组，小组评出优秀对子，对子评出优秀个人。每月班会由班主任主持，总结一个月的班级工作，评选优秀班委，宣布统计出来的优秀小组和优秀进步同学名单。这样整个班级同学与同学比着上进，对子与对子比着上进，小组与小组比着上进，全班学生优秀率占一半，进步率占百分之八十。这样，光荣自豪与阳光灿烂充盈于每个学生心中。班里学生学有榜样，追有目标，昂扬上进，蔚然成风。以致学校每学期每学年，宋庆山任教班级次次都被评为优秀班级，中考学生德智体美劳全县综合第一，班级学生升学率创下全校第一全县第一。而育英中学则由两年前全县八十名中的前三名一落为八十名中的第六十三名。

这下育英中学学区内的学生和家长翻了天，他们找到他们所在的各自大队的领导，学区内的各个大队的领导代表学区百姓，联名上书区教办室，请求张副区长调整万全能校长职务，请求调宋庆山重回育英中学任教。

人也是变化的。这两年来，宋庆山也主动去张副区长那儿走动，弥合与张副区长和张副区长女婿小李校长的隔痕，还通过其岳父与张副区长交好的族叔关系，密切友善了与张副区长的情感。这次在社会呼吁和要求下，张副区长顺水推舟送个人情，找来宋庆山谈话，坦诚地对宋庆山说，你以前要是低调并友善与领导的关系，早就被重用提拔了，也不至于走了这几年弯路。现在调你回育英中学任教导主任，希望你努力工作，重振育英中学，为我区的教育事业做出贡献。

这宋庆山真诚地感谢张副区长对自己的大度宽怀和提拔重用，但坚辞不去就主任职务，只愿在区属中学继续工作。张副区长翻着眼看着他，对他说，你回去吧，等候组织通知。当宋庆山回到区属中学后，校长说接到你宋庆山的调离通知，你就去任职吧，不然有违组织决定和纪律了。

宋庆山一百个不愿调回，就像他当年一百个不愿调出一样。胳膊拧不过大腿，个人得服从组织，宋庆山无奈地随着县人事科的领导去育英中学接受宣布任职。谁知宣布的结果他并不是张副区长允他的教导主任，而是教导副主任，主任是由张副区长人所共知的女友副校长李超男兼任，而校长则是小李校长的同学具有一定教学业务能力的王盈时。因为王盈时不是党员，李超男还任学校党支部书记。那是 1991 年的 9 月。

王盈时突然从一般老师升为校长主持学校全面工作，上去就得罪了宋庆山和总务主任张小勇。原因是王盈时拒不安排从区直中学转来的宋庆山夫人巩萍的临时工工作。他对宋庆山说，接受安排巩萍的工作，不安排总务主任家属的工作，张小勇主任会对他王盈时有意见。原来张小勇是找过王盈时为其家属安排临时工工作过的。王盈时对张小勇说，宋主任家属原来就是临时工我都没有安排，我怎么再呈报教委聘用你家属做临时工？呈报安排你家属作了临时工，宋主任对我能没有意见？这样一来，张小勇和宋庆山工作生活的后顾之忧——家属的工作都被王盈时搁置起来不能解决。这宋张二人心里对王盈时都深为不满。不安排就不安排是了，谁知不久，王盈时父亲来学校请宋庆山和张小勇吃饭，席间对他们俩说，学校需要一个临时工，你们两位都不要争了，他给儿子（王盈时）说了，以后学校每月给你们一点补助，你们把这临时工让给某某某（王盈时家亲戚）吧，也省得你们之间相互有意见。说得张小勇与宋庆山面面相觑，不发一言。人家说鹬蚌相争渔人得利，这张小勇与宋庆山压根儿就没有相争，这临时工就要另安他人，真是岂有此理！

饭罢回校，宋庆山、张小勇不约而同找到王盈时，当面锣对面鼓地责问他。宋庆山指责王盈时说：你以安排我家属张主任对你对我有意见为借口，以呈报安排张主任家属我对你对张主任有意见为借口，在我与张主任之间活生生地硬是砸插楔子，隔阂离间我与张主任的关系与情感，原来是为了安排你家亲戚留下空间和位子；你年轻轻地跟谁学这驾驭下属推诿与人搅人互制的权术了？

张主任也毫不留情地对王盈时说：宋主任家属你本来就该顺理成章地安排的；我家属你也应该呈报的，至于呈报教委批不批，那是教委的事；你这倒好，一不安排二不呈报，还以这意见那意见诿过与人离间我与宋主任关系。我告诉你，我和宋主任之间不会因为你用谁家属不用谁家属产生意见，但对你有意见！那王盈时被噎涨得面红耳赤，一句话也说不出来。

从那以后，宋庆山、张小勇本职工作虽然尽职尽责，但对王盈时个人都带理不理的，与王盈时的工作配合也总显得别别扭扭的。这话搁下。

宋庆山做了教导副主任，除协助主任的教学工作外，还分管普九（普及九年一贯制教育）的资料工作。这普九可是1986年经第六届全国人民代表大会第四次会议通过的法律文件，是必须不折不扣地贯彻执行而且必须做好的。当年仅普九法律文件目录经后来修订简化后的就还有五章六十二条，章章条条都是要有具体的资料的。这资料要和学校的硬件、软件、教师、学生、家长、社会等方面一一对应，要让上级领导看得见检查得到。这些资料容量巨大，涉及面广，仅学校专门用于学校的普九资料，就占满了一百平方米三间屋子里的六纵每纵六层每层十格的档案柜。怎么有这么多资料？你看看还比较少的硬件一章就一目了然地知道资料要准备多少了：

硬件要有教室、教师办公室、会议室、教工之家、校长室、教务处、总务处、党员活动室、家长接待室、扫盲班教室、教师宿舍、学生宿舍、食堂、厕所、体育场馆、草坪绿化、生均面积……这些不仅要绘出图表，还要有具体的纸质档案资料存档。

再如学生这一章，要记录好出生儿童登记表、中小学学生学籍表，各年级每年每学期在校小学生名单核查表，未入学适龄青少年登记表，甚至不是九年义务阶段的学区内的中青年文盲登记表都要造表入册。至于学生辍学、转学、留级也都要注明原因、登记入册。还有什么家访学生的姓名、住址、家长姓名、家访时间、家访内容、家访效果、发现的问题、改进的意见建议，等等，等等。这里要说的，普九内容不是每章就那些固定多少项，常常是每小项里有时还有若干子小项、孙小项。他宋庆山一头扎在普九的资料里，要加班加点，一年中连星期日和放假都要加班不得休息。可他负责的这普九工作，许多压根儿就无法去做和无法完成的，好多资料都是无法搜集和准备的，可他还必须去做去完成去搜集去准备去整理去造册去装档去迎接上级的检查评比。怎么办？他宋庆山不办了，他找校长王盈时不干了。校长要他造假，他不造，他说这弄虚作假的事他不干了，要干他就要实事求是。校长愤怒，不干你宋主任就辞职换他人干！

可还没有等宋庆山辞职换他人干，他王盈时却不干了。

原来是李超男把王盈时给搞掉了。李超男从任副校长兼教导主任时就不把王盈时放在眼里，只是碍于小李校长和张副区长的面子才没有对王盈时生出事来。第二学期，王盈时的靠山张副区长调往别的区且退二线了，李超男自恃新任分管教育的副区长是她的旧爱就更不把王盈时看在眼里了。李超男利用手中权力架空王盈时，还逼着王盈时给她签报名目繁多的违规发票。王盈时不给她签报，二人矛盾越来越激化。李超男先下手，强行把会计账目搬出来查，把王盈时招待个人亲友家人及其他违规签报的发票全都找了出来，召开支部大会，通报王盈时的经济问题和有关不力的工作，以育英中学党支部和校委会名义形成书面材料，上报反映王盈时的问题。上报材料要有人签字，李超男先是要支部党员签字，没有过半；转而找校委会成员签字，可没有想到宋庆山拒绝不签。宋庆山不仅不签，还对李超男说，王盈时虽有不足，可不至于结束他年轻轻的政治前途，对王盈时的错误应该批评，只要他改正就算了，不要把事做绝了。这下宋庆山得罪了李超男，结果一学年结束，李超男升任校长，王盈时被免职，宋庆山平职调新新中学，去有积怨的小李校长手下任教导副主任。

李超男对宋庆山不签名恼恨在心，她在她旧爱许副区长那里说了宋庆山不少坏话，想把宋庆山免职调出。可许副区长碍于宋庆山的声望与影响，虽然不满宋庆山没有送礼送钱巴结他，可也不好无过就免宋庆山的职务，当然提拔那是不可能的。怎么办？许副区长思虑再三，既听从李超男建议又不听李超男的建议，把宋庆山调新新中学任教导副主任，以加深宋庆山与小李校长的矛盾。等宋庆山与小李校长矛盾激化不可调和，再借机将他们全部撤职免职。

可李超男与许副区长的意愿没有实现。宋庆山去新新中学报到任职时，小李校长先以私人名义为宋庆山接风洗尘，后以校委会名义为宋庆山致欢迎词。小李校长在全校的职工会上说："宋庆山副主任这次来新新中学任职，是上级领导加强新新中学领导班子的重要人事安排。宋主任是我们区我们县的名师，教育教学业务能力有目共睹，他的到来，无疑对加强和促进我们新新中学的教育教学工作起到重要的作用。"

因为宋庆山在育英中学负责普九工作，小李校长还让他负责普九工作，可宋庆山拒绝接受。他坦诚地对小李校长说："不是我不服从你的工作安排。你是知道的，我不会作假，普九工作不造假能过检查评比这一关吗？育英中学的普九工作全区全县垫底，也是王盈时被免职的借口之一，我不想害你。”小李校长说：“那你就协助教导主任做教导主任安排的工作吧。”

教导主任让宋庆山带一个班语文，负责全校教研和教育教学的检查评比工作。宋庆山说一个班语文是带两个班语文也是带，带就带两个班语文吧。于是宋庆山潜心于自己的语文教学和分管的工作，还对整个中学阶段的古诗文进行归类翻译，出版了他的第一部面向全国发行的教辅教材《中学古诗文译解》。因工作成绩突出，1992 年 7 月宋庆山再次被评为县级优秀教师。

这次评为县级优秀教师，使宋庆山成为区呈报中级职称的最佳人选。在九个指标却只有六个符合中级职称评报的教师中，宋庆山任教时间最长，大专学历最早，区县教学成绩最优，且是唯一两次评为县级优秀教师的老师。宋庆山自恃最具中级职称评报资格，所以在提交了规定的材料之后就静等评审通过了。结果他和另外两个符合条件的老师却没有通过区中级职称评审。

宋庆山得知结果后去找许副区长要说法。许副区长拿出人所共知的不符合中级职称评报条件的李超男从县教委手写抄回的全区优秀教师名单给宋庆山看。宋庆山一看顿时火了，啪地一拍桌子：“这名单是手抄的，没有教委证明章印！而且年年区内优秀教师名单、县优秀教师名单都是先张榜公布后以正式文件下发的。县区和各中学都有存档可以查得到的。”宋庆山指着李超男等三人的名字对许副区长说：“这几个都是假的，你查查教办室存档文件，或是到县教委，一查便知！”许副区长面红耳赤，但强势生硬：“这也只是你宋主任说的，不足为据。评审组是依据文件规定，综合考量每位参评老师的参评条件，最终确定的呈报名单。你综合条件排在九人之后，这不是我能改变得了的。”

宋庆山一听，愤然站起，抓起许副区长办公桌上的电话就给县教委人事科打电话，请求核实本区县级优秀教师名单。接电话的是县教委人事科长，说正好要通知许副区长到教委开会，要许副区长开会后把优秀教师名单抄回去就行了。许副区长正好以开会为由叫上司机就去教委，这宋庆山竟也上了许副区长的车要与许副区长一起去教委查看优秀教师名单。许副区长脸色青紫，车到半路的一个集市上，许副区长说下车有点事。宋庆山就在车里坐，一等许副区长不来，再等许副区长还不来。司机也等急了，不知许副区长怎么回事，心想不会出什么意外了吧。司机就下车去找许副区长，宋庆山还坐在车上。个把小时，司机回来对宋庆山说：“许区长现在有事去不了教委了，你看你是回去还是去教委？”

宋庆山谢过司机，拦上一辆车径直去了教委。他没有去人事科查优秀教师名单，而是直接去了局长办公室，向局长汇报了这件事。局长很重视这个汇报，当即电话人事科长，要人事科长把宋庆山所在区的优秀教师名单打印一式两份，一份送给他局长，一份要宋庆山带回交许副区长。

结果，李超男等三个弄虚作假的名单被拿掉，宋庆山等另外两位符合条件的老师通过评审，宋庆山这才心情平复下来。

可这平复的心情没过三个月，他宋庆山差点没有吐出血来。原来市人事局职称批文里，没有他宋庆山的名字，而李超男那三个被拿掉的名单却赫然在列！

宋庆山找到县教委人事科，人事科长拿出宋庆山所在区报送的中级职称名单要宋庆山自己看，那名单中压根儿就没有他宋庆山名字。

宋庆山愤怒折回去找许副区长，还没有等宋庆山开口，许副区长指着他办公桌边的柜子就开了口："真是没有想到，我给你材料签字后就放在我这柜子里了，派人报送材料时竟把你的材料忘在这里了。我向你发誓，我不是有意的，我要是有意不给你报我不是人养的。你要怪我你就怪我，你要向上级反映我你就反映我。但我希望你也别往上找了也别反映我了，你找了反映了我被处分，那几个也会被取消已评的资格，可你今年也还是补评不上的。你看这样可好，只要我在这干，明年哪怕就一个名额，我也呈报你可好？"宋庆山追问那几个不符合条件被拿掉的三个人怎呈报的？许副区长说，那是他们几个人通过关系，自己找人自己把材料送上去的，具体情况他许副区长也不知道是怎么回事。

宋庆山窝着一肚子火，可这时他还能怎么呢？是的，再找再反映，今年他也评不上中教一级了；还有，再找，再反映李超男等三人问题，就是把他们评比取消了，自己也补不上去的；还在不知就里的老师中，更坐实自己几年来一直是自恃有能力不把别人放在眼里的捣蛋手的名声了。罢了，好在他许副区长发誓赌咒是他大意了，明年一定第一个给他呈报，晚一年就晚一年吧。

1993 年秋，中级职称评报，宋庆山确实被列为第一报了上去，并顺利通过了市级评审。

通过就通过呗，谁知在区教办室举行的教干年终酒会上，坐在宋庆山一张桌子上的李超男竟提起了去年宋庆山扒她职称评审的事情。李超男端着酒杯对宋庆山说："我敬你一杯，感谢你去年没有再次扒我。不过我倒要奉劝你一句，做人不要抢钱带扒衣的（什么好处哪怕是不该自己的好处都往自己身上揽的意思）。有时候，你扒人就能把人扒掉了？你以后要注意名声，捣蛋手名声总是不好听的。"宋庆山一听，几年来压在心中的火噌地窜了上来，啪地把酒杯往地上一摔："是的，只有没有人格的人才会做抢钱带扒衣的事！你违反财经制度，硬要王盈时给你签报因私发票，不给你签报你就怀恨在心；你想做校长不择手段，到处找人给你签名反映王盈时的所谓问题，我不就没有顺着你给你签你对我怨恨在心把我调出去了吗？你在职称评审前你评过县级优秀教师吗？你不知羞耻，弄虚作假，被揭穿了你还头削尖了不择手段把别人中级指标往自己身上扒拉。你抢钱带扒衣地不光彩地干上校长评上中教一级，你凭的啥？你不就是个女的吗?!”直骂得李超男恼羞成怒，抛杯砸宋；又撒泼放赖，大骂宋庆山侮辱她人格，几个桌子的领导都来拉架劝开。

这一场酒宴，宋庆山骂得出了气，可也就此与许副区长与李超男公开地刻了痕挖了坑。这不，1996 年暑假，失去靠山的小李校长被迫请调出区，李超男调任新新中学校长职务，宋庆山终于犯在她李超男手下了。

李超男毫不掩饰她对宋庆山的过节记恨。在校委会上李超男就毫不客气地说：“我与你宋主任积怨很深，难以弥合，人所共知。现在我来做校长，你感觉我们能友好相处融洽合作？现在全区各中学校长调整完毕，中层教干人事调整在即，希望你能知相知趣自己申请调出，就是你不愿自己申请调出，我也向组织请求将你调出。”宋庆山竟也语出铿锵掷地有声地回她道：“你别横，你不就仗着许副区长靠山嘛？何况你现在是校长，有人事组班的重要建议权。你当我想跟你干？我压根儿就没有想过能与你友好相处和融洽合作。你逼我辞职申请调出我就申请辞职调出了？在组织没有调走我之前，我就在这监督你，发现你问题我就举报你!”李超男顿时火了，噌地站起，抓起她办公桌上的电话就给县教委主任打电话，说她才来上任宋庆山就不服从她领导，这让她以后怎么开展工作，坚决请求教委把宋庆山调离新新中学。

李超男蛮横霸道恶人先告状的行为令在座开会的校委会成员目瞪口呆，人人面面相觑。其中有一位是李超男的至亲长辈，实在看不下去了，站起来批评李超男说：“小三子（李超男在家排行老三）你不能冷静些吗？才来工作就这脾气态度！有什么恩怨过不去的?!有话好好说，要以团结和工作为重，不能意气用事。今天你不对，要给宋主任赔礼道歉。”李超男也不给她长辈亲戚留面子：“我给他赔礼道歉？哼哼，我就意气用事，怎么了！我就不能要他宋庆山在我的学校里任职!”这校委会开不下去了，与会成员有的劝李超男少说两句，有的拉起宋庆山离开会议室消消气。

不久，县教委与宋庆山关系友好的人事科长打电话给宋庆山：“教委党组会议研究决定，同意你区教办室人事调整方案，调你回育英中学任教导副主任，这是许区长在日摆你（戏弄、打击、报复、处罚的意思）。我压着没有下文，你尽快去找你们区长或区委书记和教委主任或分管人事的副主任，如实汇报你的情况，争取你区内提名教委复议，看看你可能去育英中学任教导主任，因为那里教导主任现在还空着。”宋庆山一听，怒从心头起恶向胆边生。这时他已经不想什么主任不主任了，他到家里拿上五百元钱，拉出摩托车骑上，对他夫人巩萍说，我现在去教办室揍许副区长，估计要被派出所拘留十五天罚款五百元，你不要找我。巩萍一听丈二和尚摸不着头脑，问是怎么回事，宋庆山说回来再对你说。他夫人一听，一把攥住摩托车，说我和你一起去。宋庆山开动摩托，发了疯地向区教办室驰去。

骑着骑着，宋庆山心想，人事科长不是要我找区长或区党委书记说说这事吗？先去找书记说说，再去揍他也不迟。宋庆山径直把摩托车开到书记那里，把他几年来从育英中学调区直中学，从区直中学调育英中学，从育英中学调新新中学，现在又将从新新中学调回育英中学再任副主任的经历向书记作了一一诉说。宋庆山对书记说："这次教干调整，从普通老师一下提拔为主任副校长校长的都有，现在育英中学空着主任缺，却让我再去任教导副主任，"宋庆山越说越激动，一下站起来："我特来向你汇报我这几年来的经历遭遇，这副主任我不干了！我现在就去揍这浐向前（浐副区长），他太欺负我了，揍了他，无非我被拘留罚款。"说着就往门外走。

书记见状，一把拉住宋庆山，说，你不要激动，不要冲动。我现在就打电话了解下情况。书记当着宋庆山的面，打电话给教委人事科，核实是不是放着育英中学教导主任的缺还让宋庆山回去任教导副主任，并询问有没有从普通老师一下提拔为主任副校长和校长的。电话那头回答区长的询问，宋庆山听得不大清楚，只听书记说你们暂缓下文，我明天去你们教委和你们主任协商一下。

书记放下电话，这时宋庆山也早已冷静清醒了许多。书记对宋庆山说："你刚才也听到了，我明天去教委协商一下你的任职安排。现在你回去，千万不要去找浐区长，一会我叫他来我这里，再了解一下情况，你明天下午等我电话。"宋庆山夫人在一旁拽拽宋庆山的衣襟，宋庆山也怒气全消，向书记深鞠一恭："谢谢书记，我听你的。"

宋庆山回去一夜几乎没有睡着，一大早，他就去了教委主任家敲开教委主任的门。主任一见宋庆山，知道他来找他是做什么的。主任眨着眼睛看着宋庆山说："你们区教办不提你当主任你要我们教委怎么办？"这时主任里屋的电话响了，主任去接电话，"……他刚到我家呢……好，你来了我们再协商，你让浐区长与你一起来啊。"主任挂了电话走出来，"刚才是你们区委书记给我电话说你的事，你回去吧，等他来了再协商你的事。"

结果过了一个月，经县教委党组复议、下文，宋庆山任育英中学教导主任。

宋庆山这次出任教导主任没托关系没花钱，全凭一怒要揍浐副区长得来的，这在徐庄区教育界乃至全县教育系统里人所共知，宋庆山从此的名气就更大了。不过这大名气可不是什么好名声，因为这名声里多是非议的内容。比如他宋庆山一到育英上任，他那个小学时的同学，一直在小学任教刚提拔出任育英中学校长的贺威广，就半是认真半是玩笑地对宋庆山说："你就是个官迷，就是个簒蛋（脾气性格古怪不入群）的捣蛋手。你自恃教学有两下子，从来都不把领导放在眼里。以前你在育英顶走了小李校长，没有当上领导你就制造万全能任职时的事件，现在又被李超男撵我这来了。你这是几出几进育英中学了啊？你在哪个学校都没有能安分工作做人的。王盈时不入你眼，与女人李超男斗，没有干上主任你就要去揍教育区长，找区委书记找教委主任，非要来干这个主任，你能耐大啊。”

宋庆山一听，也半开玩笑半认真地对贺威广说：“我再能耐大还有你能耐大呀？你一个小学毕业生，上部队混了几年，转业回家被推荐去上了师范。师范三年别人拿毕业证你混了个肄业证，到小学任教连高年级的课你都带不了，只能去带低年级的课，就干上了中心小学校长。你多有能耐，不能教书能当领导，一天中学门没进，这就一下子提拔成中学校长了？我是篡蛋捣蛋手，你可要好好学习中学教育教学业务和中学的管理，不要做门外汉，别我将来也把你给捣蛋了啊。”

这半真半笑的话可也是宋庆山的心里话。那贺威广还真的怕宋庆山的能力，怕驾驭领导不了宋庆山；这宋庆山还真的从骨子里就看不起贺威广，一个不学无术的混混也能当中学校长?！不过宋庆山心里虽然看不起贺威广，但公众场合和工作过程中他都得时时处处尊重贺威广，汇报请示，自己从不做主张，不然再要和贺威广合不来，不好向外人解释和领导交代的。

宋庆山维护贺威广的威信和尊严，小心翼翼地潜心低调地工作，生怕不知什么时候大意了显露了锋芒表现了超过贺威广的能力。他宋庆山想以自己的低调敬业勤恳，挽回他被误解的捣蛋名声。可学校的教导主任要组织管理好学校的教育教学及教育教学涉及的学籍管理、课程安排、检查评比等等方方面面的工作，有时也不能事无巨细地汇报请示校长，这慢慢地就引起贺校长对他工作的不满。有时宋庆山安排好的工作，贺威广就不分青红皂白地否定推翻重新布置安排，常常搞得宋庆山很难看。可宋庆山每次都自我检讨，不折不扣地按校长要求布置的做。有时校长安排明显失宜、不当甚至是错误的，他宋庆山也不好亲自当面找校长说，就通过自己的高中同学很有工作能力的副校长彭严谨与校长沟通交流和协调一下，以避免引起校长对自己的成见偏见与不满，造成矛盾隔阂不好配合工作。

可矛盾隔阂不是你想逃避躲开就能逃避躲开的，有时甚至是你越想逃避躲开却越是逃避躲不开的。这不，宋庆山这下就遇到而且也实在是避不开躲不开的与校长发生隔阂的一件事了。

宋庆山把征求全校教师意见的排课意见向贺校长作了汇报，贺校长说这意见很好，你就按这意见排课吧。宋庆山把经过两天绞尽脑汁排好的避免了所有老师任课节次冲突的课程总表送给贺威广审核，贺威广看后说很好很好，还签上了同意执行的字。宋庆山把课程总表拿去刻写印刷刚发给全体老师，贺威广就来了，说某某老师的课程需要调整，要宋庆山调整课程总表。宋庆山二话没说，回家后按着校长的意见花了整整一晚上的时间调整好了。第二天天刚亮宋庆山就到了学校，拿出铁笔蜡纸，刻好调整后的总课表就七点了，刚贴上油印机要印，贺校长过来了，对宋庆山说，某某老师还有某某老师昨晚也找了他，他答应了给他们课作些调整，要宋庆山重新调整好后再印。宋庆山愣站在那里，看着贺威广好一会，不得已，放下手中的油墨磙子，洗洗手，又伏案调整起课表来。学校课程总表是全校老师的上课节次安排，一个老师还常常带不止一门课程，带两门课程三门课程的都有，涉及的年级班级也有不同，调整课程总表，那是一动百动的事，哪是件说调就能调好的容易事。结果，一个上午宋庆山都没有调整好课程总表，老师们还是按校长签发的课表上课。但校长答应的那位老师却按校长答应的课时节次去上课了，这就与按原课表去上课的老师发生了节次课时的冲突，两个老师都说是自己的课，一个说是课表安排的，一个说是校长安排的，各不相让，吵到了校长那里。校长火了，找到宋庆山，大庭广众之下怒斥宋庆山说："你怎么搞的！连个课程表你都不能调好，还干什么教导主任?!"并转脸对彭严谨副校长说，"你去调整课表，下午印出来!"

彭副校长看着贺威广，张张口，没有说出话来；宋庆山一把把正在调整的课程总表摔给贺威广，"彭校长他明天也调整不出来，你自己拿去调整，看看下午可能调整好印出来!"说着转身而去。

转身而去归转身而去，可课程表不能不调啊。下午宋庆山去彭副校长办公室，看彭严谨正在伏案调课表。老彭一看宋庆山，一把把他拽坐在自己的办公桌上："你可也来了，我头都大了，也找不着头绪，你别生校长气，他不知道也不懂调课表有多难，你抓紧时间调吧。"

调课表这件事虽然过去了，但宋庆山与贺校长的矛盾隔阂也就此产生了，而且还是一发不可收拾的矛盾了。

先是教材征订发生的矛盾。宋庆山依据教育部和省教育厅中学课程设置和征订教科书的规定，把下学期订书单报给校长审核签字。贺威广看了征订单，提笔把体育课和劳动技术课教材删掉。理由是农村中学的孩子每天上学放学来回两趟少说也走三里五里甚至十里八里路，走路蹦蹦跳跳打打闹闹，身体比猴子还灵活健康，体育课就要体育老师带学生跑跑步做做操打打球就行了；学生都是农家孩子，什么农活劳动不会干？用不着订这两本教材，订了就是白花钱。后来新华书店经理拿学校的订书单找到了县教委中教科教材处，询问育英中学为什么不订这两本教材？教材处打电话找贺威广，贺威广说教材征订是宋主任负责的，他不知道。宋庆山看着贺威广，不说一句话；可为了不再生出矛盾，宋庆山只得揽在自己身上，说漏订了，再填表补报。

后是教材课时安排的矛盾。宋庆山依据教育部中小学教学大纲每周语文数学各5-6节、英语4-5节、物理化学各3-4节、其他科目各2节的规定，安排每位老师的课时节次。贺威广不同意，硬是要改变大纲规定，强要宋庆山按他的每周数学12节、物理化学各10节、语文4节、英语2节、其他课程各1节去安排。贺威广的理由是：学生都是中国人，哪个不会说中国话写中国字？学好数理化走遍天下都不怕，英语咿呀瓦啦地，不会英语照样不影响工作和干革命，其他科目都是副科，开多开少无所谓。宋庆山实在不能接受，但又不能不依校长意见排课，对校长说，你非要这么安排也行，那以后上级教育教学检查，你要承担不按部颁大纲标准安排课程的一切责任。

宋庆山拿着按贺校长规定排好的课时节次表，越看越感到不行，这样排课毕竟不是科学严谨的，有违课程课时节次规定的，作为教导主任，他还是不能按校长意见打印这课表的，可不按校长意见排课校长就会认为他自以为是不服从领导。不管他了，总不能为了服从领导就按校长的规定安排这样违反规定的课时节次。宋庆山找到彭严谨去找校长说这事，校长还是坚持己见。彭严谨说，你宋主任向中教科反映吧，我说他不听。宋庆山实在迫不得已不得不向中教科作了汇报。中教科打电话找贺威广，批评他怎么能擅自不依教学大纲排课。贺威广恼羞成怒找到宋庆山，大骂他捣蛋不改，“看你打我黑报告能把我怎么着！”为了不激化与校长的矛盾，宋庆山又忍气吞声地忍受了。

再是对学生的教育方式，宋庆山也与贺威广发生了矛盾。宋庆山在全体老师的会议上，针对部分没有教育经验的老师简单粗暴对待学生、动辄就上报学校要学校给学生处分或是开除等现象，强调以德育人，多循循善诱地做学生的思想教育工作。“对学生的教育要动之以情晓之以理，不能简单粗暴，更不能有体罚学生的现象发生。对于犯了错误的学生，只要不是触动刑律犯了法，都要对其循循善诱，以批评教育为主，至于处分，也多要以惩前毖后治病救人为目的，不能动辄就要把犯错误的学生开除了。开除一个犯了错误的学生很容易，但那却从此剥夺了那个学生受教育的机会，而且还把他推向了社会，也可能对社会产生消极的负面影响的。作为老师，要为每一位学生和社会的未来着想啊。何况学生大多不是成年人，就是我们这些成年人不也是有着不足或是犯这方面那方面的错误吗。给犯了错误学生的改过机会，远比处分开除的好啊。”可贺威广当即打断宋庆山的话：“你宋主任说的不对！对那些调皮捣蛋不好好学习不遵守纪律的学生，该打的就给我打，该揍的就给我揍，该开除的地就给我开除，不要与他们讲究细剥葱（和风细雨循循善诱地批评教育），出了问题出了后果我负责。”弄得宋庆山张口结舌目瞪口呆，一句话也说不出来，整个会场也都死一般地寂静。

还有应酬招待，平时喝酒……宋庆山实在忍受不了贺威广的种种行为。他认识到，这不是他服从贺威广领导就能获得贺威广好印象的，也不是妥协和忍气吞声贺威广就不找他茬子的，更不是他敬业勤恳科学有序地工作就能得到贺威广的支持把工作做好的。两年多来他与贺威广的矛盾越积越深，现在竟发展到不能调和了，他也不愿再低声下气地做人和工作了。

1999 年 6 月，积压于宋庆山心中的不满和愤怒终于喷发。在一次校委会上，宋庆山当着校委会成员的面对贺威广说："我这次调回育英做这个教导主任，你目睹我的工作。工作再苦再累我都能够挺着，可心累实在受不了了。我常常担心因自己考虑问题不周或是工作不力影响了你工作和与你的关系，我兢兢业业如履薄冰小心翼翼地说话办事，从不僭越职责和权力。我大事小事都给你汇报，你不点头的事我不做，你不爱听的话我不说。我坚决服从你的领导，坚决执行实施校委会的决定，可还是不能如你心愿，你总是找我茬子诿过与我拿我不当人待，常常侮辱我的人格尊严使我下不来台。不客气地说，你不配做中学校长。你不懂中学的教育和管理，不懂中学的教学业务，不知担当大度与包容。你除了负能使性，吹大牛说假话喝醉酒找人茬挑人刺你还能干什么？你想想，你开会说过几回思路清晰连贯的内行话？哪项工作不是别人给你谋划好你才去安排的？你无德无才，气量狭小，你不配且亵渎了校长这庄严崇高的职位，你应该辞职!"

开始贺威广还憋着紫涨的脸听着宋庆山说话，听着听着他实在听不下去了，噔地站起，一拍桌子："你望你那个吊样！我辞职？你是教委主任啊？我看你应该辞职！不辞职你就得服我管，我叫你干什么你就得干什么！你给我听好了，我说什么你就得听什么，我叫你干什么你就得干什么!"宋庆山反问道："你说错的我也得听?""我说错的？我说错的也是对的！我怎么的？我说错了你也得听也得给我干！不听不干，你那就给我辞职给我滚蛋，不要屎不拉站着茅厕!"说着，贺威广把手一舞，"散会!"愤怒地走出门去。与会校委会成员人人愕然，"各位看看，我怎么与他配合工作。"宋庆山摇着头无奈地说。

迫不得已，宋庆山书面向区教育办公室和县教委汇报了他在育英中学的工作情况和与贺威广的矛盾冲突，请求辞去教导主任职务。县教委结合对育英中学师生座谈了解的情况和教干的年度考核结果研究决定：宋庆山留任教导主任，贺威广调往他校任职。

这下，宋庆山本该长舒一口气才是，可这口气他抒不出来。因为随着贺威广的调出，宋庆山"走一处与领导捣一处"的名声又顿然鹊起，这让他更是有口难辩；更让他抒不出气来的是艾占华调来育英中学做了校长。

这艾占华是宋庆山二十多年的朋友，与宋庆山是一个县两个区人，彼此相识走动，礼节有加。在艾占华眼里心里，宋庆山是一个极富教育教学能力的人，为人为友也不错。他对宋庆山一直是友好的信任的。这次调任育英中学校长，他是要靠宋庆山的支持和帮助的，他内心也认为宋庆山是会支持帮助他的。这些宋庆山心里都知道，可他宋庆山内心对艾占华印象却不是怎么好。因为相处二十余年，艾占华胸无点墨宋庆山是知道的，工作全靠狐假虎威和嘿大狐狸嘭的（仗恃别人权势用大话唬人没有能力本领）。艾占华喝酒名声在外，还不时桃色新闻满身。学校工作他几乎不懂，但抓权揽权，学校一切必须他一人说了算。宋庆山心想，走了一个贺威广，来了一个艾占华。要是艾占华真像传说中的那样，他宋庆山怎么面对，怎么工作！

想归想，事实不是他宋庆山能改变得了的，艾占华来了还是要欢迎的。艾占华来任职的那一天，宋庆山做东，以个人名义叫上校委会所有成员为艾占华摆酒接风。喝过酒吃过饭宋庆山去结账付款，艾占华说你付什么款，去开个发票到学校报去。宋庆山口里应着好好好，手里还是付了款不要发票。

艾占华把学校日常工作交给宋庆山，在校委会上还明确宣布他不在学校时，学校日常工作由宋庆山主任主持，各部门各负责人工作要向宋庆山主任负责。宋庆山当即表态，首先感谢艾校长对他的倚重和信任，但他不能僭越职务权责，坚持校长不在时由彭严谨副校长主持工作，还有不管校长在不在学校，各部门及其负责人都要各负其责做好本职工作并向校长负责。艾校长也觉得他忽视了彭副校长职务和地位的存在，当即顺口说，宋主任意见很好，我是考虑彭校长是老领导年纪又大（其实彭校长与宋庆山同岁，比艾校长小五岁），想减轻彭校长的工作负担和压力呢。既然宋主任这样说了，那就拜托彭校长以后多挨累些啦，我不在时，你就主持学校工作，与宋主任就多辛苦些啦。彭校长心里不满艾校长放他不用的工作安排，可也不好表达不满，又想工作有他人干，自己难得无责又清闲。便当即真诚谦和地表态说，“你不在时，宋主任主持就行了，我多协助宋主任就是了。”

这艾校长还真说到做到，他把学校工作交给彭严谨宋庆山之后，还真的就很少来学校了。第一学期，艾校长有时一周来学校一次，主持召开下校委会，主要听听宋庆山一周的工作小结和下周的工作安排，礼节性地征求征求其他人意见后，就表态按宋主任安排办。但要是上级来学校检查工作，艾校长可不仅在学校，而且还亲自安排好迎来送往的招待。当然招待是要对口的，检查哪个部门哪个部门的领导才能跟着艾校长去作陪。有时校长在校外应酬，还专门派人到学校，今天叫个宋主任，明天叫个彭校长去吃饭作陪。当然艾校长招待，会计大多要去结账开好发票留给艾校长签字报销的。就这样，一学期下来，艾校长吃喝招待费六万多元，还不算他用学校公款给他自己买的床、摩托车、棉床被褥、室内的一应电气计三万余元。

第二学期还没有开学，艾校长就安排总务处为他装修办公兼居住用房，一共三间。三间屋，一扇门五个窗，门是防盗门，窗是防盗窗，窗上是隔音磨砂防撞钢化玻璃，这玻璃从里能看清外面一切，从外是看不到屋里的，每个窗户挂两层窗帘。最里间是卧室，地面木地板，墙面乳胶漆，饰绘风景四季图。室内置办两米宽两米四长的红木大床，床侧，穿衣镜、化妆台和空调彩电一应俱全。中间一间是厨房洗漱卫生间，地面墙面都贴精美的瓷砖，一应电器厨具餐具桌椅柜置办整齐。最外间是办公室兼接待室，一张老板牌豪华办公桌上摆着电话机，办公桌前左右两边，靠墙摆两排实木沙发，每排沙发前都摆着精美的茶几；要是来了客人，校长从旋转的老板椅上站起，伸手就可从左边的文件柜中，取出香烟和茶叶，招待客人；办公桌左侧墙上挂着校长工作职责，右侧墙上挂着廉洁自律条例，一台柜式冷暖空调立在老板椅的右后墙边。这套装修布置，整整花去二十万！彭副校长看了摇头，宋庆山看了愕然，师生看了，说那是宫殿。

那房子装好后，艾校长还是白天很少在学校，可有人看见他渐渐地晚上经常来学校住了。也不知道怎么的，宋庆山渐渐地感到艾校长与彭校长关系不大自然了，又渐渐地，感觉艾校长对总务主任也好有意见似的。

有一天，宋庆山去艾校长办公室说工作，正碰上艾校长对会计拍桌子。艾校长很愤怒地对会计说，“我是学校法人，只要是我签报的发票和票据，你都要及时入账。经我手的，你都要及时把我预支条据和找补我的钱款送来给我。”不知是当着宋庆山的面会计不好说还是怎么的，那会计站起来，一边收拾一打打票据，一边说，“好好，好好，你说怎么报就怎么报。但经我手的票据你也要及时给我签字啊。”

那过后不久，一个星期六的傍晚，艾占华忽然来到宋庆山家，对宋庆山说晚上在这吃饭。宋庆山很高兴，当即备菜置酒，并叫家人去请几位好友来陪他。艾校长说不要不要，今晚我要和你说几件事情和商量几件事情呢。宋庆山说那到学校再说嘛，你难得来我家做客的。艾占华认真地说，这要是在学校能说，我会来你家说吗？宋庆山意识到艾校长找他有重要私密要事，说那好，校长不要嫌我慢待你了啊。

晚饭桌上，艾占华对宋庆山说：“你我相处二十余年，这次我们又能搭班子一块工作，我很高兴。我来了以后把学校工作放给你，彭严谨对我很是不睦。你看他平时对我阴不疵的带睬不睬的，平时工作也不积极不主动，这样的副校长我看不惯合不来。还有总务主任，竟想从校园基建和维修中捞好处，平时吃喝招待太离谱，违规支出也都要学校给他报，报少了对我还心怀不满，还撺掇会计要查我账目。再有就是会计，我每月签报票据时，他总会有三两张未经我同意的支出票据，也要我给他签字报销，我不给他签字报销，他就咕囔说我这票据那票据也是不能签报的。我作为校长，审核签字被总务主任和会计牵着鼻子走，受他们控制，我受不了。今天我来找你，是想要你与我联手，写一个反映彭严谨工作不作为的报告给教委，再写一个反映总务主任和会计经济问题的报告也给教委，要求组织把他们调出，而后我书面向教委提议你任副校长，刘忠义任教导主任，欧阳全任总务主任。这学期也快要结束了，就把这作为我们学校的人事调整的提案报上去。所以我来找你，说这些事商量这些事。”

宋庆山望着艾占华，一句话没有插，直到听他说完。听完了还望着艾占华，足足有三分钟。望得艾占华说你愣望着我干吗？我是来和你推心置腹说这些事情的，你愿不愿意帮我？

宋庆山举起酒杯，敬艾占华喝酒。又倒上一杯，与艾占华对饮，三杯下肚，宋庆山开了言。宋庆山对艾占华说：“你我相处这二十多年，像今天晚上这样喝酒交心还是头一次。我感谢你对我的信任，我感谢你对我的倚重，我感谢你促成我中学高级教师职称的评聘，我感谢你做工作圆了我入党的梦——这可是我入党申请被卡支部十年都没有能通过的啊。你有情与我，本当图报，何况你还亲自来我家里说这些事情让我正好有机会感谢你回报你呢？可这件事情我真不能帮你。会计和总务主任想从你这里捞些好处，是不对，但他们为什么屡屡次次要你给他们签报呢？我说的你别介意，你是不是有什么不合规定的支出签报攥在他们手里，他们要挟你你能报也得给他们报呢？如果没有，更好，你直接拒绝他们非正当的要求就是了。如果有，你就要检点自身了。还有，总务主任和会计都是我的学生，他们要是有错，你给我说，我会严肃批评他们，帮助他们改正。但总不能连他们我都没有批评，也没有给他们改过的机会，在他们不知道的情况下，就反映举报他们吧？要是这样，我这个做老师的还有师德人品吗？还有就是彭严谨副校长。是的，你来以后重用我，把他架空了，他成了摆设，这事换作我，我对你也可能嘴里不说心有不满的。但至于说他对你带睬不睬阴不疵的，这人还真不是这样，他就那性格，那表情神态，对谁都是那样的。这主要是你与他接触少处的少不知道他这性格的。平时他还真是支持你工作的，至少他支持我工作就是对你的支持呀。他常常和我说，即便你不在学校，我们都要把学校的工作做好，不让校长难为情。再者，他在学校很有威信的，特别是他教育教学能力那是有目共睹的公认一流的，如果你只以感觉他不顺眼不合心拍子就反映他工作不力不作为，我感觉，我感觉，我感觉这不是你做校长大人大度之所为呢。”

“也就是说，你不帮我？”艾校长听完宋庆山的话，问他道。

“艾校长，这件事情我不能帮你啊。”

“好好，算我白来，算我白来，我把你看错了。”说着，艾校长站起来，连饭也不在宋庆山家吃了，不快地拂袖而去。

艾校长走后，宋庆山夜不能眠，遐想万千。刘忠义是自己的学生，德才兼备，做教导主任那倒是称职有余的。欧阳全是艾校长的外甥，平时吃喝嫖赌，工作吊儿郎当。做人要唯才是举，可欧阳全不仅无才，还道德败坏，难道是你艾校长外甥你就要提拔重用他了？彭严谨为人和工作都是没得说的，总务主任和会计要是真如校长说的，那是得找个适当的时机，给他们敲敲边鼓提提醒，不贪不占，是做好本职工作的本分。

可这之后，宋庆山一直没有遇到合适的机会给总务主任和会计敲敲边鼓提提醒，倒是越来越发现艾校长、彭校长、总务主任和会计在工作交集时的别扭与不协调，他们对艾校长鄙夷的神态表情时有可见。

一个星期天下午，彭严谨和总务主任也到了宋庆山的家。宋庆山看他们来了，很是高兴，一边吩咐夫人准备酒菜，一边叫儿子去请庄上几位邻居来陪他们喝酒。彭严谨说我们来找你说些事情，就我们三人，有外人不好说啦。宋庆山心想，怎么和艾校长一样？难道你们也有碍妨的话和事要对我说？就说好好好，喊回儿子不去请陪客了。

三个人，宋庆山做正位，彭校长与总务主任分坐饭桌两边。一人倒满一杯酒，边喝边聊起话来。彭严谨说："我开始是很尊重艾校长的，可看他豪华装修他的办公室、厨房餐厅和卧室，心里就不舒服，因为学校职工住宿、办公房子都很简陋，他这样装修是脱离教职工追求个人享受。追求享受也就罢了，可他身为校长却不干学校工作，工作都交给你宋主任主持，这不是负责任的校长所为。不干工作就不干工作呗，还经常晚上带女人来学校过夜。开始认为他带的是他夫人，没有人在意。后来有人发现他带的不是他的夫人，而且还经常不是同一个女人。有时他留女人在学校一住就是几天，引得学生扒着他卧室的窗户往里看，看不见，就有学生把他窗户玻璃砸烂看。你不住学校没有听说这些吧？开始有老师对我说，我不信；后来又有老师对我说，我说别瞎说；再后来有老师对我说，我把话岔开，装作没有听见。一天晚上学生用石子砸烂他窗户玻璃想窥看，艾校长出来撵学生，正巧我值班巡查从那儿路过，忽然听到他屋里传出年轻女子骂学生没教养的声音。我当没听见，问艾校长你也没有休息也来巡查啊？艾校长嗯嗯尴尬地应付着我。从那以后，艾校长就用另样的眼光看我了，认为学校师生对他的指指点点都是我老彭唆使的，我要是不撞上那尴尬的一幕该多好！"彭严谨说着，摇头无奈地叹息着。这时，总务主任从包里取出一打照片递给宋庆山。宋庆山看那些照片，有的是艾校长骑摩托带女人进出学校大门的照片，有的是艾校长挽着女子进出他办公室门的照片。仔细辨别数数，照片里总共有三个高矮胖瘦面容不同的年轻女子。宋庆山放下照片，问总务主任说"这些相片哪来的？""我安排人跟踪偷拍的。"宋庆山很生气，批评总务主任说："亏你想得出以这龌龊手段偷拍他艾校长的龌龊行为，你让我说你什么好！你为什么要这样做？这些照片还有那些人知道?”

“目前就彭校长、我和你知道看到。我为什么这样做，那是因为他艾校长太贪了。为他装修报销发票时，他硬是要我多填三万元；后来学校搞基建搞维修购置办公用品，他每项每笔都要从中捞好处；去年建实验楼，他把六家一轮二轮三轮竞标标的都透露给他朋友，最终让他朋友中标，从中收取好处二十余万元。”总务主任对宋庆山说着，又从提包里拿出一张领条复印件，“你看，这是这个学年度学生订书订资料的返款十八万元，他艾校长窃为己有，至今都没有入账。”宋庆山看那复印领条，领条上写的是：

领　　条

今领到新华书店本年度订书订资料返款人民币拾捌万元整（180000 元）。此据

育英中学　艾占华

1999. 4. 8

宋庆山看那领条签字，确实是艾校长的笔迹。就问总务主任这原领条在哪里？总务主任说你不知道新华书店年年都有订书返款？年年这返款都是入账的，今年到现在没有返款。上个月我问会计新华书店订书返款可打给我们了，会计说没有，我就叫会计去新华书店催要这笔钱。新华书店经理说早被艾校长领来了，会计就说不可能，新华书店经理就把艾校长亲手写的领条出具给他看，会计就复印带来的。

宋庆山本着脸问总务主任：“你是不是没有从艾校长那里得到你想得到的好处，你就对他心生怨恨，收罗起他这些证据来了?”

总务主任一听，脸唰地涨红了起来，端起酒杯狠狠地喝了一口，倒也坦荡地对宋庆山说；“我是您的学生，从小就在您眼皮底下长大，我是什么人，瞒不了您。我也不隐瞒，我做总务主任，他艾校长签报的学校基建、维修、购置教学用品等支出票据花款，大多数都经我手；学校每年收取的学费、杂费、订书返款和上级的财政拨款会计那里账务分明，实际支出多少钱我心里都明镜似的。为了拉拢我，他艾校长确实不止一次地要我开些冲账票据给我报销，我也确实要他签报过三笔共计一千八百元的个人招待费。去年底，他给我两万元说是给我贴补过节费用，我当时也是拿着了。但我回去一个春节心里都不安生，越想越不对劲，这是艾校长以小恩小惠掩我口，达到他更大的贪腐目的。他是在犯罪，我贪占他给的便宜也是在滑向犯罪啊，这钱不能要。春节一开学，我就把这两万元还给了他。谁知从那以后，他艾校长对我就警惕起来防备起来刁难起来，我处处就不入

他眼起来。我也越来越看他不顺眼，再加上早就有老师和学生说艾校长经常换女人金屋藏娇的事，我就安排一个人给我抓拍他与女人的一些照片，想哪天他要是对我不好我好要挟他。我承认，我这动机卑鄙，手段龌龊，可没有要反映他问题尅他的意思。上周我去教委开会，我在人事科的一个亲戚问我怎么没有和艾校长处好关系啊？我说没有啊。我亲戚说，没有？没有艾校长怎么要求把你还有彭校长调出啊？回来我就对彭校长说这事，说了艾校长的经济问题，给他看了这些照片，彭校长说这事得给您说，所以今天我们俩相约才来您这来的。”

彭校长说：“平心而论，艾校长确实不能再做校长了，即便他没有经济问题，仅就他品德败坏影响恶劣，他也不宜在育英继续做校长了。我们想写一份有关艾校长的经济问题作风问题的材料，交给教委。特来征求你宋主任的意见，希望你能在材料上签字署名。”

宋庆山一语不发，沉默良久才对他们二人说：“艾校长十八万返款不入学校账，这是触动刑律的贪污行为，我不知道就算了，知道了，就不能眼看他犯法。这样，我去找艾校长，要他把这笔钱入学校账。至于其他贪占可能查无实据，因为他签报的基建、维修等绝大部分支出票据都经你总务主任手，即便你明知他贪了占了，那谁叫你总务主任开具了经手人的票据呢？你说的他收受大笔好处费，恐怕也难查到实据，至于他带几个女人留宿学校，这是他个人作风问题，是道德层面的问题，不是犯法的大事。你们要不要反映艾校长的问题，这是你们的事，我不参与，我要是参与了，心里不安过不去。你们都知道，他没有来育英任校长之前就是我二十多年的朋友了。他来育英之后，对我信任重用有加，还促成我中学高级教师职称的评聘，圆了我入党的梦，这些你们都知道的。不是我不讲原则讲情面，可我怎不能不顾旧情新意去签字反映他问题吧？”

结果，2000 年 8 月，县教委人事任免通知，艾占华调任久阳镇教育办公室督导员，副校长彭严谨主持育英中学的工作。

这下宋庆山捣蛋的声浪再次涌起。不少教干戏言，谁要不想干校长就与宋庆山搭班子，保准你干不长！宋庆山这下也彻底得罪了艾占华。这不，宋庆山在镇上最好的酒店置酒为艾占华送行，他艾占华来了，来了二话没说，到了酒桌边猛地把一桌酒菜掀翻，啪地甩出一封举报信。艾占华指着那封署名是宋庆山的举报信，对在场的人说：“我与宋庆山关系人所共知，谁能想到他竟然能背地捅我刀子，举报我艾占华所谓的济问题和作风问题？我艾占华要是你说的贪占了育英中学十八万，我现在早被抓起来了，还给我扣屎盆子，糟蹋我作风不正。把我搞走了，你宋庆山不也没有干上校长？”弄得宋庆山有口难辩尴尬不能言。

如果说艾占华迁怒宋庆山还有情可原，就连宋庆山的一些铁哥老朋友也私下说宋庆山：“不管怎么说，艾占华毕竟是你几十年的老朋友，到了育英对你也不薄，你怎么就不能包容他的不足非把他搞下台不可呢？”

这次宋庆山倒是心地坦然了，他不想解释那封举报信不是他写的，也不想追究弄清是谁以他名义写的那封举报信。他为自己要艾占华上交了那十八万返款规避了他的贪污罪，他有种对得起老朋友的坦然安然幸然。至于艾占华因作风问题调任他处督导员，宋庆山认为这是组织对艾占华的关心与照顾，从此他就没有权利贪占腐败了，这对艾占华是好事，因为这能使艾占华以后免临牢狱之灾。

不过宋庆山也因此决计辞职不干了。不是因为他被艾占华误解决计辞职不干，也不是他背负不起惯于捣蛋的所谓名声决计辞职不干，而是因为他深深感到从做教导副主任到现在十年来的风风雨雨，乌乌烟烟瘴瘴气气，不仅身累更是心累，才决计辞职不干的。他宋庆山反思自忖：“自己没有本事也不想有这本事再裹挟游刃在追名逐利见风使舵勾心斗角里，自己不能再说假话做假事应付检查瞒上欺下逢迎讨好领导。十年来，就是因为自己当了个小领导，几乎天天，不是参与招待，就是应请参加人情宴请。而且人请自己自己还不能不去，不去了人可能会认为自己丁嘎嘎的职务还不近人情不给面子看不起人。整天吃喝，饭饱酒醉，晕晕乎乎，自己哪里还有时间去做自己的本职工作。当上教干十年来，自己任教的语文，学生成绩一年不如一年，所谓名师，早已名存实亡，这背离了脱离了自己立志成为名师的初衷与理想。再当这个主任下去，自己名声可能会越来越臭了，工作也将越来越做不好了，更重要的是连自己原有的那点教学业务能力都要赔上蚀食殆尽了。何况现在，彭严谨主持了工作，自己虽然与他是老同学，关系友好，但二人个性迥异。彭严谨内向内敛不善言辞，自己外向张扬出口成章，时间久了，难免会生出意见隔阂来。要是再与人所共知很有声望的彭严谨合不来，别人可不管自己到底是驴不走还是磨不转，自己这捣蛋的名声就一生铁定了。谁叫自己时运不济？早该归去来兮，辞去这教导主任职务，回归自己教师的本道上来了。”

宋庆山想到这些，心里越发坦然舒畅了起来。他提笔狂书：“当年整日想提干，提干名辱才不展。屈就躬身当自去，育人执教好耕田。”书罢，烧菜喝酒，庆贺自己铁心下了辞职的决定。

第二天，宋庆山去找彭严谨，说了自己的决定。彭严谨说怎么的，我主持工作你就以辞职不干拆我台？宋庆山说我不是拆你台，我是实在干够了。彭严谨说，你要辞职不干我也辞职不干，要干俺俩就一块干。

宋庆山不听彭严谨的劝。2000 年 9 月 18 日，宋庆山在他四十四岁生日那天，找到区新任教育办公室主任，述说了十年的经历遭遇，提交了辞去教导主任的书面申请。教办主任说现在中学教干任免实行区党委政府和县教委协商任免制，你能不能辞掉职，我说了不算。得有区党委政府拿出的教干任免意见，报教委党组会议研究下文才行。

宋庆山就去区政府找区长。那时的区长王甄是宋庆山当民办教师时的同事王娟的妹妹。这王娟当年下放在宋庆山那个村子，当了民师后与宋庆山带同一个班的学生课。宋庆山教语文，王娟教数学，二人不仅工作上合作得很愉快，就是个人关系也处得像兄妹一样。1978 年宋庆山高考时吃住都在王娟家，王娟父母把宋庆山当作自己的孩子一样供吃供喝好多天，王娟的弟弟妹妹与宋庆山也都亲切友善。后来宋庆山进城，怎要去看望王娟的父母，宋庆山结婚和生孩子，进了城的王娟还都亲自带着礼物到宋庆山家祝贺。就是前不久宋庆山大儿子考取中国科学技术大学，王甄还去送了两百元的红包礼。这下宋庆山来找王甄说要辞职不干了，王甄感到很诧异，说："人家都是托着关系找着干，你还是第一个托着关系找着不干辞职的人。你辞职不干主任怎安排你呢？教育口以前惯例，只有校长级别的临退休前几年才安排退二线做督导员调研员什么的，你现在才四十四岁，正是年富力强干事业的时候，你辞职不干了怎么安排你啊。"宋庆山说："你尽量帮我做做工作吧，能帮我安个督导员还是调研员让我体面退二线那更好，不能也别难为，反正我是决计辞职不干了。"王甄要宋庆山先去给教委主任汇报一下，她再与教委主任协商一下看看。

宋庆山找到教委主任，递上了辞职报告。教委主任看着我宋庆山说："你还怪篡蛋来（性子暴躁古怪的意思），是不是这几年我没有提拔你你就对我有意见辞职不干了？我告诉你，想干的人多的是！"说着他把宋庆山的辞职报告给撕了扔了。

宋庆山知道这是教委主任在关心他信任他留任他才拒绝他辞职撕了他辞职报告的。可宋庆山辞职心意已决，临走对教委主任说，"我是真真实实实实在在干够了才来找你辞职的，我对你一点意见没有的，你不批准，我还来。"

宋庆山回到学校，想想，再走一下组织程序为好。于是在校委会上，他宋庆山拿出写好的辞职报告，请各位校委会成员在他的辞职报告上签名同意他的辞职。校委会连他五个人，除了他自己，没有一个人给他签字的。他火了，一把抓住彭严谨，"你为什么不给我签字？我不愿跟你干！"彭严谨被他急火了，说，"你这熊人，你不干嘡个熊，放下我给你签。"彭严谨拿起笔，停了停，想了想，又顿了顿，又看了看宋庆山，心一横，写上一行字，签上了自己的名字，笔往其他人脸前一丢，"都给他签！"其他人你看看我我看看你，看彭严谨签了字，也都在宋庆山的辞职报告上签了名。等所有人签好字，宋庆山拿过来看彭严谨写下的那行字，原来是"服从上级组织决定"。

两个月后，教委终于下文，同意宋庆山辞去教导主任，改任育英中学调研员，还括弧标注正股级。刘忠义接替宋庆山，任代理教导主任职务。

这结果真是出乎宋庆山意料之外，又在他渴望祈冀之中。意料之外，是全县乃至全国恐怕也没有四十四岁身强力壮精力充沛正是干事业的年龄就退二线的调研员；渴望祈冀之中，是他很想也能像老校长们那样不干退休之前挂个荣誉衔。现在他心想事成，他很激动，他很感动，他很感谢王甄和教委主任圆了他的心愿还给了他个抬头秤，让他体面地挂着荣誉衔退居了二线。

那时不像现在，不到退休年龄的老同志从领导岗位退二线后也得上班。那时只要领导退居二线，挂上什么调研员、督导员、督学之类的名誉职务，就可以养闲不上班照拿工资了。当然，这些从领导岗位退二线的老同志也有想去上班的，只是当任领导不安排他们的具体工作，每次他们去上班时，现任领导多礼貌接待招待。时间久了，这些老同志感觉去单位无所事事，还打扰单位领导花去接待招待的时间，慢慢地就不去单位了。还有的单位，当任领导也不想这些退居二线的老同志去，因为去了不接待不招待不好，接待招待也不好；工作给老领导说说不好，不给老领导说说也不好。慢慢地，这些退二线的领导也就知趣地不去上班了。不上班干什么？那就谁想干啥就干啥去了。

这宋庆山退了二线，学校自然也不安排他工作了，他自然也不去学校上班了。可他才四十四岁呀？在家里帮着夫人干农活？就那三亩地，那点活也不够干的呀？做点小买卖，那堂堂教导主任做小商小贩，他宋庆山虚荣虚伪得又有点放不下架子和尊严。找同学朋友聊天呱蛋喝酒去，可人家都上班啊。转悠无聊又无趣，怎不能就这样年轻轻的就养闲等老等死吧？

恰在这时，他的一个教育界的朋友在昆明办所私立学校，邀请他去搞教务，这正对他的口。宋庆山把家事安排好，决定去昆明那里看看，要是可能，就在那里干了。

去昆明前，宋庆山去合肥看他在科大读书的大儿子。大儿子建议他说，昆明离家远，弟弟读高二，母亲视力又不好，奶奶年龄又大了，家中要是有什么事，来回路上都要好多天，不好应急处理啊。合肥也不错，您想操旧业，合肥有的是岗位。您走走看看，凭您的能力，很容易在教育口谋份工作的。宋庆山想想，大儿子说的也是，就没有去昆明，就去了合肥的人才市场，看看可有适合自己的工作。

宋庆山去了合肥一个人才市场，遇到一个举办高考复习班的老板在招聘班主任和辅导员。宋庆山投下了简历。那老板看了看宋庆山，又认真看了他的简历，在询问宋庆山高中教育教学和高考的相关问题后，当即对他说，你就不需要再去学校面试了，你回去准备一下明天就去上班吧，你做班主任兼辅导员，拿班主任和辅导员的双份工资，每月 2000 元。宋庆山一听心里好惊喜，心想这里工资这么高啊。自己是中学高级教师，是县里工资最高的教师之一，每月才四百多元，这里仅仅做个班主任和辅导员每月就拿这么多钱？他有些怀疑。

第二天，宋庆山就去上了班。学校在一所宾馆里，是一所全封闭式的高考复习班。任课教师都是具有多年高考经验而又优秀的合肥本地各高中带毕业班的教师。这些老师一身兼两职，本校一份工作，每月四五百元工资；这里一份兼职，每月二千多元工资。他们教学都很投入，都很付出，复习班的学生对他们的教学都很满意。忽然有一天，一位最受欢迎的语文老师不能来上课了，原因是他任教的本校学生找到了他们学校的校长，反映这个老师教学不投入，一个学期只让学生写两篇作文，两个班的作文连一篇都没有改。校长对他尽兼职教学而荒疏本校教学深为不满，责令他二者选其一，要么辞掉兼职投入本校教学，要么辞掉本校工作，另寻高就他管不着。那老师权衡再三，决定辞去兼职，毕竟本职工作是长远的，兼职工作是临时的，不能看眼前的兼职工资高啊，于是那老师就辞掉兼职不来了。这下两个复习班的语文课没有老师上，这下可急坏了复习班的老板。老板找宋庆山商量，能不能接替那辞职老师的教学工作。这宋庆山二话没说，备课上阵，接下了两个复习班的语文。他既是任课教师，又是辅导员和班主任，一个月下来结算工资，四千六百元！几乎是他在单位一年的工资！他手捧着工资，他激动不已，他欣喜若狂，他感到他原来还这么值钱有价值！他决心全力付出，投入教学和管理，取得优秀的教学效果。

正当宋庆山全力付出的时候，一场意外毁了复习班，宋庆山也随着复习班的解体失业了。

原来复习班一个女生受不了全封闭试管理，也处理不完本本厚厚压摞摞的作业，更做不完那山一样的试卷，晚上跳楼自杀了。公安局，市区教委，新闻媒体全来了。可祸不单行，就在调查组进驻调查的时候，一个男生也受不了复习班与人间隔绝的封闭式管理和高强度的学习压力，写一封绝命控诉书也跳楼了，虽然没有摔死，但却也下肢截瘫成植物人了。办学老板被抓，所有教师被查，复习班被市教委接管，学生分流安排到本市其他高三年级班。最后老师也就自然解散，宋庆山也只有另寻工作了。

失去了工作的宋庆山又去人才市场找工作。这次他遇到一位净面白皙、气质高雅的招聘女士。女士接过宋庆山简历，详细询问了宋庆山的有关情况，问他下学期愿不愿意去她们中专学校做代课教师，每周十六节课，课时费每节三十元。宋庆山不假思索地就答应了。

2001 年春节后开学，宋庆山来到那所中专学校，接下四个班的语文课。中专语文的知识广度、深度、难度都远在高中语文之下，又没有升学应试压力，这宋庆山教这样的语文感觉简直是太轻松了。轻松可不大意，宋庆山以学生为主体，以自己为主导，以教材为依据，一改高中语文课堂教学受束受限的限制，潇洒自由地发挥，把个中专语文讲活了。他教得轻松，学生学得自如，教室内常常爆发出学生的喝彩声，以致窗外督导检查上课的领导都经常听得驻足止步不愿离去。学生对任课老师评教，宋庆山得分最高。于是在中专学校，你传我我传你，说新来的宋老师语文课上得好。宋庆山名声大振，成了中专学校领导、老师和学生交口称赞的优秀老师。

宋庆山语文教学出了名，学校领导就请宋庆山给中专学校老师上观摩示范课。那天开课，来听课观摩的老师比班内的学生还多，连走廊的窗户都打开，窗户下坐的都是老师。课后评教，评教发奖，主持人宣布，请集团公司中专部经理兼合肥中专部校长王珂女士给宋庆山授奖。宋庆山这才知道那位招聘他代课的净面白皙、气质高雅的女士原来就是这位王珂校长，他这才知道这个中专学校仅仅是这个集团公司在合肥的一所学校，今天来听课观摩的是这个集团全国三十多所中专学校派出的教师代表。

学校不仅向宋庆山颁发了优秀示范课教师证书，还奖励宋庆山三千元人民币。王珂校长还询问宋庆山，要不要安排家属到中专学校做工人。这次，宋庆山算是名利双收了。

说来宋庆山就是这么走运。暑假中宋庆山路过东方国际学校，看到张贴招聘教师的广告，就空手进去应聘。正巧当时东方国际学校正在进行笔试和试讲，宋庆山问招聘经理，可能给他笔试和试讲的机会？那招聘经理竟然破例同意了。二十位笔试老师他宋庆山第一个交卷，还得分第一。试讲被排在最后。每个人拿到试讲材料可以准备二十分钟，他宋庆山拿到材料看了十分钟不到，就开始了试讲。按道理能不能录用要等评委组报学校领导最后决定，决定录用了再发录用通知书。可他宋庆山试讲一结束，五位评委你看看我我看看你，交头接耳交换了一下意见。一位领导就站起身来，对宋庆山说："宋老师，你的试讲太精彩了，你对教材的吃透，对重难点的把握和突出，对教学过程和教学内容有序严谨的安排，详略得当重点突出，加上生动、形象、精准的语言表达艺术，我们都受益匪浅，我们就不再另行通知你啦，欢迎你加盟我们的团队。"

宋庆山从东方国际学校出来，没走几步，身后左侧驶来的一辆上海大众在宋庆山身旁戛然停下。车门落下，宋庆山一看，是王珂校长，还有两位男士先生。王校长说，宋老师啊，我们回学校，你上车一块走吧。宋庆山好感谢地上了车。王校长对另一位胖胖壮壮的中年男子说，"这是宋老师，我们学校的语文老师，语文教学可优秀了，前不久我们还请宋老师给我们集团全国各中专部老师代表上了一堂示范观摩课呢。对了，你们还是一家子呢，他叫宋庆山，你们长相也相似，像是兄弟呢。"宋庆山看那先生，也是一张与自己一样的国字脸，确实与自己模样很像的。那壮壮的男子热情地伸出手来，"我叫宋振庆，集团总部的下属学院的。”并对王校长说，“我们正缺优秀的语文教师呢，请宋老师到我们那带语文可行?”王珂校长一听笑了起来，“早知不给你介绍啦，你就会挖人。”又转头对宋庆山说，“宋老师，你在我们这里是屈了才，到大学才能更好发挥你的能力，你要是愿意，你就去宋院长那里任教大学语文吧。”宋庆山这才知道，这个胖胖壮壮的宋振庆原来是东华学院的院长。宋庆山做梦也没有想到这个偶然的机遇，竟能成就他想都没有想过的去做大学教师的梦！他庆幸并感激自己遇到的贵人，他提醒自己要是自己真的能去大学任教，一定努力教好大学语文，以能力证实自己的水平，以成绩感谢王珂校长的引荐和宋院长的重用。

东华学院用人有个试用期，试用期半年，经考核能胜任教学工作才能签为正式合同教师。而且只上课不用坐班，每节课四十五元，一周十二节课，三个半天上完，其余时间自行安排和支配，食宿自理。这正随了宋庆山上课不坐班的心愿。东方国际学校安排宋庆山高一两个班语文，一个班主任，要坐班，对宋庆山破例，没有试用期，月薪不低于二千八百元，提供住宿，吃饭自理。宋庆山两份工作都想兼着，他去找东方国际学校校长，坦诚提出请允许他兼职大学语文的时间要求。那校长倒也爽快，说，只要你能圆满完成教学工作任务，取得不低于平行班的平均成绩，就行。但有言在先，你班主任工作和教学成绩要是低于平行班平均成绩，我就不好向集团交代了。言外之意，那你宋庆山就要被解聘走人了。宋庆山明白校长的意思，他很感谢校长对自己的就旋（有意的勉强的照顾或答应）。

就这样，宋庆山身兼两职，全身心地投入工作中了。为了不因班主任工作影响他的教学工作，宋庆山召开学生座谈会，查看学生档案表，把在初中当过班级干部、入学成绩又好、现在在班里展露出有活动能力有号召力和管理能力的学生挑选出来，让他们在班里进行班级干部竞选演讲，看看谁演讲的班级管理目标明确，思路清晰，措施适宜，学生拥护且能较好实施与检查评比。经过几轮演讲，经过学生无记名投票，最后选出了一位班长，一位团支部书记。班委委员和各小组组长由班长和支部书记提名，班主任批准。

班级干部产生以后，宋庆山借鉴他多年前在区属中学班级管理的成功经验，吸收班级管理的新成果，结合班级学生实际，采用民主集中制原则下的班级自治管理模式。这个班级自治管理，实行班长负责制，奖优惩劣实行班委会集体表决制。班级工作计划由班委会集体讨论通过后交全体同学表决，通过后就由班长负责分工，明确落实责任人，进行日清周结月综合的检查评比，奖优惩劣，树立班级正气，培养学生的集体荣誉感，努力使学生养成自觉自律积极主动的良好行为习惯。宋庆山还定期召开家长联谊座谈会，报告学生在校表现，获得家长配合学校班级对学生进行管理和教育。宋庆山在班级有个口号，叫做老师在与不在一个样，人人为班级荣誉争光做贡献。结果，仅以遵守纪律一项为例，班里谁要是偶尔迟到了，谁要是在课堂上，特别是自习课上影响了学校班级检查分数，谁就会深感自己对不起同学，对不起班级，对不起家长，对不起班主任。整个班级，全体同学的集体荣誉感特别强烈。

就这样，宋庆山的班级在全校纪律最好，学生学习最自觉，体育活动最活跃。宋庆山有了充分的时间在办公室或在家里潜心备课，上好他的大学语文课和高一语文课。结果一个学期下来，宋庆山任教的高中语文成绩年级第一。任教的大学语文虽无评比，但学生评教为优秀等级。学期还没有结束，东华学院就与宋庆山签订了正式合同，使他成为东华学院的一名正式教师。那时宋庆山一个人三份工资，一个是原单位的在职调研员工资，一份是东方国际学校的教师工资，一份是东华学院的大学教师工资。他虽然很累，可收入丰厚，一个月加起来收入不少于五千元。那是 2001 年的下半年，这个收入在当时算是高收入的白领了。

由于宋庆山高中语文教学成绩显著，班级管理成绩突出，第一学期快结束前，宋庆山被任命为高中部教务处主任，第二学期一开学又被任命为高中部分管教学的副校长，还继续兼任班主任，月工资又增加了一千多元。

宋庆山工资收入多了，可为工作付出的时间精力也多了。他几乎天天晚上十二点才能睡觉，天天早上五点就得起床。星期天也没有时间休息，他要备课和批改作业，因为他只有这个时间才能潜心备课和处理作业，他只有在星期六和星期天备好课处理完作业才能不耽误下个星期的大学和高中的语文教学。

人身体承受的压力是有极限的，超负荷工作是会被压垮的。这不，一天早上，宋庆山正在课堂上给同学们上课，突然头脑一晕天旋地转，双手按讲桌也没有支撑住身体，瞬间就轰然倒在了讲台上。从他觉到头晕倒在讲台上连三秒钟时间也没有，全班学生都没有意识到和反应过来。宋庆山突然晕倒在讲台上，惊得全班同学呼喊宋老师，宋老师！他们涌向讲台，一个学生立即给宋庆山做心肺按压复苏术，一个学生为宋庆山做人工呼吸。

等到宋庆山醒来的时候，已经是下午四点了。他看到立在病床前的夫人眼都哭肿了。四个立在两边的学生都抒吐了一口气。两位陪护在一旁的学校领导握着宋庆山的手，关心而又安慰地说，你是太累累倒了，醒了就好了。已经给你做了全面检查，是急性颈椎病导致的。你的颈椎压迫到了神经和血管，导致脑供血不足就晕倒了。医生说没有大碍，但要住院治疗休息半个月。你就安心治疗休息，我们再来看你。

宋庆山哪里能住院治疗休息半个月啊？东华学院的课可以请假放放再上，而且多上点少上点也没有什么大影响，可高中的课没有老师接手暂代，怎么能耽误不上呢？还有住在医院里，一天两千元，经济上也受不了啊。所以才治疗一个星期，宋庆山就要求出院，医生说你不能出院，你的病情只是得到控制，现在就出院，你可能到家不久就会回来的。宋庆山不听，执意要出院，医生没有办法，只得给他出具出院手续，但医嘱叮咛：务必要休息一个月，并及时随诊。

宋庆山不遵医嘱，出院第二天就去上班。这下上班还好，没有倒在讲台上，而是倒在楼梯上，不得不呼叫120，把他抬下楼，宋庆山第二次住进了医院。

这次宋庆山老实了，不得不在医院住了半个月，出院又休息了半个月，这才去上班。上班了是上班了，可讲课却大不如以前，反应迟钝，思路断线，语言迟缓且不连贯。一直将息调养三个多月，宋庆山身体才慢慢恢复到病前状态。

宋庆山两次住院期间，班里的学生，学校的领导，单位的同事，都到医院看望。特别是学生的家长也多到医院看望，他们有的捧来鲜花，有的带来营养礼品，有的塞下红包，愿他早日康复。其中有一位学生家长叫李淑萍，就住在医院边上，天天下午下班以后都到医院坐坐，与宋庆山夫人巩萍说说话，拉拉近乎。而且每次都不空着手，不是鲜花就是水果，甚至做好饭菜带来请宋庆山和夫人吃。这李淑萍方脸大眼，穿着朴素，貌不出众，但质朴热情，出语音质清润甜美，如果不见其人只听其声，你保准以为她是没有结婚没生孩子的二十岁的姑娘。这李淑萍行为有度，举止得体，还有很好的语言表达能力，给人的印象，是位很有素质和修养的市民或工人。

在一个举目无亲的城市里，有这样一位学生家长天天来看视陪伴，说说话聊聊家常谈谈工作，而且还是那么亲善自如如同姊妹家人，慢慢地他们就热络起来了。出院以后，李淑萍每次去学校看儿子，总是要到宋老师家看看坐坐。巩萍叫她李姐，有时留她吃饭。这李姐也不客气，有时就帮着巩萍做做饭，等宋庆山下班回来一块吃。宋庆山对李姐也很礼貌客气，而且对李姐儿子也格外关心照顾。就这样，李姐与宋老师和夫人都越来越友善起来，巩萍有时星期天还随李姐一起去超市购物，两个人相处像姐妹似的。

一天李姐带来一部手机交给巩萍，说是“孩子在学校没少让宋老师操心，自己又忙，也不能经常来学校看儿子。为了能经常与宋老师交流儿子的学习情况，就买了这手机，虽然不值钱，但能打电话，请巩姐收下转给宋老师，以后自己不能来学校时，就用手机保持联系好吗?”

巩萍婉拒不收，可又推不掉。不得已收下那手机，晚上交给了宋庆山。宋庆山拿着手机，说这样吧，这手机要好多钱的，下学期自己给李姐孩子交学费，算是退这手机钱给李姐吧。

从那以后，李姐隔三岔五地给宋庆山打打电话，有时宋庆山也主动给李姐打打电话。开始一段时间，都是沟通交流李姐儿子在学校的表现情况学习情况。后来时间久了，他们也谈起个人的经历和家庭，慢慢地他们交流的话题就多起来了，慢慢地他们就有了些共同的语言话题，慢慢地他们互打电话的次数就多了起来。

一天李姐问宋庆山多大了，宋庆山说四十六了，李姐问他哪月出生的，宋庆山说阳历日期不知道，只知道母亲说他生日是阴历二月二十八。电话那头的李姐一听，不假思索地张口说，你阳历生日是四月八号。宋庆山感到很诧异，问，你怎么知道的？那头的李姐显然异常惊喜和激动，“我也是1956年4月8号出生的。真是巧啊，我们是同年同月同日生！”这头的宋庆山手拿手机，惊异得半天没有说出话来，难道真有这么巧合不成？

从那以后，李姐与宋庆山，宋庆山与李姐，就无话不说起来，有事无事就打起电话来，而且一说就说到很晚，还意犹未酣。他们周日晚上有时也相约出来走走。有天晚上李姐邀宋庆山到家坐坐，宋庆山夫人不在，想去又感觉不妥，犹豫半晌就推辞说，晚上去你家会引起你先生犹疑地，也给你带去不便甚或负面影响，就不去了，我们就在外面或桥下公园走走吧。李姐说，是的，我家先生是有点小心眼的，好在他今天出差不在家，今天我买些新鲜水果，过来尝尝也认认门了；我们都是成年过来人，也不会有什么故事了。这宋庆山想想也是，只要品正行端，哪儿都可以聊聊聚聚嘛。就坐车去了。这李姐热情大方持重接待宋庆山，这宋庆山亲切和善稳重就座礼谢李淑萍。宋庆山坐没多会，喝喝茶吃了几个荔枝和龙眼，还是感觉久坐不好，就起身告辞。李姐心知其意，也未挽留，就起身开门，相送握别。门开开时，正有一股舒爽的清风，迎怀吹来；空中那轮明月的清辉也一下泄披在他们的身上。

宋庆山走了几步，回头看那李淑萍，她还站在那室内灯光与门外月光交融映晖的门中看着他呢。他们相互挥手作别。

回到家里，宋庆山久久不能入睡，那站在室内灯光与门外月光交融映晖门中看着他向他挥手的李淑萍就在自己的眼前挥之不去。

从那以后，李淑萍到学校看儿子去宋庆山家坐坐的次数少了，但他们相约散步的次数多了。夜深人静时的电话也时而响起了，不是宋庆山打给李淑萍的，就是李淑萍打给宋庆山的。有个周日的晚上，在清风明月里，在公园小桥下，宋庆山与李淑萍不禁牵手漫步，那舒爽与惬意的喜悦与幸福盈满情怀。宋庆山说回去要把这份难得的情怀写出来，并倡约李淑萍，明年生日一起过。

可从那过后一连几天，李淑萍没有给宋庆山电话，宋庆山打李淑萍电话也没有人接听。宋庆山若失怅然，又心期渴盼李淑萍能打电话过来。

忽然有一天，宋庆山接到没有具体地址的本市寄来的一封信，打开看时，只见上面写道：

Dear brother：

连日来被一种剪不断、理还乱、只可意会、无法表达的情愫萦绕着，犹如一潭清水丢进几颗石子，荡起层层涟漪，欲罢不能，令人心烦，姑且写下来，与你分担。

无边苍穹，浩瀚宇宙，两个生命同时降落同一星球的不同方位；滚滚红尘，茫茫人海，时隔多年又萍水相逢，不期而遇，不能不说是天意……

人人到四十不惑五十知天命，我在沉思，我既非是怀春少女，也不是钟情少年，怎么会对你有那般鹿撞胸怀的感觉，无法自拔？

人非草木，孰能无情？古往今来，多少有关情感的故事千古传唱，经久不衰，催人泪下。然而现实生活中，多少花前月下，山盟海誓又显得那么苍白无力和不堪一击，孰是孰非？

有关情与爱是一个千古流传的热门话题，无需例证，不外乎是母爱、情爱和友爱。最伟大的爱当属母爱，她是自发的无私的和不求回报的；情爱固然甜蜜，但其局限性与排他性以及生活中的现实与残酷，又使其浪漫色彩不再那么迷人而显得狭小；唯有友爱更显得博大精深与宽广。在人生旅途中，友爱犹如路边的一棵树，她能让你累了的时候靠一靠，又如黑夜里的一盏灯，迷途的时候她能指点方向，人生得一知己足矣。

关于同过生日之事，我以为，一个人的生日是其母难之日，母亲养育我们千辛万苦，这一点当我们今天为人父母已是深有体会，应及时向母亲尽孝才对，否则“子欲养而亲不待”，那时怎样的一种遗憾与无奈?！故而，在母亲健在时我们不要为自己过生日浪费太多的精力，那没有什么实际意义，你说呢？

此外，作为大姐，我不能不关心你的身体，要注意调理与保重，我与你相约2016 年 2 月 28。

你我都是共产党员，从小受到良好的教育，长大受到党的培养，别人东西不能要，别人树上的果子不能摘。那别人的感情呢？也不能要不能摘。要了摘了就是走私，“走私”是违背道德的是犯法的，情感“走私”是要不得的。

那天晚上，漫步桥下，微风吹来，十分惬意，感到少有的愉悦，但一想到那是“走私”，心中又充满罪恶感！

你是何其幸福！你学富五车，桃李满天下，慈祥的老母，争气的儿子，贤淑的巩姐，你还有什么不满足吗？

如果你执意要将你对大姐的情感用文字留下，请将称呼改用“萍姐”，那也代表巩萍。巩萍是位贤淑的不可多得的好女人，她是我们真正的大姐。要是她知道自己引以为豪的深爱的人心中有一个角落装有另一位大姐，那对她是怎样的一种伤害？所以，我要对你说：珍惜拥有的，善待巩萍，我将感到无限的欣慰。

有时晚上，电话两头两只猴子拙劣的表演，看似抚慰，实则是侵犯！面对善良的巩姐，我有一种揪心的痛。说实话，我真想再去桥下，但一想到愉悦之后的自责，我克制住了。我想，我们还是理智的好。

还要告诉你：大姐懂得你的心。

思绪万千，语无伦次，不要见笑。

祝你健康愉快！

your sister

2002 端午节

宋庆山读完来信，激情奔涌，心绪难平。手里拿着那封信，又深感自己的渺小甚至有点龌龊。李淑萍是对自己动了情，这情萌生心中，以信表情怀，可她情抒理明，良善自控，人品道德，令人钦敬。是啊，自己何其幸福！上有慈祥的老母，下有争气的儿子，内有贤淑的妻子，还有什么不满足呢？自己对李淑萍的感情超出了道德品行的框界，这是感情“走私”，这是感情出轨。要赶紧收束这份萌生的本能的自然人性的但是不应该有的情愫，并把这情愫化为纯洁健康的朋友间的友爱之情，甚至凝化升华为兄妹之情。

从那以后，宋庆山李淑萍虽然手机联系不断，但燃生的异性相吸的暧昧情愫与日淡退，可关心牵念的兄妹之情却与日俱增。二人不仅经常走动，两家也经常走动，巩萍与李淑萍，更是经常往来。只是李淑萍丈夫每次与宋庆山夫妇聚玩时都隐隐的给人一丝难以觉察的审视的怀疑的或是不自在不情愿的表情。宋庆山也没放在心上。

暑假时，宋庆山去暑假补习班做辅导老师，李淑萍说你这学期两次患病住院，放假了就趁机休息调养嘛，挣多少钱为多呀。宋庆山说家里老母亲生病等着用钱，自己两次生病把一年来的积蓄几近全都送给了医院，现在小儿子高考填报上海体育学院，估计可能要托关系走后门才能录取，不然他就会滑档到安徽师范大学了。李淑萍看着宋庆山老会，说我还是希望你不要这么累，身体重要，有困难我们一起想办法解决嘛。没过几天，李淑萍带来一个装满信封的钱给巩萍，让她带回家给母亲看病先用着。那巩萍怎么能收，说收了宋老师回来会骂她而且还会送回去的。李淑萍说这不就外气了吗？急用钱嘛就先用着，以后你有钱了再给我用。当天晚上宋庆山回家，巩萍拿着李淑萍装钱的信封给宋庆山说了这事。宋庆山对巩萍说，这钱不能要，你明天送回给她去。巩萍说李姐是真心实意的，这钱我退给不掉的。宋庆山说，退不掉你就去以李姐名义存了吧，我让他儿子把存折带给她就行了。可巩萍跑了几个银行，银行都跟巩萍要李淑萍身份证和她自己的身份证。她没有，银行不给她存。不能存，又退不掉，再坚持要退反而显得生分疏远了李淑萍的真情真义了。不得已，宋庆山只有留下这一笔钱了，这才拆开看那多少钱，一看两千元！

宋庆山用这两千元给母亲交了住院费，结清了医药费。又向亲友借了一万元，终于圆了他小儿子录取上海体育学院的心愿。但借的钱是要还的，还有马上要交的学费钱还没有凑齐。

李淑萍在宋庆山最为需要钱的时候又送来一万元，宋庆山这次没有推，认真地对李淑萍说，这钱算我借你的，我写个借条给你，日后有钱时我再还你。宋庆山把写好的借条递给李淑萍，李淑萍二话没说就收下叠握在手中。离去出门不远有个垃圾桶，李淑萍趁送她的宋庆山没注意，把那借条撕碎丢垃圾桶里去了。

那以后几个月，宋庆山手机不到月都被交上了话费。开始宋庆山还感到纳闷，后来想到一定是李淑萍帮他交的，就对李淑萍说，手机你送了，话费哪能让你交啊。李淑萍笑了，“看你说哪去了，我月月要交话费的，就顺便给你交了，你忙得白天没有一点空，黑天你也交不上话费的啊。”

暑假过后，不知道什么原因，东方国际学校突然搬迁到一个很远的地方。宋庆山打电话要李淑萍给他租辆小货车把自己床被和其他物品随学校搬过去。搬家那天，李淑萍安排的一辆小货车早早地来到宋庆山的住地。宋庆山看那车和人，车身上和人身制服上都有醒目的诚信玻璃字样。司机和随车装卸的那位工人，从楼上到楼下累得一身都是汗。宋庆山请他们歇歇喝喝茶凉凉汗再搬，可司机说今天货多，李老板还在公司急等他们送货呢。宋庆山一听李老板，就问，你说的是哪位李老板？司机说，你不知道啊？就是安排我们来给你搬家的李老板啊。宋庆山问，她不是在一个工厂打工的吗？司机和那位工人都笑起来，“看起来你不还不了解我们李老板啊！我们李老板低调谦和质朴，看着不起眼，她可是大老板呢！她家是我们合肥最大的玻璃供应商，仅租用的库房就一万多平方，车辆十几部，还有工人五十多呢。”

真是人不可貌相海水不可斗量啊。宋庆山做梦都没有想到李淑萍是经商的大老板，当然自己遵循人际相处三不问原则，也没有问过李淑萍的工作和事业。宋庆山想这李淑萍对自己真情厚谊和大方解囊相助，而她自己竟是那么的质朴低调和不事张扬，内心对李淑萍的感谢尊敬之情不禁油然而生。

东方国际学校的新校址离东华学院五十多公里，宋庆山一周要去东华学院上三个上午的课。为了不耽误下午东方国际学校的工作，每次中午的饭，宋庆山都要在从东华学院回东方国际学校穿城而过的公交车上吃。中午来不及休息，就是想休息也只能靠在座椅上打打盹而已。可以想象，身为东方国际学校副校长、班主任和带两个班语文的宋庆山，其时间之紧工作压力之大就可想而知了。他常常要工作到深夜才能睡觉，而每天天不亮就要赶到学校。他成了工作的机器，除了工作还是工作，连与夫人亲昵的时间都没有，每晚睡觉都是倒头便睡。而就在那期间，宋庆山夫人忽然有一天接到了一个陌生人打来的电话。

电话那头告诉巩萍：你家宋庆山勾引李淑萍，他与李淑萍电话频繁，关系暧昧，你管管你的男人！

巩萍听了丈二和尚摸不着头脑，而且感觉很好笑很破天荒，这是压根也不可能的事呀。宋庆山是什么人自己太了解丈夫了。宋庆山是与李姐电话频繁，但那多是交流她孩子的学习和说说家常话，有时自己也用宋庆山手机给李姐打电话，李姐有时也专门打宋庆山电话找自己说说话的，这怎么可能就是宋庆山勾引李淑萍了呢，自己的丈夫自己太清楚了。巩萍断然否定这不可能，问对方是谁，对方说不要问我是谁，过几天我拿证据去给你看。

半夜宋庆山到了家，巩萍告诉他接到匿名电话的事。宋庆山不以为意，说真是扯淡。巩萍善意提醒宋庆山，别说扯淡不扯淡，扯淡的事也会败坏人的名声的。还有你忙李姐也忙，以后少与李姐电话，避免闲言碎语，惹得一身气。

没过两天的晚上，李姐来了。巩萍很诧异，赶紧边搬板凳请李姐坐下，边心疼地埋怨李姐，“你怎么不打个电话过来我去接你呀，这大老远的。还没有吃饭吧？我来做饭，你先坐下歇会。”李姐坐下时，借着灯光，巩萍看到李姐的眼窝青紫紫的，半边的脸也肿肿的。巩萍看了好心疼，问李姐你这是？李姐说“我今天来就是对你说，你对宋老师说，我手机被我家老贾（李淑萍丈夫）那个不清头的拨弄夺去了。这段时间叫宋老师不要给我打电话，有事我来找他找你。我家不清头把我与宋老师通话记录全部打印出来了，硬说我和宋老师有不正当关系，把我打成这样。你要宋老师这段时间下班注意安全，能早来家会就早来家会，来家晚了你就辛苦去等他接他，防止我家那个不清头找宋老师事。老贾他没有文化，不嫌丑不知道嫌丢人，要是哪天他到学校找宋老师，抖搂这名声不好又无中生有的事，你要宋老师别见他，别生气。我这就得走，不然我回家晚了他又一口咬定我是找宋老师鬼混了，就又要打骂不休了。”说着李姐就出了门，巩萍怎么也留不住。

为了不分宋庆山的心和徒增宋庆山的心理负担，巩萍没有把这事告诉宋庆山，但却告诉了她的大儿子。宋庆山大儿子当即就天天晚上早回来去等父亲接父亲下班。一连几天，宋庆山感到很诧异，问儿子你怎么不在学校天天回来等我接我了？

儿子就把母亲对他说的事告诉了父亲。宋庆山这才感到事态严重危险。可他不怕，因为他坚信，为人不做亏心事半夜不怕鬼敲门。自己走得正行得端，也不怕李姐她先生老贾找上门来。何况，人都是要脸和名声的，老贾怎么会无中生有把屎盆子往自己头上扣呢。

宋庆山不怕是不怕，可李淑萍的丈夫老贾还真的带两个人找到学校去了。老贾先是找到学校校长，声泪俱下地说他是忠厚纯善的老实人，早就发现宋庆山勾引他老婆并与他老婆有不正当的两性关系。为了证明他说的是事实，他先是出示打印的三个月来宋庆山与李淑萍五页的通话记录，后是拿出李淑萍三个月给宋庆山交手机话费的收据发票，还证据确凿地拿出一个小笔记本，递给校长，说这就是宋庆山与李淑萍不正当关系的证据。校长翻看那笔记本，笔记本上面记着某月某天某时到某时，李淑萍到哪地方哪地方与宋庆山约会。校长问他你是怎么这么清楚他们约会的时间和地点的？老贾说，我先是尾随跟踪李淑萍，后来我就花两个月的钱请个狗仔专门跟踪盯梢李淑萍，并留下这些记录的。校长说，就凭你这些记录也证明不了宋校长勾引你夫人和与她有不正当关系呀？你看，你这些记录，时间不是周六就是周日，不是白天就是晚上七点到十点之间，地点不是在公园，就是在公路路边，或是在超市商店。你再看看，绝大多数还有宋校长夫人在场，他宋校长能在大庭广众的公共场合或是他夫人还在场的情况下去勾引你夫人并和她有不正当的两性关系？老贾说校长你要不信，你叫人去把宋庆山找来当面对质核证。校长说宋校长出差不在学校；就是他在学校，你这些证据也不能证明宋校长勾引你夫人和与你夫人有不正当关系。老贾一听，委屈受辱冤不得申般地哭着站了起来，指着校长，“你们官官相护，连事实你都不承认！我来时走宋庆山办公室过，看他在办公室里，你却说他出差不在！你在耍我打发我！我自己找宋庆山理论去！”

老贾带着他的两个人，直向宋庆山的办公室冲去。边冲边喊，“宋庆山！宋庆山你给我出来！你身为人类灵魂工程师，你作风恶劣，你道德败坏！你勾搂我老婆，和她有不正当关系！你不配做人民教师！你给我滚出学校去！”引得周边师生围着看。几个保安，上前抓住老贾，推推搡搡，把他推拥进了保卫处，通知了派出所，才把他带走。

老贾这么一闹，他就读宋庆山班的儿子贾宜端深感无脸见人，决然退学。老贾对儿子说，“你退什么学?！我就是要用这种方式让宋庆山名声扫地，让他抬不起头来无脸见人，把他赶出那个学校，出出我心里这口恶气。也敲敲你妈，让她以后除了我不许和任何男人有交往。”贾宜端忍无可忍，怒无可怒，顿首捶胸对他父亲说，“你是我父亲，你让我说你什么好！你怎么能用这种不知丢人现眼的无赖行为去抹黑对你忠贞不贰的母亲，你怎么能把屎盆子扣在我们敬爱的宋老师头上也扣在你自己的头上！你这么一闹的名声好听吗？你这样做是出了自己一口恶气，可你知道你这行为的严重影响和后果了吗？你要我妈妈往后脸往哪儿搁怎么做人，你让宋老师还怎么在那工作，你让我还怎么在那上学?!”

孩子的话还真的说中了，李淑萍忍气吞声又气郁填胸，窝在家里，恼得茶饭不进；可又放心不下宋庆山，觉得宋庆山被自己牵连受辱，内心十分歉疚，就写封信让她的妹妹送给宋庆山。信里李淑萍先请宋老师不要生气，为自己没有文化没有修养丈夫的不当行为向宋庆山道歉，为自己为了孩子走进宋老师以期使孩子得到老师格外关照的不纯动机而连累殃及宋老师道歉，并请求宋老师原谅他无知丈夫的行为。更重要的是她心疼焦虑儿子决然退学使她无计可施忧愁万分。儿子是她所有寄托与希望所在，他恳请宋老师不计此嫌，能来做做他儿子早日返校就读的工作，以解除和放下她最大的心病。

宋庆山被李淑萍护夫爱子的恳切和坦诚所感动。在安排六位学生两两分拨去做贾宜端返校就读不成以后，就亲自去找老贾，一是向老贾解释误会，一是希望共同规劝做好贾宜端返校就读工作。谁知老贾看到宋庆山来了，张口就骂："你不知廉耻，勾引有夫之妇，勾引学生母亲！你让我儿子蒙羞无脸在那读书！你宋庆山要是真想要我儿子早日回校读书，你就早日滚出学校！你不滚，我儿子去学校怎么面对你！"

这宋庆山找去不仅碰得个灰头灰脸，心里还就此落下阴影。回校后，心里挖着这件事。这下不是贾宜端返校不好面对他宋庆山了，是他宋庆山越来越不好面对他任教班级同学们的面孔和学校的舆论了。虽然没有任何同学怀疑宋庆山的人品道德，依然尊敬他，认真地一如既往地专心听他宋老师的课，可他宋庆山站在讲台上，眼里看着看着课堂里认真听他讲课的同学们的眼睛，好像都以异样的眼光审视他宋老师是不是勾引了贾宜端母亲似的；下课他走在校园里，一看到有老师或同学们在指点、私语，就好像是指点他私语他勾引学生家长似的。老贾扣的屎盆子太臭了，臭熏得他宋庆山抬不起头来了，以致出现了这些心理幻觉。宋庆山背负的心理压力越来越大了。他也曾想解释和澄清过，可他深知，这等桃色新闻，不解释还好，恐怕越是解释越是澄清就越是变成真的了。

宋庆山郁结得无以抒吐宣泄。周日，趁他夫人去亲戚家里，就脱掉外衣蒙头大睡。也不知睡了多久，就听门咚咚响起，宋庆山以为她夫人回来了，起身去开门，一看是神色慌张的李淑萍。李淑萍看他没穿衣服知道他是在睡觉，就说你赶快上床躺着。今天我和老贾来这边办事，有笔款项存疑，老贾叫我到银行查对账单，我就借机来看看你。你还好吧？我马上就走，别老贾盯梢跟过来。

宋庆山赶紧拿衣服穿，可衣服还没有拿起来，门又咚咚地响了。宋庆山说你开门，可能是巩萍回来了。李淑萍惊恐无措，又不得不去开门。谁知这门一开，拍拍！拍拍！一个人正端着相机抓拍她和宋庆山。说时迟那时快，一个人影也旋了进来，一把抓住宋庆山，"我看你今天还怎么狡赖！"众人看时，这不是别人，正是李淑萍的丈夫老贾。也真是活该他宋庆山说不清道不明，他夫人心疼宋庆山，到了亲戚家办完事就折回来陪丈夫，谁知还没进家门，就看到家中发生的这一幕了。这时门里在吵叫，门外又有好多人聚围过来看热闹。巩萍一看什么都明白了。这时她忽然看见一个手端相机还在那拍照的人，上去一把夺下那相机，狠狠地摔在地上，“我叫你拍，我叫你拍！”又愤怒地连踹那相机几脚，“你这些卑鄙龌龊的家伙！亏你们能想出这下三烂的手段！”巩萍冲到老贾和宋庆山面前，“你都给我松手！今天我们都在，把话讲个清楚明白！”

这能讲清楚明白吗？李淑萍理亏似地从人缝中溜走。老贾好不容易被人拉走劝离。宋庆山穿好衣服，坐在板凳上憋得脸青紫。巩萍望着宋庆山，“你还真干了这丢人现眼的事?!”

“我就干了这丢人现眼的事！”宋庆山冤屈无处诉，郁闷无处解，怒火无处发，径自摔门而出。看看天，路灯不知什么时候都亮起来了。

女人可能都是敏感的，这巩萍也不例外。虽然耳听为虚，可今天的亲眼所见，难道不是事实？可这事实又很让她生疑。说是事实吧，怎么李姐头发整齐衣服整整规规？说这不是事实吧，怎么老贾楸抓着的自己丈夫只穿内衣？还是李姐来了自己丈夫没有来得及穿衣服就被跟踪的老贾撞了进来？还是李姐来了，自己丈夫把持不住自己，脱衣张怀还没有来得及做那龌龊事就被老贾撞了进来？还是？还是？还是……他巩萍还是了半天还是确不准哪个是事实。但不管哪个是事实，有一个事实应该确定，那就是自己丈夫与李淑萍不注意影响的行为产生了不应有的影响了。

这个行为要检点，不能任其再发展，自己要找丈夫好好谈谈，要找李姐好好谈谈，要找老贾好好谈谈。巩萍决意拟定，忽然看看墙上的挂钟，时针正指向十二点。她这才发现丈夫没有回来，这才想起丈夫没有吃饭。她火速出去寻找丈夫。她出了门，又折回来，倒上一杯温开水，拿上一盒没有开封的饼干，好给肯定又喝又饿的丈夫吃喝，压根儿没有想到她自己这时也还没有吃晚上饭……

这里不说李淑萍回去后老贾咬定她上了宋庆山的床，李淑萍没法解释又有口难辩，只能愤怒地说“你说我上了宋庆山床我就上了宋庆山的床了！”也不说老贾抓住李淑萍这句话，坐实了他怀疑中的李淑萍与宋庆山确实发生了两性关系，恼恨宋庆山给他戴了抬不起头来的绿帽子，盘算着如何去把宋庆山给狠狠地打一顿好出这口占妻之恨。更不说老贾找律师准备起诉与李淑萍离婚的事。只说宋庆山走在深夜里，也不知走了多久走了多远走到了什么地方，忽然清醒过来，忽然意识到天快亮了，到了要去学校上班的时间了。他赶紧定过神来，招手出租车，直接赶到学校去。到了学校大门外，车子还没有停稳，他就看到巩萍和校长与几个保安了。校长一见宋庆山下了车，就对巩萍说嫂子你回去吧，宋校长回来了，没事了。宋庆山什么都明白了，心里直埋怨夫人：你怎么找到学校找到校长和保安找我呢。

这个学校宋庆山是没法继续待下去了。因为第三天就有两个人在学校大门口逢人就塞一张传单，传单上写宋庆山勾引学生母亲在床上被抓个正着，吓得一夜未归。

淹死人的舆论，繁重的工作，使宋庆山身心交瘁，再这样下去，他又要倒下去了。老母还在，妻儿要养，租房居住，没有定所，自己不能倒下啊。万般无奈，宋庆山决计辞职，搬家，搬到一个别人都不知道的地方，专心做东华学院的教师。可他决定辞职的心是多么痛啊，不是辞去这份工作收入锐减大半让他心痛，也不是他辞职还背负品德败坏的名声让他心痛，而是他对学生的那份难以割舍不忍离别的深情让他心痛。他辞职进班向同学们告别时，嘴唇翕动，说不出一句话来；他强忍泪水，目光看尽全班每一个同学的脸，最后只能挥手蓦然转身与同学们作别。同学们全体起立向他敬礼，没有欢送的掌声，只有深情注视老师离去的目光和眷恋老师的无言泪水。那目光是同学们对老师辛勤付出的感谢和祝福，那泪水是同学们对老师被迫无奈辞职离去的理解与安慰啊。

真是树欲静而风不止。宋庆山本以辞职搬家躲开老贾消弭是非，不想老贾那报复宋庆山的怨恨没有消。他到东方国际学校那边堵宋庆山几次都没有堵到，询问得知宋庆山辞职离去但不知他搬到哪里了。后来不知道从哪儿听说宋庆山在东华学院了，就谋划去东华学院找领导，找宋庆山，找人狠揍他宋庆山一顿，直到把宋庆山赶出东华学院，甚至赶出合肥为止。李淑萍知道了这件事，估摸难以制止老贾的行为，就赶紧找到宋庆山，要宋庆山小心回避，注意安全。宋庆山很是感动，“你李姐因为我，家都到这地步了，还这样关心我为我着想。”

宋庆山回家把李淑萍找他说的事告诉了巩萍。巩萍心想这件事总要有个了断才是。可怎么了断呢？息事宁人最好。巩萍左思右想，认为还是自己亲自出面，带上礼物，与老贾沟通为好。这样算是赔礼道歉，也许能释误会前嫌，也许能使李姐不再受老贾的虐待折磨，也许丈夫能平安安心工作。

巩萍询问李淑萍这事是否可行，李淑萍说要不你来家坐坐，找老贾谈谈，也许有点效果。

在约好的一天傍晚，巩萍带着贵重的礼物，去了李淑萍家里。老贾正阴沉着脸坐在李淑萍的对面等着巩萍的到来。

李姐请巩萍坐下。巩萍没有坐，站着向老贾深深鞠了一躬，“以前不怪贾先生，这也是宋老师和李姐心无芥蒂不知道节制检点自己的行为才引起了你的误会。我理解你，也不怪你。就说那天你在我家看到宋老师和李姐的那一幕，那不是你想象的事实。你想想，今天李姐也在，要是李姐真与宋老师干了那事，难道李姐能不脱衣服还能把衣服穿得整整齐齐的呢？都是事出有因，都过去了，都让他过去吧。宋老师也依你说的辞职离开了那个学校，今天我来就是专门给你道歉……”老贾还没有等巩萍把话说完，站起来翻开看了看巩萍带来的礼物，对巩萍说：“看在你今天带来礼物的面子上，我可以退一步。”说着就来把巩萍往屋里间里拽。李淑萍见状，陡然站起来，一边怒吼老贾“你干什么！”一边推拽巩萍叫她快走。巩萍抡起巴掌，用尽全身力气，照准老贾的脸就狠狠地扇了过去，直扇得老贾捂脸暴跳，脸上顿时暴起几道手指痕。“你这个无耻的畜生，是我瞎了眼误把你当作个人！”巩萍一边打一边骂，一边拎起板凳，狠狠地向老贾砸下。说时迟那时快，李淑萍见状，一胳膊挡开板凳，一手推了老贾一个踉跄。老贾躲过了这一板凳，李淑萍却胳膊负了伤。李淑萍顾不了伤痛，一边骂老贾不是人，一边推巩萍快出门。巩萍站在门外，破口大骂“你姓贾的不是人！是畜生，李姐和我家宋老师人格高尚，正常交往，不像你这么卑鄙！小肚鸡肠。我明天就去你单位，把你今天丑事让全天下人都知道！以后我要再知道你去找我男人事，看我不找人弄死你！我家老宋以后要有个三长两短，看我不来抄了你的家！”那老贾在屋里一声不吭也不出来。这巩萍直骂到天都黑透了，才悻悻地回家去。

人说鬼怕恶人，这话还真说着了。巩萍这一顿打加上这一顿骂，还真打骂得相安无事了。不仅吓阻了老贾从那以后再也没有找宋庆山的麻烦，而且还促和了老贾与夫人李淑萍的夫妻关系，老贾撤回了要与李淑萍的离婚诉讼，还给李淑萍磕了头赔了礼道了歉，李淑萍也理解原谅了老贾的行为，夫妇携挽，像以前一样投入生意经营中去了。

宋庆山全身心地投入大学语文的教学教研中去了，他感到从来没有过的轻松和愉快。可学院发出通知，三年内学历不达标的教师，都要调整工作岗位。他宋庆山是大专学历，却教着专科和本科的学生，这是典型的小牛拉大车。怎么办？进修学习去！

宋庆山主意一定，就去查询筛选进修院校，有网上自学本科的，也有在职读研的，但读研的前提条件是要具有本科学历才行。2003 年 1 月，宋庆山填报北京师范大学网络教育学院的汉语言文学（本科）专业，同时要求兼带了学院专科的现代汉语课。这宋庆山一边读本科一边教专科一边潜心研究现代汉语知识体系，一边借鉴和吸收现代汉语最新定性的教学科研成果于自己的教学研究中去。结果，到 2005 年 1 月，宋庆山不仅修完本科现代汉语的全部课程，取得了本科学历，还把自己的教学讲稿编辑成 40 余万字的《应用汉语》教材。这部教材几经修订出版，成为东华学院建校以来由本校教师以东华学院名义出版的第一部大学教材。学院为此专门召开了教材出版发布会，庆祝这部教材的出版，表彰鼓励宋庆山为东华学院教学科研和教材建设做出的重大贡献。这部教材一经问世，就受到省内外广大师生和专家学者的好评，被汉语言类专业选作基础课教材，连续再版五次，发行十万余册。2008 年还被华夏省审定为高等院校“十一五”规划教材。

宋庆山出名了，出名了也就摊上事了。宋庆山所在县教委负责人事的教委副主任，听说宋庆山在外名利双收，就想捞他一把。于是他不顾全县教育口从领导岗位上退下来做了调研员督导员都不上班的事实，以教委的名义找到宋庆山所在单位的校长彭严谨，要彭校长口头通知教委处分宋庆山的决定。处分宋庆山的理由冠冕堂皇：宋庆山年富力强就不在本单位上班而在外地上班赚取外快，这是在编不在岗，按惯例一要追缴宋庆山几年所领工资，二是限令他回原单位上班，不回去上班就除名。

彭校长打电话通知了宋庆山。宋庆山问彭校长这事怎么办。彭校长说“怎么办？你不知道他是教委的黑心贪官？”

宋庆山犯愁了。从 2002 年自己生病到现在，母亲生病去世，两个儿子上大学，再加上人情来往，要不是拿了双份工资，再加上那一次性稿酬，自己连原先借李淑萍的一万元也还不上的。现在上哪弄这五年工资交罚款？亲戚朋友能借些，可也借不够这五年工资三万多元呐。左思右想一筹莫展。巩萍说，要不给李姐说说，看看她可能有钱借些呢？

宋庆山沉思半晌，先是摇头，心想怎么还能跟李姐张口借钱呢？

原来 2003 年春天，宋庆山想参股华夏教育咨询管理有限公司，投资民办中专教育，可自己拿不出十万元的投资入股费。他与李淑萍说了这事。李淑萍歉疚地说：“你因为我辞去了高中的工作，收入锐减，家里到处又都是要花钱的地方。你看这样可好，我以你的名义投资这十万元，本金是我的，投资盈利是你的，权且算我对你辞职高中的经济补偿。”宋庆山说：“那怎么行呢，不仅本金是你的，收益也是你的。”李淑萍看宋庆山态度坚决，就说：“这样吧，我以钱投资，你以智投入，以后要是有利润，我与你五五分成就是了。”宋庆山说：“好，但要是亏了，你我也各承担一半的损失，否则，我宁愿不投资参股了。”李淑萍说“好好，就依你说的。”

宋庆山用李淑萍的钱做了华夏教育咨询管理有限公司的股东。公司投入大量的人力物力财力去租赁学校，去做招生宣传，去招聘培训教职工。正在他们全力投入招生运作时，一场突如其来的空前 SARS，隔阻了几乎全国的人员流动。等到秋季开学，华夏教育咨询管理有限公司也没有招到二十名学生，原本切实可行的招生计划全部落空，公司所有的投资全部付诸东流，宋庆山借用李淑萍投资入股办学的十万元钱自然全部打了水漂。后来宋庆山多方筹借五万元去还李淑萍，李淑萍说：“投资是我愿意的，我也是想赚的。生意嘛，有赚有赔很正常，我不后悔。至于约定的损失你一半我一半，你的那一半权当我送你了，你赶紧去把借的钱还给人。”李淑萍坚决拒收了那笔钱。现在他宋庆山又遇到了这难处，可怎么再向李淑萍说这事和张这口借钱呢。

巩萍也在想办法，可总是找不到借钱的路。就背着宋庆山去找到李淑萍说了这件事。李淑萍思考良久，说我们共同想办法，要巩萍先回去等消息。

没过几天，李淑萍来了。来时还拿来一封信和一万元钱交给了宋庆山，要宋庆山回去把这信和钱送给那个教委副主任。并交代宋庆山说："你给他钱时，不要说钱是给他的，就说请他帮你通融一下有关方面，买烟请吃饭都要花钱，就拜托他了。"宋庆山问信是谁写的？李淑萍说这个嘛你先别问，回来我再告诉你。宋庆山按李淑萍说的，带着信和钱回去，在一个星期天去了那教委副主任的家。先递上信，那副主任拆开看了，顿时亲和起来，对宋庆山说："你看你还劳烦我老领导张副厅长给我写信。你我都是老同事，能照顾肯定得照顾的。只是你们单位有人反映你在编不在岗，我也是身在其位不得不查啊。"宋庆山这时递上一个厚厚的信封，说"这是一万元，我不是给你的，是请你帮我请请有关人员，尽量帮我摆平这件事啊。欠情之处容日再谢你。"那副主任把装钱的信封紧紧地拿在手里，口里说"这用不着，用不着，我一定尽力做做有关人员工作，只要他们不再反映，我这就可以不再追究，你就可以免于处分啦。"

宋庆山办妥这事回来，李淑萍这才对他说，"这个省教育厅张副厅长是我的高中同学，她曾到你县挂职副县长分管文教卫工作。我去问她你那个教委副主任她可认识可有关系，她说认识，还是经她手提拔的呢。我就把你的事托了她，她就给我写了那封信叫你拿着去找那副主任的。"李淑萍对宋庆山说："不管怎么说，你几年没上班这实质就是在编不在岗。长期不上班吃空饷最终不是事，你还是经常去单位转转给人上班的印象好。最好要点无关轻重你去与不去都行的挂名工作，这样以后你即便再被查起来，也有个托词与交代。"宋庆山心想也是，于是就给彭严谨说了这想法。彭严谨说，安排什么工作？调研就是你的工作，你就每个学期给学校写个有关教学教研和学校管理等方面的调研报告，也算你履行了你调研员的岗位职责了。你要是感觉这还不好交代，你就干脆每学期给我和教导主任都发条要求代课的信息，我拿到校委会研究讨论，以你是老领导又是调研员全县都没有安排教学工作的先例为由，形成不安排你教学工作的校委会决议。这样以后再要有人反映和查你在编不在岗，你和我不就都有理由回应解释了吗？宋庆山感觉这很好，不仅按彭严谨说的去做了，还把每年每学期要求学校安排教学工作的短信留存在手机里，以备有人找茬核查，防备再被追究和处分。这还真起了作用，这是后话，以后再说。

前面说到，东华学院要求带专科至少得具有本科学历，带本科至少得具有研究生学历。宋庆山急于想读在职研究生，可一打听，在职研究生一年要八千元学费，这钱他是实在拿不出了。又是那个李淑萍，知道了，笑对宋庆山说，我做好事做到底算了，你去读在职研究生吧，这钱我出啦。就这样，在李淑萍的资助下，宋庆山读了两年在职研究生，拿到了研究生学历，还取得了高等院校教师资格证书，成了一名真正合格的大学老师了。

那时李淑萍家生意做得风生水起。老贾主内，李淑萍主外，钱赚得盆满钵满。不仅用两个亿全资买了五十多亩地盖了自己的厂房，还拿出五十万给他们夫妇双方九个兄弟姊妹人人在市里买了一套三室两厅两卫一厨的 143 平方米的商品房。

李淑萍有钱不忘宋庆山，还始终认为是因为自己宋庆山才被迫辞去东方国际学校工作一年少收入四万多元的，所以她一直要用经济补偿宋庆山。她买送兄弟姊妹这些房子时就多买过一套要送给宋庆山的，但宋庆山打死也不要。宋庆山认为他欠李淑萍的太多，李淑萍认为她给宋庆山造成的损失太大。李淑萍找到宋庆山说，你我同年同月同日生，异性结缘，确实难得。我现在比你富有，你却靠租房居住，我心多不忍。你不要我送你的房子，我理解。你看这样可好，我借十万元给你，你自己买套房子，等你将来有钱了你再还我。不是我有钱非要借给你，是现在房子年年涨钱厉害，我不能眼看着你挣的钱远不够房子涨价不够买房子的。我现在有这十万无这十万不影响生意和生活，你现在借我十万块钱你就拥有了你一套房子，就居有定所了。你现在大儿子即将毕业，找对象也要有房子啊。

宋庆山眼噙泪花，接受了李淑萍的真心实意，用借下李淑萍的十万元钱去选房子。开始感觉房子贵，想等房子掉些钱再买，谁知一等三个月，房价上涨了 150 元每平方米；半年一过，房价涨了 1000 元每平方米。宋庆山不能不买了，结果用原本能买到 140 多平方米的钱只买了个 100 平方米的房子。

宋庆山有了自己的房子，儿子也处了对象。儿子对象是宋庆山的同事小田。小田原本不知道她处的对象父亲是宋庆山，宋庆山也原本不知道小田是儿子处着的对象。他们在同一个系，而且都带中文专业的课。宋庆山很喜欢这个秀外慧中的小田，很想把她介绍给自己的儿子，就在一个有意安排请几位年轻女同事吃饭的饭局上，电话叫巩萍过去陪姑娘们吃饭。巩萍说儿子回家了，要做饭给儿子吃。姑娘们早都知道宋庆山有个读科大的儿子，也都想见见看看，于是都喊“阿姨你就过来一块吃饭呀，把帅哥也请过来啊。”就这样，巩萍和大儿子就都过来吃饭啦。

他们一到，小田就愣住了，原来自己处的对象是宋老师的儿子！小田顿时拘谨起来了，但宋庆山儿子知道小田与老爸同在一个系，只是没有对小田说起过，现在看到小田那么拘谨起来，就笑着对父母说：“爸妈。这是我处的对象小田。”宋庆山喜出望外，在桌的老师们都一下高兴起来，把小田和宋老师儿子拥在一起，齐声说你们真会保密呀，原来宋老师是在为你们举行订婚宴呀，也不早给我们喜糖吃。

这小田从此不叫宋老师了，同事们与小田说到宋老师都是你家老爷子。老爷子也更加有老爷子的慈爱了，家里要是做什么好吃的，都叫小田去家吃饭。教学业务上，老爷子也更多给小田一些指导帮助了。小田也主动分担老爷子的一些教研课题，为老爷子查找资料，打印材料，像学生对老师更像媳妇对公公那样敬爱老爷子了。

可不知道为什么，才过了几个月，小田慢慢疏远起老爷子来，老爷子的家小田也不去了。老爷子很纳闷，又不好问小田缘由，想找儿子问问，可儿子一直出差不在家。忽然有一天下午，小田打电话给老爷子，说一会来家。老爷子很高兴，叫夫人洗茶壶泡茶叶，等小田。可等来的不是小田一人，是除了小田还有四个和自己年龄差不多大的中年男女。老爷子让座倒茶，说小田，有亲戚朋友来家也不早说声，你看我和你姨一点待客的准备都没有。忽然一位稍大些的女士说了话，不要准备了，我们来是问问你，你和我们小田一个单位，我们小田是不是位好姑娘？宋庆山丈二和尚摸不着头，惊诧地望着小田和他们，“小田是位好姑娘啊，我也没说过小田不是好姑娘啊？你问这话怎么讲啊？”另一位女士张口说：“既然小田是好姑娘，那你为什么还支持你儿子一边抓着小田不放还一边与别的女孩子谈恋爱呢？”一位先生可能感觉这兴师问罪似的话语和气氛不好，就舒缓着语气开了口，“老哥，看你也像有素质修养的人，你儿子这种行为你怎么就不管管呢？”宋庆山越听越离谱，一边说“你叫我管儿子什么呢？我什么都不知道啊，这段时间小田不来家，我和她姨还整天纳闷不知怎么回事呢。”一边问小田“你们俩怎么回事？这几位是？”还没有等小田回答，没有说话的那位先生指着第一个说话的女士说话了，“这是小田的婶母，我是小田的叔叔。这两位是小田同学的父母。我们不满这么好的孩子被你支持的儿子戏耍玩弄。既然有了别的女孩子就不要再纠缠霸占我侄女了。今天我们来就是要你通知你儿子，离我侄女越远越好，别再纠缠生出事来！”说着，他们起身愤然离去，出门时小田还把给她的家门钥匙摔给了宋庆山。

这之后，儿子回家，父亲问他与小田到底是怎么回事，儿子说怎么回事就怎么回事，你要知道怎么回事就怎么回事了吗？他们说你支持我一边抓着小田不放还一边与别的女孩子谈恋，你是知道这事还是支持我了吗？

宋庆山恍然大悟，原来小田与儿子是误会了。他要儿子去解小田疑惑成见，儿子不去；他想找小田解释，可小田不给他解释的机会。就这样他们僵扭误解，小田和儿子终于怨怒而散。这下系里同事都知道小田失恋了。小田面对宋庆山承受不了羞赧，更感觉没有面子没脸见人。她情绪低沉，心情糟透，她找到领导提出要辞职了。

小田辞职虽事出有因可也突然，宋庆山寝食不安。现在研究生多的是，一个教师岗位常常有十几个甚至二三十个研究生来应聘竞争啊。这姑娘虽然与儿子恋爱未成又误会了自己，可她因为情绪面子辞了这份工作以后就很难再谋到这份适宜她的工作了啊。难道眼睁睁地看着小田辞职离去？可不看着她辞职离去自己又能怎么办呢？

宋庆山忧虑纠结了好几天，在夫人和儿子的支持下终于做出一个决定：自己辞职，让小田在这里有尊严有面子地保有这份工作和生活。宋庆山相信，凭着自己的知识能力，凭着自己的教学水平，自己是一定能找到一份收入丰厚的满意的工作的。

宋庆山在感谢领导挽留和同事一片唏嘘声中决然辞去他热爱的成就他学业学术成就和名声的东华学院的工作，在互联网上面向高中和大学发布了他的求职信息。说来真顺，宋庆山求职信息发布才一个星期，就收到九所民办高中和三所民办大学向他发来的面试通知书。宋庆山就去安外学院面试，凭着他在东华学院的任教经历和出版的《应用汉语》教材，连试讲都免了，当即就被安外学院签聘为汉语教师。宋庆山心想，以前自己身兼两职，在大学和高中任职，现在也再去一所高中看看去。经过比较和筛选，他去参加了双峰高级中学执行校长的面试。那天面试他的人是双峰高级中学的投资人求实集团的老板老王王茂国和他的儿子小王王耀祖。老王和小王特别看重宋庆山在中学任职和大学任职的经历。三人一见如故，倾心交谈，并热情邀请并款待宋庆山在双峰考察调研，请他提出学校的发展构想或思考，再做进一步探讨。

宋庆山在双峰考察两天。临走，书面留给老王和小王一封信。信中写道：

铸双峰品牌，造精品学校

——对“双峰高中”发展的思考

尊敬的王老并致小王先生：

感谢你们提供各种方便并安排我在双峰这两天的学习！有关人员陪我参观了学校场地，查看了教职工构成、生源和在校生状况表簿册，介绍了学校教育教学管理、办学理念和近中长期规划以及财务收支等方面的情况，我很感谢你们对我的坦诚与信任。双峰中学在你们的精心培育、管理下，已经发展成为合肥一个知名的品牌，内部管理也相对完善，使我感到双峰教育发展大有潜力和所为。

但我也有一些不成熟的思考，如何贯彻落实你们的办学理念，保证双峰得以科学的、可持续的发展，应该是重中之重。我认为今后：

一要强化双峰中学教学质量，严格内部规章及制度管理，将“双峰教育”打造为精品品牌。

1. 根据学校的现状，修订完善规章制度；根据学校现有的岗位，制定具体的岗位职责；使学校的各项工作符合规章制度的规定，使全体教职工履行岗位职责，使学生的行为符合中小学学生行为规范的准则。

2. 组建一支具有师范本科学历、教学效果良好、爱岗敬业的稳定的教职工队伍。

3. 内强素质，外树形象，向教学要成绩。

4. 创造条件，争取上级支持，协调周边关系，谋求学校生存、发展的良好环境，努力争取双峰高中被立项为西城区精品学校。

5. 现在学校的理念很好，关键是要用好这个理念导引教职工的道德行为和思想意识，形成双峰形象品牌。

二要将现代化的教育企业管理模式引入双峰的教学管理中去，促进双峰更好更快地发展。

1. 目标：使双峰成为西城区精品学校，走科学、可持续发展之路。

2. 为此建议你们把产权、监督权、管理权三权分立，依现代教育企业管理制度，以产权和监督权制约管理权，设立学校董事会和执行委员会（“执委会”）。董事长是双峰学校的法人和产权的拥有者，学校董事会规划双峰学校的发展方向，依据客观实际向执委会下达学校招生指标和利润指标，提出教学质量的总要求，聘任执行校长并监督执委会的工作。

3. 执委会贯彻落实学校董事会的发展规划决议，围绕学校董事会下达的招生任务、提出的教学质量要求和利润指标展开工作。

4. 执委会实施“执行校长负责制”制度。

三要待遇留人和情感留人，打造一支专业、忠诚、具有高效执行力的教职工团队。

打造一支具有高效执行力的团队，需要让员工分享您们企业和学校发展壮大过程中的利润成果。按国家要求，给全体教职工交五险一金，解除教职工身无所系老无所养的后顾之忧。用待遇留人，在辅以情感事业留人，双峰发展前途光明矣。

王老对宋庆山提出的产权、监督权、管理权三权分立依现代教育企业管理制度，以产权和监督权制约管理权的观点很是赞同，对用待遇留人再辅以情感留人和事业留人的建议也深表赞同，就电约宋庆山，自己将登门拜访，具体听听宋庆山对执行校长的学校管理、任期内目标、实现目标的措施和具体工作安排的设想与意见。

在一个太空雪乱飘改尽山河旧的上午，王老驱车四十公里整整走了四个小时来访宋庆山。宋庆山握着七十高岭王老的手说，我怎么当得了您效仿刘玄德拜访诸葛孔明这样的大礼啊。王老很开心，说若能求翘楚，三顾也心甘呐。二人把酒畅言，宋庆山拿出了自己以下的方案给王老过目。

一、学校管理

（一）原则

在法人领导下，成立校务委员会，实行民主决策、集体领导、执行校长负责制。

（二）职、级设置

校长1人，副校长2人，党支部书记1人，校长办公室主任1人，教务、总务、政教主任共3人，教务员2人，工会主席1人，团总支书记1人，校警3人，主管会计1人，出纳会计1人。另设年级组长3人、教研组长若干人，班主任、教师和其他职工人数视实际需要参考班生比配置。

（三）管理模式

1. 法人任免执行校长，监督执行校长工作，审计学校财务。重大决策和工作由执行校长书面报法人审查批准后执行。

2. 执行校长向法人负责，主持学校的工作，有除支部书记以外的人事任免权和使用权，有确定全体教职工的资薪、奖惩权，有财务审查签批权（不经执行校长签字的财务票据无效），有随时安排、检查、监督、指导学校和全体教职工在校内工作的权力。

3. 教学工作：成立教学工作领导小组。责任人是执行校长，主管人是教务主任，执行人是年级组长、教研组长、科任教师。其他职能部门和职工协助。

4. 政教工作：成立政教工作小组。责任人是执行校长，主管人是政教主任，执行人是党、团、工会领导，校警、班主任。年级组长，科任教师、其他职能部门和职工协助。

5. 资产财务工作：成立资产财务工作小组。责任人是执行校长，主管人是总务主任，执行人是主办会计和出纳会计，审计人是理财小组和董事会。原有资产物品都要登记造册，购置物品，必须在执行校长同意后方可购买，账务单据必须执行校长审查签字后才能生效入账。有关职能部门、班主任、年级组长、科任教师和其他职工协助。

6. 安全保卫工作：成立安全保卫工作领导小组。责任人是执行校长，主管人是政教主任和总务主任，执行人是校警、门卫、宿管、班主任，实行全员参与，分组值班。严格实行交接班记录制度，实行责任追究制。

7. 学生管理工作：成立学生工作领导小组。责任人是执行校长，主管人是政教主任，执行人是团总支书记，班主任、校警、门卫、宿管。其他职能部门和教职工协助。

二、目标

1. 三年以内建立一支符合国家规定的高中任职条件的教职工队伍。

2. 用三至四年时间使双峰高中通过市级重点高中的评估验收，把双峰高中建成合肥西城区的精品学校。

3. 三年后在校生人数不少于1500人，在现有学生收费5000元/年的基础上，实现年盈利不低于200万元。

4. 以2008年升学率作基础，以后每年升学率递增20%左右，到2010年升学率至少达到合肥市平均的升学率标准。

5. 让全校职工享受双峰高中的发展成果，逐步增加全体教职工的工资待遇，最终使在校职工达到甚至超过合肥市公办教师的资薪待遇。

三、主要措施

1. 遵循教育规律，依据双峰高中的客观实际，借鉴、吸收现代教育企业管理模式和制度，以产权和监督权制约管理权，实行执行校长人、财、物责任制。

2. 坚决贯彻执行党和国家的教育方针，政策和法令，执行上级党委、教育行政部门的决定，依照学校董事会确立的发展方向和办学理念，带领全体教职工，开展各项工作，实现任期目标。

3. 内强教职工教育教学素质，外树双峰高中良好品牌形象，以良好形象吸纳生员；同时加大招生力度，扩大学校规模和在校生人数；加强对学生的教育和管理，向高校输送尽可能多的高材生。以优秀的教育教学质量通过合肥市重点中学的评估和验收。

4. 现有教职工是学校生存发展的中坚力量，都有做好工作的强烈愿望。本人将紧紧依靠现有教职工，不辞退不符合高中任职条件的现有教职工，但将作必要的岗位调整，对现有不符合高中任职条件的教职工进行培训，安排他们参加继续教育，三年内努力使他们成为符合国家规定的高中教职工的任职条件；对经过培训还达不到高中教职工任职条件而又不能严格要求自己、工作不力、绩效低差的人员进行调岗或解聘。从现在开始，非四年制本科师范类教师莫进。务必建立一支思想品德优良、热爱教育事业而又业务过硬的教师队伍和一支具有高效执行力的管理团队。

5. 加强教育教学管理，制定并执行切实可行的各种规章制度，规范工作流程，强化教育教学纪律，以教学教研为中心，加大督导、检查力度，及时总结评比，奖优惩劣，弘扬正气，使各项工作走上规范化、制度化、高效化的管理轨道。把教师的常规工作、月考成绩、学生评教、工作态度、思想品德、教研成果、教育局划定的升学率指标作为考核教师绩效的依据，并以此计发教师的绩效工资。

6. 加大招生力度，确保招生的数量和质量。学生入学后，强化班级管理，严格控制学生流失，确保年流失率在6%以内。把班级的常规工作、文明程度、学生的文化课成绩、流失率、恶性事故、室宿卫生纪律、费用收缴等作为考核计发班主任绩效工资的重要依据。

7. 加强学校资产管理，严明财务纪律。开源节流，减耗增效。

8. 重大决策和工作，实行民主集中制后的董事会审批决定制，坚决贯彻执行董事会的工作安排并在董事会的监督、指导下开展工作。

9. 学校各项工作，一律实行逐级管理、依程序办事和责任追究制。

10. 贯彻落实劳动合同法，与全体教职工签订劳动合同，使全体教职工都充分享受劳动合同法赋予的权利和义务。参照事业单位工资标准，制定学校新的工资结构，执行新的资薪标准，努力使全体教职工的资薪待遇达到甚至超过合肥公办高中的资薪标准，使我校全体教职工学有所教、劳有所得、病有所医、老有所养、住有所居。

四、近期工作安排和几项规定

依据在贵校考察所得和贵校目前实际，本人认为：

1. 原班领导层一个不动。张继宏继续任教务处主任，协助执行校长，全面负责学校的教学工作；李勇仍任政教处主任，协助执行校长全面负责教职工的思想政治工作、共青团工作、班主任和学生工作、安全保卫工作、宿管卫生等工作；董甫州仍任总务处主任，协助执行校长全面负责学校资产管理、校舍修建、食堂管理，确保学校水电畅通，保证教育教学的物资采购与供应等工作；杨荣仍任招生办公室主任，负责招生工作。财务处划归执行校长管理，校车管理与调度权收归校长办公室。

聘请华斌为高三年级组主任，秦继华为高二年级组主任，王连宇为高一年级组主任，全面协助教务处、总务处、政教处、财务处等处室工作；各年级组教务员协助年级主任工作。

2. 从2008年3月1日起高中部年级主任、班主任每月各增加100元，教师每人每月各增加50元，非教师系列职工每人每月各增加30元。原有工资待遇不动。以上决定执行至今年8月31日结束，而后执行新的工资标准。

3. 凡涉及教学方面的，一律归教务处主任负责，报执行校长批准后执行。年级主任协助教务处执行对教师备课、上课、作业布置与批改的检查考评制度，执行对高一、二年级实行月考和开展学生评教制度，以此评定教师的工作态度和工作绩效。教务处要加大常规教学的管理、检查、评定力度，及时发现问题，及时安排和解决问题，务必在最短的时间内使教学工作制度化和规范化。现在先抓备课、上课、作业的布置与批改，使教案质量上一个新台阶；再组建教研组，加强教育教学研究，吸收国内外可资借鉴的教育教学成果，结合各自的教育教学实践，形成自己卓有成效的教育教学方法与模式。要以教研提升教育教学质量，要以教育教学的实践丰富教育教学的理论研究。无教学计划、无教案或备教不一不见教学效果的教师，是不合格的教师，不合格的教师经培训指导还不合格，那就要转岗或清退。培训、指导、检查、评定教师的工作是教务主任的职责和义务。

执行备课、上课、作业布置批改的检查与处罚制度：教师上课前 2 分钟不到班级门前等待进班的记迟到，下课铃未响离班的记早退，迟到、早退每次扣×元；上课期间离开班级的记入旷课（特殊情况例外），旷课一节扣×元。

其他部门由部门主任参照教学检查处罚的规定拟订本部门检查与处罚的方案，报执行校长审查同意后执行。

各部门检查与处罚结果要在当天晚上六点前报执行校长办公室审核备案。

4. 政教处主任协助执行校长负责教职工的思想政治工作、共青团工作、班主任和学生工作、安全保卫工作、宿管卫生等工作。要制订政教处工作计划，报执行校长批准后，贯彻实施。现在政教处急迫工作，是加大执行管理力度，要在尽可能短的时间内，严明校规校纪，会同教务处组织全体教职工学习教师职业道德规范，安排班主任组织学生学习中学生守则，规范师生员工的行为。

5. 总务处主任协助执行校长负责学校资产的分类、编号、造册、登记，物品的采购和维修，确保教育教学的物质贮备和分发，确保水电的畅通，确保食堂的饭菜质量，着手安排职工食堂，尽最大可能，使师生员工花最少的钱吃相对质量好些的饭。

6. 财务处直接向执行校长负责，没有执行校长同意、批准、签字的一切财务收支都无效。凡高中部涉及任何必需的物资采购，都要由部门负责人写出书面报告递交校长办公室，待执行校长审核签字同意后，指派专人购买。物资采购报告，要写明物品名称、规格或质量标准、数量、单价、总金额、用途；物资采回后，购买人要将购物地点写在发票后面，把签批的购物报告、发票连同物品交总务处库房负责人核对，无误后，库房管理员填写入库清单，一式三份：一份库房管理员留存，一份交财务处负责人审核无误后，财务处把原件和复印件一同报校长办公室，待执行校长审查签字后，由购买人到财务处入账。库房管理员要把好入库和出库关，实行严格的物资入、出库登记制度，物、账不合，追究库管员的赔偿责任。

7. 一切公务招待，统一由执行校长指示办公室安排，没有执行校长同意的一切招待费用当事人自付。公务招待具体标准待定。

8. 高中部校车收归校长办公室统一调度，紧急公务用车要填写用车事由、时间、目的地、里程和来回时间，超支部分费用自负。其他公务用车，只要费用低于校车费用，一律用市场车，按规定报销公务人员的差旅费。

9. 严格履行请假填报审批手续和权限。一小时内的由年级主任批准，一小时以上至半天的由部门负责人批准，一天及一天以上的由执行校长批准。所有事假都要填写请假条，在相关领导签字后才算有效。事假一律累加，扣除相对应的工资。病假需出示医院的门诊病例和证明，并按规定扣发相应的工资。

10. 全校教职工（包括领导）实行量化考核，划分等次，实行末等解聘制（注：虽是末等，但不在合格线之下，不解聘，仍留用）。相关考核标准待制定完善后公布。

11. 实行垂直化和程序化管理。事情办理，科任教师找班主任或年级主任，班主任找年级主任或直管领导，年级主任找相关部门主任，各部门主任找分管校长，分管校长找执行校长。事情要在各自的职权范围内及时处理，若在自己职权内能够处理或做安排，竟推诿扯皮或是推给上级或相关人的，轻者批评，重则处分，造成严重后果的当事人承担责任后解聘。学校工作，各位必须依此办理。要是发现有人不遵守这一规定，轻则批评，重则处分（含解聘）。当然，如对本人工作有什么建议或意见，真诚渴望能与我交流沟通，当然也可以反映给王老和小王先生或是任何上级机关。反映本人问题而不是越本人而请示工作的，不管反映的问题有多尖锐，反映的人都不会被报复解聘。

12. 其他有关规定

（1）工作期间（含开会、工作性谈话），通讯工具设置振动，非特殊情况，不得接听、收发信息或拨打电话，违反这条规定的，每人/次扣×元；其他时间通讯工具要24小时畅通，若因人为不通造成工作延误、损失或后果，将追究当事人责任。

（2）严禁教职工在上班的中午喝酒，在晚上下班前喝酒。违者每次罚款×元。

（3）不得在办公室、教室、会议室抽烟，发现一次扣×元。

（4）其他奖惩，在新的规定没有出来以前，执行学校原有的奖惩规定。

王茂国从头到尾看了宋庆山的方案，并问宋庆山可有三年任期大致的经济预算。宋庆山说有，就掰着手指头，对王茂国说，这要看每年在校生人数、班级数和教职工人数。以第一年在校生1050人，18个班级，大约需要84名教职工；第二年在校生1300人，22个班级，大约需要100名教职工；第三年1500人，25个班级，大约需要116名教职工计算的话，如果生均费用还以现在5000元/人/年计，教职工人均工资以4万元/年计，那么在学生书籍簿本和保险费实收实支不外情况下，三年收、支、结余大致如下：

第一年2008—2009学年度在校生1050人，收525万，支335万，余190万。

第二年2009—2010学年度：在校生1300人，收650万，支400万，余250万。

第三年2010—2011学年度：在校生1500人，收750万，支465万，余290万。

二人从中午直谈到下午四点半意兴尤酣。临了，王茂国对宋庆山说，你对中学的教育教学管理业务精熟。这样，你拟份合同，我们再作探讨协商相关事宜。希望我们早签合同，期待你早日赴任，在合作中成为好朋友。宋庆山说，能否与王老合作，我有四点底线和要求，先说与王老斟酌。

一是若聘我为执行校长，我就必须拥有我们合同约定的人、财、物的绝对权利，您就只有指导、监督、审查、评定、解聘或追究我责任的权利。否则任您给我多少年薪我也不去就任这个执行校长。当然，每一项重要的人事任免和财务开支我是必须报您审查签字同意后才会贯彻执行的。二是我有个税后年薪底线，少于12万我不去就职。三是在今后工作中，肯定有不如您意之处，您不能在公众场合批评、指导，纠正，但可在公众场合撤职、解聘我。您我这样的知识分子都把尊严看得比什么都重要。一个执行校长在公众场合被批评，会失去尊严和威信，这不利于工作。四是允许我每周去大学上两个半天课，因为您那里我不能做一辈子，但大学我会做到退休。请您相信，这不会影响我在您那里的工作效率的。其他方面都是小的事情，没有什么不能协商的。这两天我就拟份合同发给您，请您斟酌修改补充。我也期待跟王老学习并与您合作。

王茂国回去思考犹豫了好几天，最后还是下决心聘请宋庆山做双峰高中的执行校长，并于2008年2月10日，与宋庆山签订了以下合同：

合　同　书

甲方：合肥双峰高级中学法人代表王茂国，身份证号：3001031940xxxxxx10

乙方：合肥馨园小区180栋203室宋庆山，身份证号：3022251956xxxxxx33

经甲、乙双方依法平等协商，达成一致，签定本合同。

甲方聘任乙方担任合肥双峰高级中学执行校长，主持学校工作。聘期从2008年2月15日起至2013年2月14日止，聘期五年。

一、甲方的权利和义务

1. 审查批准乙方的工作计划和财务报表，指导、监督、评定乙方的工作。若乙方实施未经甲方同意或批准的重大决定或工作，甲方有中止、解聘、追究乙方责任的权力。

2. 每月按时发放乙方的基本薪资，每年以十二个月计。第一年税后壹万元/月。以后每年基本薪资在前一年的基础上增加10%。

3. 年终按合肥市下发的升学率指标、甲乙商定的学生流失率、在校生人数、年度财务盈余指标及其他有关约定，对乙方进行奖惩。具体如下：

（1）2009学年度升学率达到合肥市教育局下达的指标，学生年流失率小于8%，在校生不少于1050人，学校恶性事故为零，完成盈余预算壹佰玖拾万元，甲方奖励乙方人民币20万元整。

若升学率小于规定指标的10%、流失率大于8%、在校生数少于约定数的10%、校内发生师生被曝光的恶性事故，则扣罚乙方奖金50%。

（2）依上述（1）为参照，以后每年升学率按20%递增，流失率按5%递减，在校生按20%递增，资金盈余按25%递增为标准对乙方进行奖惩。达到或超过这一指标，甲方在（1）的奖励金基础上递增50%奖励乙方；低于这一标准，则在（1）的奖励金基础上扣罚50%奖励。

3. 在校内或校园附近，免费为乙方提供干净卫生、有厨卫的住房一套（不小于50平方米）。

4. 确保乙方节假日期间的休息权，确保乙方在校内的生活和人身安全。

5. 全力支持乙方依法依规依合同开展工作。

二、乙方的权利和义务

执行校长是学校的实际负责人，在上级教育行政部门和法人代表的领导下工作。

1. 贯彻执行党和国家的教育方针，政策和法令，执行上级党委、教育行政部门的决定，确立学校办学目标，制定近、远期学校发展规划，无条件依照甲方确立的发展方向和办学理念，执行甲方的决定，接受甲方的指导和监督，完成双方约定的招生任务、升学率和控制流失率。

2. 主持校务会议，主持、安排、协调各部门的工作，组织好教职工的政治、文化、业务培训，不断提高教职工整体素质，努力建设一支以师范本科为主的高水平、高效率的教职工队伍。采取一定的措施，不断提高教工的政治素质，文化素质，道德素质和身体素质，形成一支以骨干教师为中心的、结构合理的教职工队伍，全面提高教育教学质量，努力办出双峰高中的特色，努力三年通过市重点中学的评估验收。

3. 从学校实际出发，组织、制定、实施学年、学期工作计划，审批办公室、教导处、政教处、总务处等处室工作计划。经常检查、总结工作计划的执行情况，并提出改进工作的意见和措施；期中、期末检查、考核、评定各部门、各职工的工作及等次；接受教育行政部门检查、督导、评估，争取取得好的评价和表彰奖励。

4. 根据学校发展规模、编制标准和学校教育教学工作需要，在征得法人同意下，设置学校行政管理部门和任命学校中层干部，有书记以外的人事任免权和解聘权，有决定教职员工的聘任、调配、考核、奖惩权。

5. 组织、领导学校的教育教学工作，坚持德育为首的指导思想，坚持教学为中心的目标，制订年度、学期工作计划，切实实施；认真总结、借鉴教研、教学过程中取得的经验和教训，带领全体职工实现任期目标。

6. 负责学校现有资产的维护使用和学校财务管理，领导编制年度、学期学校财务预决算，并报学校法人代表批准；在批准的预算内，有使用、审查、签批、管理财务权；审核学校各项开支。勤俭办学，管好用好学校的经费和校舍设备，保护学校财产和在校师生的人身安全。

7. 建立健全完善合理的学校各项规章制度，统一领导学校内部的各项改革，不断提高管理水平。

8. 被甲方在公众场合批评或指责时，有单方面解除合同权，不承担由此造成的后果和责任。

三、其他约定

1. 未尽事宜，双方可以“补充协议”确定。“补充协议”与本合同具有同等法律效力。

2. 甲乙双方因不可抗原因不能履行此合同时，此合同自行终止。

3. 合同期间双方有异议时，协商解决；协商不成的，都可提请当地仲裁或诉讼至当地人民法院。

4. 本合同一式两份，甲乙各执一份，具有同等法律效力。

5. 补充协议（见附件）。

甲方：合肥双峰高级中学法人　王茂国　　　　乙方：宋庆山

（签章）　　　　（签章）

宋庆山走马上任，一干就是五年。在双峰任期届满谢绝留任离开时，双峰高中在校生达到1800人，30个教学班，在校教职工135人，年盈余350万元，教职工人均工资5万元/年，合同内教职工全部参保五险一金。双峰教师队伍合格稳定，教育教学秩序井然，升学率比教育局规定高出十二个百分点。双峰名气大振，被评为合肥市西城区示范高中。他宋庆山也收获颇丰，不仅五年结余工资100多万元（其实他应该结余200多万的，因为他每年向所在县教育局捐资20万，资助贫困失学儿童），还被评为市级先进工作者和全省十佳高中校长，成为小有名气的中学教育管理专家。

有人问宋庆山，你在双峰干得这样好，收入这么多，你为什么不接受续聘呢？宋庆山说他在安外学院承担了省级大学语文教材的研究课题，从2011年10月接下这个课题，到2013年10月就要结题，只剩下7个多月的时间了。接受续聘就不能按时做好这个课题了。还有想当年自己只身来合肥，居无定所，拮据生活，现在把所有的欠账不仅还清了，还结余这些钱，要挣多少钱为多呢。人这一辈子钱是挣不完的，但错过了做学问那就遗憾了。

宋庆山离开双峰后就全身心地投入他的课题研究中。经过整合全体课题组成员的研究成果，他不仅如期执笔写出《大学语文现状分析和现代高等教育人才培养对大学语文教材建设的要求》论文，还编辑出版了《大学语文》新教材，不仅如期圆满结了课题，论文还荣获省课题论文一等奖，出版的教材2014年还被东华省审定为高等院校“十二五”公共课规划教材。

这之后，宋庆山又投入现代汉语教学实践与理论的研究，投入到现代汉语教材的研究。他依据自己教学实践和理论研究成果，并在借鉴和吸收现代汉语教学研究的最新成果基础上，形成新的现代汉语知识体系，拟定《现代汉语》教材编写提纲，邀请省内外兄弟院校从事汉语教学和研究的专家学者一道，历经三年经过对一稿二稿三稿的反复修改和教学实践的检验论证，终于在2016年10月出版了80余万字的《现代汉语》教材。正如宋庆山在出版前言中写道的那样，这本教材，凝聚着他和参编同仁在现代汉语教学与研究方面的心血，展现了现代汉语教学与研究方面最新的成果，是我国现代汉语教学与研究凝练成的精华，富有真金白银般的价值，成为目前现行现代汉语教材中难得的适教适学和从事汉语研究者参考的好教材。

这本教材出版了，宋庆山也到了法定退休的年龄。正当他即将办理退休手续的时候，他所在的县纪委给他打来电话，要他回单位接受组织对他长期离岗的审查。

县纪委对宋庆山的调查经过不得而知，但县纪委对宋庆山的调查处理通报却让宋庆山放下了悬着的心，舒了一口气。那通报的主要内容是：

经查，宋庆山，大专学历，中共党员，中学高级教师。1976年2月参加工作，先后在育英中学、区直中学、新新中学工作。2000 年 10 月从育英中学教导主任上改任调研员，后就一直离岗在外地兼职至今。

宋庆山在任调研员期间，在外地兼职属于在编不在岗。但他每年向学校提交教育教学或学校管理等方面的调研报告一至两篇，还与每学期开学前向学校提出代课申请，学校以其是调研员为由没有安排其工作。

考虑到宋庆山离岗与无视学校工作安排和擅离职守的人员离岗有着本质区别情况；又考虑到宋庆山在离岗期间还是从事教育工作，为国家培养了人才，还向我县教育局累计捐资 100 万元人民币资助贫困学生，为社会做出了贡献的事实；又考虑到宋庆山即将退休，经研究并报经县委批准，决定免于对宋庆山离岗责任的追究。

免于追究处分的宋庆山退而未休，受聘在经济技术学院的讲台上，讲授着他热爱的现代汉语、古代汉语、大学语文和唐宋诗词课程。他回首往事，感慨万千，提笔写下《定风波·人生自画像》，算是概括他这六十年的人生：

定风波·人生自画像

年少轻狂意气昂，雄才伟略逞无双。读遍诗书行万里，不羁，指点文字育人堂。　　白首依然不自量，狂妄，诗词歌赋尽贬扬。回首向来人生路，该不？几多忧郁几多觞。

一百三十九、陈浮生的人生

此是小说，纯属虚构，请勿对号入座。

这是一个改了人名的真实故事，内容主要都是她陈浮生亲口对我说的或都是她陈浮生陪我时我耳闻目睹的。她陈浮生的那些许多经历，我简直闻所未闻，听得看得我目瞪口呆。有些内容涉及的，这要是在以前，我都是怎么也羞于凝筑笔端的。我对她说，你说的这些，除了积极的健康的有意义的我是可以写写的以外，那些畸形的变态的卑鄙的龌龊的违法乱纪的悖勃人伦常理的，我不能写。她说，我能说，你怎么就不能写？你就写，就写，如实地写；我不嫌丢人，这是我的真实人生，对与错、是与非，都留给后人，也许具有昭示借鉴意义；成功的好的对后人有益，失败的坏的对后人也有益！你是作家，你想想，是不是？我思考很久，也斗争了好久，我要是如实地写出来，有些人会不会骂我？我要是不尊重她的事实写出来，就不能把一个真实的人事写得真实，这也有悖于文学源于生活的真实；何况，从某种程度上讲和看，她的人生也确实具有一定的警醒借鉴意义呢。罢了，她说的也有道理的，我就如实地写吧，大胆不加掩饰地写吧，但愿社会，但愿舆论不要谴责我。当然，也不要夸我褒我奖我，我只想无功也无过就好。

可从哪里写起呢？

陈浮生是我用微信摇一摇摇到的客居广东的香港人。因为她给我看过她的身份证，那分明是香港的有效证件的，那证件足以证明她是香港人的。可她现在确实是住在广东的，她曾在广东的居家别墅里接待过我住两天的，还又陪我去惠阳、深圳，途径虎门、中山，到珠海旅游的。

我那次去她那，是她邀请我不下一千次以后我才去的。

她说，我是她有生以来遇到的最有文化最有素质最有修养最值得信任的作家——肉麻得我心里暖暖的。

她说她有许许多多亲身经历的人间闻所未闻的酸甜苦辣咸的故事想说给我听。

她央求我把她的人生经历写出来，不然她就白活这一生了。

我说，你还想留名千古永垂不朽？要我给你树碑立传？

她说，那倒不是。

我说，你想起来一点你就在微信上给我说一点吧。

她说，不行，她想看看我真实的人，看看我到底是不是她心目中的那个最有文化最有素质最有修养的真实作家。呵呵，她还要验证我一下子呀。

我不去，她说我不去她就不讲给我听了，因为她要对我说的许多都是难以启齿的只有当面才能说的故事。

她还激我说，你不是作家吗，要想获得最真实最新鲜最独特的写作素材，你就来，来了你不吃亏。

她还引诱我说，你来，我去车站或机场接你来家，供你吃，供你睡，供车你开，陪你去深圳、香港、澳门，不，你想去哪里玩，我就陪你到哪里玩，费用都是我的。

呵呵，天底下还有这等好事？我心动了！深入生活体会采访多是很辛苦不容易的事，陈浮生这样真诚友好亲昵甚至还有些迫不及待地邀请我去，哪里找去？

我心一横，去！

于是我计划安排好时间日程，坐上了去广东陈浮生那里的火车，躺在卧铺上，回想起我与陈浮生网络相遇交流的情景来。

大约半年前，我在上海的儿子给我寄来苹果6s，说功能强大，我就打开手机试试功能。看到微信摇一摇，就摇一摇，这一摇就摇到个“人上有人”，这与我的网名“天外有天”，对偶般的般配！我有点点欣喜产生点点兴趣，这网名与我网名难不成是天作一对？心想这个人可能是很有成就低调的人，人低调就会认为人上有人。于是我就发了句问候语：哥们，你好！俺这个天外有天摇到你这位人上有人，愿意交个朋友不？当即，我就收到回复：好好，我刚才也摇一摇，也这么巧地摇到了你这位天外有天了呢？你这天外有天的网名很大气，你这个人心胸一定很宽广视野一定如汪洋吧？知道天外有天，人就不会拘泥于一片天地，你这样的妹子可交——她当时压根儿不知道我是位男的。

我们就这样接上线，交流上啦。

可一交流，才一句话，我就知道她是女的！

她说：“我接先生电话，你稍等。”

我一惊，啊，不是先生！怎么遇到个女的？——尊敬的朋友，你别笑话我，我历来是不敢在手机上与我夫人不认识的陌生女士交流的。——算了算了，我有老婆的，与有夫之妇交什么流！要是被我老婆知道了，还指不定往哪上想呢。随当即回她一条：“我夫人回来了！”

要不是晚上她那荒诞信息令我惊异莫名，我压根就不再回她信息的：

“对不起。我先生小我二十岁，现在精神有问题，没有吃的了，我接了电话就下去汇点钱给他。也没有与你道别，对不起。”

呵呵，现在男人多找小妻子，这女人也仿效男人找小丈夫了？

我正想着，我的手机“嘀”地一响——她的信息又来了：

“我这丈夫，起初我是认作儿子的。”

啊！我的天！天下还有这等荒诞事！还有这等违背人伦的事？

作家的好奇心，鬼使神差地使我就回了她的信息。这以后，我就与她微信不断了。慢慢地，她的面纱就被慢慢地揭开了，她的故事我就越积越多了。

人上有人对我说，她真实名字叫陈浮生。1995 年，她英俊潇洒的 20 岁儿子在大他 15 岁怀了孕的情妇那里，突然坠楼身亡了！

她对我说：

“我接到 110 通知的噩耗时，一下子从上升到十三层的四周没有遮拦的电梯里一头栽了下来。”

“我跌栽在护栏网里，脑震荡了，左臂右腿也粉碎性骨折，这是我躺在病床上三十五天醒来后，医生对我说的。我当时的丈夫，不，确切地说是我的情夫，——因为我们虽然一起同居生活了十多年，可他一直不愿与我领结婚证。”

“他坐在我病床边的护椅上，对我说，你儿子的善后事处理完了，你前夫没有起诉你儿子情妇，因为刑侦和尸检报告都证明你儿子是自己跳下楼去的。我看了你儿子跳下去时的室内监控录像，当时他开门进屋，正看到他情妇与一男子一丝不挂地在床上，他愣站在那里五秒钟，狠劲扔下手中带来的物品，猛然推开窗户，就跳了下去。这是警察截取你儿子情妇室内的视频和社区监控视屏——说着，他把一个硬件存储器递给了我，说，现场录像都在这里……”

“我哪有心思听这些，陡然坐起来，可哪里坐得起来！”

“我打断他的话：那我儿子是受了眼前刺激，才跳楼坠亡，那对男女是要负法律责任的！公安没有把他们抓取审问?!”

“我情夫说，没有抓他们，但也把他们带去了派出所。经查，人家是领证的合法夫妻。最后结论，他们不负任何法律刑事责任，但也对女方进行了道德层面的谴责和批评教育，责令女方支付你儿子安葬费三万元。”

“我哪有心思听他的话语!”

“我靠在病床上看起录像来。录像中有个片段：我前夫，儿子的生父，跌跌撞撞，一下抓开覆着儿子尸身的白布，扑到儿子的身上，抱着血肉模糊的儿子，只哭出一声我的儿呀就昏死过去。可我情夫，站在旁边，除了脸色凝重，没有悲伤!”

“看到这里，我不禁暴怒起来，恨起眼前这个人来！你对我儿子没有感情！我儿子是你害死的！对，就是你害死的！要不是你天天在我面前说我儿子这也不行那也不行，我就不会严厉的训斥他，批评他，管束他。我不严厉的训斥他，批评他，管束他，他就心里不会那么闷那么苦那么神情沮丧那么去找那个该死的情妇，他就不会死!"

"我把儿子的死因全部归栽在我情夫的头上了。我赶他滚，赶紧滚开，不滚，你就还我儿子一条命来！……"

我就这样想着，迷糊着。也不知道过了多久，忽然被咣的火车停车时的刹车声荡醒。我迷迷糊糊地一看，已经是凌晨五点了，车已经到广东省惠州站了。

我下了车，找到陈浮生与我约好的接客平台，老远就看到一辆奥迪 Q5 停在那里。陈浮生站在车旁，她原来不知什么时候早就到了等我了。她看我拖着行李箱，就快步地向我迎来，与我礼节性问候拥抱后，接过我拉的行李箱来到了她的车旁。

一位四十出头的短粗汉子，生拙地向我问好，并打开车门，礼让我上了车。陈浮生对我介绍说，这是她三弟陈浮宏，东鼎企业的老板。

车子径直开到沿河路 18 号 6 栋 A 座她家的车库里后，上楼的电梯门就自动打开了，我进了她的家。

这是一个上下三层的别墅。刚才停车下车处是车库和车库边上的五个储物间。第二层西面是游泳池，泳池北边是公用淋浴卫生间；南面是两个向阳宽大带卫生间的卧室；中间是宽敞明亮的客厅，客厅东边与进门 1.5 米处，是一道晶莹透明的山石池鱼屏风；东边，屏风右后侧，是衣物鞋帽镜台化妆间，左后侧是精美的家用餐厅；北面右侧是功能齐备的厨房，左侧是豪华的待客餐厅。整个室内，全套的缅甸红木家具，一体化的日本电气，吊篮花木，门帘窗饰，无不透着华贵。我长这么大，巨商大贾，名门显赫之家也进过不少，还没有看到如此造型、饰雕、布局的奢华装修。只是这装修好像缺欠点什么，华贵但并不感到怎么合理精美，像是暴富大款外表服饰名贵而内无素质涵养似的。

我正愣看陈浮生的室内装修，一位衣着可身得体的美女早从客厅里迎了出来。这美女简直如同小仲马笔下的茶花女！只是没有茶花女的风姿与性感，可也有一张甜美的鹅蛋脸，鹅蛋脸上嵌着两只乌黑明亮的大眼睛，上面两道柳叶眉，纯净得犹如人工画就的一般；鼻子挺秀，小嘴端正，牙齿洁白，皮肤白嫩得像未经人手触摸过的蜜桃。啧啧，陈浮生还有这么漂亮的女儿？说真的，我当时还不禁心一动呢。

邪念休想——那美女向我微笑鞠躬问好。陈浮生对我说，这是她的侍女（保姆）张妍，有什么需要做的，叫她就是了。这时张妍接下我的箱子，把我礼让到早已安排好的我住的房间，为我铺叠好床被，替我打开热水器水龙头，请我净面淋浴。

当我沐浴净面出来到客厅时，又看到四位新面孔。一位是净面白皙文质彬彬的先生，陈浮生介绍说是她大兄弟育人中学校长陈浮儒；紧挨陈浮儒的是一位体态丰腴笑容可掬的女士，陈浮生介绍说是陈浮儒的爱人钱开艳。第三位第四位是陈浮生二弟陈浮仁和陈浮仁的夫人，名字叫什么我现在倒是忘了。我们一一见过后，他们与陈浮生和陈浮宏一起，礼请我走进餐厅。

我向那餐桌看去，每座面前一个荆竹餐盘，盘中放着鎏金紫砂茶壶金黄带盖茶碗，还有一只玉翠小蝶盘一双象牙筷子；紧贴餐盘的是可旋转的内心圆桌面，上面依次摆着广东代表性点心——粤式早茶中的“四大天王”，还有肠粉、流沙包、艇仔粥、糯米鸡、马蹄糕、榴梿酥等。我当时真的有些渴饿，看到这些，茶隐食欲一下子就上来了，所以也没多客套礼节，就斟茶提筷，喝吃起来。

这是一顿美味又丰富的茶点早餐，至今想起来还流口水。虽然那茶远逊安徽毛峰、杭州龙井，但那虾饺，用鲜虾仁配猪肉和笋等作馅，倒是特别鲜嫩爽滑；那干蒸烧卖，以烫面为皮，裹馅上笼蒸熟，顶端蓬松束折如花；那叉烧包，叉烧肥瘦适中，软滑刚好，露出的稍为裂开的馅料，渗发出阵阵叉烧的香味；那蛋挞，金黄黄的，鸡蛋味淡奶油味炼乳味，还有糖粉味纯牛奶味，味味无穷；那肠粉，形似猪肠，剪断上碟，香甜不腻；那流沙包，咸蛋黄中加有新鲜绿豆蓉，爽口甘香；那艇仔粥中的新鲜鱼片、炸粉丝、海蜇皮、花生仁，不仅溶味鲜美，看上去也诗情画意，似清风漾舟，令人心愉神爽，顿增食欲。

茶点早餐过后，已是上午八点半了。陈浮生和她的弟弟弟媳一行陪我去惠阳区秋长镇周田村惠州三贤（叶挺、邓演达、廖仲恺）之一的叶挺将军纪念园游览。

在去叶挺将军纪念园的车上，陈浮生向我介绍说：叶挺将军纪念园里有叶挺故居、腾云学堂、读书亭、练武堂、育英楼、会水楼、聚源堂、古井等历史建筑，还有叶挺将军纪念馆、纪念广场、叶挺铜像、牌坊、碑林、广场、农田、果园、山林、溪流、湖泊等建筑；纪念园是国家4A级旅游景区、全国爱国主义教育基地、全国红色旅游经典景区、中国侨联爱国主义教育基地、中国顾客喜爱红色的旅游景点；园区的主体建筑形似一把枪：叶挺纪念馆是枪杆，叶挺故居和叶挺的祖屋（会水楼）是枪把。

叶挺将军纪念园有“一轴、二水、三广场、六景区、二十四景点”等景点；一轴是“园区入门至纪念馆形成的景观轴”，二水是“东门河”的多条溪流汇入“中央景观湖”组成溪流和湖泊的二水景观，三广场是“纪念广场”“英雄广场”和“客家文化广场”，六景区指“英雄广场景区”“纪念馆景区”“故居景区”“客家文化景区”“沿湖景区”和“凤凰山景区”，二十四景点是根据不同景区的景观特点分别设计的“人杰地灵”的景点。

说着说着，车子就到了纪念园前。首先映入眼帘的是“叶挺将军纪念园”七个醒目的园牌大字；迈进大门走向广场，一尊将军骑马铜像雄铸中央，那战马仰天长嘶，马背上的叶挺一身戎装，左手紧握剑鞘，右手拔剑欲出，目光坚毅果敢；那铜像后的文化墙上面镌刻着将军的《囚歌》，两边是将军的浮雕半身像，配以各个时期所担任的职务；穿过文化墙，来到纪念馆，看着叶挺珍贵的文物、照片、图表，将军那短暂而光辉的一生仿佛就在眼前。

园内湖水清澈，松柏苍翠，木竹高瘦，馆舍有致，风格形貌极富客家风韵；园区四周青山环绕，山岭连绵，那环绕连绵的峰岭中，云蒸气腾，又似隐有千百万雄兵。

出离故园，我回首伫望，感慨万千。叶挺，战功卓著，铮铮铁骨，人格气节贯长虹，你是无愧的人民英雄，我向你致敬！

中午陈浮生的校长弟弟请客，在海鲜馆，吃清蒸的虾鳖海蟹贝扇鲵蜢，喝熬制的鳝汤蛇羹，我感受到他们的一片盛情。饭后去洗脚按摩，算是午间休息。两点后，他们一行驱车陪我去大亚湾、小小亚湾冲海浪浴。我赤着脚走过海边沙滩，一步步趟进浪波起伏的蔚蓝大海，塞上耳塞，戴上水镜，扣夹紧能漂浮水面的换气细浮圈，随着游人，向大海的更宽处游去……

大亚湾、小亚湾，相隔不远，但都是由左右山岭延伸海中而形成的簸箕状又像大 U 形的海湾。

这里天蓝蓝海蓝蓝，远望大海渺无边。

沙滩上，沙暖暖笑语欢，海浴冲浪人满满。

海湾边，是青山，山青蜿蜒白云边。

好休闲，临海公寓和别墅，面向海。

排排椰树，片片竹林，还有棵棵香蕉与龙眼……

我看呆了，眼直了！陈浮生拍了拍我的肩，“教授，要不再下海游游?”我这才回头一看，陪我的一行人早已衣袜整齐，在沙滩上边的路上等我呢。

我连忙冲澡穿衣，跟随他们往回走。途径清泉寺，那是个香烟缭绕鱼木声声的佛音梵界，与刚才海浪冲浴的环境真是俗间梵界两重天。

晚上，就在陈浮生楼下一家装修豪华的大酒店用过餐后，陈浮儒夫妇、陈浮仁夫妇和陈浮宏都礼貌地与我拱手作别，其大弟媳走不远还回过头来，也不知是对我还是对陈浮生，狡黠地一笑，挥手别去。

我随陈浮生回到她的家。侍女把泡好的茶和洗净的各种水果端上沙发前的茶几，请我喝茶慢用，陈浮生就去她的卧室洗漱去了。侍女礼貌恭敬地站在一边，似是随时听候我的吩咐使唤。我看着侍女，想起自己在家吃过饭，都要听候夫人的差遣，去带孙子或是去刷锅洗碗，今天竟然有专人侍候我了。我好不自在，也去安排给我的房间洗漱去了。

当我换好休闲装出来时，陈浮生早换上一身粉红色的晚礼服坐在茶几边的沙发上等着我了。灯光映衬下的陈浮生，却也青春萌萌，好有几分姿色。

虽游玩一天，可我这时兴味尤酣，我感谢陈浮生的热情招待。可还没等我把感谢的话说完，陈浮生就岔开了我的话题，对我说开了——

“我感谢你能应我邀请前来看我，采访我，请你走走看看品尝这里的美食是我应尽的地主之谊。我把你来的消息告诉了我的三个弟弟，他们都很高兴，今天能来的都来了，以我们这里对待姐夫的礼节接待你。”

以对待姐夫的礼节接待我？我听了笑着接话说，谢谢，谢谢，可我有夫人，永远成不了他们的姐夫呀。

陈浮生听了，自然大方地笑着说，我知道，想归想，礼节归礼节——不说这个，我现在就给你说我与第二任丈夫——不，我情夫的故事。

我心里想，你陈浮生前有一个丈夫，后有一个丈夫，这从中间一任说起，我写的时候怎么勾绾衔接呢。于是对她说，你可否从第一任第二任第三任依次说来呢？

陈浮生说她从哪说起都一样，反正我怎么说你怎么写呗。

我说，也好，也好，你说吧。

于是，陈浮生就对我说起了她的第二任情人丈夫来。

那是我逃到香港，不，其实是我偷渡到香港的第二年，我住进精神病院与前夫离婚后发生的事情。那时我心如死灰，精神崩溃，面黄肌瘦，容颜尽失，整天背着医生偷吃精神定药片，迷迷糊糊地，还想死。这期间有个我曾救过他一命的名字叫成占三的我的同事，天天下班来看我陪我。

在我最无助最痛苦的时候，成占三非常真诚而又心疼地对我说，陈经理啊，这精神定药你不能再吃了啊，再吃你会越来越依靠这药，会吃垮你身体的啊。

成占三的陪护和话语，使我感到一丝暖意。特别是我出院以后，他看我孤独抑郁，一有空就来陪陪我和我说说话，有时给我买盒盒饭带给我，有时专门买两张电影票陪我去看看。那时他好本正，常常就我俩独处时，他连手都没有拉过我一下，我好感激他。

就这样大约过了半年，我身体不仅恢复起来，工作也越做越好，老板还给我长到两万元（港元）一月的工资。一天我下班回家，我前夫扑通一声往我面前一跪，说要与我复婚。我看他真诚恳切痛苦的表情，心有所动，不禁泛起怜悯来。我虽然断然拒绝前夫的请求，叫他死了这个心，还对他说，我已经不爱你了，我有人了；可第二天我还是专程去征求成占三对这事的意见。如果当时成占三要是说还是与前夫复婚好的话，我就真的与前夫复婚了，因为当年成排追我的人都没有动摇我对前夫的那独一无二忠贞唯一的爱，现在前夫那跪地告求表现出的真诚恳切痛苦的表情又有点暖融了我冰硬的心。

成占三听了，沉默良久，非常友善而又理性地提醒我说：你说你当年那么死心塌地地爱他嫁给他，为他生养一儿三女，养母奉孝，可他竟然抛妻弃母，自来香港，音信皆无，淫乱无度；你说你夜行昼宿，翻山岭，涉沟河，防野兽，住树杈，拒诱引，吃野果，钻铁网，躲巡查，烈日晒，暴雨淋，台风袭，泅渡金沙湾，一百多里路你历时三十天，九死一生来香港寻夫，你发如乱蓬，骨瘦如柴，只落一口气，可他闻而不见，不救，嫌你穷困潦倒、脏丑，还说他不认识你；你说警察强逼他把你接回家，他对他的情妇说你是他一个远房表妹，当你的面说他爱上你舅舅女儿，要与你舅舅的女儿结婚了；你说你舅舅女儿看透了他的本质拒绝他，他竟然给她下迷药；你说你说……不说那些了，就说他百般追到手的他自己舅舅的女儿他的表妹，现在不也被他弄成神经病住院了吗？

成占三的话如醍醐灌顶，使我一下子清醒过来。是啊，是啊，我前夫他没有人性，没有品性，没有德行，他就是一个淫鬼色魔。想当年我十六岁初三时，成绩班里出类拔萃的好，人也出落得清水濯芙蓉，同班的男同学追我，别班的男同学追我，高中的男生追我，村子上那些不上学的青年也追我，就连村支书也晚上要我去宣传队，趁没人的时候一下抱起我亲吻我。

说到这里，陈浮生稍顿了一下，笑着对我说：

我告诉你，那村支书可没有占到我便宜。我当时上去就一口，把支书鼻子咬破。都几十年了，那支书鼻子上还留下我牙咬的印痕疤呢。当年像支书那样垂涎我美色、想占我便宜、想吃我豆腐的有老婆的男人有好多，想搂搂抱抱抚抚摸摸亲亲喔喔我的有对象的男人有好多，想不怀好意调戏玩弄我的男人也有好多。但更多的是真心喜欢上我的那些靓仔们，他们送我鲜花，请我吃饭，陪我聊天，伴我看电影，与我登山游泳唱歌跳舞。他们之间甚至有为我而争风吃醋乃至相约决斗的，大有普希金为心爱女人决死无憾的气概。可他们一个个都没有进入我的心。进入我心的，就是那个容面白皙英俊潇洒也有成群女生追逐的最后成了我丈夫的沈全奇。

沈全奇和我一个班。我是学习委员，他是文艺委员，他说话好香，听起来柔和甜润富有磁性。他语言表达能力很好，能歌善舞，风度翩翩。沈全奇走路也好看，有时健步如飞，有时缓步盈盈；他发型也好看，他穿什么衣服都合体；他鞋子总是干干净净，从未见过破旧灰尘。也不知道怎么了，每次上课，我都要往他那暗窥无数遍。有时他来晚了，有时他没有来上学，有时听说他生病了，总之，不见他的身影我都神不守舍的。我就想看见他，萦绕心怀地想他，他就是我心目中的白马王子。我暗暗发誓，嫁人就嫁沈全奇，生子当如沈全奇！

我一见女生与沈全奇在一起，心里就妒忌，就起醋意。我塑最美的发型，搽最好的雪花膏，穿最漂亮的裙衣，用最好的香皂，我想尽一切办法吸引沈全奇的目光，可他总是不大睬我，有时连正眼也不瞧我一下。我实在忍不住了，一天下午，我趁沈全奇课间出去的当儿，模拟我同位男生张晓友的字迹给他写了一张“陈浮生最喜欢你，你不知道?”的小纸条，偷偷地放夹在沈全奇的书本里，耳热面红心跳如做贼般地急速回到我自己的座位上，若无其事地翻弄着书掩饰自己，眼却飙瞟沈全奇的座位。老师上课了，我才看沈全奇进来坐上了自己的位子，拿出书，放在桌子上，我的心怦怦怦地直跳起来，脸唰地一下热了起来，可他没有打开书，我就低着头，两眼直勾勾地往那望。不知道老师什么时候发现了我目不转睛和神态的异样，也不知道老师什么时候来到我的座位旁。老师用中指点击着我的桌子，说，陈浮生，你看什么这样走神专注啊?我吓得顿然站起，忽又坐下，脸刷地一下滚烫地热起来红起来。我现在想想，那时脸一定羞窘红得像熟透了的红桃子了。我当时无地自容，恨不得有个地缝钻下去。当时全班同学的目光都随着老师的话向我看过来。

下课放学，我一人心中惴惴羞赧地走在回家的路上，心中懊恼上课发生的事。刚到一个转弯口，忽然从路边芭蕉后，冒出一个人来。啊，是沈全奇！

沈全奇却大落方方地向我走来，手里递上我的纸条，说，陈浮生，我一看这纸条就知道是你写给我的。我喜出望外，课堂的羞窘顿然荡去，我吃惊又急促地问他你怎么知道是我写的?沈全奇说，你那落款张晓友三个字，一看就是你笔迹。阿奇我早就看你的作业，识记你的笔迹的。其实我在心里喜欢你很久了，一看到你如花似玉的脸，姣好窈窕的体型，阿奇我的心就怦怦跳，可一看你像凤凰一样的骄傲，成绩又那么出类拔萃地好，阿奇就自惭形秽，怕你看不上阿奇呢。说着，他竟张开双臂一下子把我拥在怀中。我当时一动不动，任他拥抱我，一股暖流涌遍我的全身。我心那个跳，脸那个热，那个喜欢，虽忸忸怩怩，可竟心悦意爽地半推半就贴上了他的胸膛。我正想亲他，忽然有话语声传来，我怕人看见，就一下推开沈全奇，头也不回地漫无目标地跑开去。

从那以后，我坠入了情网，成绩一落千丈，结果高中都没有考上，可沈全奇却考上了高中！他不仅考上了高中，而且越来越健壮倜傥了。每个周日，我都要到沈全奇放学路过的那个蓝天白云下小桥流水旁，打着油花纸伞，遮着面，望眼欲穿地等他。就这样，我每周都去等他迎他，整整两年 88 个星期！平时他放假，我都天天跑去他家的外边，远远地看他，活活应了那句妹妹找哥哥泪花流，不见哥哥呀心忧愁那句话了！

我下学以后在生产队干活，挣工分。烈日下，风雨里，插秧，锄地，拔草，给香蕉、荔枝、椰树、芒果施肥、浇水、打药，割稻子，拉磙子脱粒，采水果、送到合作社收购站，上山修水库、抬污泥，下塘挖莲藕、磨藕粉……我那时什么活儿都干过，耕地扬场，巡更放羊，还要帮我父亲干活，帮母亲做饭洗衣。平时我还要看护照顾我三个弟弟起床，穿衣，吃饭，接送上学，睡觉。那时我原本柔嫩的素手暴起一个个血泡泡，一个个血泡泡化成一个个硬皮老茧，白皙的粉脸也黑里泛着红光了，我那时才十七岁呀。

沈全奇高中毕业就来生产队干活了，那个时候高中毕业生必须到农村接受贫下中农再教育的（就是到农村与农民一块干活吃住，感受农民劳动的艰辛，培养与农民的感情，将来为农民着想，为农民服务），是不能像现在这样直接考大学的。沈全奇下学才不到一个月，就被繁重的劳动累趴下了。他干不了那多活吃不了那多苦。我看在眼里，疼在心里。白天要是一块干活，我总是抓紧干完自己活，挤出时间去帮沈全奇干；晚上，我总是跑到沈全奇那里，拉着他的手，陪着他说话。平时家里要是有什么好吃的，我都要省下一些，带给沈全奇吃。

那时我家很穷，我想给沈全奇买毛线织件毛衣的钱都没有。干了一年活年终结算分红，我终于从生产队分到三元两角六分钱，我父母说，你的钱归你，你去买身衣服吧。我没有舍得自己买衣服，我却用了两元六角六分钱给沈全奇买了一斤二两毛线，用三个月的时间，给沈全奇织了一件贴身的毛衣。我看着沈全奇穿在身上是那么合体舒适，我心都喜悦幸福得暖化了。

我就这么爱沈全奇，爱他入骨入髓。可有一天晚上，我从沈全奇那出来回家，走没有多远，回头一看，看到他窗户的灯影里好像有个人。我心里一怔，那是谁？我回头悄悄走到他的窗户下，透过窗纱，向里窥瞧。啊，他正与一个女孩拥吻在一起！我的天呀，我恋他三年，他都没有亲吻过我一次！这时我不顾一切地冲进屋里，一把拽开那个女孩。这不拽还好，这一拽，我心都一下抖了起来！这女孩不是别人，她是我舅舅家的女儿，小我三岁的我的表妹！

表妹羞赧得无地自容，当时她才十六岁呀，正读初中三年级啊。我手指沈全奇，愤怒问他你怎么和我表妹好上了？沈全奇说，他爱我，也爱我表妹，他还爱其他两个女孩。他说，他正从我们几个女孩中比较，看谁最好，家里要他确定下来好结婚呢。我问我表妹，你把身子给他了吗？

我表妹战战兢兢地说，没有，她就第一次来他这里，是沈全奇约她要她在屋外看着，等我走了，再进屋的。这不，刚进来，就被你闯进来了，说她和他真的没有做过其他的事。

我又恨又气！叫不得也声张不得。

这事过去后的第三天，沈全奇家里要我中午去吃饭。我去了，到他家一看，已经有两个女孩也在他家里了。中午桌上有四个菜，沈全奇父母坐在最上首，心情很平和地对我们三个女孩说他们有两个儿子，大儿子从小就随舅舅去了香港，现在家里就阿奇一个儿子了，阿奇很喜欢你们三个靓女，今天把你们都请到家来，要你们看看我的家，如果你们哪个最不嫌我家穷，愿意嫁给我家阿奇，吃过饭后你就留下来，而后约个时间，我请个媒人去你家保媒提亲。

听了沈全奇母亲的话，我们三个女孩，你看看我，我看看你，都羞羞囡囡地吃了饭。吃过饭后我就帮着拾桌子，帮着沈全奇母亲去刷洗碗。刷洗过我一看，一个女孩在扫地，一个女孩在给沈全奇拾掇房间叠着被，给沈全奇整理收拾卧室里的书桌。三个女孩没有一个有离去的意思。我心里好着急，你们怎么还不回去？我忽然心生一计，装着突然肚子疼，捂着肚子作疼痛状。沈全奇母亲见状，赶紧要沈全奇送我去医院里检查治疗去。

沈全奇送我去医院。去医院要翻过两个山头。到了医院，医生问了问我的情况，拿听诊器听听我的心脏，用手号号我的脉搏，用体温表试了我的体温。医生说我一切都很正常，说没有什么，说歇歇就会好的。

沈全奇看着我，似乎明白了什么，欲言又止。就陪着我往回走，路上，我心想，我要主动出击，别他娶了别的女孩。就对沈全奇说，我父母正在给我找对象，在大亚湾农场，要我明天去相亲。我不去，因为我爱你，我要嫁给你，你愿意娶我吗？当时沈全奇的表情很复杂，那复杂的表情里，有怕我嫁作他人妇的担心与醋意，也有对别的女孩的不舍眷恋。

等我们回到沈全奇家时，已经八点多了，那两个女孩不知道什么时候早回去了。我心里无比欣喜与满足。可今天想起那一幕，却很自责，女人要是被爱冲昏了头脑，什么非理性的荒唐事都能做得出来的，后来我与他的婚姻就证明我当时的行为是幼稚的荒唐的错误的。

我偷吃了禁果，从此一发不可控制自己对沈全奇更加狂热的爱恋和依赖，结婚的事也就提上了议事日程。那时他家很穷，我家也穷，两个穷人家的子女婚礼也就可想而知。从他家请媒人来我家提亲不到一个月，我们就结婚了。结婚八个月，我就生下了我唯一的儿子，就是后来那个从他情妇楼上跳下去的儿子……

生了儿子后不到三年，我又生了大女儿沈梅、二女儿沈花、三女儿沈香，我成了四个孩子的母亲！我整天围着锅台转，围着孩子转，生产队的活也几乎不能去干了。不能去生产队干活，就没有了公分。我家老小这么多，年终分配我家都是分得粮食最少的一户，更别说钱了。平时两个母鸡下的蛋都是给孩子吃，每个孩子四天才能轮着吃上一个鸡蛋，余的那一个两个鸡蛋，我舍不得吃，我都省着给沈全奇吃，省给我的公婆吃，他们辛苦啊，整天要风里雨里去干活，养家糊口都靠他们啊。每到逢年过节都发愁，常常过年过节连肉都买不起给孩子吃。正在我家眼见不能过活的时候，突然有一天收到沈全奇的哥哥从香港寄来的五十元港币！这是我们家一年也分不到的劳动的钱啊。沈全奇哥哥信上还说，现在香港大建设大发展，正缺人，要沈全奇以探亲名义去香港，就在香港找份工作，而后就可以入香港户籍了。当时在香港工作，工人一月也能挣个二百元，往家寄钱养活一家老小是没有一点点问题的。

我们一家喜出望外，赶紧去派出所，去公安局，为沈全奇办理了去香港探亲的手续（通行证）。

沈全奇去香港，家里没有钱给他坐车去。我和公婆从几家邻居那里借些麦面，给他烙了几张干饼，又把家里的三斤大米全煮熟了炕成锅巴巴，因为天热这不容易坏。我把沈全奇能穿的衣服也洗干净包好，还给他准备了一根棍和一把小尖刀做路上防身用。他脚上黄球鞋上的破洞，我也用针给他补好了，我陪嫁的那把小牛角梳也给他带上。临出门那天，公公婆婆一直把他送过门前那条河，眼看着他上了前面的山坡。我和四个孩子还往前送，我给沈全奇背着包裹，四个孩子随着，又送他翻过了前面的那座小山坡。最小的沈香走不动了，四个孩子都哭着喊着爸爸。我万般不舍可又无奈地看着头也不回地往前走的沈全奇的背影，泪水模糊了我的双眼。等我用手抹去泪水，忽然一逮眼看到不远处一棵吉祥树上有一个熟了的红彤彤的吉祥果（火龙果），我飞一样地跑过去，火速摘下那个火龙果，追赶呼喊着看不见的沈全奇，“沈全奇，沈全奇，你把这吉祥果带上！”我喊着往前跑着，不想脚被地上的藤蔓一绊，整个人直突突地摔趴在地面，手中的吉祥果也甩出老远老远并摔得粉碎粉碎……

沈全奇一走，我就整天在家翘首盼着他的来信。每当下午四点邮递员骑着自行车来村里送报纸送信，我都站在门前望着，心想邮递员会送来沈全奇的来信。要是哪天下午四点邮递员还没有来，我都要不停地到门前张望，心想要是能突然见到邮递员多好。要是哪一天邮递员到天黑也没有来村里送报纸送信，我那一晚上都翻来覆去地睡不着。就这样，我天天望，月月望，年年望，这一望就是三年！三年来我不仅天天盼望收到沈全奇书信，而且这盼望还与日俱增，可这俱增的盼望却化为我年年月月天天的失望。

这三年里，年成一年不如一年，生产队分的粮食远不够我四个越长越大的孩子吃的。我公公婆婆白天要到生产队里干活挣工分，上工前和收工后还要到路边、田里挖野菜到山上寻野果来家果腹充饥。那时大女儿和二女儿也都跟着她们的哥哥上了小学，三个孩子的两块多钱学费交不起，都是学校减免的。四个孩子常常饿得嗷嗷叫，大人能不吃粮食就不吃粮食了，把米面省给孩子们吃。家里家外重活脏活累活还都要公公婆婆做，眼见得婆婆累得瘦得不行了。他们生病能抗就扛着，不扛着也没钱看医生啊。有几天，又黄又瘦的婆婆天天晚上吃过饭就去掀掀米缸提提面桶，掀过米缸提提面桶后就到我床前边坐，呆呆地痴痴地深情地看着我和四个一床睡的孩子，天天都是看到孩子都睡了，不，有时孩子都睡了她还在那看着不回去睡。我催她回屋去睡，她总是眼望着我和孩子情深不舍眼禽泪花地回她屋里去，每看到这一幕，我都有种揪心的疼痛。1979 年 7 月 20 日的早上，一直早起的公公，突然悲声号啕，砰砰砰地拍打着我的房门哭喊着："浮生，浮生，你快起来，你婆婆她上吊自杀了！"

这拍门哭喊犹如五雷轰顶！我激凛凛一下子翻身跃起可又一下子僵愣在那里了。我这才恍然意识到，原来前几天婆婆天天晚上来看我和孩子迟迟久久依依恋恋不忍离开的怪异行为，那是她在作恒心赴死前不舍对我和孩子的依恋留恋啊。她爱我和孩子，她舍不得我和孩子，她依恋我和孩子，她不想离开我和孩子！她想在死前多陪陪我和孩子，多与我和孩子多待上一些时间啊！她是多么不想死啊！可她最后还是决断地以死省粮，不愿以病弱的身体拖累我们！想到这里，我僵木的大脑一下子清醒过来，哇的一声扯开房门，呼天抢地地扑向已经被放下了的婆婆的尸体……

婆婆含着万般疼爱不舍地去了，可安葬婆婆竟成了大问题。公公悲痛欲绝不能理事，孩子都小帮不上忙。邻里知道我的困难，有几位邻居凑凑几块木板，请一位木工邻居把这几块木板钉起来权当棺材，我看木工邻居钉棺木时木板不够（钉的棺木太小放不下婆婆的尸身），一横心拿起木工的斧子，砸开我睡的床板凑上。棺木就是它了，可不能让婆婆穿着都是破旧的衣服入土吧？我要为婆婆做上两身新衣服，让她穿上离开这个世界，让她体面地离开她深爱的我们和我们的这个家！可是，可是，可是我没有钱给婆婆扯布做新衣。当时也不知道我哪来的那股子胆量和勇气，我披麻戴孝地跑到大队部，找大队书记找大队革委会主任借钱，哭诉我婆婆辛苦劳累一辈子，临了总不能连一件新衣服穿都没有就入土了。他们为这事临时召开紧急会议，最后决定借给我 60 元钱。我用这 60 元钱给婆婆做了两身新衣服，买双新鞋子和一顶新帽子。我亲手给她发了粘臭的尸身洗了澡，亲手给她穿上新衣服穿上新鞋子戴上新帽子。我抱着她，在邻居们的帮助下，把她放进那个不像样子的棺材里。我领着四个孩子，齐齐地跪下，给婆婆磕头。我把婆婆埋葬在那个既能远望香港又能看到我家的那个山头上。因为我知道，婆婆至死没有见到她日夜牵挂朝思暮想的远在香港的两个儿子，我要让她死后能最早看到她远在香港的儿子哪天从香港来家；我也知道她爱这个家，至死都舍不得我和四个孩子，我要让她天天能看到我们，慰藉她的心愿。

我就这样地安葬了婆婆，村里邻居无不赞叹我人穷至孝的，没有不骂沈全奇和他的哥哥的，因为多少年没有音讯不说，婆婆死讯电报拍过去，他们连人都没回，且还杳无音信。

婆婆走了，公公遭受巨大打击，人都快垮了。我不能再没有了公公，我精心安慰护养我的公公。庆幸的是，我公公竟然一天天好起来了。可家里的日子怎么过呢？实在没有活路了呀，四个孩子要吃饭，借的钱还要还，我到哪儿弄粮食给孩子们吃，我到哪里弄钱去还账。

走投无路了，我萌生了去香港找沈全奇的念头，我要找到这个杳无消息的沈全奇。我要问问他，你上有老下有小，你怎么就不管不顾我们的死活了？我要告诉他，你妈妈绝望又留下希望地上吊自杀了！我要质问他谴责他，你妈妈死了你为什么不回家；我要向他哭诉，我葬婆婆的决然与艰难。我要在香港找份工作，挣钱往家寄，我不能要公公和四个孩子再这么苦下去！现在家里我是顶梁柱了，我要是倒下了，我的孩子谁养活！我只能去香港谋出路，保公公和孩子的活路了。

我决心要偷渡香港，实在是被逼的也是被诱惑的。当时我那个村子劳动一天的收入是两毛钱左右，而香港人劳动一天的收入是六十港币，两者差距悬殊三百倍！我辛辛苦苦干一年，不如香港干一天。

当时香港经济起飞，经济高速发展，劳动力短缺，只要人到了香港，又具有工作能力，便成为合法的香港人。这些人有了稳定的工作和丰厚的收入，便把食物和港币（有的换成人民币）装入锌铁盒子密封起来，用毛巾或布把盒子包得严严实实，写上姓名地址，通过邮局寄给内地的家人。哪像我的那个沈全奇，不顾家人的死活呢。

我把这想法告诉了公公，告诉了我的父母兄弟，他们都支持我去香港找沈全奇。因为我没有被邀请去香港探亲的邀请函，我办不了去香港的通行证。要想去香港，我只能偷渡。只要我冒死偷渡成功，我一家老小就都有救了！

偷渡香港是件多么不容易的事！有钱的人好一点，他可以通过蛇头偷渡。

“蛇头?”“蛇头”怎么偷渡？——我不解，打断陈浮生的话，问她。

陈浮生说，“蛇头”就是组织偷渡的人，你给这组织偷渡的人一笔钱，他就联系安排你屈着身子藏在去香港船的甲板里随船到香港去，这样偷渡的人叫人蛇。

说着，陈浮生笑了起来，继续说，这“人蛇”可不是白蛇传中的人蛇。那人、蛇是相恋的，有深挚的感情；这人蛇是交易，你给了蛇头钱上了船，你是死是活那都是听天由命的，蛇头不管。

陈浮生说：“我没有钱，乘不起船坐不起车，就是有钱，我也不能坐船也不能乘车。偷渡是不能坐车坐船的，坐车坐船是要接受盘查的，没有通行证是不能放行的。不坐车不坐船就只能以步走路，走路你也不能走大路，大路都设卡盘查，你也过不去的。那就走小路？小路你也是很难过去的，因为有一批批的流动巡逻队，抓到偷渡的人就审讯就遣送回去。所以啊要偷渡，那只能穿山岭，涉谷涧，还得夜行昼宿，这样才可能不被发现不被抓住不被遣送回来。”

“为了偷渡成功，我仔仔细细地搜集整理研究偷渡的路线、方式和方法。按偷渡路线，有东线、中线、西线三条线路可选；按偷渡方式有走路、泅渡、坐船三种；按偷渡方法，那就要看你选择的路线方式的不同而不同了，那方法是因人而异千差万别的。”

“没有通行证又没有钱的人偷渡一般选中线，走中线就是从陆上偷渡，在深圳梧桐山、沙头角一带，翻越铁丝网，到达香港。那时人戏称为扑网。这种网很难翻过去，因为铁丝网装了先进的感应装置，一触网，探照灯、哨岗和警犬都会报警。为防探照灯照到被发现，有的人把树枝草叶戴在头上，有的人把西瓜挖空把瓜皮套在头上，有的人把地面的绿地皮顶在头上。为了防警犬，偷渡者临行前多会到动物园送些礼物收买饲养员，找一些老虎的粪便，一边走一边撒，警犬闻了老虎的粪便气味以为有老虎，就不敢追了。”

“陆上扑网，海上破浪，那得是年轻些的人才行。中老年人、儿童妇女最好是坐船。坐船，相对而言较安全，但带有集团性质，出了事问题较严重，而且要付三百元不等的费用。但为偷渡成功，不少人往往不惜倾家荡产。坐船偷渡会偏向于东线，即大鹏湾水路，在惠阳和深圳之间，距离香港十多公里的水面，而且海浪很大，经常发生偷渡时翻船溺亡的情况。”

“也有泅渡的，这部分偷渡的人往往会选择西线，就是从蛇口、红树林一带出发，游过深圳湾，到达香港新界西北部的元朗。”

“那时陆上偷渡最危险又最安全的下海点是蛇口，它距香港 4 公里，在海边公路 125 公里的路标处。最适合的时间是每年八月和九月的初三到十八之间，当地人说这里‘初三十八水顶流’，在这段时间下水为顺水，不用太费力就能游到对面。这里海潮涨退有规律，海边又是大片的红树林，偷渡者往往会躲在林中，趁检查人员换岗的短暂时间迅速下水。偷渡者下水前一般都会准备好一些炒米饼当干粮，随身携带，以防发生不测，好歹有东西充饥。”

“不管是走哪条线路，用什么方式偷渡，能偷渡成功的总是少数，大多数人被发现后就要被拦截抓起遣送回来。这一部分人在被抓后逃跑摔死摔伤的也不少。没有被发现抓住的，沿路饿死、病死、被野兽吃了的也大有人在，更别说从山崖岭畔摔死在深沟谷涧里的了。但死得最多的，还是下海游向香港过海时淹死的。”

“经过认真的比较分析，结合我自身的实际情况，我决定先从陆路偷渡，从陆路偷渡要先冲网。如果冲不过去，我再设法泅渡。上面说了，我没有钱，乘不了船，为了偷渡成功，我只能为偷渡做两手打算，并紧锣密鼓地准备起来。”

“首先我去练游泳。我先去水塘里练游泳，再到谷涧里练游泳，最后跟着人流去珠江中练游泳。当时在珠江练游泳的人很多，可以说是盛况空前的，成百上千人，在奔流的江水中强身健体，口号喊得震天响，可背后的真正意图大家都心照不宣。”

“其次我百般联系准备的人。一个人几个人你别想成功的。就是三五十个人，你也不会成功的。因为那一触动警报，三五十人，那还没有闻警出动抓你的人多呢。要想成功，你得上百人几百人甚至上千人一起冲，人多汹涌，总有突破拦截网冲过去的。”

“冲网除了人数众多，最好还要有组织、有指挥。那时冲网，每人均持有一条4尺多长的木棒，约定不论谁阻挠我们，我们不得退步，要用棍与他们搏斗继续往前冲。”

“第三，准备两双回力胶鞋，留路上翻越山岭谷涧穿。准备两个自行车里胎、四个篮球、两幅乒乓球拍和一床缝补的被单，留做泅渡时的救生圈、救生船，也可以做桨、当帆。还准备了生姜和辣椒，留待阴冷御寒。”

“我公公为我制备干粮，他一连九天上山采茶，卖了两元多钱，给我买了四盒饼干。我妈妈为我炕了大约两斤的米粑粑。”

“临行的前一天（八月十六）晚上，我大弟弟给我送来一把五寸长的匕首。我隔壁赵大叔，把他心爱的坚硬带钩拐杖硬塞进我的手上，要我带着留作路途防身备用。我看着油灯下熟睡的四个孩子，不由泪如雨下。孩子，妈妈天不亮就要走了，不是妈妈狠心，不是妈妈不疼爱你们，不是妈妈要抛下你们，实在是没有办法继续活下去了啊。我走以后，你们的生死全靠爷爷了，愿上帝保佑你们这段时间不要有什么事情发生，不要有什么意外出现！我到了香港，会第一时间把挣到的钱寄给爷爷给你们买好吃的的。我的孩子，我的孩子呀！我俯下身子，一个一个地拥着我的孩子，脸贴着他们的脸，亲着我的孩子，吻着我的孩子。簌簌泪水，滴在他们熟睡的脸上，湿了他们头下的枕巾。”

“我不能让孩子们知道我的离开，不然，我的心承载不了那母子分离时撕心的哭喊。我趁天还没有亮，孩子还没有醒，束扎停当，留下三盒饼干和三分之二的米粑粑，与送我的公公、母亲和大弟弟作别。我对公公说，要是我有什么意外回不来了，你就留下孙子，把三个孙女送人吧。我看到公公浊泪滚滚，不忍心再看，跪倒给公公和我母亲磕了三个头，一转身，向那通往山岭的荒道上头也不回地大步走去。”

“我翻过山岭踏上荒道，在远处公路边那片高出的林子里停下来，等我约好在这儿聚齐的四个同伴：阿树哥、阿牛哥、阿芳妹妹和小琴妹妹。我等到中午，只等到了阿树哥，阿芳和小琴，没有见到阿牛哥。正在我们焦急等待阿牛哥的时候，忽然听到林下公路上汽车喇叭响，顺声望去一辆敞篷车上有十几个被捆绑着的人，那个站直身子望着这边树林的人正是阿牛哥！啊，他肯定是在翻越公路时被巡查人员抓住了的！”

“看到这个情景，我们四个人迅速遁进树林，散开去，找能遮挡人的去处趴下，唯恐有人过来搜查。到了天黑，我们四人拉开距离，前后跟随，警觉地顺着山岭小道一步步向前摸去。”

“夜里走山路，好难走。一会爬山翻山，一会下山涉水过涧，手要分拨藤蔓杂草，脚常常被缠被绊，人就是注意不再注意也常被绊倒摔倒。有时涉涧，还要拄棍试水，徐徐蹚过，一夜下来，只能走个十里八里，就又要藏起来，躲避检查。”

“第三天天亮，我们来到梧桐山北麓的龙岗岭潜伏起来。天一黑，我们沿着龙岗岭，一步步爬向大梧桐山顶。”

“这里到大梧桐山顶只有一千多米的山路，平时也就两个小时就能爬上去的。可我们是晚上贴着左边的绝壁摸黑攀爬，那紧挨绝壁的可是深有千尺的悬崖山涧啊。当我们爬到龙岗盐田区界分水岭的山道上时，一棵倒树横在我们的面前。小琴是走在最前面的，她用脚踩踩试试那棵树，感觉一下是不是稳固。感觉还行，她就一脚踩着那树，一手抓拉前面的树枝，正在她探身起步另一脚刚踏上树那边的时候，咔嚓，她手抓拉的树枝断了！她身体突然失衡失重，只听她啊的一声，瞬间从那儿坠下悬崖！我们连看都没有看清，别说援手施救了！我不顾一切地呼喊起来，小琴！小琴!! 小琴呀……忽然夜深人静的山下有巡逻的灯光照过来，那灯光在夜空中划着晃着，似乎发现了我们，我吓得赶紧咽声，不敢再喊。眼睁睁看着漆黑无底的悬崖深涧，活活的一个人就这样地在眼前一下子跌落山涧，跌落山涧！我们不能援救，不敢呼喊，那撕心裂肺的痛啊，恨不得一下跳下去与小琴陪伴！我的小琴，我的小琴啊，出师未捷身先死，终将遗恨怨九天！”

“可不，第二天一早，就有几个巡逻人员，一步步爬向我们这儿。一个人说，昨晚的喊叫声好像就在这附近。一个说，那我们就分开搜搜。我们一声不敢吭，大气都不敢喘。忽然一个搜寻的人喊道，你们都给我出来，我看到你们了。这一声不打紧，我身前三米处的藤蔓动了下，一个巡查的人喊道，这里有人！”

“几个巡查的人一齐向那微动的藤蔓围去，一个满脸道道划痕的姑娘，慢慢地站了起来。有一个人喝问道，你的同伴呢？那姑娘响声答道，昨晚翻过山去了。说着，几个人把那姑娘捆起来，推着带下山去。我当时紧张极了，我们三个人到这里怎么就没有看到她呢？她肯定看到我们三个人了，看到我们藏身处的。可她没有指抓我们，我好感动好感激她啊。这事过去了这么多年，我还时常想起那一幕，每想起来，我就感恩那位宁愿自己被抓回也没有把我们供出来的姑娘。”

“大约过了中午，从正南方的山坳里突突突地旋起一股股乌云，那乌云越旋越高，越旋越快！啊，我知道，遇到台风了！瞬间，台风裹挟着暴雨旋起了身边的藤蔓！我瞎住眼死命地抓住藤蔓的根，身体压住我的行李，任凭风刮雨浇。就这样整整持续了大约二十多分钟。当台风过后，我再看眼前，一棵断枝直戳在我头皮三厘米远处！我的天啊，要是再近一点，我都没命了啊。”

“这天晚上我们没有法继续攀爬，因为悬崖湿滑。可天气闷热，蚊蝇嗡嗡，裹上被单燥热难忍，不裹被单蚊蝇叮咬起泡，疼痒难忍！到好天亮时，蚊蝇散去，可却寒凉起来，身上起鸡皮疙瘩，瑟瑟发抖。我们几个人凑在一起，抱团取暖，也顾不上一男两女和什么男女授受不亲了。太阳出来了，渐渐暖和，我们商量着说，台风过后巡查的人断难上山，我们就趁着白天隐蔽着翻过山去。临行，看着昨晚小琴坠下的阴森山涧，我们不约而同地都双手合十胸前，泪如雨下，算是与小琴告别，也算是为小琴送行吧。”

“到中午，我们攀爬到了梧桐顶右侧下，怕下山被发现，就又躲藏起来直到晚上再下山。”

“下山的路我们不熟了，只能顺着有人走过的山岭上隐隐的痕迹往前走，抓着茅草拽着藤蔓往前走。走着走着，竟走到了悬崖边上，往下一看是公路，不时地有汽车亮着灯光南来北往。我们知道，必须过了这公路，再钻入对面的山岭，再翻过九道岭八条涧，才能到这条公路的尽头——宝安（今天的深圳）与香港的陆上分界——铁丝网，只要能扑过那铁丝网，我们就到了香港。”

“当我正在发愁怎么下去的时候，阿树哥拿出匕首刀，去削藤蔓条，我一看明白了，赶紧取出我的防身匕首，小芳也拿了她随身携带的防身刀。我们一气割削了那么多藤蔓条枝，一根一根扎连起来。阿树哥先下去探探路，我和小芳在上边慢慢放下藤条绳，阿树哥拽着藤条绳，借着斜坡往下慢慢滑，整整过了一个多小时，阿树哥下去才上来。上来后，让我先下，后小芳下，他最后下。谁知阿树哥怕天亮前过不了公路钻不进前面的山岭躲藏，下来得就快了一点，眼看就要到下边着地的时候，脚一滑，栽摔了下来。我和小芳一起用身体接等，阿树哥却重重地砸到小芳身上，小芳被砸往后跌倒。这一跌，一下跌到一具刚刚僵硬的尸身上！小芳和我直吓得魂飞魄散！阿奇哥顾不了这么多，拉起小芳和我一瘸一拐地冲过公路，钻进山岭林深处躲藏起来了！”

“在接下来翻山越岭涉涧过河的几天里，我们渴了喝山涧水，饿了就找野果充饥，也吃带的干粮，可不敢一下子吃完，因为不知道要多久才能过去，不能不节省干粮。有时虽在山涧里洗洗澡，可衣服早已馊臭难闻，因为你就是洗了衣服也不敢晾晒啊，晾晒就怕被巡查发现抓住啊。可想着不久就能冲网，心里也感觉得值，又充满信心和希望。”

“这之后，我们陆陆续续遇到三五成群的逃港者，常常微笑或挥挥手示意，彼此心照不宣。每到天亮都散开躲进不同的地方，有的被巡查发现抓住，也没有一个人供出同行者和其他人的藏在哪一片的。这些逃港者，多是年轻男女青年。也有中年人，极少有老人和孩子的。我们遇到，不免互相看看，只见人人都晒得黑不溜秋，大多面黄肌瘦，身上衣服多是一遛一拉的，手上脸上划伤的旧痕新印随处可见，有不少还冒着血，肿胀化脓的。有的人还发烧生病，同行照顾，扶着的，搀着的，背着的，还有被抬着的，千模万样，不一而足。”

“临到冲网的前一天晚上——这是第九天的晚上，我看那能隐藏人的山岭树林沟涧谷底至少有几百人了。”

“我记得很清楚，那天天刚亮，巡逻队还没有上班，正准备换岗，从那公路两侧的山岭、林地、谷涧、路旁，真是漫山遍野四面八方，一下冲出无数人流，呼喊着冲向铁丝网。有的往网上爬，有的用老虎钳子剪铁丝网，有的用棍别撬贴地的铁丝网。顿然间警报长鸣，警犬窜出，集结号、冲锋号骤然响起，数不清的一支支小部队，从四面八方一下子冒出来，包围着地毯式地围合了过来。爬网的人除了动作快又麻利的几个翻过去的人以外，大多掉摔下来或被钩拉下来，那几个翻过网的也有跌得不能动弹的；用老虎钳剪铁丝网的，没有一个人剪成洞钻过去的；倒是有人从别人撬地面铁丝网的棍下洞隙爬过去的，好多正在爬着就被抓拖回了的。别撬铁丝网让别人爬的人，大多是兄弟姊妹，或是夫妻，或是好友，也有互不相识的同伴，几百人的冲网大军，喧哗呼叫二十多分钟吧，就安静了下来，因为那除了冲过去的，都被抓得一干二净。”

“我被抓投在靠墙的篱笆里，眼看阿树哥在就要就要翻越铁丝网的一刹那，因跌伤的脚吃不上劲，被拖进我的篱笆里。阿树哥掏出他怀揣的仅有的一小盒饼干递给我，对我说他走不动了，要我趁喧哗杂乱，伺机逃出去。那时也容不得我多想，我接下阿树哥的小包包和饼干，无限深情地看着他，点点头。”

“我伺机一下把行李扔过墙外，从人缝里挤到靠墙的篱笆边，从篱笆底下爬过去，好在紧挨篱笆墙的是藤蔓杂草，我从藤蔓杂草中爬过去，绕到墙后，提起行李就放开脚步往上山跑。我看也有人几个人跑在我前后左右的。身后有人大声喊喝，让我们站住！哪个停下脚步听他的？都头也不回只顾没命地往山上跑，往树林里钻，往山涧里跳。身后还传来枪声，但那是朝天鸣枪示警，并没有往我们射击。我也不知跑了多久，跑到公路边那个最高的山顶旁，趴在那里，一动不动地往下望。只见被抓的人往一辆辆敞篷的车上赶，挤满了，车就开了。每辆车上，都有警戒人员押送，被赶在车上的人也没被捆着扎着。车子沿着公路往宝安县城方向开，不时有人跳车，有的跳车后就往山上跑；有的跳车后可能是摔伤了，一瘸一拐地也往山上爬；还有的跳下车摔在地上就没有爬起来。我专注地看那车上有没有阿树哥和小芳，可一直看到中午没有车了，也没有看到他们。直到时隔二十年后，我在香港发达了衣锦还乡，才看到瘸了腿当年被遣回的白白胖胖的阿树哥。可至今还是没有小芳的任何音讯，也不知道她是死是活。”

“我在这里趴着，藏着，我等待聚集人多时再下去冲网，可我在那里藏了三天三夜，也没有看见上次那么多的准备冲网的人。我上边说过的，一个人几个人甚至几十个人你别去冲网，这人单力薄，你去冲了也是飞蛾扑火，自投罗网，过不去的。到了第十二天，还不能再次冲网，我决定东下东线，走水路，泅渡香港。”

“走东路，还得上山，只有上山向东翻山越岭，走没有人走的路，才有可能安全，因为这里巡查队更多更频繁。可这一上山，我才知道这条上山向东的路有多么难！出门时的干粮，舍不得吃舍不得吃，眼见只剩下阿树哥的那盒饼干和一小块锅巴了。这不能再吃了，这要留着做泅渡时活命的能量干粮。那几天，风吹雨淋不说，能遇到野果充饥就是幸运的了。有时没有野果，就只能吃野菜，吃野蘑菇，吃地皮，吃嫩树叶，只要是能吃的吧都吃，饥不择食，管不了那么多了。特别是白天，钻山林过山涧，到了晚上就累瘫了。一个人，又不敢睡地下，为躲野兽我就爬到树杈上，用拐杖钩起行李抱在怀里睡。”

“有天晚上大约凌晨两点光景，我攀爬到一处山岭上，突然两道阴森幽蓝的光射入我的眼帘，我浑身激灵一颤：我遇到狼了！我也不知道当时哪来的那股勇气，猛地扔下行李，左手抡棍（就是我隔壁赵大叔送我的那个拐杖），右手操刀（那个匕首），不待狼袭击我，我竟纵身跳起来大吼着向狼扑砸下去！那狼似是惊呆了似的，先是没动，当我的刀棍快劈上它的一瞬间，它骤然惊吓得一生长嚎，惊恐地飞窜逃去。这时突然从左边冲过来几个人，我一看都像是年轻人，有男有女，站在不远处看着我。其中一个人对我说，你胆子好大啊，我们听到这是狼与人搏斗时的嚎叫才跑过来的。另一个看我手里的武器和披头散发呆威凛凛地站在那里，对我说，好样的兄弟！另一个女的说，你看错了，她不是兄弟，是女的。这时，我刚才的勇气顿然泄去，倏地瘫软倒地。当我醒来时，天已经大亮，我背靠在一个男人的怀里，一个也披头散发满脸蜡黄的姑娘正在往我嘴里喂水……”

“我至今不知道那救我的几位姓甚名谁，只记得我背靠他怀里的那位小伙子，晚上我与他一同夜行的时候，他突然紧紧拥抱我一下，我扬手就给他一巴掌。可我又怕被其他人发现和听到，就压低声音怒怒地呵斥他说：我都四个孩子的母亲了，被逼无奈，去香港找我丈夫求生，你们救了我你就该想占我便宜吗？他先是一怔，随即一下松开我的手，快步往上爬去，可没爬几步，他竟停下来，从他背包里掏出两样什么东西放在地上，对我说，这个给你，多保重，愿你成功。说完，他就继续向前，追他的同伴去了。我爬过去拿起来看了看，是盒月饼，还有100港元！我的天啊，我从来没有过这么多钱！我什么话也没有说就放进背包，向着他攀爬的方向爬过去。到了天亮，我没有看到他们，从此失去了与他们的联系。到现在我还时常想起那次与那几个不相识的人的不期而遇，心存怀念与感激。”

“向东走，山路更加艰难了，不像从北向南走也不像从南向北走，那还可以顺着山岭山脊山涧走，因为梧桐山主要是东西走向的。这向东一走，就是要走过一道岭，翻过一座山峰，涉过一条河涧，没有个半天一天或是一夜或是一天一夜是过不去的。我已经衣衫褴褛披头散发，我虽然看不到我自己，但我知道我与看到的那些逃港女没有两样的了，我活像一个讨饭的流浪的精疲力竭的疯子，要不是信念支撑着我，我恐怕早就倒下了。”

“我顺着梧桐山水库的北边，继续往东翻山越岭，夜行昼宿。到了我出门的第十九天，我终于来到了小梅沙大梅沙。我躲在山上往下看，这里是海波浪涌的大鹏湾；向西南方向看，那里灯火通明。我抑制不住心头的激动，我知道，那里就是香港，是我要去的香港！”

“我在白天整理起下水的皮球、轮胎，吹吹气，拧上塞看看可漏气，再放气叠好；备作船帆的被单不敢理开，但我把线绳拉了拉理了理，看看可能用了；把备作双桨的两个乒乓球拍也作划水似地样了样。一切准备都还能用，我就谋划着看准时机下海去泅渡了。”

“我白天向西南方向看，不时地有大船小船行进在这大鹏湾上，更多的是一艘艘巡逻盘查的船，一打旗语，所有船都停下来接受检查，时不时地看到有人被带下大船小船，被推上了巡查的船。也有大白天浮游泅渡的，都是先下水游，游着游着就解开包裹，拿出轮胎皮球什么的，吹起气，人趴在那上边顺溜漂港。也有几个轮胎链接在一起，像个大气垫似的，人坐在中间，双臂扬起布帆，那速度就快多了。可我看到这些白天泅渡的人都或近或远的被巡逻船靠上抓住了，也有一些见到巡逻船过来了，拼命地加快速度的，那也都是徒劳白搭的，那速度怎么能与巡逻船速度快呢，任你怎么挣扎都还是被抓住的。被抓住这也算了，有的人被抓住后竟空手纵身从巡逻船上跳入大海，虽然大多跳海的人又被巡逻船上的巡查人员捞起抓住，可也有没被捞起抓住的。这时，我仔细看远处波浪滔滔的海面上，也有隐隐的似是人在徒游泅渡。我慢慢地收回视线，目光移向近海海边砂石林滩，啊，那好像是几具被海浪荡回的尸体在海边浮荡！我暗暗叮嘱自己，陈浮生啊陈浮生，你历经艰难九死一生都过来了，这泅渡，你可要勇敢坚强去求生啊！”

“第二十二天夜晚，大约八点，我从山上爬向海边。当我爬到海边那处可以下海的沙石边时，看到三男三女正在那吃东西，链浮筏（也是我带的那类东西）已经放在水边，一看就知道他们也是和我一样要从这里偷渡逃港的。看到我，他们其中一个人帮我把背包接下来，什么话也没有说，就又准备他的下水物品了。我吃下扣作下海前吃的遇狼后那个小伙子给我留下的饼干，喝下从山涧里灌的那瓶水，吹好扎好链接好我带着的轮胎篮球，丢下拐杖匕首那些能够丢下的一切物品，心一横，生死由命成败在天地跳进大海，向那灯火通明的地方游去。”

“为了保持体力，我开始游得很慢，大约游了三个小时，那个在我前面游的姑娘速度渐渐慢了下来，慢了下来，她已经不是在向前游，而是随海水向左荡浮了。我知道，她肯定是体力不支溺水了。我向她游过去，我游到她身边喊她她不应，就伸手拉她。啊，她已经僵硬了，浮在水面上了！这时，游到前边的那个姑娘，可能也发现她同伴落后的异常，也游了回来，呼喊着她。我大声对那姑娘说，她死了都僵硬了！那姑娘一听，迅疾游到她身旁，一把拉着她，犹豫了片刻，决然地把她同伴系在自己的腰带上，奋力地向那灯火通明的地方游去。”

“当我们游到离与香港海面大约还有一百多米的时候，忽然从西北方向扫过来几束灯光，那是巡海的巡逻船向我们驶来！我不容思索，拼尽全力，抡起乒乓球拍，奋力划水！我一边划水一边念毛主席语录“下定决心，不怕牺牲，排除万难，去争取胜利”，鼓励自己游过分界线去。当巡逻船赶到时，我和那几个同时泅渡不相识的同伴都已经游入香港的海面。”

“我深深地呼了一口气，苍天不负我，我到了香港了！”

“本来我是想从大梅沙下水游向鸭洲的，因为游向鸭洲的距离近五分之四还多。可我没有游向鸭洲，我担心经游那里，被抓的可能性太大了。我选择了远海泅渡，游经吉澳，那虽远可安全系数大多了。没有想到英雄所见相同，那几个也是和我一样，从大梅沙下海，游向吉澳。虽然泅渡这条道自然凶险不少，常有沉入海底浮尸海面，可毕竟基本上能避开巡查抓回的绝望。”

“到天快亮时，我们才陆续游到了香港的吉澳，上了岛。正当他们都泪如雨下地把那没游过来的溺死女同伴，安放在一堆石砾中的时候，就听有人用香港话喊道：喂仔啦，不能安葬在那里的呀！”

“随着声音，那人就来到了眼前。对我们说，你们是刚从对面过来的吧？你们几个命大啦，才死了一个呀。这里天天海面上都要打捞几十具浮尸的啦，打捞上来都是我埋的啦，你们给我 30 港元，我把她埋在那些死人一块啦。我知道，这是拉尸行的人，我听说宝安就有 200 多个拉尸佬。拉尸佬每埋好一具被淹死的偷渡客尸体，可以凭证明到公社领取劳务费 15 元，如尸体已经腐烂难闻掩埋困难，还可以领到 20 元。看起来香港的拉尸佬要钱还不算多的。”

“他们你看看我我看看你。我知道那是没有钱的眼神啊。我掏出那张一百元的港币，要那人找我七十元，安葬他们的同伴。那拉尸佬从口袋里翻了半天，一张一张地点着找我的钱，可只有六十五元。我想，罢了，找回六十五就六十五吧，能让她入土为安，我也是胜造七级浮屠了。”

“这时有两个香港的蛇头过来，问我们要到哪里去。那时人们去香港，多是去香港岛或九龙的。那几个与我一同泅渡过来的人也是去香港岛的。蛇头说他们只负责送到九龙，但每人要五十港元，还要等到人聚够一船晚上才走。我够五十元，可那几个人没有。正在为难时，他们中一个人窸窸窣窣地在背包里摸着什么东西的，犹犹豫豫了半天，终于突然下了决心似的，从怀中掏出一块钻石珠宝，对那蛇头说，你看这个，给你，你可能把我们送到九龙？那蛇头把珠宝拿在手中看了又看，犹豫了半天，才答应说，好吧。”

“到了晚上，没有人上来，还是我们几个人。那个要钱的蛇头不愿意开船，要再等到明天。而另一个蛇头说算了，他回去还有事，就不等了。我们就这样上了船。可有谁想到，船进了赤门海峡来到大水坑时忽然遇到飓风，船瞬间被刮翻，蛇头游走，我们落难。”

“当我醒来的时候，才发现我躺在渔船的床上。一位胡须飘胸精神矍铄的渔民老爷爷，正理着他的渔网。看我醒了，就喊他的老伴端来一碗米粥，一勺一勺地喂我。我喝着米粥，热泪横流，这二十三天，我眼见、亲历无数凶险，九死一生终于逃到了香港，可还没有落脚就又差点葬身海里。我越想心越酸，泪水不禁地哗哗涌流。那老爷爷安慰我说，伢仔，你命大啊，还能到这里，就算万幸了；好好养两天，再去你要去的地方吧。我哪里能养两天呦，我一骨碌爬起来，要去香港。老爷爷说，这里是沙田，你去香港，路上会被抓住遣送回去的。要想不被抓住，你要向南越过狮子山到旺角，再伺机泅渡去香港岛。你要确定好，你丈夫是在九龙还是旺角，还是香港，这路难走，湾难度；伢仔，看你这状况，你经不起折腾更不能出意外啦。我感谢老爷爷夫妻心疼我关心我照顾我，可我一会也不能在这里耽搁，我执意要走。老爷爷和老奶奶嘀咕我听不懂的什么话后，老奶奶就给我一些吃的带着，老爷爷把我送到上山的路边，目送挥手，我向狮子山上攀去。”

“进了狮子山，才发现这山里有好多偷渡过来藏身的人。那些没有介绍信证明自己身份的人或是有介绍信没有明确投奔亲属的人，怕被抓住遣送回去，就在这里花钱找蛇头，托关系，以求有接纳的人。只要有接纳认领的人，你就可以办个香港临时居住证，再找份工作，你就可以申请香港永久居住证了，取得香港籍，成香港人了。于是当地的香港人就有人到这里卖吃的卖喝的，就有了专门蛇头专门给这些偷渡者找接纳的人。可要想找到人接纳，就要给蛇头四千元港币！没有四千元港币，少部分丧尽人性的黑心蛇头就把你抓去交给警察，每抓去一个交给警察，他就可以领到五百港元的奖励。我没有介绍信证明身份，又不知道沈全奇的确切地址（只有他哥哥以他舅舅的地址寄过钱去家的那封信和信封我还带着），又没有那四千港元交给蛇头，我只能犯难在那里想办法。我哪有什么办法想呢，一天后蛇头看我没有钱，就把我抓去旺角交给警察领赏了。”

“我被关在审讯室里，坐在警察面前，接受警察询问。他们不凶，边问我边做笔录。当他们知道我以上的经历，两位警察互相望着，唏嘘似地用英语在说着什么。我请求不要遣返我，我家公公和四个孩子还等着我活命，我九死一生来到这里，我请求他们帮我找到我丈夫沈全奇。他们向外招招手，我又被带进关押室去。”

“我在关押室里蹲着，心里盘算着，我得找机会逃出去。我四处窥视，没有可以供爬翻越的地儿。可一天三遍有人送吃送喝的。那些与我关在一起的，不断地出去没有回来，而又有新的人不断地被关进来的。我正纳闷，怎么没有遣返我呢。”

“第三天上午，看押的人叫我跟着他出去，来到一处接待室。那警察指着一个剃着秃头满脸慈祥虽比沈全奇矮上二十公分可与沈全奇相像的人说，这位先生约见你。我一见那人，心里咯噔一怔，我的天，这不是沈全奇的舅舅吗？对，是沈全奇的舅舅，我婆婆曾经对我说过舅舅的模样的。”

“我见到沈全奇的舅舅就扑通一声跪下了。我抱着舅舅的腿，泣不成声：你是舅舅，舅舅，你是舅舅！我昂起脸，仰头看着舅舅，只觉有两颗热泪滴到我的脸上。舅舅，舅舅，沈全奇在哪里？沈全奇在哪里？舅舅，舅舅，你借我点钱，赶快给我的家里寄去，我都出来二十八天了，我留下的三包饼干和那点米锅粑粑他们早就吃完了，早就吃完了……”

“舅舅抚摸着我的头，点点头，要我站起来坐下说话。他安慰着我，说活着到这里就好，要我在这里再等上一两天，要沈全奇来办手续接我出去。”

“我恨不得一下子看到沈全奇。沈全奇，你快快来接我，你快快来接我，接我出去啊。你知道我这一路是怎么过来的吗？几年来你音信全无，你还好吗？你瘦了吗？晒黑了吗？工作吃住都好吗？你知道我有多么牵挂你，想念你吗？可等了一天，沈全奇没有来，等了两天，沈全奇还没有来，等到第三天，沈全奇还没有来！我在那里焦急得心如火焚，又惴惴不安。我亲爱的沈全奇啊，你在哪里啊，你在哪里啊！我的舅舅啊，你不说第二天沈全奇就来接我出去的吗？怎么不见他也不见你了啊？”

“到了第四天，负责看押我的警察似是奉命公式般地向我宣布：你说的你丈夫沈全奇我们已经找到，可他不承认你是他的法定妻子，你也证明不了你是他的法定妻子。依据规定，你不能停留香港，本当立即遣返。但警署专门研究你的情况，也征得沈全奇舅舅的同意，允许你以探亲的名义在王德忠（沈全奇的舅舅）先生处逗留一个星期。请跟我来。”

“我一听如同五雷轰顶，我如何跟他去——一下子瘫倒在地，再也站不起来。我心里顿时由盼生怒，沈全奇，你这个没良心的，你这个没良心的，你这个忘恩负义的陈世美，你这个忘恩负义的陈世美！现在想起那时的情景，也真的不知道情绪转换怎么那么快，刚才还是坍塌瘫软倒在地，忽然间竟然怒火中烧骨碌一下爬起来，嘴里喊着，沈全奇，沈全奇，你看看，你看看，我到底是不是你老婆，我到底是不是你老婆！……我发了疯似地往外冲，要去找沈全奇当面对质，我是不是他老婆!”

“这时过来两个警察，把我拦下，要我冷静，要我稍等，说王德忠先生正在办理你出去的手续，你跟我过去签个字，就可以跟王先生去了。”

“我渐渐的冷静下来，我知道，我刚才丧失了理智丧失了理性。我平静了一下心情，跟着警察来到接待室，看到舅舅正在办理接我的手续，我也过去签了字按了手印。”

“我到现在都感激香港的警察，他们怜悯我的遭遇和执着，帮我联系上了舅舅。我感激舅舅，感激舅舅的宽善仁厚，在我最为困难的时候向我伸出了救援的手。”

“我随舅舅到了他家旁边的理发店，舅舅叫理发店师傅给我理发。我坐在那儿，一脸木然，任理发师傅理发。理发店师傅边理发边问我舅舅，从那边才到的？舅舅点点头。等理发师说理好了，我这才猛然醒来，再看我的头发，啊，我的头发成了爆炸式的发型！我一下站起来，双手捂着我的头，痛心我被剪的头发。你不知道，我从丈夫沈全奇离家那天起，我就没有剪过头发。我留长发，扎辫子，把对丈夫的思念，对丈夫的感情留在头发上，寄托在头发上。头发多长，我对丈夫的思念就多长，对丈夫的情爱就多长。我整整留了这几年都没有舍得剪掉啊。现在为根（指丈夫））留的头发剪了，剪了，我用什么来见证表明我对丈夫的爱有多长爱有多深！我捂着爆炸式的发型，我懊恼，我失意。难道是上天要剪断我要我断了对我丈夫的像头发一样深长的爱吗？不要啊，不要啊，沈全奇，我爱你啊，我爱你啊沈全奇!”

“但剪过的头发安接不上了，我再懊恼遗憾惋惜也都没有用了。”

“我随舅舅到了家。看到他家只有一大间房子，房子里有一张平铺床，一张上下床，厨房卫生间餐桌家具都在里边，地方虽小，可也放置得紧凑有序。舅舅指着上下铺说，你就睡在那下铺，你表妹睡上铺。说着从一个箱子里取出一身内衣一身外衣，从鞋柜里取出一双袜子一双鞋，对我说，这是你表妹的，你能穿的。去把那布幔拉起来，洗洗澡，洗过澡跟我到超市里买两身衣服。”

“我依舅舅嘱咐安排，洗了澡，换了衣服。真是人是衣裳马是鞍啊，我这一理一洗一换，人突然间显得整齐精神起来。想想我从动身到现在，不到两百里的路啊，我历尽劫难整整走了三十二天，走了三十二天！不由人的，我又想起沈全奇来，沈全奇，你在哪里，你在哪里赶快来啊。”

“沈全奇来了，但那是我在舅舅家住到的第六天上午。我后来才知道，沈全奇这时能来，是被逼的，也是被引诱的。沈全奇不听舅舅话留下我，舅舅没办法，花了五千港元找蛇头，让蛇头去贿赂警署一个警官，这个警官去找沈全奇，警告沈全奇说，经查实陈浮生是你的事实妻子，你没有经过合法手续就遗弃你的妻子这是犯法的，犯法是要坐牢的，你看你是给你妻子办签证居留，还是你先来坐牢，待你与陈浮生解除婚姻后把陈浮生遣送回去？因为是舅舅花了钱的，这警官又私下找沈全奇说，你老婆九死一生来奔你，做人都要讲良心的，我看了你老婆的笔录，我们都极为同情她对你的痴情，她对你父母的忠孝，她对你孩子的疼爱，她来港奔你的执着坚毅和她的勇敢；你有这样的好妻子竟然不认，你还是人吗？你不怕人骂死你吗？你不怕道德良知谴责你吗？你以后在香港还怎么混？沈全奇就是在这种情况下才被迫来见我的。当然，来见我还有一个重要原因，就是我舅舅要我表妹去痛骂沈全奇，并权宜地答应沈全奇将来与我履行正常离婚手续后表妹嫁给他。这是后来表妹告诉我的，表妹说，那时沈全奇死追她，想她嫁给他。我表妹就先以不仁不义骂沈全奇怎么对待我的，要是她嫁给他，将来指不定今天的我就是明天的她被他抛弃了呢。表妹说，她当时诱骗沈全奇说：我理解感情这东西是不能强求的，你不喜欢表嫂喜欢我也行，但我爸爸说了，你必须留下表嫂，你只要留下表嫂，以后再离了婚，说不定我爸爸就会同意我嫁给你呢，我也喜欢你呀。”

“就这样，沈全奇在威逼引诱下才来见我的。”

“沈全奇见了我，一句话也没有说。我原本一肚子的话想对他说，可看到沈全奇木然地全无表情地看我也不看我的样子，我那时竟也连一句对沈全奇说的话也没有了。我只见沈全奇白白皙皙的，他在看一旁的表妹，看他表妹时他眼里放射着兴奋的光。”

“沈全奇带我去了警署，办理了确认我是他妻子的临时居留手续后，就带着我到了他的工作地点——一个很整洁的宾馆。他把我安置在值班室隔壁的杂物间住了下来。”

说到这里，陈浮生还话犹未酣。可我坚持不下去了，就有意识地看看墙上的挂钟。陈浮生见状，忙打住诉说，急忙地说，呀呀，都凌晨二点了，你坐了一夜的车，又一天没有睡觉了，得睡觉休息了，得睡觉休息了。说着，她起身走向我的卧室，推开房门，进入室内，站在床边，请我安歇。她站在旁边等我脱衣，把我脱下的衣服挂在衣架上，迟迟没有离去。我当时心一颤，脱口对她说，谢谢你这么周到的照顾，你也早点回房歇息吧。陈浮生看我站在那里迟迟没有上床躺下，对我说，怎么，你到陌生的地方，有人就不敢上床吗？我顺口就说是的呢。其实我当时好囧的，这夜深人静就我男她女的，要是我不检点做出点事端来，那我们明天怎么见面。陈浮生像是看透了我的心思一样，大方一笑说，那你好好睡觉吧。随即，她关门离去道晚安，我挥手送别说明早见。

陈浮生一走，我到感到自己好龌龊的，人家陈浮生是在热情周到有礼节地待客，我怎么把自己傲然成柳下惠，把人想成非非的呢。可我转念一想，这样也好，我装模柳下惠，断念无是非。

第二天我一觉醒来就十点了，赶紧起来梳洗一下。侍女端过来精美的茶点，请我喝茶吃饭，并递给我一张字条，上面写道：

我尊贵的客人，原谅我出去办事看您熟睡没有叫醒您。我晚饭请您去农家乐尝尝我们这里的风味菜肴。这之前您要做什么，你吩咐阿妹（侍女）就行了。我书桌上的书，和我以前随手写的东西您可以随便看，也许对您的这次来访和以后写作有点小用处呢。

我心里想，好好，我这次来就是要积累写你陈浮生素材的，你要是不同意不安排，我还真不好意思随便翻看你的东西呢。既然你已授权安排我可以看，那我就看啦啊。

吃过早饭我哪都没去，就坐在陈浮生的书桌前，专门挑着看起她以前写的有关自己逃港后的日记来。

九月二十三日　雨

那天沈全奇把我安置在他工作宾馆的杂物间后，就出去了，说是晚上不回来了，要我报他名字去宾馆食堂吃饭，晚上自己打个地铺睡觉。我在那里等他呀，等到第二天天亮，等到第二天天黑，他都没有来。第三天上午大约十点，我去问宾馆服务员，问沈全奇昨天没有来上班吗？服务员说，昨天他上班啊，现在他还在他的办公室，刚才还看到他的啊。我问他的办公室在哪，服务员说，三号楼六层最左边的就是。

我乘坐电梯上了三号楼六层最左边，找到服务员说的沈全奇的办公室。不一会，沈全奇开门了，一个摩登女郎，风情万种地扭动着腰身，左手挽着沈全奇的右臂，右手勾搂着沈全奇的腰，嘴里娇嗔的嗲声嗲气地呢喃着：侬不想走呢，你完事了就要推侬走呀。忽地一抬头撞见了我，那女的问沈全奇我是谁，沈全奇说我是他一个远房表妹，想来这里找份工作的。

我一看一听，怒从心头起恶向胆边生。你这个无耻的沈全奇，我颤抖的心房忽然镇静，浑噩得茫然得一下清醒，我连鄙夷地看都不愿看他沈全奇一眼，转身冲下楼，收拾收拾我的物品，毅然地提着向舅舅家跑去。

十月十日　晴

舅舅托人让我进一家服装厂工作已经十天了。这十天我在学徒室学了操作缝纫机的知识，叠边绞边拉直线做弧线锁钮订纽扣我也都一样一样地学会了，师傅手把手地教，态度和蔼又亲善。昨天我终于被安排上了制衣流水线，可领班只要我做裤片那道缝；今天还是负责做那道缝，领班说这一个月我都做这道缝。我问领班，以后是否要我上其他流水工序？领班说，以后根据情况需要，也可以轮岗换工序。我想，就是我把制衣厂各个流水工序都做一遍做得很熟练，我也不能独立做一条裤子、一件褂子的。

十月二十日　晴

我第一次领到工资了！三百八十八元！三百八十八元！这是我在家一年都不能挣到的钱啊。明天就去舅舅家，把借他寄回家的两百元先还他一百元。下个月我能挣翻倍的工资，因为我没有学徒期了，手也熟练了，质量和效率也会提升不少，估计七八百元没有问题。照这样下去，我除了每月往家寄两百元自己每个月一百元的生活费外，我还能结余四五百元。这样一年下来，两年下来，我就有钱了。有了钱，我第一要把公公和四个孩子接来香港，我还要把舅舅为我留置香港花的五千元钱还上。

十月二十三日　阴

今天听说建筑工地工人工资很高，一天能挣三百元！三百元呀！还可以加班，加班还能多挣不少钱。最近得找个时间，去建筑工地看看。

十月二十六日　晴

今天去了建筑工地，看那搬砖、拌水泥黄沙、搭脚手架、支楼板这些活我都能干，砌墙恐怕一开始不行。下周去干一天试试，看看我可能干，要是能干，我就辞掉现在的工作去工地，干建筑工，多挣钱。

十一月三日　晴

今天是我到建筑工地第三天了。虽然比服装厂累，可挣钱多了一倍，心里还是甜甜幸福的。累点算什么，只是手上起的泡有点疼。不要嫌疼，过几天变成茧就像在家干活时一样，就不疼了。赶快睡觉，领班明天要我去拉钢筋，扎龙骨，要好好学，好好干。

十一月十五日　阴

今天当着监工的面，给领班指出安排搬运砖、往脚手架上放砖递砖、和黄沙水泥、砌墙的人员比例不合理影响工作效率的问题，没成想领班脸一下黑紫了，而那个监工倒是看了看我，问领班我上工地多久了。领班说我才来时间不长，就爱提这意见提那意见的。我真好委屈，我是好心好意呀，你安排人，难道就没有发现，哪一个环节人少了就忙不过来，人多了活不够干就在那闲着，这不都影响效率吗？

十一月二十日 阴转小雨

这段时间，我的工作岗位不断换。砖瓦工组，钢筋工组，木工组，焊接工组，浇铸工组，水电工组，甚至门窗安装工组，室内外装饰工组，我几乎都轮了一遍。那个监理怎么这样对我好呢？还说以后教我看图纸，懂设计，会预算，这是有意在培养我吧？嘿嘿，我可能真是搞建筑的料，不然怎么经手的工作一看就明一点就通呢？我喜欢热爱上建筑这个行业了。这个行业有奔头，有前途。

十二月二十日 小雨

这一个月没有写日记了，项目经理要我做他的助理，整天泡在工地上，指挥施工，检查质量，填写记录报表，报送工程部、质检部，报给经理。涉及施工班组的，常常还要与班组领班沟通交流，并提出具体的意见建议和工作要求。这个月，我大开眼界，管理是门学问，具有系统性，层级性，科学性，艺术性，还有协调性，既有刚性的规定要求，又有具体情况的具体变通性。但千性万性，两性最重要，一是质量，一是安全。质量核心是工程质量，安全核心是人身安全和质量安全。明天，我要去独立负责项目下一个工地的施工管理工作了，我一定要不辱使命。

十二月三十日 晴

过了元旦，公司要派我去工程预算设计和施工管理业务骨干班学习了，想着心都好激动。更激动的是，今天，我香港的户籍正式办下来了，我成了香港人了！我一个农家女四个孩子的母亲九死一生地来到香港，虽被丈夫遗弃，可今天还能够这样，值了，值了！下个月我就可以发函，要我的公公带着我离别四个月日夜想念的孩子来香港定居了。想到这，我的心不禁激动起来，我的孩子，妈妈很快就能见到你们了，我们永远不再分离了。

一月二十日 阴转晴

时间过得真快啊，一转眼今天就是 1981 年的 1 月 20 号了。有几件事不能不记一记留作永久的记忆的。一是 1 月 8 日我四个孩子都到香港了，他们的爸爸沈全奇那天居然也随我到码头接孩子，还一个个抱起孩子，一个个亲亲孩子，喜悦与幸福掩饰着他对孩子的愧疚。沈全奇，不管你对我怎么样，你那天的表现，你还是有亲情和人性的。二是1月10日我搬离舅舅家了，一家人住到我租住的房子里，在香港，我现在算是有立身之地了。三是今天我拿到建筑预算和建筑管理的从业证书，我以后具有进行工程管理和参与投标的合法身份了。四是我请到一个年轻貌美的中专生做保姆，负责接送我孩子放学上学。有人做家务了，我能全身心地没有后顾之忧地投入我热爱的工作了。十年河东转河西，咸鱼也有翻身时。这些都是我连做梦都没有想到的啊。

二月五日　雨

一个女人，时刻都要提防男人对你起歹念。可不，前天下午下班时，我就经历了惊恐的一幕。我去十二楼检查承重墙体的浇铸，腰忽然被一双粗壮的胳臂抱住，随即那胳臂把我悬身抱转，一张喘着粗气满是胡茬的嘴亲上了我的脸，滑向我的唇。

正当我怒不可遏时，忽然一下子看清了这人的脸，啊？原来是成占三！就是那个我给领班提意见看我问我的那个监理，我后来不断被提拔被重用，被派出学习都是他一力提携支持和帮助的结果。我停住了怒吼，心也惊胆也颤，他是我的贵人呀，平时对我彬彬有礼的，今天怎么做出这等荒唐事！

成占三被我机智的欺骗和勇敢镇住了，尴尬无地自容地站在那里。我想想他一直以来对我的好，没有他我可能没有今天，何况他现在算是与我搭班子，是上级派在我的项目工程处做我的工程总监的。而且他一个人在这里工作，对我一直有好感，男人的一时冲动我应该理解他原谅他。就对他说，今天的事就你知我知，就权当没有发生，算了。

这是前天发生的事，可它却怎么都萦绕在我的脑海心间，挥之不去，拂之又来，既恐惧又不安。

二月十日　雨转阴

今天我无意中救了成占三的命！真都是天意了。上午为了迎接中国建筑对工程项目的检查，我与成占三和其他项目负责人分头对项目工地进行安全检查。我与成占三一组，当我俩来到高空焊接的作业班组时，空中突然嘣的一声响，一块掉落的砖头掉到钢管支架上后弹起直往下落，下落的砖头直往成占三头上跌砸下来，成占三吓愣了，昂着头竟不知躲闪了。我当时也不知怎么出手就那么快，一把抓住成占三的后衣领狠命地往后一拉，就在他人往后倒的一刹那，砖头砸在了他的皮鞋头上，我救了他一命，使他躲过了那一劫。这次惊恐的安全事故——当然这不算事故，因为没有酿成事故，但它再次给我敲响了安全的警钟，明天就要在工前会议上，说这事，务必要安全警钟长鸣，时刻都不能放松。

二月十五日　晴

沈全奇钱被女人骗光了，没有女人再睬他了，他寂寞难耐了。又因为工作不力，他还被宾馆炒了鱿鱼，他现在不仅没有了女人失去了工作还一无所有了。知道这些我本应幸灾乐祸庆幸他终于遭了报应活该才是，可我怎么都幸灾乐祸不起来，心里还不是个滋味。这不，今天他去工地找我，见到我就扑通一跪，说他错了，请求我原谅他，接纳他。这一跪还真把我心跪软了，他那乞乞羞愧看我的眼神和无以名状的痛苦神情，我都不忍直视他。唉，人不落难不知悔，浪子回头金不换。念他的好吧，毕竟他能随我去接孩子，良心人性还未泯；现在虽然一无所有但还能想到我和孩子，放下黄金双膝跪我痛悔认错，就原谅他接纳他给他一条生路吧。何况，我虽然怨他，但并不恨他，他现在和我还是名义上的合法夫妻；何况我们本也没有离婚的；何况那四个孩子可都是他的呀；何况我现在也有能力养活他了。孩父归家，夫妻团圆，流浪漂泊在异乡的，有个完整的家也不是坏事。罢了，明天去把他接回来吧，也省得有些男人惦记我。

二月二十日 阴转晴

沈全奇归家了，一改以前的懒、散、慢的恶习，人竟勤快了。早上做饭煮牛奶，晚上侍奉孩子洗浆，还常常把我的衣服也洗了，看我回家晚时有时还去接我迎我，为我热饭，我吃过饭他还把洗脸水、洗脚水给我放好。我心里很温暖，沈全奇，你这样，我再累再苦我都感觉值——那历经磨难后我心里重拾、燃起的喜悦与幸福溢于言表。

二月二十三日 雨

明天安排沈全奇上工地，慢慢地让他了解、熟悉工地工作内容和管理流程，以后好做我的帮手。

二月二十八日 雨转多云

才几天啊，沈全奇白皙的脸又被晒得黑乎乎的了，看着都让人好心疼的。算了，让他给我做记账员兼现金会计吧，好在他是高中毕业生，记流水做出纳管现金他还是能够做好的。对，就要他做出纳会计算了。这样人也不累，现金自己丈夫管，也放心。

三月二十日 晴

最近老感觉家里不对劲！一是沈全奇有两个星期一到晚上倒头就睡，我问他怎么了，他说身体不舒服；可他吃喝没有一点异样，而神色还诡诡异异的。上班也不在状态，只要我不在，他总要外出有这事那事的，常常影响工作。二是我家里年轻貌美的保姆，最近常常避开我的目光不敢看我似的，而且穿着也讲究了许多，也画眉、涂口红、用洗面奶了。开始那几天她还有些羞羞答答地避开我用，这几天渐渐大方自然起来，有时当着我的面在那描眉抹粉，一点也不避我了，好像忘了她的身份似的。我觉得家里氛围不大正常，是不是我这个女人过于敏感了呢？

四月十日　晴

我躺在医院的病床上，想着都怕！这次工地出险，为了救沈全奇我差点搭上了生命。沈全奇，你怎么能违反规定进施工现场？你进施工现场你怎么就不提防险情呢？你怎么能在施工现场不提防险情还沉迷在给谁打电话中呢？要不是我无意中检查路过那里，那掉落的钢棍就砸到你的头上把你砸死了！为了救你，我当时只能不顾一切地举左臂拨那钢棍，你躲过了一劫，可那钢棍砸断了我的胳臂戳断我三根肋骨啊。现在想着都怕啊！但愿历尽劫波真情在，从此后，你能好好待我。

可是表妹来看我时提醒我的话，又让我对你不放心。是啊家里晚上除了几个孩子，就那个保姆和你啊。我拼着命救你，你不会趁着我住院背着我做对不起我的事吧？我要抓紧疗伤，早日出院！——我在医院住了二十天，出院了（后补记，4 月 20 日——附注：陈浮生日记就是这么写的）。

六月二十日　晴

我躺在家中的床上，万般无奈百感交集五味杂陈。难道我真的疯了吗？没有！十天前沈全奇在医院，当着我的面要把陪护我的孩子强行带走，说的那句话一下子使我神志清醒起来！他指着我对孩子说，你妈妈人疯了，不疯怎么会又住院了呢？一个疯子怎么能照顾你们呢？家里的阿姨多好？做饭给你们吃，给你们洗衣服洗澡，接送你们上学，都跟我回家去！我一听，一骨碌从病床上跳起来，我的孩子们，妈妈没有疯，是这个没有人性的沈全奇说我疯了的！走，现在妈妈带你们回家，赶走那个妖精！

不想，我头重脚轻地一头栽倒，医护人员对我实施抢救。

救着救着，我慢慢清醒过来，一幕幕撕心裂肺的事又浮现在我眼前。

是啊，我可能是疯了，不然，我怎么那天接到我收买的狗仔的电话，一下子失去理性，不顾伤痛从工地办公室冲回家中，一脚踹开门，活活抓个现行呢？我要不是疯了，怎么会听了主管会计报告（说沈全奇在我住院期间，拿着我的银行支取签章，开走我公司打给我要发给工人们一百万元的支票）后，立即叫来几个小兄弟去把沈全奇给我抓来呢？我可能真的疯了，不然我怎么会在收到法院已经受理沈全奇起诉与我离婚的传票时，精神崩溃成一头发了疯的狮子，手抄起一把刀，抢着冲出家门，喊着沈全奇你这个没有人性的畜生，看我怎么砍死你，看我怎么砍死你呢！我恍恍惚惚，摇摇晃晃，只记得被警察按倒在地上后就什么都不知道了！沈全奇借机以我精神病犯了为理由把我送到了精神病院，这一住就是一个多月。

现在，我清醒了，我要回家，我的孩子不能落到这个现代陈世美的沈全奇手里！可哪是那么容易，第二天，第三天，我都没有能够爬起来。又过了一个星期，我才慢慢恢复过来，我趁着护士没有注意，在成占三的帮助下溜出了医院，回到了家中。到家一看，沈全奇不在，那个保姆也不在，她所有物品也全都不在。他们是搬出去生活了吗？

现在躺在床上，唯一清醒的，是知道自己没有疯，自己是清醒的。

六月十五日　雨转阴

法院以我们夫妻共有财产——其实夫妻财产中没有他沈全奇一毛钱的——都是我自己账面上的钱——我在承包的工程中赚的钱，判了一半（一百万）给了沈全奇。

可我与绝情无义的沈全奇离婚了，心反倒慢慢地舒缓过来了。这舒缓过来一方面是我心中渐渐淡退沈全奇留下的阴影，心里清净起来；二是在我住院期间和离婚以后，我的工友们，同事们，公司的领导们，许多都不止一次地到医院、到我家来看视我安慰我鼓励我，给我走出阴霾重拾振作的勇气；三是成占三对我的悉心关照与呵护也使我感到真诚与温暖。成占三，你在我精神还没有完全恢复过来的时候，在我最无助最疼苦的时候，天天来陪护我和我说话宽慰我，使我感到你的真心与暖意。感谢你经常给我买盒饭，买电影票陪我去看电影，纾解我心中的抑郁。你没有存芥那天想非礼我被我摆脱和拒斥的尴尬，也没有乘我之危身在病态讨好我和占我便宜的丝毫动机，你每次都是那么本本正正的。在我俩独处时，你连手都没有拉过我一下，其实啊，成占三，每当这个时候，我是很想你能拉拉我的手，甚至是抱抱我亲亲我的呢。成占三，我好感激你！

七月八日　晴

噩梦醒来是早晨。今天我上班了，公司领导和我的同事们组织工友给我开了一个简短的归队欢迎会，肯定和表扬我在工程施工管理中的能力魄力和业绩，我激动得说不出话来。我尊敬的领导们，我亲爱的同事们，我可爱的工友们，我一定不辜负你们对我的鼓励和期望，我一定更加努力工作，以优异的业绩给公司争光，给同事争气，给工友们挣钱。尊敬的，不，亲爱的成占三，我以后一定多向你学习，学习你对工程精准的设计和预算，学习你对工程管理的科学和条理，学习你对监理的严谨和把关，我要成为你那样的业内著名的专家人才！

八月十五日　阴转晴

今天是我开始来港整整一年的日子，无限感慨涌上心头！一年来无常不在，历经劫难身不死，终至理想艳阳天。如果说逃港是我命运的一大转折点，那么今天领受的工作成败将会成为我更大的人生转折点的。

今天公司任命我为浅水湾工程一百零八幢三十二层高楼房的项目经理，这可是我所在的公司中标中国建筑三个工程项目中的一个啊。三个工程项目十点八亿元的大单，公司把最重要的项目交给我，这是对我的无上信任与重用啊。我这个项目经理与公司签订承包责任状，在绝对服从和接受公司监管、确保工程质量和工期的基础上，公司拨付的项目资金由我这个项目经理自行支配，盈亏都是项目经理的。这对于我，是巨大的压力，也是巨大的动力和挑战，这是对我能力检验与考验啊。我一定要在规定的工期内以全优的质量向公司、向社会承建出无愧百年的楼房来！

八月二十日　阴

《浅水湾工程施工组织设计》提纲

第一章　编制说明及依据

一、编制目的。

二、编制依据。

三、编制原则。

四、编制内容。

第二章　工程概况及工程特点

一、工程概况。

二、工程特点与施工条件。

第三章　施工部署

一、实施目标。

二、施工方案。

三、工程主要施工机械的投入。

四、施工区域用电、用水计划。

五、工程所需主要周转材料。

六、工程劳动力组织。

第四章　主要项目施工方法

一、工程测量。

二、预制管桩。

三、柱下独立基础（桩承台）。

四、土方工程。

五、钢筋工程。

六、主体结构模板工程。

七、混凝土工程。

八、脚手架工程的设计。

九、砌筑工程。

十、楼地面工程。
十一、装饰工程。
十二、门窗工程。
十三、防水工程。
十四、安装工程。
第五章　施工准备计划
一、项目部管理机构。
二、现场组织准备工作。
三、该工程项目拟定分包情况表。
四、施工技术前期工作。
第六章　确保工程工期的技术组织措施
一、工程分析。
二、施工顺序。
三、综合施工网络计划概述。
四、影响工程进度因素及确保工期的技术措施
五、工期的四级控制方案。
第七章　关键部位施工方法
一、屋面结构自防水施工。
二、防止外墙开裂施工方法。
三、防止一层地面开裂措施。
四、本工程拟采用的新技术、新工艺。
第八章　确保工程质量的技术组织措施
一、质量目标。
二、质量保证体系的建立。
三、项目质量管理岗位责任制。
四、确保工程质量技术组织措施。
五、质量控制奖罚措施。
第九章　确保工程文明施工的技术组织措施
一、文明施工目标。
二、确保工程文明施工的技术组织措施。
三、文明施工管理。
四、文明施工的技术组织措施。
五、减少施工扰民的保证措施。
六、环保的技术组织措施。

第十章　确保工程安全生产的技术组织措施

一、安全生产目标。

二、确保工程安全生产的技术组织措施。

三、安全管理制度。

四、确保现场工程安全生产的技术组织措施。

五、治安管理措施。

六、安全施工奖罚措施。

第十一章　施工协调配合措施

一、与业主单位的协调配合措施。

二、与设计、监理单位的配合。

三、与安装单位的协调配合。

四、与社会职能部门的配合。

第十二章　季节性施工技术措施

一、雨季施工措施。

二、夏季施工措施。

第十三章　工程竣工资料收集、归档及移交

第十四章　回访保修措施

第十五章　突发事件的应急处理

一、突发事件的事前予控措施

二、突发事件的应急处理

第十六章　施工平面布置

一、总则。

二、施工平面布置。

附表：

1. 临时用地表。

2. 主要质量检测设备表。

3. 拟投入的主要施工机械设备表。

4. 劳动力安排计划表。

这是在成占三指导下我起草的迄今为止最完整的一份工程施工组织设计编写提纲，感谢成占三！明天打印几份，送给成占三调整修改，送给质量工程部、质量总监讨论修改，待整合他们意见作出调整修改后，再形成二稿的施工组织设计方案。把二稿的施工组织设计方案交实验模拟室进行工程建筑实验模拟验证，在得出模拟工程建筑实验数据后，对二稿方案进行最终修订，形成最终的工程施工设计方案上报总公司审核批准后，组织各部门各个班组学习明确总体施工方案和各自要承担的施工项目，而后举行开工典礼，正式施工。

九月十三日　阴雨

后天集中培训部分职能部门人员，培训内容如下：

1. 结构设计主要技术指标

序号	主要技术指标
(1)	建筑物安全等级二级
(2)	建筑抗震重要性类别丙类
(3)	场区抗震基本裂度 7 度
(4)	建筑场地类别二类
(5)	建筑场地土类型中硬场地土
(6)	建筑抗震设防烈度 7 度
(7)	框架抗震等级 7 级
(8)	楼板结构形式现浇钢筋砼楼板

2. 混凝土等级

序号	结构部位	强度等级
(1)	预制管桩	500 高强预制管桩
(2)	基础垫层	C15 混凝土
(3)	基础、基础梁	C30 混凝土
(4)	框架柱、	C30 混凝土
(5)	梁与板	C25 混凝土
(6)	楼梯及其他	C25 混凝土

3. 文明施工管理

(1) 项目经理亲自负责全现场文明施工管理工作。

(2) 项目部制定适于本工程详细的文明施工管理细则。

(3) 针对各个施工期的特点，适时转换管理重点。

4. 安全管理

(1) 项目部成立安全督察小组，并由项目经理亲自担任安全督察组组长。

(2) 施工前，根据规范和我单位档案材料并结合现场实际情况制订详细的安全施工保证方案。

(3) 积极开展对操作人员的三级安全教育，加强对操作行为安全性的管理力度。

5. 土方及基础工程

测量定位、放线→（打预制管桩）→开挖、人工挖基槽、清土→浇筑砼垫层→（桩承台）柱下独立基础→基础结构验收→回填土、分层夯实。

施工应注意的问题：

(1) 基础工程开挖时，应防止超挖，如发现现场地质情况与设计要求不符或有地下管网干扰时，应及时通知设计人员及建设单位，采取有效措施，予以妥善处理。

(2) 基础工程开挖时，要采取可靠的措施，有防排水措施，并防止曝晒。

(3) 基础结构验收合格后及时回填，并分层夯实，并及时取样检验，同时注意墙两侧回填土高差不得大于1cm。

6. 主体结构工程

一层：投点、放线、复核→柱轴线定位→绑扎柱钢筋→验筋、柱封模→砼浇捣和养护→梁、板等支模、扎筋、预留（埋）→验筋、砼浇灌和养护。

二层及以上楼层：按一层顺序施工。

7. 建筑装修、安装工程

施工顺序是先上后下，先湿后干，先粗后细。水、电等工种插入，安装应遵循由大到小，由里到外，先排水后给水的原则，精心组织、协调施工。

室外装修：结构处理→弹线、贴灰饼、冲筋→立门框、安窗框→各类管线穿插安装、管道试压→门窗框边塞缝、护角抹水泥砂浆→顶棚、墙面抹灰→外墙面砖→勒脚贴砖→楼地面清理、做楼地面→安装门窗、小五金、油漆→顶棚墙面乳胶漆→灯具、洁具安装。

内、外装修：水、电安装工程的施工，关键在于各工种的协调配合及相关的成品保护。为了便于施工管理和内外衔接，土建、安装工程队各负其责，对装修工程划分为两个区域，内装修为一个区域，外装修为一个区域。各区域设施工队长一名，由项目施工负责人统一领导。

各专业系统调试、细部检查→清理、交工。

8. 施工轴线测量

根据我们测设的二级平面控制网，首先会同甲方、监理办理控制线验交手续，再由此二级平面控制网分测出轴线控制网。在基础施工阶段，由二级平面控制网点对其进行校核。

本工程根据轴线设置成封闭控制网。基础施工阶段为外控制，基础施工完毕后转为内控制。

在每层轴线传递点处留设100mm×100mm施工洞，用激光铅直仪将主控轴线点传递至当层楼面，然后用DJ—2经纬仪作直线引测及角度闭合校核。角度闭合误差控制在20秒以内，主控轴线确定好后，用50m钢卷尺，从该轴线分测出柱、墙、梁等的定位线，做好该层的测量记录。

9. 技术措施

钻机开钻前，应检查护筒埋设质量，护筒直径应大于孔径100mm，护筒中心偏差不大于2cm，倾斜度不大于1%，同时高出地面20cm，埋深一般为1.0～1.5m，但必须超过回填土层。外围用黏土埋实，不发生位移。检查钻机就位、钻机水平、周正稳固性。检查天伦，转盘中心，护筒中心在同一铅垂线上，做到“三点一线”，并用水平尺校正施工平台和转盘水平度，符合要求后，方可开钻。

10. 板钢筋绑扎

（1）工艺流程：清理模板→模板上画线→绑模板下受力筋→绑负弯矩钢筋。

（2）清理模板上面的杂物，用粉笔在模板上划好主筋，分布筋间距。

（3）按画好的间距，先摆入受力主筋，后放分布筋。预埋件、电线管、预留孔等及时配合安装。

（4）在现浇板中有板带梁时，应先绑板带梁钢筋，再摆入板钢筋。

（5）绑扎板筋时一般用顺扣或八字扣，除外围两根筋的交叉点应全部绑扎外，其余各点可交错绑扎（双向板扎交点全部绑扎）。如板为双层钢筋，两层筋之间须加钢筋马凳，以确保上部钢筋的位置。负弯矩钢筋每个扎点均要绑扎。

（6）在钢筋的下面垫好砂浆垫块，间距1.5m。垫块的厚度等于保护层的厚度，应满足设计要求，如设计无要求时，板的保护层厚度应为15mm，钢筋搭接长度与搭接位置的要求与前面所述梁相同。

11. 施工中应注意的质量问题

蜂窝：原因是混凝土一次下料过厚，振捣不实或漏振，模板有缝隙使水泥浆流失，钢筋较密而混凝土坍落度过小或石子过大，柱、墙根部模板有缝隙，以致混凝土中的砂浆从下部涌出而造成。

露筋：原因是钢筋垫块位移、间距过大、漏放、钢筋紧贴模板造成露筋，或梁、板底部振捣不实，也可能出现露筋。

麻面：拆模过早或模板表面漏刷隔离剂或模板湿润不够，构件表面混凝土易黏附在模板上造成麻面脱皮。

孔洞：原因是钢筋较密的部位混凝土被卡，未经振捣就继续浇筑上层混凝土。

缝隙与夹渣层：施工缝处杂物清理不净或未浇底浆等原因，易造成缝隙、夹渣层。

梁、柱连接处断面尺寸偏差过大，主要原因是柱接头模板刚度差或支此部位模板时未认真控制断面尺寸。

现浇楼板面和楼梯踏步上表面平整偏差太大：主要原因是混凝土浇筑后，表面不用抹子认真抹平。冬期施工在覆盖保温层时，上人过早或垫板进行操作。

……

看到这地方我都犯困了，我不懂这些内容也不感兴趣。但从中我看到陈浮生这时达到的建筑专业水平的程度和她严谨把关建筑施工的程序过程甚至微小的细节都不放过。真没有想到，一个初中还没有读完的历经劫难的陈浮生，还真历练成一位建筑专业的难得人才！

正在我掩卷唏嘘赞叹之际，叮铃铃——门铃响了，陈浮生回来了。我抬头看看墙上的钟，啊，都十七点了，我也该歇歇了。

晚上陈浮生请我去惠阳镜湖农庄吃饭。我们到那里时，陈浮生约请的几位男女朋友早在预订的三面竹林墙的露天包厢里等着我们了。

那晚陈浮生点的菜都很有特色。秘制荔枝木窑鸡，那鸡看上去油光焕发，皮肤通红，吃起来鸡皮紧致弹牙，鸡肉多汁嫩滑，既有浓郁的鸡味又有荔枝木窑的果木清香。客家名菜焖鹅，那鹅被焖成金黄色，汁料完全流淌出来被鹅身吸收了，并凝结成黏稠的汁料，有非常令人惊喜的味道。经典的粤菜黄豆焖鲶鱼，这菜由黄豆与鲶鱼一块焖制而成，鲶鱼肉质新鲜细嫩，焖得很入味的同时鱼肉的鲜味没有被黄豆味覆盖，嚼着一颗颗黄豆也很带感。还有稀奇的豆腐，服务员给我们推来一个小磨坊，用泉水现磨现制新鲜豆腐，豆腐制好后，就在我们身旁用煎锅煎制，煎得两面黄的酿豆腐冒着热气，看着口水都流了出来。烤生蚝，服务员说是从台湾请来的师傅烤的，那生蚝新鲜，肉都很饱满，上面那层蒜有点点微焦，吃起来蒜香蚝鲜别具风味。还有火候刚好外脆里软的三杯大肠，只有在高档大酒店才能喝到的功夫汤，用葱香和榴梿制成的印度薄饼，加上圣瓜芋丝荷包蛋和不加水不加冰的鲜榨哈密瓜汁和西瓜汁，吃起来都是那么爽口，哪哪都是大自然的味道。我吃着美味佳肴，忽然意识到，陈浮生还是一位很有生活档次和品位的人。

第三天早上天还没有亮，就听陈浮生接他弟弟陈浮宏打来电话的声音。我听陈浮生说，好好，你就带着你儿子一块过来吃早饭吧，让他边吃饭边与教授聊聊，也让他见识见识教授作家是个什么样子的，满足他结识教授的好奇心愿，不过我要给教授说一下，不然有点唐突贸然了啊。我听了心里一笑，昨天陈浮生说他刚考上南京大学的侄儿陈超祖想拜见我，我还不以为意。我又不是什么大人物，就是一介教书先生，还什么拜见呀唐突呀贸然呀？等他去南大报道上学后，那里教授多得是，哪天都能见到教授呢。

吃饭时，陈浮生看着我，指着我对对面身材修长面容白皙英俊的靓仔说，“侄儿，这就是你要拜见结识的宋教授宋作家。”还没等我示礼微笑，那靓仔就有礼貌地站起来，毕恭毕敬地问我好。陈浮生对他侄儿说，姑妈嘴里能说出一生经历可手里写不出一生经历，可我又不愿我的一生经历随着我的离去而烟消云散石沉大海了，所以邀请这位没有嫌弃我的教授朋友来我这儿做客，向他述说我的经历，请他把我他认为有价值的经历写出来。你要好好向作家学习，不仅要能说还要能写啊。

陈浮生虽说的是心里话，可我也不能不谦虚客套呀。忙说我说不好也写不好呢，互相学习互相学习。那陈超祖倒是侃侃而谈，与我聊起大学、教授、学习、未来、国家、世界、成人、成才，我忽然发现现在的高中毕业生是很有思想与识见的。这一聊不觉到了十一点，陈浮生打断陈超祖未酣的余兴，说你们以后再聊，现在我们要去大亚湾车站坐大巴去深圳游玩。那陈超祖与我虽谈兴未减，可父子俩却不得不开车把我们送到大亚湾车站，直到我们乘上去深圳的大巴，他们才不舍地向我们挥手与离去。

陈浮生坐在我的身旁，指着蔚蓝深秀的大亚湾对我说：大亚湾是我们广东一个美丽迷人的海湾，濒临南海，与深圳接壤，与香港隔海相望，是南中国海的一颗璀璨的明珠。这里有绵延曲折的黄金海岸，沙质柔软细腻；有近百个千姿百态的岛屿，呈弯月状分布，被誉为“海上小桂林”。你可以临岸远眺，体会浩海之无涯；你可以在海滨浴场感受风帆、摩托艇等游玩活动的有惊无险；你可以乘艇出游，冲浪而行，上海岛去感受原汁原味的渔家风情，在野花芳香中品味荒芜的野趣，及至渔歌唱晚，落霞缤纷，留下无限遐思。这里的主要景点有大亚湾游乐场、清泉寺、辣甲岛、岩前万年庵、螺岭、小桂湾、铁炉峰、老虎洲等。位于大亚湾西北隅的澳头，三面环山，面对南海，水下地形平坦，常年风平浪静，回淤少，是天然避风良港。因水陆交通方便，历史上就已是一个通商口岸。1982 年，国务院把澳头批准为对外开放口岸，1992 年对外籍船舶开放。大亚湾内盛产高级海产品，其中有饮誉东南亚各国的“水桂鱿鱼”“三门龙虾”。每年晚春到秋天的这一段时节（4 月底到 10 月中旬），这里天气较为舒适，适宜到海边戏水。应注意的是，7、8 月份惠州降雨较多，但 9、10 月份天气晴朗，是出游的好时机。

我问陈浮生，你怎么不给我介绍大亚湾核电站呀？陈浮生说，大亚湾核电站位于大亚湾畔，面临大亚湾，背靠排牙山。这里山清水秀、景色宜人，距深圳市直线距离约 45 公里，距香港约 50 公里。大亚湾核电站是我国引进国外资金、设备和技术建设的第一座大型商用核电站，是我国改革开放以来建立的最大的中外合资企业之一，总投资 40 亿美元。大亚湾核电站每年发电量超过 100 亿度，其中七成电力供应香港，三成电力供应广东电网。通过核能发电，使得广东和香港两地每年减少燃煤消耗 370 万吨，从而大大减少了导致“温室效应”和酸雨的气体年度排放量。可是核电站虽然好，大亚湾沿岸的惠阳、深圳、香港人都很恐惧，特别是核电站附近，房子卖不出去，当年我在香港搞房地产时，也来过这里考察，最终没有拿地，原因就是看到很多对核电站存在的隐患表示不安，吓跑了不少有意在大亚湾置业的购房者，毕竟要是发生像日本福岛核电站跟苏联切尔诺贝利核电站那样的泄漏事故可不是开玩笑的，小命要紧啊。不过这么多年以来，核电辐射监测数据表明，人们的担心是多余的，它是世界运行最好最安全的核电站，现在已有不少人来这里置业，享受着清澈碧蓝的海水和岸边成荫的绿树，尽情享受这里健康的阳光和洁净的海浪带给人们的惬意呢。

听着陈浮生的介绍，我忽然看起陈浮生来，眼前的陈浮生简直可以做这里的导游呀——我竟忘了她是生活在这里过的人。

说着讲着，汽车沿着惠深沿海高速公路过了霞涌、大亚湾、小桂站，一路上左面是碧海蓝天，右边是青山峰连，进入深圳市区，下午一点来到了深圳市罗湖海关口岸。

罗湖口岸位于深圳河畔罗湖商业中心南侧，与香港新界一河之隔一桥相连，深港两地由一座双层人行桥和一座铁路桥相连。它是改革开放前深圳仅有的两个陆路口岸之一，现在依然是我国客流量最大的旅客入出境陆路口岸。陈浮生指着联检大楼对我说：这栋楼我曾率队参与建设，主楼高 12 层（含地下一层），南、北附楼各 3 层，楼内地下 B 层和一层为入境（北行）查验场地，二层和三层为出境（南行）查验场地。地下 B 层有 48 条港澳旅客入境检查通道，一层有 39 条非港澳旅客入境检查通道，二层有 39 条非港澳旅客出境检查通道，三层有 47 条港澳旅客出境检查通道。这里每天通过能力最高可达 40 万人次，每天早晨 6：30 时开闸，晚上 12：00 时关闸，运行 17.5 小时，监管着全国 30% 以上的进出境旅客。陈浮生说着脸上洋溢着建设者的满满幸福。

她又指着火车站，对我说：罗湖口岸火车站的设计，将口岸联检大楼、车站和东西广场联为一体，范围北至亚洲大酒店的北侧道路，南至深圳河，西至和平路，东至人民路，每天出入联检广场、东广场和西广场的有三十万人次，高峰期平均每小时双向人流为 3.3 万人次，高峰期平均每小时双向车流为 4811 辆次，你看这个海关忙不忙吧。

说着，陈浮生领着我来到附近座无虚席的三岛酒楼吃烤鸽子和清蒸花仙鱼。她指着鸽子问我，你知道这是多少年的鸽子烤制的吗？我说这个我不知道呢，我只知道超过两年的鸡就是老鸡，鸽子也是这样超过两年就算老鸽子了吧？陈浮生戴上食品手套，拿起她面前的烤鸽子说，你也拿起来，品嚼品嚼，看看这鸽子是老的还是嫩的。我撕开烤鸽，一股香味直扑口鼻，看那肉质，饱颤不软，吃到口中，韧而柔嫩，脆香盈口，脱口答道，这是老鸽子。

陈浮生要我猜猜这是几年的老鸽子，我说应该是两三年的鸽子吧？陈浮生笑了，告诉你吧，这是不少于十年的鸽子烤的。我不相信，鸽子能活这么多年？陈浮生笑着说，看起来你做学问行，对鸽子寿命不大了解了。鸽子一般能活十五到二十年呢。是吗？鸽子能活这么久？后来我查了一下，鸽子还真的就能活二十年呢，这之前我一直不知道。

吃着烤鸽子，清蒸花仙鱼也端上来了。陈浮生对我说，花仙鱼是潮汕海鱼里最便宜的，一斤 6 ~ 10 元左右，但是我们这里的人很喜欢吃它，你尝尝。我看那鱼，样子不大好看，心想该不好吃吧？陈浮生像是看透我的心里，用公筷夹起一块鱼肉放在了我的餐盘里。我不好不吃啦，就夹起一块慢慢放进嘴里。一嚼一品，呀，这鱼肉质柔韧、细腻，完全可以和鸡肉媲美！真是菜也不可貌相，味也不可不尝啊。

吃过饭，陈浮生就陪我去深圳的中英街参观。

路上陈浮生向我介绍说，中英街位于深圳市盐田区沙头角镇。沙头角是由梧桐山流向大鹏湾的小河河床淤积而成的，原名鹭鹚径。1898 年刻立的“光绪帝 24 年中英地界第×号”的界碑，就立在沙头角上。1899 年，在英帝国主义武力逼迫下，李鸿章与英国驻华公使窦纳乐在北京签订了中英《展拓香港界址专条》，条约规定将九龙半岛及附近海域租给英国，期限为 99 年。次年，中英两国的勘界人员来到了沙头角，从海边开始沿着河道进行测量和勘界，在测量好的点位竖立了木质界桩，界桩上书写着“大清国新安县界”。界桩在沙头角一条干涸的河道上一字排开地向前延伸。勘界后不久，有人就在河床两侧搭建房屋，陆续出现了摆摊做生意的乡民，这里也就逐渐形成了一条小街的雏形，它就是今天中英街的前身。

陈浮生说，1997 年香港回归后，界碑东侧属深圳，界碑西侧属香港。中英街就建在这碑的两边，它是一街两制的缩影，是“一国两制”的前身。

陈浮生说，中英街原来也不是什么兴旺繁荣之处，只是在 1983 年中港双方签订开放中英街协议之后才真正地兴旺繁荣起来的。那时双方对中英街都投入大量的资金和人力、物力，大兴土木，整饰街道，修建店铺，使得这条小街朝夕间迅速繁荣、崛起，令人刮目。我那时就是港方街的参建者之一。听到这里，我侧目看着我身边的这位满脸黝黑的陈浮生，不禁心生敬意起来：她不仅是当年中英街的改建者之一，她对中英街的屈辱历史还竟然这样熟悉！

说着我们来到了中英街。陈浮生说，这街长不足 500 米，宽不足 7 米，你看有多少人。我举目望去，是啊，这里的人摩肩接踵人头攒动，街上和林立的商店里都是人。人们背上背的，手里提的，地上拖的都是选购的物品。陈浮生说，这里商品来自世界各地，品种齐全，数量繁多，琳琅满目，美不胜收。等会你看看可有自己喜欢的物品，买些带回去。这里商品只要你不买到假货，比内地同等商品是绝对便宜的。

我对购物不感兴趣，请陈浮生带我去中英街历史博物馆看看。我们还未到博物馆，博物馆广场中央一块题写“勿忘历史，警钟长鸣”的八字警世钟就豁然耀入我的眼帘。是啊，我们要牢记中英街屈辱的历史，要铭记国家落后就会被动挨打的深刻历史教训啊。

“中英街历史博物馆”是一座专题性地方志博物馆，有 4 个展厅。给我印象最深的是馆内“中英街历史”展厅和树立在中英街的 8 块界碑，它们共同向人们讲述了“新界”被英国强行割占的屈辱史和抗战时期中英街人民英勇无畏的抗争史，以及中华人民共和国成立后中英街蓬勃发展的变迁史。展览还从改革开放、精神文明建设、香港回归祖国等角度展现了蓬勃发展的中英街新貌。博物馆顶层是观景台，可鸟瞰大鹏湾和香港新界自然风光。

出了博物馆，陈浮生还专门陪我去看了中英街后街边的古井和中英街第四号界碑旁的古榕树。陈浮生说，这古井是清代康熙年间迁来沙头角拓荒的客家人所建，已有三百多年的历史，是当地人们饮用的水源，直到现在中英街两边的人们中还流传着“同走一条街，共饮一井水”的民谣。古井对当地居民有着养育之恩，也牵连着居住在中英街两边居民的乡情和亲情。它不仅是沙头角历史发展的见证，也是中英街形成和发展的历史见证。

陈浮生说，这棵古榕树也有一百多年的历史。你看它树干苍劲，枝繁叶茂，是你们文人墨客进行采风和文艺创作的题材树啊。我想想确实是的，这树根长在深圳一方，叶枝覆盖香港一方，构成一幅奇妙的景观，赋有“根在祖国，叶覆香港”的寓意啊；而且这棵古榕树与第四号界碑形影相依，构成了中英街上一道自然与人文相互映衬的特殊风景，也见证了中英街的百年沧桑和屈辱历史，怎能不引发文人墨客的遐思呢？

陈浮生问我怎么不选购点物品呢？我说这里能买到的物品，我们内地也能买到，价格也差不到多少。陈浮生说，是的，这几年由于内地市场的货品越来越丰富，中英街市场的优势不比从前，但余热还在，不少商品的价格还是比内地便宜的。便宜不便宜我倒没在意多少，我在意的是游览观赏了中英街后，是内心的深深思考：深圳这道全世界独一无二的“一街两制”街，姓“社”与姓“资”的两种制度和平共处、公平竞争、互利共赢，谁优呢谁劣呢，还是比翼双飞呢？

参观了中英街后就快到六点了，陈浮生陪我去华侨大厦的华侨宾馆入住。她指着华侨大厦对我说，罗湖口岸（侨社）候机室就在这大厦一层，候机室毗邻罗湖口岸联检楼和深圳火车站，这一带交通便利，人流密集，是深圳与香港及内地的重要连接点。

我笑了，陈浮生，你对这里的地理和建筑这么熟悉啊？

陈浮生也笑了，笑得灿烂幸福满足自豪，可这灿烂幸福满足自豪的笑中又隐露出她的历尽沧海终为水除却巫山还是云的悲哀凄楚与遗憾无奈。晚上，陈浮生指着深圳的阑珊灯火对我的述说，证明了我觉察判断的敏锐与正确。

陈浮生与我喝着茶，述说起她在浅水湾工程结束以后，移师深圳的经历。她说，深圳，成就了她的辉煌，也销蚀堕落了她的灵魂，又使她回归了自我。她对我说：

我先是中标中英街英港一方十六个商铺的承建工程，工程虽然不大，但那是我独立中标的开始。成占三也受公司委派与我一同前来。说实在的，我最希望成占三与我一起工作。我只有初中文化，只凭着一股子闯劲干工作，没有成占三的提携指导与帮助，我懂什么管理？懂什么工程优化人员组合、市场调研、资料分析、可行性论证？懂什么制订计划、总结、投标书？懂什么工程预决算、报表、审计、检查、评比、表彰、鼓励？懂什么奖优惩劣，还有什么凝聚力向心力？……在成占三的提携指导帮助与鼓励下，我不仅慢慢了解、懂得、掌握建筑工程的基础理论和基本管理理论，还掌握了实践操作的基本技能，而且与成占三在一起身心都是愉快的。有了成占三，我管理成果突出，效果显著，对成占三的好感，不，是喜欢，也不，是动了情的爱了，这动了情的爱使我时刻都想着成占三。

一天晚上加班，我饱含深情地看成占三时，看到成占三不知什么时候也在深情地看着我；当他看到我看他的目光时，他把看我的目光移向了窗外。我哪还有继续加班的心思，站起来离开我的办公桌，走向成占三的办公桌。成占三见我向他走来，迟迟囧囧地站起来，不知所措地如何是好。我含情脉脉地看着他，看着他，一股久违的暖流涌上心头。“成占三，我爱你！”说着，我扑进他的怀里，紧紧拥抱着他。

那时成占三是租房住的。我让他住进我家里。平时我们一起起床，一起吃饭，一起上班，一起下班，一起回家。我有了人生无比的充实感安全感幸福感。我敬成占三如父如师，爱他如兄如子。成占三也爱我如母如姊、疼我如妹如女。我们就这样疼爱有加，但付出更多的是成占三对我的爱。他天天把我报纸买回来，天天把我的茶泡好，天天把我和孩子们的衣服洗了。他没有多少话，只知道默默地付出做事，四个孩子也都特别地喜欢他。

我与成占三建完了中英街工程，又接手今晚我们住的华侨大厦工程。这大厦工程结束，我们又承建了深圳大厦的浩大工程。这工程从开工到竣工交验，整整用了四年零八个月。这之后，一直到我儿子坠楼离去，我与他在深圳大大小小承建了十六处工程，总耗资三百二十八个亿。每当我看到我亲手指挥承建的拔地而起的工程建筑，我都感到无比的幸福、自豪，香港、深圳的发展繁荣，有我付出和奉献的辛勤智慧与汗水。

我的事业蒸蒸日上，可我与成占三之间却渐渐地产生了裂痕，这裂痕有感情上的，有工作上的，也有其他方面的。

这是我与他同居后第四年的一天早上，他看着我，欲言又止，止又欲言，几次三番，好像有天大难事羞于启口似的。我看着都觉得着急和难为情。我问他，你有什么难事这么不能说啊？你我都生活五年了，虽没有领证，可与夫妻没有两样呀，有什么你就直管说吧。

成占三终于鼓足了勇气，涨红着脸，黯然地心无底气地问我，“我说了你能原谅我吗？”我听了扑哧一笑，“看你说的，什么原谅不原谅啊，你谁我谁呀？原谅你，原谅你，你说吧。”成占三像负有千钧重似地一字一顿地说，他父亲明天决计要把他第一任妻子的女儿和第二任妻子的儿子送来香港，他实在没有办法拒绝和瞒着我了。

我当时一听就懵了。天啊，成占三，你还真是个成占三啊！你不是对我说你没有结过婚没有成过家吗？你怎么一下子冒出来你第一任妻子的女儿还有第二任妻子的儿子来了？这多少年来你视我孩子如己出，百般呵护万般关爱，你对我体贴入微，挚爱深深，你怎么装得出来没有让我觉察到一点破绽啊？

成占三一脸愧疚又诚恳地请我原谅他，注意他是请我原谅他，不是求我原谅他。他一脸诚恳地对我说，是他欺骗了我，怕对我说出实情我会离开他，他是怕失去我才一直瞒着我没敢对我说的。

这是成占三的实话。是啊，我早要是知道成占三是有过两任妻儿的人，不，哪怕是有一任妻儿的人，我怎么会与他过这几年呢？他有妻子有子女这都是事实了，他的子女找他这个父亲奔他这个父亲本身孩子是没有错的啊。想到我落难时成占三没有乘我之危，还那样悉心照顾我关爱我，特别是他对我的提携、指导和帮助，没有他，哪有我今天的成就呢。没有他，我早就撑不过来了，早就垮下去了，他是我的恩人、老师、兄长、亲人。我既然爱上了他，怎不能让他不要子女呀。我内心翻江倒海又五味杂陈，眼含愤怨又屈辱的泪水，被欺骗被玩弄的体味在胸中此起彼伏，心里极不是滋味。可我久久地看着成占三望着我的愧疚诚恳的眼神，心不禁慢慢地软了，软了。事已至此，原谅他的过去吧，怎不能拒绝他去接自己的子女和老父亲呀。我看着他，我流着委屈的泪水，点点头，同意他去接她的孩子和老父亲。想想他四年来对我和对我孩子的好，我去了超市，给他孩子和父亲买了一些好吃的，放在他的车子里，要他带去接她的孩子和父亲。同时，考虑到来家住我心里不能接受和也住不下的实际情况，我叫人去宾馆临时开了一个星期的房间，待他们住下后，再给他们整租一套房子吧。

成占三把他父亲和孩子接回安顿好之后，声音低沉而又诚恳地对我说他做梦都没有想到我是这么大度宽容的人，并向我坦承他的两次婚姻。

成占三说，女儿母亲叫李守一，比他大三岁，是父母看上包办被逼结婚的，婚后他就没有回过家，父母拗不过儿子，就同意成占三与她离了婚。但李守一离婚后就没有再嫁，她说嫁鸡随鸡嫁狗随狗，好女不嫁二夫，做过了成家的媳妇，活着就是成家的人，死了也是成家的鬼。李守一离人不离家，就在婆家没有走，与公婆住在一起，视公婆如父母，勤俭持家，这一过就是十五年。

儿子母亲叫秦素萼，原本是他成占三在建筑学院做老师时的大四学生，比成占三小四岁。秦素萼仰慕成占三的学识，对成占三顿生爱恋之情，总是找时间寻地点地请教成占三问题，这样时间一久，成占三就喜欢上了秦素萼。那时成占三离了婚，有如花似玉情窦初开的学生爱上了他，他也就情不可遏地堕入秦素萼的爱河。结果这对师生恋不久就被校领导发现：因为秦素萼怀孕了。学校动员秦素萼堕胎，书面声明断绝她与成占三的关系，秦素萼死活都不愿意。结果，学校以道德败坏开除了秦素萼的学籍，开除了成占三的教职。成占三虽然失去了工作，但感动秦素萼对他的忠贞和痴情，可又有家不愿回，就带着这个怀了孕的学生秦素萼南下香港，双双投向了我所在的这家房地产公司。后来秦素萼临产，因孩子个子大不能顺生就做了剖宫产。谁知道做手术的那位医生，当天做过了四例剖宫产手术了，秦素萼是那医生连续做的第五个。手术刚做到一半，那医生体力不支，人一下子瘫倒，手术刀也不知道碰到哪根神经，秦素萼当即就昏厥在手术台上了。后来孩子无恙，可秦素萼左腿却从此瘫痪了。后来医院虽然赔偿了一笔钱，可那钱不能让秦素萼的腿不瘫啊。那时成占三在公司上班，孩子需要护养，秦素萼需要照顾，成占三实在没有办法了，就把秦素萼送回家中。秦素萼母子来到家中，李守一把她当亲妹妹待，把她的儿子当作自己的孩子养。李守一去专门给秦素萼买张新大床，新床垫，新被褥，给孩子买摇篮椅，红糖、奶粉从来没有断过。那时李守一女儿刚刚一岁，她就无怨无悔地承担起照料护养秦素萼母子的责任和义务，这一照料护养就是十四年！为了照顾弟弟上学有个伴，女儿七岁时才与六岁的弟弟一起去上学。平时李守一主家外事，公婆帮着接送孩子拾掇家务，秦素萼负责两个孩子的学习辅导，这个家倒也和和睦睦，四乡八邻没有不知道他们这个特殊家庭的。可好人没有得到好报，半年前，一个喝醉了酒的司机，开车失控撞向路边玩耍的一个孩童。说来也巧，正好李守一从那路过。李守一为护救那孩子被撞成重伤，送医不治身忙。半年来成占三父母心疼李守一的离世，悲伤过度，年龄又大，还要照顾瘸瘫的秦素萼，实在承负不了了，这才横下一条心，把两个孩子送给成占三抚养的。

我相信成占三说的，不是因为成占三说这些话时常常哽咽眼噙泪花，更主要是我从认识成占三到与他生活这四年加起来也有六七年时间了，我就没有发现成占三说过一次谎话。他一直寡言少语，一直是诚实稳重，虽然我曾在他原来租住的房间里看到过一张都有十来岁的似是兄妹俩的合影相片，虽然半年前成占三突然请假回家一个星期，虽然他每月都给家里父亲寄很多钱，但都没有引起我对他的怀疑，我都认为那是他的隐私，他不说，我也不会问的。今天他说的这些，也从另一个侧面印证了他没有说谎，他的诚实。

第二天，我在我住地附近租了一套房子，请了一个保姆，把钥匙给了成占三。对他说，你去把宾馆房子退掉吧，把你父亲和孩子接那里住吧。等几天，你去把秦素萼也接过来，把你母亲也都接过来，两个孩子就在这上高中吧。

成占三没有把秦素萼接来，也没有把他的母亲接来，只留他父亲在香港住了一个暑假，他给孩子安排在一所寄宿制的高中就读，把我租的房子退了。

从那以后，我虽然认为他的孩子们是应该由成占三抚养的，李守一和秦素萼都是好女人，甚至是值得尊敬的重情守节值得歌颂的女人，但对成占三，我心里老有裂痕却怎么也抹不去，虽然我们还生活在一起，他还像以前一样忙里忙外的，对我，对孩子。

我对成占三不满的第二件事，是成占三调离我的工地以后发生的那件事。那时他被公司任命为另一项目的副经理。在那项目经理的父亲生病住院和去世期间，项目的实际负责人就他成占三。不想他成占三在那期间竟然通过偷工减料的行为侵吞了工程材料款 100 百余万元。结果项目竣工验收没有通过，整幢大楼要炸掉，项目经理被追究责任，成占三在被追缴侵吞款后被公司开除。成占三没有了工作去处，我让他回到我的项目部。当时成占三也悔愧难当，我没有数落指责他什么。但我从此对他的人品人格不满甚至鄙恶起来。

成占三又回到了我的项目部，也不再是以前公司派下的工程总监，但我依然让他负责工程监理的工作。有时也要他去负责材料供应处有关材料管理和供应的有关工作。也不知他是被处理后意志消沉还是怎么了，工作大不如以前积极主动不说，还经常与工友们赌钱而不顾工作。一次另一个施工现场急等施工材料用，可他一圈麻将没有到头就硬霸着几个送材料的工友在那陪他打完那一局。我实在看不下去，又不好当着众人面要他难看，就对那几个送材料的工人说，这牌打完赶快送料，那边施工现场急等用呢，不然就要停工待料影响工程进度呢。没有想到成占三脸色一沉，板着脸冲我吼道，这儿你也来指挥？能影响多少工程进度了？我的天，这话怎么能出自你成占三的口？你最知道，这么大的施工现场哪怕停工一小时，就要损失 20 万元啊。我当时也不知哪来那么大的火气，一脚踹向麻将桌，手指着成占三，气得一句话也说不出来，浑身颤抖着。一个工友赶忙收起麻将，说走走，赶紧送料去。事后成占三虽然给我道了歉，可我对成占三却更加不满了。

要不是后来发生的事，我也就不计较成占三而且也会原谅他的。

那事过后大约一年左右，成占三带我去参加他表姐儿子的婚礼。以前虽然听他说过他有个表姐，可一直没有见过。那天见了他表姐，印象特好。他表姐人长得胖瘦适中，衣饰配着身材修短合度，有一米七高的样子，发半披肩，秀媚慧眼，脸如玉润，虽轻施淡脂，但不掩恬淡自然。说话声音甜美，有磁石般的吸引力；举止优雅得体，有自然天成般的风范。我们一见都好像在哪里见过一样，自然就亲熟起来。

那以后，他表姐就经常到我家来玩，带给我些女人极为喜欢的物件饰品什么的，我也经常请她吃饭。这样一来二往，我们就极熟悉走动起来。她经常带给我一些名包、名表、名项链和几件我喜欢的衣服，我也送她一些她喜欢的物品，她还邀请我去她的珠宝首饰店和服装公司去参观。她的首饰店首饰高档精美，看得我馋涎欲滴，有些还爱不释手，可她的首饰店店员对她却不大熟悉似的。她对我说，她还有两个店，在九龙呢。我也曾去过她的服装厂，仅生产车间就有一百多台机器，主营生产批发各类高中低档的服装。她的办公室，装修得豪华气派，看了就知道她是有雄厚实力的老板。

一天晚上睡觉的时候，成占三对我说他表姐要升级机器，资金周转有点紧张，想跟我临时周转些钱用一下，可又不好意思张口。我说这有什么不好意思张口的，谁没有资金周转不开的时候。她需要多少？成占三说我打电话问问她吧。他当着我的面给他表姐打了电话，说给我说了，问他表姐需要多少？他表姐说，多就先借他五百万，少三百万也行，三个月，月息一分，在商言商，到时连本带息准时打给我。我说什么月息不月息，你资金回笼到账别忘按约定时间回给我就行啦。我要她把银行卡号发给我，第二天我就去银行转了五百万给她。

到了第3个月约定她还我钱的日子，我没有收到回款，也不好意思打电话催要。到了第四个月时，她还没有给我回款，我问成占三，你表姐怎么过了一个月了还没有给我回款呢。成占三说我来打电话问问。他当着我的面打他表姐电话，电话提示你拨打的电话是空号，请查证后再拨。我一听，顿时紧张起来，那可是我挪用建筑工程款借给她的啊。我紧张地再打他表姐电话，还是上边的提示音。我立即警觉起来，拉着成占三，开车就往她表姐办公室奔去。

到了一看，哪里还有什么办公室，门头上有了新的店铺招牌。我赶紧又赶到她的服装厂，哪里还有什么服装厂，大门开着，机器全无，连一个工人都没有了。我立即报警，警察说，公安机关已在抓她，而且二十天前就已经发出通缉令了。

我目瞪口呆，看着身边从来没有抽过烟的成占三，只见他正面无表情地大口大口地抽着烟，像是掩饰着什么，又像是安慰我焦躁不安的心和回答我的询问。

我自认上当受骗，没有埋怨和指责成占三一句，这怪不了别人，怪我自己被他表姐的假象欺骗了！

我赶紧把投入股票的五百万低价卖出了三百万，并取出我自己的存款二百万，填补上我的挪用，我自认倒霉。

那时我正在承建深南大道上的国际商贸大厦，要成占三在一个月内，把竣工的英超写字楼施工机器、吊装平台、脚手钢架等全部搬运过来备用。可过了十天也没见成占三安排的动静。我催他，他说正在拆下，不久就可运来。又半个月过去，眼见这边要用了，还没有运来，我很生气，第一次指责他怎么连这样小事都拖沓。我要他立即去拆卸装运过来，可他一去就不见人影了。我感觉成占三怎么这么不正常啊，就到英超工地去找他。这不去还好，这一去，我简直连自己的眼睛都不相信了！整个工地机械器材都不见了！我打成占三电话他也不接。我找来这个项目原来材料部的班长，问他这里机械器材都哪里去了。班长说，你不是要成总把机器材料运到货贸商城工地了吗？

我什么话也没有说，开始追查这其中的原委。原来这货贸商城是成占三打着我的名义与人合作揽的私活！我哑巴吃黄连，说不能说讲不能讲，因为这涉及我在业界的声誉信誉名誉。成占三好像掐准了我的七寸，竟敢这样胡作非为起来！

事已至此，我还说什么呢。那时我与成占三已经生活七年了，他的两个子女也一个考上了香港皇家学院，一个考入香港中文大学。他花钱的地方多起来我是知道的也是理解的，但经济上我可从来没有控制过他啊，只要是他需要的，我都从来不说二话，而且我也不缺他花的钱呀，他怎么能背着我做这种事呢？正在我百思不得其解的时候，成占三回来了。这次，他倒很爽快很诚恳地对我说，他被公司开除以后，就没有拿到月工资，虽然月月我给他往家里寄的钱，虽然我月月供给他孩子的钱，虽然每次应酬招待社交花款都是我买单，可他没有自己能支配的钱，一个男人生活在女人的羽翼下，失去了独立，失去了尊严，失去了自己自由的空间。他感到自卑、自惭，一个男人怎么张口伸手跟女人要钱，可又确实需要那些自己能支配的钱。怎么办，怎么办，他成占三已经没有挣钱的号召力，他就打着我的旗号以我的名义与人合作揽下这份私活。可私活也需要投资的，他拿什么去投资呢？他就把英超的所有施工机械器材当作我的投资运了过去。他预想我知道后一定会大吵大闹的，没有想到我竟然闷在心里，一句话也没有说。我要说了，他打算好了，大不了他卷铺盖走人，我这不说，反倒要他不安和自责起来，他这才回来向我述说原委，并恳请我的理解与原谅。他说，现在孩子也已经上了大学，家中我也给他买了楼房，请了保姆，秦素萼我也给她安排了翻译的工作，他亏欠她的我都已经帮他补上了。他下月就回家与秦素萼办理离婚手续，把他这一生都交给我，一心一意地与我干事业和生活。

听了成占三一席剖腹的话语，我竟自责起来。我怎么就没有想到成占三的心理感受呢？是啊，寄人篱下的生活我虽然没有体会过，但我看到过，怎么就没有想到眼前的成占三也这样与我生活这几年呢？是我粗心，没有顾及成占三的心理感受和男人的尊严，才导致成占三这样的啊。

算了，没有我对也没有他错。又想到他以前对我的好来，想到他在我人生低谷时他对我的器重提携和鼓励，想到在我精神崩溃几近疯癫时他对我的关心和照顾，想到他是我进入建筑行业的领路人和导师，没有他，我做梦都不可能有现在这样富有成就和灿烂辉煌的。想到这些，我心也平静下来，对他说，算了，你还离什么婚呢？我们都已经生活七年了。你就这么过吧，你什么时候愿意回家去你就回家去，你什么时候愿意回来你就什么时候回来。外人都知道你是我丈夫，我的孩子也都把你当作养父，你就这样过吧。

话虽这样说，但经过这两件事，我对成占三的情爱日渐淡薄了。

我们就这样又生活了几年。忽然有一天，一个不知名的女人打电话给我，哭诉成占三侵吞了她一年工资十五万元。我丈二和尚摸不着头脑。我问她是怎么回事。她说，她是工地上的一个小工头，为了揽活干，不得不向成占三投怀送抱，不投怀送抱成占三就不给她活干，或是很少给她一点活干。这倒也罢了，谁知道上次结算工钱，成占三竟然搬出一篇篇检查验收不合格的记录，平时他可是从来没有给她说过一次她做的工程哪点不合格了啊。硬要处罚她三十万，说看在与她相好的情分上，折半处罚，这是明显的敲竹杠侵吞她的血汗钱。她受不了，可又怎么不了他，不得已，这才向她反映成占三的行为，她不求别的，只求她责成成占三把她的血汗钱给她。

我一愣，头嗡地一下，差点晕倒。好你个下三烂的成占三，你竟然下作到这样不知廉耻了。去年你克扣工人工资，就闹得沸沸扬扬，我嫌丢人给抹平了，不想你今年又故技重演，克扣侵吞工人的血汗钱，那是绝对不能允许的。于是我调来他负责工地的工人工资报表，做了复印登记，派人拿着这工资报表去召开工人座谈会，统计他们实领到手的工资。这一查，一年来工人实领的工资比工资报表总计少一百七十余万元！工人领的工资都有工人的签字，在事实面前他成占三想抵赖都抵赖不了。我限令他在一个月内把克扣侵吞的工人工资如数退还给工人，否则他就得滚出我的家和我的项目工程部。

正当我对他愤怒至极的时候，成占三与我跟着他在工地实习的儿子又发生了矛盾冲突。我儿子原本敬他如父，不想他嫌我儿子在工地碍他胡作非为的眼，设套逼着儿子不好去上班。儿子一肚子委屈又不好对我说——那时儿子还不知道我与成占三早已分床而居，爱情也早已名存实亡。儿子心情郁结，经常不去工地，常被我批评甚至呵斥训骂。他就更精神迷离，就寻了情妇，常常去他情妇那里需求满足和慰藉。结果就出现了我以前给你说过的我儿子在他情妇那里坠楼而亡的悲剧。

客观地说，当时我把我儿子的死一股脑地归咎于成占三，这是有失客观和实情的。但我当时看了成占三给我的视屏录像，看到我前夫跌跌撞撞一把抓开覆着儿子尸身的白布抱着血肉模糊的儿子昏死过去的情景，再对比成占三当时只站在那里除了脸色凝重没有悲伤的情景，我就一下子非理性地恨起成占三来！我把儿子的死因全部归栽在成占三的头上，赶他给我滚开，滚开。

真正让我与成占三分手的，还不是我儿子的死。那是在我儿子死后的三个月左右，我突然接到法院传我到庭质证的传票，说是成占三的表姐被抓到了。我不去法庭这还倒好，我一到法庭，简直不敢相信眼前的情景：成占三也站在他表姐的被告席上！原来坑骗我五百万的主谋不是他表姐，而是成占三。他表姐被抓后如实供出了成占三如何与她合谋与她唱双簧行骗我的经过。警察经过调查取证，证明那五百万全部进入了成占三的账户上，这才报请检察院，批捕了成占三。今天传我到庭，就是要我与成占三与他表姐当面质证，以判定他表姐的供述是否属实。法庭经过调查取证，当庭宣布，成占三表姐的供认属实，骗我五百万元的主谋不是他表姐而是成占三！我做梦都没有想到，这个不动声色的成占三竟然伙同他表姐，合谋坑骗我五百万！要不是她表姐被抓获，我一直还都被成占三被蒙在鼓里。

我看着双手被铐低头不语的成占三，什么样的滋味都涌上了心头。成占三，没有想到，你不说谎诚实严谨的表面原来掩藏着你不易被人觉察的卑污和龌龊，是我瞎了眼！

结果成占三被判处有期徒刑五年，被投进了监狱。

成占三一进监狱，就给我写来忏悔信，不求我的原谅，但求我关照他的两个孩子，关照下他的妻子秦素葶，关照下他年迈的父母。我知道他的心思，于是我以成占三的口吻，写信告诉成占三的家人说他去了非洲，要三年才回。并以成占三的名义，每月给秦素葶和他父母寄去五千元的生活费，一直到成占三出狱。这是后话，不提了。

下面再接着我儿子的事往下对你说。

我的儿子死了，可我又怎么都感觉他没有死！他那小时候看到我从外边干活回来，一头扑在我怀里，叫着妈妈妈妈的幸福情景，就如同梦幻一样地在我的眼前闪现；他爸爸去香港后他一遍又一遍地问我他爸爸什么时候回来的话语，都一直响彻我的耳畔；我逃港的那天晚上看着他睡得酣熟含泪亲吻他额头他翻身又睡去的模样，都一直定格在我的眼前；他被接来香港时看到我的陌生，他上高中时深夜学习的灯下身影，他大学毕业时的那个学士照，来我项目部实习天天深入工地记笔记写心得的神情，都一幕幕地浮现在我的眼前。他怎么会死呢，他分秒都没有离开我啊。我想儿子入迷了，痴迷了，发疯了，我儿子他没有死！我要走偏天涯海角，找到我的儿子！

我没有心思也没有精力投入我的工作了，我要这么多钱干什么？钱再多也没有我找到儿子重要。我整天恍恍惚惚，常常无来由地漫无目的地南跑北奔，经常沉迷于酒场和歌舞厅，游荡于大街和小巷，哪怕上天入地我也要找到我的儿子。对，我要找到我的儿子，我要儿子重新回到我的身边。

啊，我看到了我的儿子，他没有死！他在那唱歌跳舞！！我儿子也看到了我，向我点头微笑。啊，我找到了我的儿子，我找到我的儿子了！！！我不顾一切地分开人群，奔过去一下抱住我正在狂舞嗨歌的儿子。儿子，儿子，我的儿子啊，你去了哪里了啊，你要妈妈好找啊！妈妈找你好苦啊，我亲爱的儿子，你知道吗？干什么，你这该死的保安，你拽我推我拉我干吗？这是我的儿子！我大声地训斥保安说。

这是在我儿子去世后第九个月的忌日，我坐在歌舞厅休息处的靠椅上，神情恍惚地听着歌看着舞，忽然看到那个唱歌跳舞的英俊帅哥极像我的儿子时出现的一幕。那个唱歌跳舞的靓仔，一米七八修长高挑的身材，适脸适体的平状头，白净俊嫩的漫长脸，两眸炯亮，鼻翘鹰钩，齿洁隐露。他长裤短衫，气度翩翩，英俊潇洒得像港星罗嘉良，又像年轻时的朱时茂。他正唱世上只有妈妈好那首好听的歌。一曲唱完，酒干倘卖无的乐曲又起。啊，这就是我的儿子！他就是我的儿子！！我儿子就这身材模样，最爱唱的就是这两首歌！我当时完全沉浸在幻化状态了，不顾一切地奔上舞台，搂抱住我幻化中的儿子，昂着头踮着脚亲吻他的脸，双手拍打着他的腰。

我“儿子”一下惊愣呆了，一下子没有了任何反应。歌舞厅的音乐也戛然停了，一厅的男女无不投过来无比惊诧的目光。随即唿哨声喊叫声骤然响起，舞厅工作人员和保安强行把我与他拉开，把我拉了出来，把我按坐在休息处的椅子上。我木然地坐在那里，仍目不转睛地看着我的儿子，看他往后台屏风去。突然他停下脚步，一转身一回头，向着我和观众，一鞠躬一微笑一挥手，才退进后台屏风里。是向我挥手还是向观众补的谢幕？我亲爱的儿子啊，你真彬彬有礼……

我不知道那晚朋友们是怎么把我送回家的，我满眼满脑的都是我的儿子他。第二天醒来，昨晚的情景又浮现在我的眼前，虽然我有点儿清醒，可依然认定那就是我的儿子，我要把他接回家，我要把他接回家。我打电话给我的好几位好朋友，告诉他们，我的儿子没有死，我在歌舞厅遇到了他，请他们与我去歌舞厅，把我儿子接回家。

我的好友都知道我失子之疼，也都想慰藉我的心灵。有位好友就找到了那家歌舞厅的老板，讲述了我儿子的不幸遭遇和我痛疼痴迷入魔入幻的情景，请老板出面，问问那位唱歌的酷似我儿子的小伙子愿不愿意认我做母亲。他们认为也许那小伙子认我做母亲，我就心有所寄心有所属心有所安了，不再那么痴迷痛苦了。

歌舞厅老板找到了那个小伙子，重复了我的故事，问他愿不愿意认作我的儿子，以纾解慰藉我失子之疼。

那小伙子拒绝了。这使我更加陷入失子之疼中，也更加陷入对那个歌舞厅的小伙子——我儿子的无限思念中，我恨不得一下子就见到我的儿子，几次三番地再去那歌舞厅找他，可每次都没有再见到他。

我的朋友不忍心看我这样地备受折磨。就没有通过老板直接找到歌舞厅那个小伙子，告诉他，他长得极像我的儿子，行为举止神态表情也都像我的儿子。并告诉他我是一个大企业家大老板，有钱有身份有地位，有别墅有厂房有工地，认作我儿子只有好处不会吃亏，将来说不定还会大有作为。我朋友回来对我说，那小伙子可能有点心动，因为当时他听了介绍没有表态同意可也没有表态拒绝。

我朋友趁热打铁，隔几天又约聚那小伙子，那小伙子才答应与我在歌舞厅见面聊聊。

我一听喜出望外，我儿子终于想通了，也想见妈妈了。我不能这样蓬头散发去见我几近一年没有见到的儿子。我去了美容院，染了我儿子最喜欢的颜色烫了我儿子最喜欢的发型，戴上我儿子去瑞士他二妹妹那给我买回的纯金手表，扶正我儿子给我买的也是最喜欢的蓝宝石眼镜，捋顺儿子为我买的镶嵌非洲钻石的白金项链，穿上世界名牌贵妇人的小礼服，臂挎泰国香包，手腕貔貅珠镯，脚穿喜来登女士半高跟裘皮鞋，在我朋友的陪同下来到了歌舞厅的会客室，我要与儿子倾心长谈，我要接我儿子回家。

那小伙子一见到我，竟愣呆呆地站在那里，囧囧的手足无措。我朋友对他说，你要是愿意，就认她做妈，喊声妈妈。那小伙忽然头一昂，看着我，往我面前一跪，喊声“妈妈。”

我扑上前去，激动地搂抱着儿子，连声地答应“呃，呃，呃……”我把他扶起来，坐在我的身边，上看看，下看看，左看看，右看看，怎么看，怎么都是我的儿子。我说儿子，我们回家吧。我拉着儿子的手，上了我的车，往家去。路上，我看着儿子，眼泪唰唰地流了下来。儿啊，原谅阿妈在你小时候没有做过一次好吃的饭给你吃吧，原谅妈妈在你小学、初中、高中、大学没有陪你读过一天书吧，那时妈妈太忙了啊，忙得家都顾不上啊。特别是来了香港，我工作没有白天，没有黑夜，睡觉吃饭都没有定时定点的，常常不知道明天去哪里，常常都是边吃饭还要边安排工作。那时你也看到的，妈妈身上大哥大有四部，传呼机有两部，事事不断，话话没完。我忙于工作没有顾得上你一次，没有亲手给你做过一顿好吃的。妈妈亏欠你啊亏欠你，我的儿子。今天妈妈下车到家亲自给你做饭，儿子，你想吃什么？你告诉妈妈，妈妈今天亲手给你去做……

那一顿饭，我烧上一盆毛家红烧肉，一盆客家五香牛肉羹，一盆山里辣子鸡，清蒸一条大亚湾的河豚，烤两个猪蹄子，火烧铁板牛腩，还有东北黑木耳炒青海的山药，贵州马蹄莲，海南西蓝花、白糖炖红枣、银耳莲子羹……主食是芒果饭和小笼海鲜包。那顿饭我烧了二十多个菜，一桌子没有放下，就又放摆了一桌子。儿子，我可爱的儿子，吃吧，吃吧，妈妈一辈子没有给你做过这么多好吃的，今天给你补上，吃吧，看看妈妈做的菜味道怎么样，好吃不好吃，好吃，我下顿接着做给你吃。我看着菜，说着，讲着，只顾往儿子餐盘里夹这菜夹那菜。再一看儿子，他竟然拘谨得僵僵木木，无所适从似的，手里拿着筷子勺子，不知道吃哪道菜舀哪个汤是好。

吃过饭，天还没有黑。走，儿子，跟妈妈给你买衣服去。我不容儿子分说，拉着儿子就往外走，去百大商厦给他买新衣服。到了百大商厦直奔品牌服装店，指着那些衣服，对儿子说，我可爱的儿子，拣你喜欢的买，拣那最贵的买，不要怕花钱，妈妈有的是钱呢。儿子犹犹豫豫，走向杉杉西服店。我一看，儿子，不上那店里买，到别的店看看。儿子左看看右看看，指指报喜鸟服装店，怯怯地问我说，要不到这里看看？我一看，随口说不在这里买，这品牌也不靓。拉着他就奔雅戈尔店。到了雅戈尔店，我看到一款款式感觉还好，可伸手一拿，质料很差。儿子，不在这买，走那边看看。我拉着儿子走到波士店，到乔治・阿曼尼店，到卡尔文・克莱恩店，到古奇欧・古孜店，到多尔切和加巴那店，到普拉达店，到里司汀・迪奥店，到杰尼亚店，我给他挑选了六身外套，西服、牛仔、休闲款式各两身，并选了与上面款式相配套的内裤衬衫和领带。服装店老板都喜出望外，不仅热情待客，还请我儿子穿上他们的服装与我们合影拍照，并征求我和儿子意见，用我们的照片做他们各自品牌的形象天使。我高兴愉快得合不拢嘴，儿子也欢喜兴奋可却无所适从。我要他提着克莱恩西服、古孜牛仔和休闲套装，他竟愣在那里，看着那一大堆衣服，不知提那件是好。我说傻孩子，你怎么连这些衣服的品牌都分辨不出来了啊？——后来才知道他初中都没有毕业，也从未到过这样的地方看过，更不要说买穿过这些品牌的衣服了。

我又去给儿子买一大一小两块瑞士金表，买了意大利芬迪和法国迪奥皮鞋，项链、戒指甚至男士化妆品我一并给他买齐，我要让儿子穿上戴上，成为天底下最英俊潇洒的帅哥。

我们回到家时，保姆已按我的意愿，把儿子睡了十一年的一米五红松大床换上了两米二的红檀木大床，崭新的被单被子枕头都已经铺叠整齐。

晚上我坐在儿子的床边，摸摸那崭新的新西兰羊毛被子，怎么这么厚呢，这盖着会热的。我给他换上苏州蚕丝被，摸摸，又感觉这蚕丝被薄了，又换成鄂尔多斯的羊绒被，不厚不薄，正正好。

儿子极不自然地坐在床边，迟迟不脱衣上床睡。我把儿子拉近我的面前，给他解开纽扣，给他脱掉上衣，告诉他脱掉衣服要挂在衣服架上。我正要给他脱裤子时一看，他穿的皮鞋怎么进屋前没有换上拖鞋呢。我赶忙给他拿过拖鞋，告诉儿子以后进屋别忘了换上拖鞋。我把儿子鞋子脱下，把他袜子脱下，闻到他脚上一股汗臭气味，我赶紧去兑好洗脚水，把水端过来，用手试了试，温度正好。我把儿子脚拉近脚桶里，给他洗了脚，又拿毛巾给他擦了脚，扶着他上床去。

儿子上了床，可不知道怎么睡才好似的，囧囧的，怯怯的，不知睡在哪儿好。我拍拍枕头，儿子，把头枕在这上边。

儿子躺在床上，一动不动，一会眼睛看着吊顶的灯，一会看看我，一会又翻过身去蜷缩着，怎么也睡不着。我看着儿子不能入睡好心疼。儿子，妈妈陪你睡吧。我脱掉外衣，上了床，来，儿子，来妈妈怀里睡，我的好儿子。我伸手去搂儿子，谁知儿子一下子坐起来，双臂抱着胸，头抵在弓起的双膝上，瑟瑟发着抖，双眼惊恐地望着我，全然没有一点儿歌舞厅里的自如自在。

就这样，我不去上班了，我天天在家里陪着儿子，带他去他没有去过的地方，我要把亏欠儿子的母爱一百倍一千倍地还给他。

慢慢地，儿子从开始时的窘迫不适应，慢慢地自然了适应了，慢慢地从不说什么话到话语一点点地多起来些了。第五天，他竟然脸红红地怯怯地第二次叫我一声妈咪了！我在家里听到儿子叫我妈咪了！我那个激动呀幸福呀，激动幸福得泪水涌流！

我在深圳大酒店置酒宴请家人和亲朋好友，宣布我收认了这个儿子。我三个弟弟也都很高兴，儿子也有礼节地叫了大舅舅，二舅舅，三舅舅。我在香港的大女儿沈梅和她的丈夫、我在丹麦留学读研的二女儿沈花，我在香港大学读书的小女儿沈香，虽然没有来得及参加我的收认宴会，但都发来热情洋溢的贺词，恭贺我有了儿子，欢呼她们有了哥哥。

从那以后，儿子慢慢自然起来，叫我妈咪也不羞于张口了，在家里在外边举止神态也都自如起来大方起来。在家拾掇家务，出门选购物品，他都主动地去做。他慢慢自己也有一些需要花钱的地方，几元，几十元，几百元，几千元，几万元，一年过去，他已融入我的家庭，真正成为我家庭中的一员了。说来也是的，我家还有谁呢，女儿都不在身边，我家里就我和这儿子，还有雇请的保姆。

一天，儿子对我说，这样不做事情也不是事，说他还想去酒店歌舞厅工作。我一听很高兴，说，好，去吧，你先去干干，妈妈给你建一处宾馆酒楼，你去做老板。

我说做就做，不到一年，我就在深圳买地，建了一栋十一层的酒楼宾馆，取名温馨大酒店，我让他做这温馨大酒店的总经理。儿子不懂酒店管理，我就高薪请一位具有丰富大酒店经营管理经验的经理做儿子的副手，手把手地言传身教地带他教他，我也住进酒店，与儿子吃住在一起。

慢慢地，儿子不在叫我妈咪了，对我只称你了。又过了两个月，他把我紧紧地拥在怀里，对我说，他要娶我，他要娶我做他的妻娘！

这太荒唐离谱了，可我也离不开他了。我没有答应，可也没有断然反对。没过一个月，他就在温馨大酒店，宴请我的家人和亲戚朋友，当众宣布：

从今以后我不再叫陈星宇（陈星宇是我收他做儿子后给他取的名字），今天恢复我的原名李连春，我也不再是陈浮生的儿子，我是陈浮生的丈夫，她是我的妻娘。来，请各位亲友共同举杯，庆贺祝福我们吧。说着，他不等众人响应，一饮而尽杯中的剑南春。随后他来到我目瞪口呆惊讶万分的三个弟弟面前，“来，满上，陪姐夫喝一杯。”

一席人无不骇然！我三个弟弟勃然色变，猛地站起，我大弟弟还抓起杯子砰地一摔，愤然离席而去。

天下竟然有这荒唐荒诞的事！这事还发生在我身上，让我威风尽失容颜扫地。我忍受不住了，我痛骂李连春厚颜无耻，品德败坏，没有节操。

没成想，李连春竟拂袖而去，晚上竟离店不归，第二天没有回，第三天没有回，第四天还没有回。李连春出走不归，第一天我恨他，第二天我气他，第三天我心里惦念他，第四天我自责起来。李连春是有错，可也不能全怪他啊，是我一次次姑息迁就纵容满足了他啊。我要去把李连春找回来，我不能失去这个我痴癫疯狂时认下的儿子，我不能失去这两年多来给我心灵慰藉的儿子。我去了他可能去的地方找，找了一天，找了两天，找了三天，都没有找到。我天天打他无数次电话，给他无数次留言，他都不接，他都不回。他越不接我电话我越打，越不回我留言我越留，越找不到我越找。我发了疯地找他，找他，还是找他。我就这样地找啊，夜不能寐，食不甘味。找了半个月，他人影全无，音信尽失，我灰心无望拖着酸软的两腿，回到酒店我与他的房间，开门一看，啊，李连春！李连春正从洗浴间浴洗出来，胡子还没有来得及刮，足足有三寸长，白皙的脸也又黑又瘦。我一下子扑上前去，紧紧抱住李连春，眼泪刷刷地往下流。我的儿子，不，我的连春，你去了哪里，你让我好找哇。

李连春回归，我喜出望外，又悔恨交加，只字不提那不愉快的事。

从那以后，说不上是李连春要我还是我要李连春了，我们情好日密形影不离，我们谁都离不开谁了，堕入爱河的幸福让我无比陶醉！我对李连春说，我嫁给你，做你的妻娘。那时，我四十五岁，体型未变，风姿犹存，李连春二十五岁，英俊帅气，体健摄魂。

我把我想与李连春结婚的想法告诉我的三个弟弟和三个女儿。除了我三女儿，他们无一不当即反对。我大弟弟陈浮儒还专门放下繁忙的工作约上我二弟陈浮仁和三弟陈浮宏来深圳找我谈这事，劝我不要与李连春结婚。大弟弟说我比李连春大二十岁，嫁给他怎么合适呢？不怕人笑话啊？二弟弟说李连春就是一穷光蛋，三弟弟说李连春就是个吃软饭的，最终不会要我的。我不能接受弟弟们的观点，也不能接受他们的说辞，我要嫁给李连春的决心已定。我对他们说，你们为姐姐着想想姐姐好我都知道，可你们知道我爱他他爱我都互相分不开离不掉了吗？何况法律也没有规定不许大二十岁的女人与小二十岁的男人结婚啊，怎么我要与他结婚就被人笑话了？难道只许大二十岁的男人与小二十岁的女人结婚就不被人笑话？现在男女恋爱结婚早都不论金钱地位年龄甚至性别了，怎么你们的思想还这么保守不开化呢。结果弟弟们与我是不欢而散。

没过几天，我大女儿和她丈夫也来劝我了。反对的理由是李连春恋上的不是我的人而是我的巨额钱财，等把我的钱财骗去了，李连春就会离开我甚至不要我的，说我历尽苦难艰辛终有成，多么不容易，现在都这岁数了还结什么婚不婚的。

二女儿还专程回国来劝我。只有我三女儿没有反对。她说只要我想好了自己愿意，想与谁结婚就与谁结婚，这是我的自由和权利。

我意已决。公开我要与李连春结婚的消息，并带着李连春去了香港宴请我的朋友，回我的老家见我的父母。同时，为了打消他们对我巨额财产的顾虑，我在香港买了一套一室一厅的房子送给舅舅养老，以感谢报答当年他救助我的恩情；给我的三个女儿每人在香港买了两室一厅的房子；在老家惠州，我给自己建了一套你到了住的那栋别墅，给我父母和沈全奇的父亲分别建了个四合院，还一次性给我的阿树哥交了十五年的社保；并安排我的大弟弟，在惠州物色遴选一个有投资价值的产业，我去投资。

虽然我做了这些安排，可他们依然反对我与李连春结婚，更不要说更多的亲人以外人的指指点点了，就连我最好的阿树哥也毫不留情地对我说，陈浮生，李连春是个吃软饭的，他和你结婚是为了你的钱。

我那时昏了头意已决，不管人们怎么看待我与李连春的这桩爱恋，我只按我想的做，筹划与李连春结婚的事宜。

正在我紧锣密鼓地筹划与李连春结婚事宜的时候，我却渐渐感受到李连春的一些不对劲。女人的敏感常常有细微的变化都是能感觉到的。而且李连春花钱也渐渐多起来，应酬也多起来，常常开着我的卫星定位车（他当时不知道我的车是卫星定位的）到一个三十多公里所谓的朋友那里去夜不归宿。

我问李连春最近一直都去哪里了？他说没有到哪里去啊，只是宾馆酒店业务事杂，外联多多，出去办事不是很正常吗？我说你怎么常常开车出去夜不归宿的？他说他有时去几个朋友那里，有时就在那喝酒吃饭晚上就不回来了。我说，不对，你一直只是去一个地方，我告诉你吧，我的车是卫星定位的，你在哪里我都知道。他一听勃然大怒，说我监视他，不信任他，愤然摔门而去。

这是他第二次离家出走。

李连春一走，我又后悔了，他去朋友那里走走聚聚，有什么不可以呢？我怎么就小肚鸡肠还不能包容呢。还有，宾馆酒店也离不开他呀。他分管前台、后堂、餐饮部和客房部，服务人员流动很大，还要招聘面试，这些多都需要他。

我还是得把他尽快找回来呀。

这次找他不像上次那么费劲，第二天，我只给他打个电话，他就回来了。

回来了就好。只是我的车子不久档位就出了问题。去修，修好了档位，可卫星定位却不能用了。李连春也几乎不出去了，就是出去也不像以前那样常常夜不归宿了。

这样的日子大约过了一年。当然，这一年期间，李连春每周总要出去一天一夜与朋友相聚，有时还一连几天不归，我也睁只眼闭只眼。反正都心照不宣，各自寻欢，互不干涉，倒也相安。在外人看来，我们这对老妻少夫只是个搭档，各人都有各自的梦。我主内务管钱，他主外事管人。管人要花钱，花大钱我批准，花小钱他自取。可他小钱越花越多，常常累成一笔不小的钱甚至是一笔笔大钱，从一万到三万，从三万到五万，有一次竟然不知名由的要支取十万。我问他支取这么多钱干吗？他竟然怒气冲冲地说，还赌债，养野女人！

我一听笑了。好，你有能耐你有钱你就赌你就去养。当时我还以为是我控制他花钱他说的气话呢。可有一天他开车陪我去银行取现二十万，车子开到山上斜坡路边有几间红房子处停下来，我知道那是赌场，他说到那红房子里找个朋友就出来。他一去不回，我就在车子里等他。没多会，从那房子里走出三个人来，走在前边的那人很有礼貌地敲敲我车子的玻璃，好像要与我说话似的。我看着不像是坏人，而且大白天的光天化日之下，就摇下车窗玻璃探头问他有什么事吗？谁知那人身手敏捷，刷地把手伸进我摇下的车窗内，反手把车门拉开，那个走在他后头的两个人，在车门打开的一刹那，一个闪身钻进车内，双手卡住我的脖颈，一个啪地拉开驾驶座门，坐上了驾驶座。那个先开车门的家伙也上了车，上来就打开看我包里的钱，数了数，自言自语地说，嗯，不错，是二十万。当时我叫也叫不出声喊也喊不出声。这时车子开动了，一溜烟地开到二十余里外一个前不着村后不着店的山坳里停下了。车上三个人把我身上的手机摔了，对我说，别不知好歹去报警，留你一条命，日后好挣钱。他们下了车，把左前轮扎了，还向我挥挥手，提着我装钱的包，大摇大摆地向另一条小道去了。

我的二十万就这样眼睁睁地被抢走了。钱被抢走了，可我得回家啊。我步行了四个多小时，累得精疲力竭，又渴又饿地到了宾馆。一看，李连春正悠闲地眯着眼躺在沙发上，似是在憧憬着什么，脸上露出丝丝甜甜的幸福笑意。

他没有问我怎么回来这么晚，我也没有告诉他被抢劫的事。因为我怀疑这次被抢与李连春有干连，不然那抢劫匪徒怎么知道我包里正好二十万？这钱多少，除了银行办业务的人知道，再就是李连春与我俩人知道。我没有报警，因为我知道我报了警也查不到抢劫我的人，还白白耽误我的宝贵时间。我怀疑李连春可也拿不出确凿的证据，空口无凭呀。我自认倒霉。我去了交警队，付了拖车的钱，去把轮胎补上，把车子开回来。

这件事以后，我与李连春结婚的话题就都没有再提，就这样又过了大概两年。

有一天，成占三忽然来到了我的宾馆酒店。找到我，说他出来两个多月了，也找了我一个多月，十天前还来过我这里而我不在。他说他耳闻目睹，多方了解和查证证实，他再不好，也比李连春好。李连春就是一吃软饭的人，是一个花天酒地养野女人的人。他说李连春看上我的是我的钱不是我的人。他说不管怎么说，他与我风风雨雨磕磕绊绊工作生活了十余年，心里有无尽的对我的亏欠。他说，他现在也没有脸去他老婆那里，他不能回家让人指指点点说他是劳改犯，不能因此让他的家人丢尽名声和尊严。成占三要我原谅他，要我赶走李连春，他要重回我身边，给我当牛做马，赎救他对我的亏欠。

我不听成占三这一席话还好，一听他这一席话，顿然激起我对他的腻烦，不，是愤怒。我对成占三说，我早就不爱你了，我只爱李连春了，我马上就要与李连春举行婚礼了。成占三一听，脸色铁青，站起来就走，丢下一句恶狠狠的话：看我不找人把他弄死！

还真没到一个星期，大约半夜光景，店里潜进两个蒙面人，手持匕首，直扑向我与李连春的卧室来，并压低声音对我说冤有头债有主，他们只与李连春做个了断，一切都与我无关，要我避开。我一见，挺身而出，挡在两个蒙面人面前，大声地骂道，你们回去，对成占三说，有种的冲我来！今天你们除非把我杀死，否则你们谁要是动了我丈夫一根汗毛，明天我就要成占三死无葬身之地！那两个受雇指使的蒙面人一怔，你看看我，我看看你，旋即退了出去。当时李连春吓得躲在我的身后，惊颤得差点瘫倒在地。

第二天，我就去找到成占三，怒斥他无法无天想杀人越货的暴徒行为。成占三似是也感到他行为的不妥。我看着成占三一言不发，就又想到他以前对我曾经的好，现在出离牢狱能知羞悔过又有家难归，对我的动机也是为我好，他想与我重归于好也没有错，就对他说，你在香港深圳没有住地，你就去住我们原来那房子吧，我给你一百万启动金，你是自己创业还是重操旧业你自己定，但从此以后你我再无瓜葛！

李连春也从此对我好起来。要不是那天晚上我在他提包夹层中发现了那份承诺书和他与艾晨晨三口之家的合影照，我也许最终就真与他领证了。

承　诺　书

我郑重向艾晨晨承诺：今天与艾晨晨离婚是假的。离婚目的是为了与陈浮生假结婚。在我与陈浮生办理结婚证后，力争用三年时间慢慢把宾馆酒店所有权经营管理权划归我的名下，再与陈浮生离婚。我与陈浮生离婚后立即与艾晨晨复婚。与艾晨晨复婚之前，我每月向艾晨晨支付一万元生活费，与陈浮生离婚后划归我的财产全部归艾晨晨所有。与艾晨晨复婚后，艾晨晨要生一个属于我的孩子。空口无凭，立据为证。

承诺人：李连春

2001 年 8 月 30 日

这份承诺书还包着一张三人合影照。合影照中，左边的李连春伸出的右臂和右边的艾晨晨伸出的左臂同时拥着一个八九岁的可爱小女孩，小女孩坐在李连春的右腿和艾晨晨左腿上，李连春和艾晨晨同时亲昵这小女孩的左右耳朵，好幸福温馨和美的三口之家！

看着这份承诺书和这张合影照，我一下子从浑噩中清醒了过来！真是世人皆醒我独醉，被骗情感被骗色，人世荒诞莫如我！

我越想越觉得自己荒诞至极，我简直是人间奇葩另类！陈浮生啊陈浮生，你明明知道他是在爱你钱财，明明知道他做套抢你钱款，你都忍之受之，姑之纵之，还破罐子子破摔，任之从之。你简直是人间呆魃！

这晴天惊雷，一下子把我炸醒。我心中雪崩，高山突陷，活脱脱的现实把我的梦击得粉碎。我为付出的惨痛代价痛惜啊。我堕落了人伦道德，丢下了我成名成就的事业，沉迷于卑污龌龊的职业。好在我幡然醒悟还来得及，迷途不远还能返。我要洗心革面，重新做人，回归正道！

可想着容易做回难，开弓哪有回头箭！现在宾馆酒店正在经营运作中，投出去的大笔钱还没有收回，没有主外的李连春就可能倒闭。我要利用他一回了。想着，我把承诺书和照片按原样折好放回他包的原处，他回来后我一字都不提。只在思忖我如何关闭这个宾馆酒店，让我的灵魂从这肮脏龌龊卑污中脱离出来，把李连春打发出去，做我应该做的事情去。

可还没等我收手关闭这宾馆酒店的经营运作，它忽然就被查封了。原来公安机关早就盯上了我们。李连春和我都被抓进了公安局。结果法院以策划组织实施卖淫嫖娼罪判处我们五百二十万元罚金，李连春和我分别被判处有期徒刑七年和三年。我锒铛入狱，悔愧莫及，可细细想来又实实在在不亏，这是我咎由自取。

我坐了三年牢。三年里几乎月月都有人来探视我。这些人中，除了我的父母、公公和三个女儿三个弟弟外，还有我的阿树哥，一些我以前的工友和同事听说了我的情况，也到监狱来看望我。特别是让我意想不到的，连沈全奇都几次来看望我。特别是成占三，他几乎月月都来看我，而且每次来看我，都要带来大包小包的吃喝用物品。他们没有一个批评我指责我的，大多都是说，人这一生世事难料，磕磕绊绊在所难免，不要往心里想不快的事，出去就会好了的。可以说，我那三年牢，除了劳动改造干活以外，我在监狱里没有受过一天罪，甚至还有种荡涤污垢洗尽铅华的如释重负般的轻松和愉快，因为我的灵魂得到了净化，人格道德回归了自我。

由于我在监狱表现好，我被提前三个月释放。释放出来第一件事，我就直奔我的宾馆酒店。到宾馆酒店一看，当年公安局和法院的查封封条还在，但早以褪色，黄旧旧的化在门上。那大门紧闭，门前只有一辆收破烂的车停在那里，与周边人气爆满的繁华商店和酒店宾馆形成了鲜明的对比。

我打开门，进去转转看看。那电梯早已不能运行，室内墙壁多霉变发黑，湿闷更不用说了。

我决计把宾馆酒店整栋出售了。

我做梦都没有想到，当年我拿地、盖房、装修总共才花去三千多万的这处宾馆酒店，到我售卖时竟然拍得九千多万！我一夜之间，从个劳改犯，倒成了一个真正的暴富婆了。

有钱在手也不是个事啊，得找个投资去处。房地产建筑业我不打算再干了。可我干什么呢，我去了我大弟弟陈浮儒那里。

陈浮儒对我说，惠州发布公告，在大青山招商引资搞矿山开发，商人来考察洽谈的人很多，问我要不要去实地考察看看。我说好。

我与大弟弟深入大青山矿区进行实地考察，又翻查资料，查看这里的矿产资源储备和招商引资细则。感觉前景不错，可以投资矿山开发。于是，我和大弟弟与当地招商引资处联系洽谈，他们拿出市县政府招商引资文件。文件对投资者提供极为优惠的政策。这些政策包括无偿划拨土地，建成投产后三年不收税，三年后返点奖励20%的增值税，政府负责环境设计和治理，当地招工用工优先，可与惠州人民政府以股份制合作开发等。

经过两个多月的可行性论证，我还是感觉投资风险大于投资安全系数。可陈浮儒在他当地有关部门领导劝说鼓励下，坚信对矿山进行投资开发，绝对是优化资产配置赚钱的大好途径与好机遇，并郑重的请我借给他五千万，他自行承担投资风险。我当时手里有的是钱，就答应了陈浮儒的要求。于是陈浮儒推我为董事长，他为总经理，向全国招聘矿山投资开发的各类专门人才，在与惠州发改委招商局签订股份制合同后，就成立惠州矿山投资开发筹备处，下设领导小组，工程专业组，后勤保障组，财务组，展开具体的矿山开发工作。

我当时借钱给陈浮儒投资矿产开发，也是利欲熏心遮了眼的。因为当时业内专家人士估算，大青山所拥有的镁砂铁矿能达到50亿吨，而且其矿山无论数量还是质量都属上乘；另外，当时国内镁砂矿每吨成本价为2100元，而大青山矿品类优质，每吨成本价却仅在1050元左右，利润丰厚；更令我心动的是，在中国开采镁砂需要相关部门颁发许可证，同时在持有许可证的情况下，每年只允许开采100万吨镁砂，而在惠州却并没有此类限制，可以随意开采。

后来反思，我当时是具有战略眼光，但我轻视了投资风险。在一个非完全市场化的环境投资，政策就是最大的风险，是我所不能承受的风险。这可以说是我犯下的第一个错误。

不过当时，我和弟弟率队考察洽谈，感受到的是贵宾待遇：市长、发改委主任、招商局长都亲自迎接招待。当然，更重要的是，矿的面积大，储量大，选矿的效率高，出产的铁粉品质好，地理位置也好，就在海边，运输可以直接出海或发往全国各地。

依据合同约定，我和陈浮儒以选矿技术、生产管理技术、无形资产和现金出资总共折合成人民币1亿元，占股75%（其中我个人占75%的75%），惠州市政府以大青山铁矿资源和建厂土地折合成3300万元，占股25%的比例进行合作。

可我怎么也想不到，这份看似合理的合同已经为后来双方的纷争，埋下了伏笔。

很快，变数出现了。正当我铺路建厂源源不断购置矿山开采设备已经投资五千万的时候，我收到惠州发改委签发的合同文件作废的通知。对此，惠州招商局的说法是市政府曾规定，与投资者组建的合营企业，惠州方企业占股比例不能低于30%，投资企业最多占股70%。而以前所签订的合同显然不符合这一政策规定。

胳膊扭不过大腿，在人家的一亩三分地上，我被迫同意新的文件，双方股份比例变成了7∶3。当时前前后后已花了五千万元，我不得不妥协。这是我犯下的第二个错误——在一个不规范的商业环境里，妥协看似短期得利，但实为下策。

我继续投资建厂，惠州发改委和招商局也感觉过意不去似的，对我说两次协议书中所差的5%股份由项目建成后从他们的分红里给予我补偿。

当我投资到七千万的时候，惠州又生变数，惠州税务局通知我要对资源类项目征收25%的资源税，而签合同时惠州方从未向我提及此事！此时，我才发觉，在一个政策极具随意性的环境里投资，风险何其巨大！我开始焦虑起来，左思右想，要是征收25%的资源税，我就巨亏而血本无归了。我现在才投资七千万，我全陪了还是富翁。我不能干了，我通知陈浮儒，停工撤资。

我一停工，惠州发改委招商局表示新的资源税政策只是针对新项目，此前签约项目维持不变，并且向我出具了保证函，承诺给我的政策20年不变。

尽管如此，我被股份比例、税收政策弄得逐渐疲累了，还是不放心。我认为这种保证函没有权威性和法律约束力，提出如果要我继续投资，必须要惠州市人民政府的保证函。

终于，惠州市发改委和招商局给我带来了一份惠州市人民政府下发的文件，确认双方原签订的合同有效。

得到保证后，我通知陈浮儒复工。两年后，投资一亿三千万的大青山铁矿正式投产运营，我当时负债四千万。但看到每月产出两万多吨质量不错的铁精粉的丰厚回报，我庆幸投资成功了。

可我的庆幸早了。惠州人大常委会通过新法案，凡是以国有资源做股份制的合资企业，惠州人民政府持股比例不得少于51%，并征收销售额20%的资源费，土地使用每年每平方米2元、收取工业用水费每立方米3.2元，而原合同中规定没有资源费和土地使用费，因为惠州方以矿山资源和土地出资折3300万元，其中包括了资源费和土地使用费，修改后相当于重复收费。并且原合同规定中，电费每度按0.6元收取，而现在要依据工业用电每度收取1.2元。

照这种改法，惠州方是法人，以后是惠州方说了算，而原合同规定我为法人和管理方的。这也没什么，关键是，这样我在大青山不但赚不到钱，还会把投资成本倒贴进去！

当时我虽然多方呼号奔走，努力减少损失，但都没有起丝毫作用。

从这件事上，我得到了切身教训和体会，就是投资者到任何地方投资，一是本人不要被眼前假象所迷惑，二是要吃透国家级层面的法律法规。

我栽在大青山铁矿的投资上，已是身无分文了。经我弟弟陈浮儒借的三千万，人家追着要，而且，陈浮儒几年前按揭头的新房子也被银行查封，轿车也被讨账的人算去。许多债主把我和陈浮儒告上了法庭，法庭判决我们限期筹款赔付。我哪里弄得这么多的现金还账呢？我埋怨陈浮儒说，当初要不是你认定坚持非要投资这个矿山开发，我怎么会落到今天这个身无分文还欠一屁股债的地步！陈浮儒一听，脸憋得通红，低着头，又望着我，想说却半天没说出一句话来。我说你想说什么你就说。陈浮儒一听，还真的就说出一句话来：当时你要是不投资不拿钱，我哪来钱投资这个矿山开发，我不投资这矿山开发，我现在也不至于连房子车子都赔上没有了，这到底是你的错还是我的错?!

这句话问得让我惊愕，我目瞪口呆哑口无言。是啊，我要是不借钱给陈浮儒投资，他怎么会连房车子都赔上没有了？我借钱给他借出罪过了！是啊，我不应该埋怨陈浮儒，我应该埋怨的是我自己！我悔恨当初。可悔恨有用吗？他的房子车子抵作一千万了，他没有家资财产用于还债了，总不能让他被讨账的人逼死，何况欠账还钱是天经地义的。我被逼无奈，只有心一横，回香港，把我香港160平方米的房子卖了四千万！那可是我在香港算得上的豪宅呀！从那以后，香港没有了我自己的房子了，香港没有我自己的立足睡觉的地方了。

我把陈浮儒欠的三千万还上，另外给了陈浮儒五百万买车买房，因为我总不能看着他和全家居无房子行无车开。剩余的五百万，我在大亚湾买一块地方，花了三百多万盖了准备养老和备作不时变现的小楼。

就在我那小楼快要盖好装修的时候，李连春找来了！

这时的李连春蓬头垢面，人也又黑又瘦，当年的英俊帅气荡然无存。他刑期未满（还有一年），是保外就医出来的。出来他没有去处，最后还是找我这来了。他拿出监狱检查报告递给我，对我说他患有肝病性病还有强直性脊椎病。他说他去找了艾晨晨，开始没有找到。后来找到了，才知道艾晨晨在他入狱后两个月就结婚嫁人了，还生了一儿一女。他找到艾晨晨时，艾晨晨正与她老公和两个孩子在庭院嬉戏玩耍。艾晨晨一见他脸色顿时都白了，愤怒地说你找错人了，我不认识你，滚！恰巧，那时艾晨晨大女儿就是与他李连春合影照中的那个小姑娘从里屋出来了，那小姑娘已经十五六岁了，出落得如花似玉般漂亮。看到他，怔住了，眼里饱含泪花。那姑娘看看艾晨晨，又看看他李连春，一句话也说不出来。倒是艾晨晨的丈夫忽然明白了似的，停止了与妻子孩子的玩耍，大方地把他李连春往屋里请。他李连春哪里还有进去的心思，含着泪，看着艾晨晨和那曾经叫过他无数遍爸爸的姑娘，凄然离去。他说他现在是走投无路了，这才找到我这里。

听着他的述说，看着眼前这个曾让我疯狂病态地亲过爱过恨过、让我人伦不遵道德沦丧、坑蒙欺骗致我身败名裂的人，我竟一时说不出话来，一股莫名的隐痛和同情怜悯涌上心头。对他现在这个样子我还能说什么呢？劝慰，我说不出来了；指责，无异给他增加病痛和心灵的痛苦。算了，爱就爱了，恨就免了吧。何况，他今天的惨状，也有我不可赎救的罪孽造成的啊。我思考了良久，对他说，你跟我走吧。我带他去宾馆开了间房，让他住进去。和他重拾以前那是万万绝对不可能的，可我怎么也不能眼睁睁地看着他身病无钱医，人饿无饭吃呀。我临走拿出一张银行卡，对他说，这是我名字的银行卡，密码543216，我每月往这张卡上打三千元，你节俭地用，有病你就去治疗，平时吃饭你自己搞，照顾好自己，没有特殊情况和特殊事，不要找我不要打我电话了。这宾馆住宿费，我一月给你结清一次，你好自为之多多保重吧。嘱咐交代他之后，我头也不回地走了。从那时到现在，我每月都往给他的卡上打钱，每次给他打钱，我都一边恨自己问自己，这样做值不值？一边又自己解劝自己，权当我喂了一条狗吧，不，权当我是在赎救自己的罪孽吧，我不问他事他不就死路一条了吗？

讲到李连春这些，我想我还得回过头再说下成占三。我不是念在成占三曾经对我的好，不仅没有追究他买人情杀李连春的事，还让他住进我香港的豪宅房子里吗？可我把那房子卖了以后，成占三在香港就没有房子住了，他就搬到了他当时就职的天龙房地产公司住了。后来他发了财，归了家，知道我破了产，就一把给我汇来500万，并在汇款栏中留言说：陈浮生你是一个好人，好人最终有好报。愿我们友谊长存，互相帮助，直到永远。成占三汇我的500万，提高和改善了我现在的生活质量，没有成占三的这笔钱，我现在的生活质量肯定没有现在好的。

到深圳的第二天，陈浮生陪我去游深圳的东华城和世界之窗。

那天行程安排得紧紧的。上午八点，陈浮生就陪我乘坐出租车到了深圳东部东华城，在景区入口处游赏，到九点开园才进入景区。

陈浮生先陪我游大峡谷。这个大峡谷位于深圳东部黄金海岸线，公园里有水公园、峡湾森林、海菲德小镇、生态峡谷和云海高地等五大主题区，自然奇幻使我目不暇接。

给我印象最深的首先是海菲德小镇。小镇是以葡萄酒文化为主题的美洲风情小镇，原木与砖石相结合的建筑温馨质朴，系列铜雕展示了从葡萄采摘到红酒酿造的全过程，演绎了19世纪美国加州纳帕山谷的红酒小镇风情。那里的天幕、海布伦宫、红酒体验馆、自酿啤酒屋、湖畔美食廊、小镇客栈等简直成了与红酒约会的陶醉之乡。

其次是生态探险，那全方位的视觉听觉仿真体验，营造各种地球自然环境与生态的虚拟实境，让游客化身“生态侠”，进入大自然未知世界接受各种挑战。那里的地心四千里、深海探奇、山崩地裂、飓风营救、丛林穿梭、咆哮山洪、探险广场、水上人家、生命之墙、4D影院，无不让游客在惊险刺激的体验中探索地球奥秘，亲身感受自然原有魅力的强大。特别是那山崩地裂，使人有如临其境感受到一场特大地震突然降临时命悬一线的紧张恐惧感，“卡特里娜”飓风卷土重来，2000立方米的洪水倾泻而下伴随着爆破、枪战、烟火、声光、滑水的特效冲击，动感看台震撼人心的超级海啸登峰造极，云顶脚下的万丈悬崖，无不让人惊心动魄。

还有峡湾森林花园中那万紫千红的花圃和水组成的别具一格的水花园景观，多级阶梯弯转向上，移步换景，奇妙得不逊苏州园林；宽 300 米、水流落差 42 米高的蔚然壮观的大峡谷瀑布，是我在中国海滨看到的第一瀑。

陈浮生脚不停留地陪我观赏，不知不觉就到了中午十二点了。因为下午要游赏世界之窗，只能不舍地结束这里的行程。当我随陈浮生在梅沙坐上观光 1 路车回首顾望的时候，那东部华侨城顿然间呈现的湖光山色都浸漫在云海的奇观中了。

梅沙观光 1 路车直达世界之窗，陈浮生随着观光车经过之地，一路介绍说这是深南路，这是深圳罗湖口岸，这是深圳火车站，这是……我记不住她说的那么多名字，我只看到观光一路车沿线简直就是一道景色各异的风景线。沿线建筑形态各异，气势恢宏，国家级、世界级许许多多公司名称、品牌名称都耀眼醒目，道路干净宽阔，两边绿化如茵，高楼大厦中不时有块块公园镶嵌其间。可以说，这哪里是一条公交道，这简直就是一道窥见深圳繁荣蓬勃发展的风景线。

下午一点半，我们下了观光车，陈浮生请我在翠园吃了午饭，从地铁 J 出口（世界之窗金字塔出口）到世界之窗的大门。那大门前巨大的人工水球喷泉，一下子吸引了我的眼帘。中间那个最大的喷泉，水柱翻腾上冲，犹如旋转着的琼浆，云雾着的玉液；四周的小喷泉，都极像一朵朵怒放的五颜六色的美不胜收的牡丹。

进入大门，陈浮生指着引人注目的埃菲尔铁塔对我说，它是深圳世界之窗最重要的景点之一，其主体工程严格按法国巴黎埃菲尔铁塔的 1/3 比例缩尺设计。铁塔高 103m，占地面积 $1800m^2$，全塔除装饰拱基座为钢筋混凝土浇制外，其余均为钢结构，总用钢量 750t。塔内装有观光用斜电梯 2 部，直升电梯 1 部。除装饰工程外，塔内还设有浅液抑振装置及防雷系统。这座塔在美学、数学和建筑学方面均有它独到之处。铁塔结构异常复杂，设计难度大，施工难度大。当年建塔招标时我也来投标的，但许多结构图纸我看不懂，最后退出，没有参与这座塔的承建。

说这话时，陈浮生流露出自己学问浅薄力不从心的无奈和遗憾。她还对我说，当年建这塔时她把施工设计方案全部拍照留存在手机里，没有事的时候就拿出来边看边着磨。为了证明她不是对我说谎似的，她还把手机拿出来，打开给我看她当年拍照的设计施工方案。我翻看看，好长好详尽的设计施工方案，我把注意力停在“5 主体结构设计”的内容里：

5. 1 立面布置　本塔主体结构高为 100. 8m，架设无线后塔全高为 103m，共 36 层，分为 7 个区段，设有 4 层平台。整个塔体结构高耸伟岸，上窄下宽。给人以平衡稳定的美感。大到整个塔体、小至每一个部件在三维坐标系中均呈对称性。塔体杆件数量很多，三次利用“母题重复手法”，将众多的杆件按照一定的构图规律进行有序的排列组合，使杂多形成了统一。铁塔主体工程采用16q及A3钢材+用量为25t+高强度螺栓，用16万套，铆钉7.8万个，主体工程用钢量650t。

5.2 柱杆设计 柱杆设计是本塔设计的一大难点。这里需引A“水平截面”和“正截面”两个概念。水平截面是指用水平面去截塔体柱杆所得的截面，正截面是指用垂直于柱杆轴线的平面去截塔体柱杆所得的截面+本塔各柱杆水平截面均为正方形。

Ⅴ~Ⅳ区段边长=280011mm，Ⅴ~Ⅶ区段边长=180121mm，正截面（即柱杆设计横截面）采用板件焊接的平行四边形截面，尺寸与夹角由柱杆所在两相邻平面的面内角（指柱杆与塔体表面的水平杆夹角）决定，随塔身坡度的变化而变化。Ⅴ~Ⅶ区段板厚为10mm。第1区段柱杆正截面尺寸见图3。根据对柱杆对接接头环形焊缝试件试验结果结构的重要性，要求柱杆环形焊缝达到C级标准。在受施工条件限制的特殊情也应达到B级标准。

柱杆工地连接采用M16高强度螺栓拼接，拼接板厚度Ⅰ~Ⅳ区段为12mm，Ⅴ~Ⅶ区段为8mm。为方便柱扦工地拼接，在柱杆及拼接板相应位置开设了手孔，并用5mm厚的盖板封闭。为力求仿真，对第一层平台下柱杆拼接时使用的高强度螺栓螺尾进行装饰，装饰方法是采用非金属材料制成铆钉头式样，然后粘接到螺尾上。

5.3 腹杆设计……

我的天啊，我简直是在看天书呀。心想，是啊，你陈浮生一个从没有学过建筑设计施工学的盖楼房的人，你怎么能看懂这高难度、高精尖的仿埃菲尔铁塔技术的图纸呢？心虽这么想，但对她对建筑业的执着与热爱，对退出埃菲尔铁塔投标的不甘与耿耿于怀，对他孜孜以求地揣摩研究埃菲尔铁塔建筑图纸的精神意志，又由衷钦敬。

我对埃菲尔铁塔并不怎么感兴趣的，因为我曾经在巴黎看过埃菲尔铁塔，在这里看到了它的缩小仿品，我只惊叹于我国设计师和建筑师们高超和精湛的技艺而已。

陈浮生也看出我对埃菲尔铁塔不感什么兴趣，就对我说，你看看身边的世界广场吧，你看中间平台上矗立的六座5米高的人物塑像，他们是：维纳斯像、大卫像、印度女神像、中国唐代的神王像、埃及公主像和亚述王那西尔帕二世像。陈浮生如数家珍地对我说，这些雕塑作品分别来自欧洲文化的发祥地古希腊，文艺复兴时期的意大利和东方四大文明古国——古代埃及、古代印度、古代中国和古代西亚两河流域，再加上入口走廊旁的体现美洲、非洲和大洋洲土著文化的酋长像、羽蛇神像，非洲母子像和大洋洲酋长像，这些人物塑像表现了世界各地文化的起源。你再看看世界广场浮雕墙之间和群柱中有六座门，从东入口按顺时针方向来数依次是：印度桑奇堵坡门、中国雍和宫门、位于土耳其的伊斯兰经学院门、巴比伦门、埃及门和位于玻利维亚的太阳门。这些门表现了古代东方各地区文化和南美印第安文化的发展情况。还有浮雕墙那 108 根风格迥异的柱子，这些柱子分别来自世界上数十个国家和地区，它们粗细长短不一，有的古朴、粗糙，有的纤细、精致，它们默默地伫立在世界广场的四周，它们是这些国家建筑艺术的代表，又是历史的见证。每一根柱子都有它的故事，这 108 根柱子向人们展示了一幅幅令人难以忘怀的历史画卷。

我一边听着陈浮生的解说，一边目不暇接地随着陈浮生手指指向看。我特别惊叹于世界广场这 108 根意蕴深远的廊柱，这象征世界文明的浮雕墙，这六座代表不同文化的城门和镶嵌其中的全景式环球舞台。它们大气磅礴，肃穆威严。它们是浩如烟海的历史长河的缩影，承袭着凝重庄严与雄伟，又裹挟着现代的科技与梦幻。

我看着想着，身不由己地随着陈浮生走着。不知不觉地跟着她走马观花地看了亚洲区、大洋洲区、欧洲区、非洲区、美洲区、世界雕塑园和国际街七大区域。现在想来，走得太快了，我当时应该慢慢地观、慢慢地赏的。因为当时看在眼里的就不全，记在心里的就更少，现在使劲能想起来的，是亚洲区日本皇居桂离宫的奢华、传统茶道花道展演着的古老扶桑的情韵、印度洗净灵魂尘埃的摩多哈拉圣井以及泰姬玛哈尔陵让人目睹的绝唱爱情；是欧洲区爱琴海的季风与地中海的阳光编织成的欧罗巴的交响、奥林匹克山上作证的人类文明，是用鲜血浇注的钟声、荷兰的风车和郁金香点缀的家园，还有巴黎春天购物广场、罗马假日广场以及海神喷泉广场同恺撒宫构筑出的极富人文气息的欧陆场景；是非洲区尼罗河孕育的人类古老文明智慧结晶的金字塔和几内亚百丈悬崖上新娘的面纱；是美洲区尼亚加拉大瀑布的流水、巴西基督山上昼夜守护着众生的圣洁灵魂、美国国会大厦白宫华盛顿纪念碑让你触摸到的美利坚的精髓；是大洋洲区蹲伏在海岸边独特造型的贝壳似的悉尼歌剧院，这剧院犹如芙蓉出水，又让人联想起晶莹的珍珠，这里直冲云霄的百米喷泉、变幻迷离的艾尔斯变色石互相映衬，动人美景令人流连忘返；是世界雕塑园内郁郁葱葱的荔枝林与来自五大洲相映成趣的近百尊雕塑作品，它展示着不同民族的智慧和审美情趣。

我跟着陈浮生在世界之窗脚步未停地看了大半天，不觉园中灯火牟然华彩斑斓起来，这才感觉到时间已经到了晚上七点。时间不早了，我正要准备出园，陈浮生说看过演出再出园。这不看不知道这场演出的精妙绝伦，这一看竟看得我出神入化，沉浸陶醉在那入境入意的艺术中了。

那是大型音乐舞蹈史诗《千古风流》，内容是从5部世界名著中选取出的5个动人悱恻的经典爱情故事，通过《特洛伊》《罗摩衍那》《楚魂汉风》《源氏物语》《天方夜谭》5场戏，展示出爱情的美丽、热烈、凄婉、无奈，以及主人公所处时代波澜壮阔的历史风云变幻和所在国家特色鲜明的民俗民情。这部音乐舞蹈史诗，现场摒弃了繁复的解说词，利用大屏幕提供简单的剧情简介，其余的则用舞蹈来表现，充分调动独舞、双人舞、三人舞、群舞的表现力，使得舞蹈的层次更为分明。与此同时，那不断变化的华丽服装、华美布景、七彩灯光以及美妙的音乐，都能够充分调动起人们的观赏情绪，那色彩斑斓、新颖华丽、气势恢宏的舞台效果，都是我闻所未闻见所未见感所未感过的，它创造了我国音乐舞蹈艺术史上的奇迹！

"您给我一天，我给您一个世界"，这话一点不假。这一天，陈浮生真的给了我一个古今中外的缤纷世界！我感谢陈浮生的专程安排与陪伴。

到了宾馆，吃了简餐，本想倒头就睡。可一天来的所见所闻所感总是萦绕眼前，响在耳畔，我久久不能入睡。等第二天一觉醒来的时候，早已是日上三竿，陈浮生不知什么时候把早餐送到我的房间我都不知道。

吃过早餐，按照计划，陈浮生陪我踏上去珠海的包车。

不一会，包车行驶到一座大桥的引桥上了。陈浮生伸手前指说，前边就是广东十大地标之一的虎门大桥了。大桥横跨东莞市虎门镇和广州番禺区南沙之间的珠江入海口，连接广深、广珠两条高速公路，是珠江三角洲的重要交通枢纽。虎门大桥是我国第一座大型悬索桥，大桥总投资30多亿元人民币，全长15.76公里，主桥长4.6公里，引道长11.16公里，桥面双向六车道，设计昼夜通车量为12万车次。大桥主跨为888米的钢箱梁悬索桥，全部采用钢箱焊接，共用钢材2万多吨。桥的主缆长16.4公里，每根主缆由13970根直径为5.2毫米的镀锌高强钢丝组成，如果将两根主缆的钢丝拉成一条钢绳，足可绕地球一圈。

我眼看前方大桥，耳听陈浮生的讲说，不禁对陈浮生独钟建筑识记数据感到惊异。我不看大桥转脸看着身边的陈浮生，心想，这个女人真不寻常，一讲到建筑她就滔滔不绝两眼放光。陈浮生发现我往她看，她说别看她，赶快往车外看。

说着车子已经到了珠江东岸。陈浮生手指着远处的一座建筑说，你看，那个建筑就是"虎门林则徐纪念馆"，是在当年林则徐销毁鸦片的海滩处建的。看着那片建筑，我顿然起敬，仿佛看到了鸦片战争的古战场，仿佛看到了民族英雄林则徐带领虎门军民筑起金锁铜关抵御来犯敌人的情景，仿佛看到了关天培与将士们同仇敌忾为国捐躯时的刀光剑影。

"你干吗?"陈浮生拍拍我的肩头，继续她的指点：你看那山，还有那山，那两个横卧珠江的两座山岛，那就是大虎山和小虎山。你看它们像不像两个看门的卫士？虎门就因为这而得名的。

我一听，感到好神奇，这虎门得名还有故事吗？陈浮生一听，笑了，亏你还是个文化人，难道你没有听说，很久以前，广东沙角西南面是南海龙王经常出没的地方？当地人传说，有一天，龙王的小女儿亚娘，独自跑到大陆海滩上玩耍，并向西游至莲花山。谁知这山上住着一只老虎精，正怀着孕，在四处觅捕食物。老虎精一见亚娘，便猛扑过去。亚娘吓得魂飞魄散，飞步往回跑，京动了龙王。龙王马上带上鱼虾二将奔出龙宫来救小女儿。鱼将虾将用神棍将老虎精打死。老虎精临死前，生下一个死胎，龙王看了，害怕死胎复活，下令用金锁一把，把老虎精与死胎锁在江中，这便成了我们今天看到的横卧珠江的两座山岛——大虎山与小虎山了。

陈浮生说的神话，抵御不了横空大桥和桥下珠江对我吸引的魅力。我抬头耸肩，只看那珠江。那珠江水清浩瀚，波澜不惊；千舟竞渡，云樯帆影；岸芷汀兰，气象万千。我沉浸在卧波的长虹里，不觉车子到了中山市。

陈浮生问我去不去孙中山故里旅游区看看？这问正中我的心怀，我说去，去，难得路过，不拜谒革命的先行者是遗憾的嘛。

包车径直开到了孙中山故里旅游区。这个旅游区好大，因为赶时间，陈浮生只陪我参观了孙中山故居。参观过后，陈浮生问我参观的感受，我对她说，孙中山故居虽是全国重点文物保护单位，可我并没有感到故居有什么特别之处，在这里，我倒是想起孙中山在《上李鸿章书》中提出的“人能尽其才、地能尽其利、物能尽其用、货能畅其流”的理想，想起孙中山的“三民主义”和他“天下为公”的主张，想起他为民族为国家发动并领导的辛亥革命，由衷地敬仰这位中国革命的先行者……

陈浮生打断我的话，说我别说那些大道理。她说，孙中山故居外表仿照西方建筑。楼房上层各有七个赭红色装饰性的拱门，屋檐正中饰有光环，光环下雕绘一只口衔钱环的飞鹰。楼房内部设计用中国传统的建筑形式，中间是正厅，左右分两个耳房，四壁砖墙呈砖灰色勾出白色间线，窗户在正梁下对开。这个建筑物门多，窗多，通道多。居屋内前后左右均有门通向街外，左旋右转，均可回到原来的起步点。难道这些设计建筑特点你都没有看见？

我的天，陈浮生真是三句不离本行，她只关注设计建筑，哪里能体会我睹物追怀，内心升腾起的对中山先生的敬仰与感怀！

那天下午大约三点，我们到了珠海下榻宾馆，放下行李物品，陈浮生陪我去珠海情侣路漫步。陈浮生说，这里是珠海情侣们休闲散步的好去处。

情侣路路面全是由一块块方方正正的砾岩铺成的，不论是碰到大山，还是遇到巨石，从不间断。情侣路旁，花草茂盛，蜂蝶翩跹；路依山势而傍海浪，像一条飘逸的巨幅绸带，绸带边上的石栏杆，一根根，一排排，又挺立傲然。路岸上的山是一片绿色的海洋，山上的亭台楼阁星罗棋布；路边下是苍茫的大海，近岸的地方有许多小海岛和大礁石在碧蓝的大海中荡漾。

我与陈浮生漫步在夕阳西下的情侣路上，凭栏听涛，也俨然一对情侣似的，好不浪漫！再看那些十指相扣低语相拥的情侣，白发携挽的夫妻，在无尽蜿蜒的路上双双对对，漫步缠绵，脸上都荡漾着甜蜜。我们看他们，他们看我们，我们都成了美丽珠海的靓丽风景，我们都成了情侣路上的浪漫情人。

走着走着，我们来到了风景秀丽的香炉湾畔，陈浮生指着香炉湾中一尊巨型石刻雕像对我说，你看，那就是珠海渔女，有 8.7 米高，重 10 吨，用花岗岩石分 70 件组合而成，是中国著名雕塑家潘鹤的杰作。

我看那渔女，领戴项珠，身掮渔网，裤脚轻挽，带着喜悦而又含羞的神情，双手高高擎举着一颗晶莹璀璨的珍渔珠，似是在献给谁？我问陈浮生，那是什么寓意呢？

陈浮生又嬉笑我说，亏你还是个饱读诗书的人，难道连珠海的得名也不知道？我看着陈浮生，说还真不知道呢，陈浮生就给我说起珠海渔女的神话故事来：

相传南海龙王的第七公主小玉龙玩耍时，被香炉湾美丽的风光迷住了，不愿返回仙境，决意下到凡间，尽享这人间美景。

七公主就扮成渔女，自称玉珠，被当地渔民叫作小珠，小珠织网打鱼，捞蚌采珠，心灵手巧，而且心地善良，常采灵芝草配上珍珠粉为渔民治病，深受渔民的爱戴。

在劳动中，小珠结识了一位憨厚老实的渔民青年海鹏，二人两情缱绻，朝夕相依，定下山盟海誓。不料被早前就垂涎七公主的海中的苍蛟知道了。苍蛟因为多次追求七公主不得，便因爱成恨，怀恨在心，要报复七公主。

苍蛟于是变化成一个矮子到渔村住下，接近海鹏，与海鹏结交。

一次他邀请海鹏去喝酒，酒间，故意对海鹏说小珠手上八个手镯是传家的陪嫁手镯，要得渔女必须拿到其中的一个手镯作为定情信物，方能证明她的真心。

不幸的是，耿直的海鹏轻信了矮子的话，要小珠摘下手镯给他作定情信物，七公主听了泪如泉涌，向海鹏倾诉了自己的身世。

原来南海龙宫中有八个管家婆，为防七公主思凡，每人给她套上一只手镯，只要脱掉一只，她就会死去。然而海鹏却不肯相信小珠的话，转身要走。小珠为明心志，毅然用力摘下一只手镯，随即死在情人海鹏的怀里。

海鹏此时悔恨已晚，饮声泣血，哀天恸地。

九洲长老为这人神之间的深情厚爱所感动，引导海鹏上大九洲岛，找到一株

“还魂草”救活小珠，并嘱咐他“还魂草”须用男人的鲜血浇灌，才能长大作药用救人命。

海鹏于是每天用自己的血浇灌“还魂草”，日复一日，年复一年，精诚所至，金石为开，“还魂草”终于长大，救活了小珠。

成亲那天，小珠和姑娘们在海边拾到一枚硕大无比的海蚌，挖出一颗举世无双的宝珠，于是，小珠高擎着宝珠，献给德高望重又成人之美的九洲长老。

因有这样美丽的传说，加上香炉湾原本是养珠产蚝的地方，珠海置县时，就取玉珠的珠和海鹏的海字命名，这就是珠海的由来。

陈浮生看我听得津津有味，就对我说，你们文人说珠海的山浪漫，珠海的海浪漫，珠海纯净的空气也浪漫，其实它们都不如珠海的情侣路浪漫。是啊，望着眼前的美景，想着陈浮生说的神话，看着眼前的陈浮生，恍然感到陈浮生的一生，也像这曲折蜿蜒风景秀丽而又浪漫的情侣路！情侣路，陈浮生，你太多情缠绵了，只是你的“情路”弯弯，今天你陪我漫步情侣路，你是想“站在情侣路旁面朝大海，春暖花开”吗？

第二天上午陈浮生陪我去珠海市中心的石景山（又称犀牛望月山），一览石头动物园。说石景山是石头动物园，是因为石景山满山怪石起伏错落，形态各异又栩栩如生，有的如长鼻垂地的双象，有的像振翅欲飞的苍鹰，有的似憨厚顽皮的熊猫，有的如横卧山涧的猛虎，有的像凶相毕露的鲤鱼，有的如怒火冲天的野牛……这些山石，依山成势，犹如奔马绝尘，又似众流归海，浑然天成，让人惊叹大自然的鬼斧神工。

这里不仅石景独特，而且幽洞奇异、翠湖清澈、植被丰富，山石林阁之美、人文风物之奇，与香炉湾畔婀娜多姿的“渔女”相映生辉，让人惊叹不已。

陈浮生与我边走边看，不觉登上山顶。山顶是整个珠海最高最大的观光休闲平台，北眺香港，南望澳门，放眼绿树成荫的珠海全貌，俯瞰近在咫尺的香炉、渔女和玉珠滴翠蜿蜒海边的情侣路，倍感珠海现代而浪漫的气息。

下山时，陈浮生非要我与她乘坐惊险刺激的滑道（山顶冲锋车）下山。那冲锋车顺着蜿蜒起伏的滑道，新鲜刺激般地跨石穿林、掠翠冲幽，让人顿生超然的豪情。

下午陈浮生陪我乘车去湾仔旅游码头，乘观光游船作澳门环岛游。船行大约90分钟，穿过澳门友谊大桥，就看到澳门中银大厦、葡京大赌场、天主教堂、澳督府、澳门回归纪念碑等澳门著名的建筑。我看着那高耸雄立金碧辉煌的葡京大酒店（赌场），内心翻起无限感慨：久负盛名的博彩业让葡京赌场引人注目闻名中外，它不知承载多少传奇故事与悲喜人生，对乎错乎？弘乎禁乎？我矛盾而模糊，说不清楚。我问陈浮生去赌过没有？陈浮生说她没有去赌过，因为她不想输。我说难道去赌就输？陈浮生说，赌王何鸿燊有句名言，叫“不赌就是赢。”我听着陈浮生的话，看着陈浮生，内心不禁升起对她的敬重，真得刮目看陈浮生，她虽曾迷途人生，却对赌那么清醒。

回到珠海下榻宾馆稍事休息一会后，陈浮生陪我去周边随便走走，看看珠海的市容市貌。路过一家金玉购物中心时，陈浮生邀我进去看看。我心想，不能进去，这里的金呀玉呀肯定很贵，要是你陈浮生看上了哪一款式，我给你买也不是不买也不是。可陈浮生脚已经迈进了门，我不进也不好，不得已跟着陈浮生进了购物中心。陈浮生直奔金玉柜台，挑选金镶玉项链吊坠。她精挑细选一个男士一个女士的吊坠，问我款式质量怎么样？我看那吊坠，是温润的心形玉，玉边玉心镶着金边金心，玉润金灿，高档精美，极富品位。可一瞟眼看那标价，一个两万八千元，一个两万六千元。我心里直打鼓祷告，陈浮生啊陈浮生，你可别看上要我为难啊。但嘴里却对陈浮生说这款式很精美，只是我不懂金玉，不会鉴定它的质量呢。我对陈浮生说这地方不会有什么好金好玉吧？你要买还是到大型正规品牌店里去买放心些。陈浮生看着我，用左手拇指食指中指捏拿那玉坠，对着灯光，右手指着玉坠，对我说，这玉是缅甸玉，温婉圆润通透无瑕，是上等的好玉呢，这金是九九九九的足金，虽然六克，不多，但镶嵌稳固而又精细，这是我见到的最精美的金镶玉坠。她说她喜欢金玉良缘，正好这款又是心形的金镶玉，我和你也算是有缘，得以几天相伴，买下送你，留做个念想与纪念吧。我一听是她要买给我留作纪念，我悬着的忐忑的一颗心旋即放下，但我也不能接受他的礼物啊。几天来，陈浮生给我讲述她跌宕起伏酸甜苦辣的人生际遇，坦陈独白她的内心世界，给我提供了难得的写作素材不说，就说这几天精心规划，陪我旅游，陪我食宿，给我当导游，我就心存感激了，哪里还能再让她破费，为我买这贵重的礼物呢。我当即断然婉言谢绝。陈浮生一边说客气啥呢，一边对着服务员说一折卖不卖？服务员说五折。她们讨价还价，最后竟然两折成交！天啊，折扣这么大？水分这么多！我正想着这么便宜会不会是水货，陈浮生已经交了费。服务员把两个吊坠和送的银吊坠项链包好，递到陈浮生的手上。陈浮生取过项链和吊坠，硬放在我的手上说“你这次专程为我而来，也没有什么贵重的物品送你留作纪念。这一对项链吊坠，权且是我送给你和夫人留作纪念的礼物吧”。语气是那么平和和坚定，眼神是那么自然恳切和真诚。我一方面自惭自己度人之心的小气，一方面再次坚决推搡婉言谢绝。陈浮生看我执意不收，忽然很凄然地望着我，说我是瞧不起她还是嫌她礼轻了？她说，她现在是没有大笔的钱给我买贵重的纪念品，但这几个钱还是有的。要是十年前我来，那时她有的是钱，不会送我这拿不出手的礼物的。她说得我无法再拒，不能不收下她的礼物，要是再不收下，反倒是我嫌她的人微礼轻了，辜负了她礼不轻人意更重的一片真诚的心意了。我只有深表感谢地收下了她的金镶玉。我手捧金镶玉，看着陈浮生，忽然心有所动，陈浮生孝道良善，勇敢坚强，讲情重义，知错能改，她不就是一块难得的金镶玉吗？

晚上，陈浮生陪我去珠海大剧院看了海鹏与龙珠的大型歌舞演出，回到宾馆时已经是十点半。我把陈浮生送进她的房间正要出来时，陈浮生面红身热地拥抱了我。我没有拒绝，任由她对我的拥抱，我也双手拥拥拍拍她的腰背。我知道，明天我们就要分别了，陈浮生不忍别离又不得不别离，她珍惜这几天与我在一起的际遇，用无言的拥抱作明天的告别礼。我看着身边的陈浮生，一股理性，一股冷静，一股钦敬，油然而生。我站起身来，一手搭在陈浮生的肩上，一手拍拍陈浮生的另一肩说，谢谢你，愿我们心存美好，友谊长存。

第二天，在珠海长途汽车站，我与陈浮生握手告别，感谢她几天来的热情陪伴与招待，并邀请她方便时去我处做客。她说好，但期望能早日看到我写出此行的文字，让她的故事她的人生能曝光见世，让她的对与错、是与非都留给后人，供人警醒借鉴。

可我这一回来竟事事缠身，没有动笔，陈浮生也催问了几次，我多以写啦写啦敷衍搪塞。去年秋后在整理有关材料时，发现当年去陈浮生那里的笔记丢了几页，这才想起，再要不写，以后可能就写不出来了。于是，我拾空就写几笔，断断续续，一直写到现在，才算结笔。

回头看稿，唏嘘不已。我写的远没有陈浮生说的生动、形象、感人，我怎么也没有陈浮生那亲身经历的沉浮感受和喜怒哀乐的酸甜苦辣。但也很满意我对陈浮生人物形象的塑造。陈浮生情窦初开时对爱的向往与追求；结婚后她挚爱丈夫，孝敬公婆，哺养子女，为生路历尽艰辛九死一生逃港，这是大爱的彰显，是向贫穷的宣战，充分展现了她的坚强与勇敢；她忠贞却被抛弃，人善竟能被坑；她荒诞不伦，际遇百变，但美好的人性始终未变；她独钟建筑，成功为仁，买房送款，报答恩人情人友人；她宽怀包容，柔弱良善；她常想人的好，不记人的过，爱就爱了，恨就免了；她热情待客，极尽地主之谊；她请我写她的人生际遇，不是想流芳千古，而是想以自己的际遇昭示警醒后人；她敢作敢当，不饰不掩，功过是非、美好丑恶自留他人评判。陈浮生闪光的人性美早已荡涤了她内心的污浊。人无完人，金无足赤，我们不能以完人圣人要求陈浮生评判陈浮生，她陈浮生就是一位真实鲜活的人。

我敬她，赞她，歌颂她！

我感谢她，她的人生，凝为我的《人生》。

2017 年 10 月初稿于山水名城

2018 年 3 月修改于清水湾